單戀

片想い

東野圭吾

王蘊潔——譯

※本文將提到部分關鍵劇情，請斟酌閱讀。

推薦序

談神話性的毀滅與重生

作者．演員　鄧九雲

讀東野圭吾的《單戀》時，我不斷想起蘇美神話裡的那對姊妹──伊娜娜（Inna）與娥雷絲喀格爾（Ereshkiga）。第一次認識她們，是在談論三王星的書籍裡讀到的，幾個月後她們又出現在一本三十年前出版，講述女性英雄之旅的書中對我揮手，彷彿傳達的訊息還沒結束。

《單戀》是一個關於「下沉」的故事。天地女神伊娜娜的神話跟推理故事一樣，開始就有人死。娥雷絲的丈夫死去，她居住在冥府，可以說是冥王的前身。伊娜娜想去參加葬禮，於是決心啟程前往一個她不熟悉、更不屬於她的地方。當伊娜娜抵達陰間第一扇大門時，面對的是兇狠惡毒的娥雷絲。她要求伊娜娜通過七扇大門，並且每通過一扇門她就得脫下一些身上東西，直到完全赤裸到達陰間的最深處，伊娜娜甚至得向她下跪磕頭。娥雷絲怒罵她、打擊她，最後弄死她，並將屍體掛在鉤子上任其腐爛。

娥雷絲是冥王星的力量，會從最基礎的資源面——從財物、身體、信仰、人際關係、尊嚴等——摧毀一個人。必須強制被剝除所有可以歸納出自己身分的東西。每個人一生或多或少都有被冥王星放逐的生命階段，但對小說裡性別認同障礙的角色來說，宛如一生都被放逐。我們習以為常的普世價值，正是他們的冥王。

好在宇宙法則從不是在追求悲劇的極限。善良智慧的伊娜娜是做好心理準備接受這一切，在啟程前，她交代僕人如果三天後自己沒有回來的話，要想辦法來救她。於是當伊娜娜的屍體正被蛆蟲侵占時，僕人已經開始到處尋找救援。首先請求的是伊娜娜的父親與祖父，兩人都以不願干涉冥府為理由斷然拒絕，更別提伊娜娜的先生早已趁機篡了她的神位。最後，僕人找到了伊娜娜的外祖父。

遭受父系拒絕，象徵涵蓋武力與征服的男性力量是幫不上忙的。這些特質，不可能化解冥府正在失控的女孩。英雄姿態在「底下」是無用之物，甚至有可能遭受更兇猛的報復。唯一願意出手介入的，是來自母系的長輩。這位外祖父叫做恩基（Enki），值得一提的是在某些神話的版本裡，恩基是雌雄同體，並且是液態的。這代表的是，恩基的力量剛柔並濟，能借力使力，簡單說就是「太極」。

性別是最基礎的二元對立，我們的現實社會是用各式各樣二選一搭建起來的。性別不清絕對會被視為麻煩，可是在神話裡象徵的卻是拯救的力量。《單戀》故事裡最打動我的部分，是當作者建立各種性別認同障礙的角色時，畫出一道顏色很美的光譜，並給予非常溫柔的灰階地帶。光譜上沒有絕對、永恆的定位，作者藉由主角哲朗的嘴巴不斷提出思辨：反面的反面是正面嗎？女人是男人的反面嗎？抑或是男人是女人的反面？相較於銅板的兩面，性別關係是否更接近地球南北極的關係？

神話裡的恩基用指甲縫隙的垢做出兩名「送葬者」人偶——是一種細小、無性別、不起眼的小東西。它們就這樣輕易穿越七扇門的殘酷考驗，來到了殺紅眼的娥雷絲與腐爛的伊娜娜身邊。儘管它們知道自己的任務是要救人，卻採取相當意外的做法——完全不管爛掉的伊娜娜，全神貫注在娥雷絲身上。娥雷絲死了丈夫又殺了姊妹，淹沒在悲傷與憤怒中，還面臨難產的痛苦。這樣的娥雷絲代表的正是我們每個人深埋在心中關於童年，甚至前世的創傷，也象徵了內在那從沒得到關注的「憤怒小孩」。孩子需要被注視，正是因為那注視，孩子成為兒子、女兒，成為自己。從未被注視的憤怒小孩娥雷絲是深淵的源頭。

「送葬者」不但沒指責她殘暴殺了自己的姊妹，反而願意陪伴她經歷痛苦的分娩過程，唱歌安撫她，並聆聽、承認她口中所吐出的所有傷痛。這無性別的送葬者沒有魔法，只是單純懂得肯定生命的力量，甚至當生命以苦難的方式登場時，它們依然在暗黑中看得見值得景仰的部分，願意靠近、付出、包容對方。

這樣的送葬者，也在《單戀》裡現身。故事中後段，當案情陷入膠著時，哲朗在一間能容納多重性別的酒吧裡遇見了相川。相川是故事裡最神性的存在，一出場就說明從不認為自己異常，他的內外就是他，不需要改變。但他也看穿社會的幼稚與自欺欺人，理解有人渴望變性，有人密求調換身分，相川更精準使用莫比烏斯帶來比喻性別——男人和女人有交集，並會在某個地方翻轉。

讀到這，我實在佩服東野圭吾能在推理故事裡帶出哲理，如手術刀般切開人性已皺掉、硬化的那層老皮。太極般的「葬送者」，單用陪伴與關注解決了無論是英雄（Hero）還是女英雄（Shero）都達不到的任務。娥雷絲從來沒有這樣被景仰過，所有的人不是怕她躲她就是想除掉她。只有「送葬者」接納她。她回報的方式，就是讓伊娜娜復活。

那也正是《單戀》裡日浦月美所需要的。儘管她似乎已選定一種外在性別，但那從來都無法解決失衡偏斜的視野。她需要的，是更多如同理沙子的凝望，在理沙子的鏡頭下，日浦月美存在。那絕非只是對愛戀對象的臣服狀態，而是被人深深看了進去。善意的關注，能讓特殊的個體「在」（being），無論是以何種姿態或性別。

伊娜娜的故事用一個轉折作結。死而復生的她必須找一個「替死鬼」去填補她在陰間的位置。那個人便是伊娜娜篡位的丈夫。簡單來說，這是為了維持整個「系統」

能量的平衡，也說明了在伴侶關係裡，經歷重大轉變時如果兩人不是在同一條路，關係勢必得瓦解。

於是無論是伊娜娜的故事還是東野圭吾的《單戀》，都收在另一個「他者」的死亡。這他者絕對會是重要關係人（但我不能爆雷）。重生代表的意義是：「讓我們發現自己有能力在自我死亡後存活的方法，就是去經歷自我的死亡，當我們用來認同自己所有事物都被拿走後，我們就會發現仍然有一部分的自己被遺留下來了——也就是我們生命中永恆、無法被摧毀的一面。」

必須經歷一無所有，才知道真正撐住的是什麼力量。至於「身分」，不過是一種社會意識，讓政府能系統化一顆小螺絲釘，確保運作都在軌道上。如果能從這種意識中擺脫、甚至超越，那代表的正是從「個體性」（individuality）的特色與魅力，走向願意嘗試穿越陰暗的「個體化」（individuation）旅程的終極目標。個體化讓我們能保有自己的獨特性，同時可以與他人、社會保持連結。

榮格提出：智慧是普世的，但表達是獨特的。性別議題只是東野圭吾與我們溝通的一種顯化工具，最終要處理的其實是解決與自性（Self）的斷裂。故事的結尾，有人完成，有人準備上路。

第一章

1

當談論的話題轉移到四年級那年的大學聯賽時，哲朗就產生了不妙的預感，猜想八成又要聊那件事了。他低頭喝著啤酒。啤酒已經不冰了。

「關鍵就是第三節的射門，如果那傢伙射門成功，之後的情勢就完全不一樣了，沒想到竟然沒射中，簡直快昏倒了。」那場比賽中擔任線鋒的安西笑著皺起了眉頭。他和球員時代一樣虎背熊腰，脖子也很粗，和當年不同的是，他的肩膀和後背都變圓了，而且肚子鼓得好像藏了一顆西瓜。

「我說了很多次，沒有幾個踢球員能夠在那麼遠的距離射門。」須貝拿著免洗筷，噘著嘴反駁。他目前在一家產物保險公司上班，聽說公司的同事因為他的身材，為曾經是帝都大學王牌踢球員的他取了「大熊」的綽號。「當時的射門距離有三十七、八碼，不，搞不好有將近四十碼。」

坐在安西旁吃壽司燒的松崎聽了須貝的說明，差一點嗆到，拿著筷子指著須貝說：

「這傢伙每次說到當時射門的事，距離就越來越遠。上次說這件事時，才說有三十二、三碼。」

「啊？哪有啊。」須貝露出意外的表情。

「就是啊，就是啊，我也這麼覺得。」安西拍了拍大腿問，「西脅，你說是不是？」

哲朗被叫到名字，不得不加入討論。

「有嗎？」他不悅的心情寫在臉上。

「你忘記了嗎？」

松崎用手肘戳了戳一臉不滿的安西側腹。

「西脅怎麼可能忘記那場比賽？」

安西聽了這句話，也笑了起來。

「哈哈哈，有道理。」

哲朗只能苦笑。話題果然朝向他最不樂見的方向發展。他們在討論聯賽的總決賽。如果在那場比賽中獲勝，哲朗他們的球隊就成為聯賽的冠軍。

「最後八秒，」松崎抱著雙臂，嘆著氣說，「如果那一球射進門，簡直帥呆了，大家一定會說是西脅魔力發威了。」

「如果把球傳給早田，美夢就可以成真了，早田，你是不是也這麼認為？」安西問坐在最角落座位喝兌水酒的早田。

「嗯，也很難說啦。」早田意興闌珊地回答，他似乎無意加入這個話題，他應該也聽膩了。

「如果傳給早田，絕對可以踢進門。」安西仍然鍥而不捨地談論這個話題，「當時我看得很清楚，早田完全沒有人盯防，就在達陣區左側角落那裡，天底下有哪個四分衛會沒看到那個傳球目標，只要西脅把球傳給他，馬上可以順利達陣。我以為勝券在握了，沒想到……」

他沒有繼續說下去，因為在座的所有人都知道那場比賽的經過。

「當時我作夢也沒有想到西脅會把球傳給我。」松崎接著說了下去，「因為我完全被盯死，對方掌握了我們的戰術，而且他們的防守後衛是知名球員小笠原。看到西脅把球丟過來的瞬間，我就知道沒戲唱了。」

哲朗只能悶不吭聲地聽他們繼續談論，吃了幾口顏色已經變得很深的壽喜燒，喝著啤酒。啤酒比剛才乾杯時更苦了。

在座的所有人都曾經是帝都大美式足球社的成員，當年這些人幾乎把所有的生活都奉獻給美式足球。雖然有一大半成員在畢業之後就各奔東西，但住在東京都內的成員每年都會聚一次，今天是第十三次聚會。每年聚會的地點都在新宿的這家火鍋店，日期也都固定在十一月的第三個星期五。

「想當年，帝都大的西脅可是能夠擠入四分衛前三名的狠角色。」安西用略帶醉意的語氣說道，「當時到底是哪根筋不對啊，我們作夢都沒有想到，竟然會是那樣的結果。」

「有完沒完啊，」哲朗皺起了眉頭，「你們真的沒完沒了，同樣的事到底要唸幾年啊？差不多可以忘了吧？」

「不，怎麼可能忘記？」安西用好像戴了棒球手套的手拍著桌子，「想當初，學長對我說，只要我加入美式足球社，就絕對可以獲得冠軍，所以我才放棄了一直練到高中的柔道，早知道最後沒辦法奪冠，我就不會加入了。如果我沒加入美式足球社，而是繼續練柔道，搞不好就去巴塞隆納或是亞特蘭大參加奧運了。」

「你是不是要說，至少可以拿個銅牌吧？」須貝嘆著氣說，「你一旦開始聊這件事，就真的沒完沒了。」

「趕快灌他酒，讓他閉嘴。」松崎笑著說。

哲朗感到很厭煩，這時，一隻拿著啤酒瓶的手伸到他面前。是早田。哲朗拿起杯子，讓他為自己倒了酒。

「高倉今晚也在忙工作嗎？」早田用低沉平靜的聲音問。

「對，她去京都了。」

「京都？」

「有一個花道的掌門人建了一個很大的會館，要舉辦落成典禮兼派對，好像有某家雜誌要報導，所以她就去攝影了。」

「原來是這樣。」早田點了點頭，喝著兌水酒，「她真厲害，攝影師的工作對男人來說也很辛苦。」

「她說因為喜歡，所以不以為苦。」

「我想也是。」早田再次點了點頭。

「高倉不來，所以完全都沒有氣氛。」安西口齒不清地說。

哲朗的妻子理沙子以前是美式足球社的經理，結婚之前姓高倉。哲朗和理沙子結婚已經超過八年，但在座的這些人至今仍然用她以前的姓氏叫她。

「也好久沒見到日浦了。」須貝突然想到似地說。

「日浦喔，真懷念啊。」安西又拍著桌子說，「她這個看起來根本不像是女生的經理，比我們還瞭解比賽的規則和戰術。」

「我想起來了，以前日浦經常教你比賽規則。」須貝點著頭對安西說。

「她雖然是女生，但真的很厲害，還曾經一臉嚴肅地為戰術的問題和教練爭辯。不知道她目前在做什麼？」

「聽理沙子說她結了婚，也生了孩子。」哲朗告訴其他人，「但理沙子也是三年前和她通過電話，之後好像就沒聯絡了。」

「女人一旦結了婚，交友圈就會和以前完全不一樣。」須貝說。

「男人也一樣啊。」松崎一臉嚴肅地說，「中尾今天也沒來，他在結婚之後就很難約，變成愛家好男人了。」

「他老婆很兇。」須貝回答，而且沒來由地壓低了嗓門，「千金小姐果然不好伺候，對他管得很嚴，入贅女婿果然不好當。」

「啊呀啊呀，我們球隊傑出的跑衛竟然逃不出老婆的魔爪。」安西把日本酒的酒盅拿了過來，想為自己的杯子倒酒，但酒盅已經空了。

聚會在十點就結束，當年的美式足球隊員在店門口直接解散了。以前都會再去續個一、兩攤，但現在也沒有人會提這件事。因為每個人都有家庭，無論時間和金錢都沒辦法只用於自己身上。

哲朗和須貝一起走去地鐵車站。

「他們每年都聊同樣的話題，還真是不會膩啊。」須貝說，「每年都說我當年射門的事，也每年都說你最後傳的那個球。沒有得到冠軍，我也很懊惱啊，但已經十三年了，他們還放不下嗎？」

哲朗笑了笑，沒有吭氣。他很清楚，安西和松崎並不是真的對這件事耿耿於懷，他們聊這些往事，只是想要找回某些東西。

須貝放在胸前的手機響了。他拿出電話，走到人行道角落。

「喔，怎麼了？大家剛才還說到你……嗯，剛才解散了。西脅也在我旁邊。我們打算去搭地鐵。」須貝用手按住手機，對哲朗說：「是中尾。」

哲朗點了點頭，嘴角露出了笑容。這就是所謂說曹操，曹操到。

「對，除了你以外，所有人都到齊了。高倉和日浦沒有來……哈哈哈，對啊，全都是男人。安西還說，西脅不用來沒關係，希望高倉可以來……嗯，大家都沒變。」

哲朗在一旁聽了須貝的話只能苦笑。自從前年的聚會之後，他就沒再和當年跑得飛快的跑衛中尾見過面。

須貝很快掛上了電話。中尾打電話給須貝似乎沒有特別的事。

「他說希望明年可以來參加。」

「是喔。」哲朗回答，但想到他去年好像也說了同樣的話。

他們正打算再度走去車站時，須貝突然停下了腳步，看向哲朗的身後，微微張著嘴，露出極其意外的表情。

「怎麼了？」

哲朗也順著他的視線看過去。看起來玩得不夠盡興的年輕人，和準備踏上歸途的上班族在眼前的人行道上走來走去，和平時沒什麼兩樣。

怎麼了？哲朗正打算再次問須貝時，看到人潮的後方有一個女人背對著車道站在那裡，正看著他們。

「那是……」哲朗小聲嘀咕，「那不是日浦嗎？」

「我就覺得是她，果然是她。她在那裡幹嘛？」須貝揮了揮手。

站在那裡的正是日浦美月。那對鳳眼和又細又挺的鼻子很熟悉，但她的臉頰好像凹了下去，下巴也比以前更尖了。她穿了一件黑色裙子和灰色夾克，手上拎著一個大運動袋。

美月似乎從剛才就一直看著哲朗和須貝，發現他們看到她之後，穿越人群走了過來。她的雙眼注視著哲朗。

「她的頭髮留長了。」須貝在哲朗面前說。

美月留著過肩長髮，看起來略帶棕色，可能染了頭髮。風把她的頭髮吹得有點凌亂。哲朗認為自己是因為這個原因，所以沒有馬上認出她。他記憶中的日浦美月總是一頭勉強遮住耳朵的短髮。

但是，即使撇開這個因素，她整個人散發出來的感覺也和哲朗的記憶大不相同，看起來也不像是因為年齡增長的關係。

美月走到哲朗和須貝面前後停下了腳步，輪流看著他們的臉。她臉上的笑容很不自在。

和她四目相對的瞬間，哲朗內心感到哪裡不太對勁，那是一種好像是被異物卡到的感覺。

她動了動嘴唇，但沒有聽到聲音。

「你在這裡幹嘛？你應該知道今天是十一月的第三個星期五吧？」須貝的口氣不像在責備，而是想解決內心的疑問。

美月在臉前比著手刀的姿勢，似乎藉此表達道歉。然後把運動包放在腳下，從裡面拿出了小筆記本和原子筆。

「怎麼了？到底是怎麼回事？」

須貝問，但她沒有回答，在筆記本上寫了什麼，然後出示在哲朗面前。

「找個可以聊天的地方。」——筆記本上寫著這行字。

2

「這是怎麼回事？」哲朗注視著美月的臉問，「你沒辦法說話嗎？喉嚨出問題了嗎？」

「你感冒了？」須貝也在一旁問。

她搖了搖頭，再度低頭在筆記本上寫字，然後出示在他們面前。

『我現在無法回答，詳細情況等一下再說。』

哲朗和須貝互看了一眼，視線再度回到美月身上。

「到底發生了什麼事？你無法發出聲音嗎？」

美月閉口不語，只是指著筆記本上寫的內容。

「太奇怪了，到底發生了什麼事？」須貝說。

「她似乎無法在這裡回答，那就找一家店慢慢聊。」

哲朗說完，美月皺著眉頭，用力搖著頭。

「你不想去會被別人看到的店家？」他問。

她用力點了點頭。

須貝重重地吐了一口氣。

「什麼嘛？如果是不會被人看到的地方，不就只有ＫＴＶ包廂了嗎？」

「去那裡可以嗎？」哲朗問美月。

她偏著頭猶豫起來，風吹動了她微鬈的頭髮。

這時，哲朗發現了她和以前最大的不同之處。那就是化妝。和以前相比，她臉上的妝變濃了，而且並不是精心化妝的結果，而是亂抹一通，簡直就像是把手邊的化妝品抹在臉上而已，口紅也滲了出來。比起她無法出聲說話，這件事更令哲朗感到不安。

「那要不要去我家？」哲朗下定決心問道。

美月抬起頭，直視著他的雙眼，似乎在問：「可以嗎？」

「我沒問題，須貝，你呢？」

「我當然沒問題。」須貝稍微拉起西裝的袖子看了手錶，「這麼晚了，會不會太打擾了？呃，高倉今晚不在家？」

「她可能很晚才會回家，不必在意她。」哲朗看著美月問：「怎麼樣？如果去我家的話，離這裡很近。」

她動了動嘴唇，好像要說什麼，但最後還是沒有出聲，只是滿臉歉意地點了點頭。

「好，那就這麼決定了。」哲朗拍著須貝的後背。

他們決定去新宿三丁目搭丸之內線。走進地下道之前，須貝用手機打電話回家，說剛好遇到了大學時球隊的經理，要一起去西脅家，然後他把手機遞給哲朗。

「我老婆說要向你打招呼。」

「我嗎？」

「嗯。」須貝嘛著下唇點了點頭。

哲朗接過電話向須貝的太太打招呼。他曾經見過須貝太太，也曾經參加他們的婚宴。她有一張細長臉，五官一看就知道是日本人。

須貝太太在電話中問，這麼晚去府上打擾，會不會造成困擾？哲朗回答說不會，請她不必在意。

「你太太還真客氣，還是她擔心你外遇？」

「我怎麼可能外遇？她只是擔心我會不會又跑去哪裡喝酒了。」

「喝點酒再回家有什麼問題？又不是去銀座。」

「就是有問題啊，因為我家老么要上小學了，所以我老婆在各方面都管得很緊，更何況還有貸款要還。」

須貝去年年底在荻窪買了公寓的房子。

「真羨慕你家，高倉也在工作。」

「也沒什麼好羨慕的。」

三個人一起沿著地鐵的階梯往下走，美月走到一半時戴上了墨鏡。哲朗很納悶這麼晚了，她為什麼要戴墨鏡，但並沒有問出口。

丸之內線很多人，他們上車後也被擠散了，須貝被擠去了遠處，哲朗和美月被擠到相反側的車門附近。哲朗讓美月站在車門旁，自己站在她面前。他把手撐在車壁上，避免周圍人擠到她。每次電車搖晃，就必須調整身體的方向，他覺得自己就像線鋒。

美月自始至終低著頭，似乎不想面對他。從墨鏡的縫隙中，可以看到她的長睫毛。她似乎沒有刷睫毛膏。

在車內的燈光下，可以清楚看到她臉上的妝很可怕，粉底也很不均勻。她的皮膚很差，但她的妝完全沒有發揮掩飾的效果。

而且哲朗中途還發現了一件事。雖然美月化了濃妝，但完全沒有好聞的香氣，相反地，哲朗的鼻腔聞到的是發酸的汗臭味。

汗臭味讓哲朗聯想到昏暗的走廊，和一道破門敞開著，上面掛了一塊顏色已經剝落的牌子，「美式足球社」幾個字也快看不清楚了。

門內是瀰漫著灰塵、汗水和霉味空氣的活動室。

一個女生站在雜亂地丟著護具和頭盔的活動室中央，陽光從好幾年沒有擦的窗戶照進來，照亮了她右半側的身體。

「QB，我能夠瞭解你的心情。」

她──日浦美月說道。那是總決賽的隔天。除了哲朗和她以外，活動室內沒有其他人，但室內仍然彌漫著隊友的熱氣。

「反正結果就是這樣，你並沒有錯。」美月繼續說道，然後緩緩點了點頭。那時候她都根據四分衛的英文「Quarterback」縮寫，叫哲朗QB。

「的確是我的疏失。」哲朗回答，「我害大家無法得到冠軍。」然後他誇張地嘆了一口氣。

十九比十四，那場比賽以五分之差敗給對手。如果可以達陣，就可以逆轉局勢，反敗為勝。

原本球隊就居於劣勢。哲朗和其他隊友都知道這一點。對方球隊的防守很強，哲朗他們球隊的跑衛中尾的速度是最大的武器，一旦對方緊迫盯人，獲勝的機會就很渺茫。

哲朗他們決定孤注一擲，用傳球的方式進攻。既然對方將防守的重點放在中尾身上，那就將計就計。他們假動作頻頻，也就是「假裝」把球傳給中尾，中尾也「假裝」準備接球，像平時一樣在場上奔跑。當對方的防守被中尾的動作迷惑時，哲朗把球傳給外接員松崎或邊鋒早田。對方球隊認為帝都大這個球季很少採取傳球進攻的方式，所以成功地將計就計。對方球隊完全忘記了西脅哲朗在前一個球季，是在大學聯盟內投球距離數一數二的四分衛。

但是，這個策略無法持續到最後。比賽進入後半場後，哲朗和中尾的假動作無法繼續奏效，然後就到了比賽只剩下倒數八秒的時候。

只剩下最後一次攻擊的機會。距離得分線十八碼。

哲朗右手拿著開球後的球，向後退了好幾步後尋找目標。敵隊的防守線鋒像野獸一樣撲了過來，同隊的哨鋒努力阻止。四分衛並沒有太多時間思考，敵隊的截鋒很快就會突破防線來衝撞哲朗。如果遭到擒抱時球還在手上，那就沒戲唱了。

哲朗把球丟了出去。球在空中畫著螺旋線飛向松崎。松崎拚命跑去接球。如果他的手臂再長十公分，這個傳球就成功了。沒想到最後被敵隊的防守後衛接到了球。對方球隊的選手立刻用全身表現出欣喜，帝都大球隊的所有人都垂頭喪氣。哲朗直到事後看比賽錄影帶時，才知道邊鋒早田完全沒有遭到盯防。

「全都是我的錯。」哲朗在只有他們兩個人的社團活動室內再次說道。

「沒這回事，你已經盡力了。」美月撿起了腳邊的球丟向他。哲朗用胸口接球，沒想到美月丟得很用力。她又對哲朗說：「挺起胸膛。」

哲朗注視著美月丟過來的球，然後又看向她。她咬著下唇，收起下巴，抬眼看著他。她的雙眼通紅。

那次之後，哲朗沒有再和她討論過那場比賽的事。畢業後每年一度的聚會，她也只參加了最初的三次而已，之後就沒再出現過。

三個人在高圓寺下了車。哲朗租的公寓是附有儲藏室的兩房一廳，就在離車站走路幾分鐘的地方，屋齡才三年，房子建得很扎實，而且還有自動門禁系統。每次和別人聊到房子的租金，別人就會說「不如買下來比較划算」，但他和理沙子從來沒有談過這件事。

他們在六樓走出電梯，整個樓層的住戶以ㄇ字形排列，哲朗和理沙子的家位在邊間。哲朗打開了門，室內一片漆黑。他開了燈，對另外兩個人說：「進來吧。」

「你家的家具和裝飾都是高級貨，寫體育方面的文章這麼好賺嗎？」須貝一走進客廳，就立刻打量室內。

「哪是什麼高級貨，都很普通。」

「不，沒這回事，我也略懂略懂。」須貝打量著放在客廳櫃子裡的進口餐具。裡面幾乎都是理沙子從國外買回來的餐具，她喜歡蒐集餐具。

「這不重要啦，要不要先坐下？」

「喔，那倒是。」須貝在皮革沙發上坐了下來，摸著扶手說：「高級貨摸起來的感覺果然不一樣。」

雙人沙發和三人沙發呈直角排放，須貝在三人沙發上坐了下來，哲朗坐在他旁邊。美月仍然站在那裡。

「怎麼了？先坐下再說。」哲朗指著雙人沙發說。

美月沒有回答，又拿出了剛才的小筆記本。

「又要筆談嗎？」須貝低聲嘟囔。

她一臉凝重地寫著什麼，然後出示在哲朗的面前。上面寫著：「盥洗室在哪裡？」

「走廊上第二道門。」

美月拿著運動包走出客廳。她也許想要去洗臉。哲朗很希望她可以洗掉臉上慘不忍睹的妝。

「她好像無法發出聲音，是不是喉嚨出了什麼問題？」須貝偏著頭納悶。

「既然她出現在那裡，就代表她在火鍋店外等我們。她為什麼不進去？」

「是不是不想看到其他人？」

「為什麼？」

「這我就不知道了……」須貝抓著頭。

哲朗走進中島廚房，把水倒進咖啡機內，然後裝上濾紙。

他聽到盥洗室的門打開的聲音。美月似乎走出來了。他把西班牙綜合咖啡粉倒進濾紙，然後按下咖啡機的開關，打開餐具櫃的門，把馬克杯放在烹飪台上。

他聽到身後傳來美月走進客廳的聲音。

「啊……誰啊？」須貝問道，然後就沒再說話。美月沒有回答。

哲朗不知道發生了什麼狀況，正準備走出客廳。

一個男人站在門旁。男人的個子很矮，哲朗從來沒有見過這個人。他穿著黑色襯衫和牛仔褲。男人緩緩轉頭看向哲朗。

你是誰？哲朗也差一點開口問道，但在開口之前，發現男人的臉竟然是美月。雖然頭髮變短了，臉上的妝也卸了，但站在眼前的就是美月。

須貝從沙發上微微站了起來，張著嘴巴，眼睛也瞪得大大的。我的表情應該也一樣——哲朗雖然驚訝得說不出話，但腦海中浮現了這個感想。

美月輪流看著他們兩個人，微微撇了撇嘴唇。看起來像是笑容。既像是對陷入茫然的兩個人露出冷笑，又像在嘲笑自己的樣子。

她吸了一口氣，哲朗卻驚訝地屏住了呼吸。

「QB，好久不見。」美月終於開了口。

但那是男人的聲音。

3

這種感覺很奇妙。眼睛所見和耳朵所聞產生了偏差，就像是電視上播出外國電影，聽到意想不到的配音演員為好萊塢明星配音時那種疑惑的感覺。

「QB，你怎麼不回答？」美月說。雖然聲音很陌生，但和她嘴唇的動作完全吻合，「須貝也一樣，幹嘛把嘴巴張得那麼大？」

哲朗移動視線，從頭到腳打量著她。

「你是……日浦吧？」他勉強擠出這句話。

「當然是我，但可能不是你們認識的日浦美月。」美月的嘴唇露出微笑。

她低下了頭，但隨即抬了起來。

「說來話長，但我等你們，就是希望把這件事告訴你們。」

哲朗點了點頭說：「先坐下再說。」

美月大步走到沙發前，在沙發正中央坐了下來。她在坐下之後，微微張開了穿著牛仔褲的雙腿。

須貝目不轉睛地看著她，在她坐下之後才開了口。

「你應該不是在變裝吧？」

美月笑了起來，露出了潔白的牙齒。「不是，我是認真的。」

須貝抓了抓太陽穴，他反而顯得手足無措。

哲朗在須貝旁邊坐了下來，打量著美月。她露出一絲窘迫的表情。

「呃，所以……」哲朗問，「到底是怎麼回事？」

美月雙手放在腿上，坐直了身體。

「我最後一次見到你們是什麼時候？」

「十年前……對不對？」哲朗徵求須貝的意見。

「應該是。」須貝也說，「那時候你還在上班，我記得是在一家建設公司？」

「你記得真清楚。」美月放鬆了臉頰的肌肉，「對，那時候我還是粉領族。進公司已經三年了，整天都在影印，把別人寫的報告輸入電腦，直到我向公司辭職，都一直在做那些事。」

「我聽理沙子說，你結婚了。」

「是我二十八歲那一年秋天。」美月回答，「但我在更早之前就辭職了，因為實在太莫名其妙了，我進那家公司是想做設計的工作，結果從來都沒有畫過一張設計圖，我深刻體會到，女人在職場受到了壓迫。」

「呃……」須貝有點遲疑地插了嘴，「這種事當然也很重要，但對我們來說，要怎麼說……」

「你想先瞭解我為什麼這身打扮嗎？想知道我的髮型和衣服，還有聲音是怎麼回事？」

「嗯，老實說，如果不先瞭解這件事，要怎麼說，會讓我感到心神不寧。對不對？」

須貝說，最後一句話是在問哲朗。

「那我盡可能長話短說，」美月看著他們兩個人，「你們認為我為什麼會結婚？」

「為什麼？當然是因為喜歡對方啊，不是嗎？」須貝回答。

「不是。我是相親結婚。對方在銀行工作，比我大八歲。我對他的第一印象，就覺得他這個人很老實，結婚之後，發現我果然沒看走眼。他工作很認真，但我並不是因為喜歡他這一點而和他結婚，對方無論是誰都沒有關係，因為我當時覺得自己必須結婚。」

「為什麼急著結婚？」須貝問。

「說白了，就是想要讓自己趁早死心，讓自己知道，自己只能身為女人活下去。我以為結婚之後，自己就會死心，就不會再有不切實際的想法了。」

哲朗聽著她一口氣說完這番話，感到匪夷所思。他無法馬上理解這番話的意思，但她凝重的眼神讓他產生了直覺。

「日浦，你該不會……」

哲朗小聲嘀咕，美月默默點頭回答。怎麼可能？哲朗在心裡想道，但她目前的外表證明了他的直覺正確。

「啊？啊？什麼？怎麼回事？」須貝似乎還搞不清楚狀況，一下子看著美月，一下子又看向哲朗。

「日浦不是女人了，對不對？」哲朗說，但在說話的同時，覺得很荒唐。他不願相信這種事。

但是，她一臉冷靜地回答：「沒錯。」

「不是女人？那是什麼？」須貝嘟起了嘴。

「我也不知道自己是什麼，到底是什麼呢？但我自認為是男人。」美月的嘴角露出奇妙的笑容。

須貝似乎仍然難以理解，露出求助的眼神看著哲朗。

「你應該不是在糊弄我們吧？」哲朗向美月確認。

她點了點頭，似乎表示肯定。

哲朗用力深呼吸，好像在宣布什麼重大事項一樣問：

「是所謂的性別認同障礙嗎？」

「啊？」須貝發出了錯愕的聲音，哲朗轉頭看著他說：

「你應該聽過這個名詞吧？」

「雖然聽過，但是……」須貝抓了抓頭髮開始稀疏的腦袋，「那不是指天生在這方面有問題的人嗎？但日浦之前並不是這樣啊，她是正常的女人啊。」

「所以啊，」美月說，「我需要向你們說明，但我希望你們在聽我說之前，先接受兩件事。第一，這並不是開玩笑，我也沒有說謊。第二，我很早就有這方面的苦惱。」

「我★……」哲朗重複了美月說出口的詞彙。雖然哲朗已經瞭解了狀況，但似乎仍

★此處的「我」，為男人自稱時用的「俺（o-re）」。

然拒絕正視現實。

「對啊，」美月繼續說了下去，「我是男人，從很久之前就是，在認識你們的很久之前，就已經是了。」

4

廚房傳來了恆溫器啟動的聲音，同時飄來了咖啡的香氣。哲朗想起咖啡機還開著，立刻站了起來。

美月和須貝都沒有吭氣，美月應該在觀察他們兩個人對她說的話有什麼反應，須貝可能不知道該說什麼。

哲朗把咖啡倒在兩個馬克杯和一個咖啡杯中，用托盤端到他們面前，然後把兩個馬克杯分別放在自己和須貝面前，把咖啡杯放在杯碟上，放在美月面前。

三個人在尷尬的氣氛中喝咖啡。哲朗和須貝都加了牛奶，美月喝黑咖啡。

她放下咖啡杯後，噗哧一聲笑了起來。

「我突然說這種話，你們當然會嚇到。」

「那當然啊……對不對？」須貝徵求哲朗的同意。

「嗯。」哲朗也點了點頭，「你說很久以前就是這樣？」

「對，從出生的時候開始。」

「但我一直覺得你是女生啊。」須貝說，「雖然覺得你有點怪，但從來沒有不覺得你是女生。」

我也一樣。哲朗在心裡說。

「人被逼到絕境時，任何演技都難不倒。」

「那些都是你演出來的？」須貝問。

「如果你問我是不是所有的一切都是演戲，我就很難回答。因為情況很複雜，像我們這種人的心理很複雜，我相信你們很難理解。」

哲朗的確不瞭解，所以無法表達任何意見。須貝似乎也一樣。

「我讀的幼稚園有一個小型游泳池，」美月再度拿起咖啡杯說了起來，「到了夏天，就很期待可以去游泳池玩，但我很納悶，為什麼自己穿的和別人不一樣。」

「你是說泳衣嗎？」哲朗問。

「對，其他同學都穿黑色泳褲，我卻必須穿連上半身也遮起來的泳衣，而且是紅色或是粉紅色。我一直以為只有平時穿裙子的女生才穿那種泳衣，我平時都穿褲子，以為會和其他男生一樣，穿黑色的泳褲。」美月喝了一口咖啡，摸了摸短髮，「這是我第一次對自己被視為女生感到奇怪的記憶。之後就一直在和我媽比耐心和毅力。她要我穿裙子，我不想穿裙子；她要我玩像女生的遊戲，我不想玩；她要幫我在頭髮上綁蝴蝶結，我不想綁。也許是因為我媽從小生活在家教嚴格的家庭，所以有她理想中的母女關係，如果不符合她心目中的理想，她不僅會責備丈夫和女兒，也會感到自責。她應該已經發現獨生女的個性很奇怪，所以很著急，覺得必須及時矯正。」

「但她並沒有矯正過來。」

美月聽了哲朗的話，點了點頭說：

「很可惜，但她應該以為自己成功地把我矯正過來了。」

「什麼意思？」

「即使是小孩子，在懂事之後會觀察到很多事。當發現媽媽因為自己的關係而流淚時，就覺得這樣不行。」

「所以你就開始演戲嗎？」

「是啊。雖然不喜歡，但還是穿上裙子；雖然不覺得開心，但還是和女生一起玩，說話也模仿其他女生。只要我這麼做，我媽就會安心，家裡也平安無事。只不過我一直覺得不對勁，那不是真正的我。」

須貝輕嘆一聲，他脫下上衣，鬆開了領帶。

「該怎麼說，我還是不太能夠理解。」他說，「在我眼中，你一直就是女人啊，即使你現在突然對我說，其實不是這麼一回事，我也……」

「但其實我內心一直都沒變，而且和美式足球隊的人在一起時心情最輕鬆，因為大家在和我相處時，從來不會把我當成女人。你們都大剌剌地在我面前換衣服，也不會特別照顧我，雖然理沙子很生氣，說你們神經太大條了，但我不一樣，老實說，我很開心。」

「那是因為你不是普通的女人啊，」須貝說，「安西剛才也在說，沒有人比你更瞭解美式足球。」

也許是因為聽到了令人懷念的名字，美月露出了柔和的表情問：「安西還好嗎？」

「他還是老樣子，只是肚子越來越大。」

「他人很好，通常男人不會向女人請教。我真的很慶幸當時加入了美式足球社。」美月垂下了雙眼，「如果可以穿上護具，那就更棒了。」

「早知道應該讓你穿一次。」須貝笑著說完，看著哲朗。

「是啊。」哲朗也表示同意。

「但只有那段時間很美好，」美月露出了落寞的表情，原本有點沙啞的聲音更低沉了，「我剛才也說了，在公司上班的那段日子糟透了。只因為身體是女人，不知道受了多少委屈……」

哲朗不知道該怎麼回答，於是把馬克杯舉到嘴邊。他知道女人在社會的各個角落都受到不合理的對待，但美月說的痛苦應該屬於不同的層次。

「我辭職之後，做過很多工作，我找了不需要意識到自己身體是女人這件事的工作，但問題並不在於工作內容，而是和別人之間的關係。既然要和他人接觸，就不可能不意識到自己身心之間的落差。」

「所以你就死心了，」哲朗說，「然後決定結婚……」

「我以為可能會改變，我以為結婚生了孩子之後，自己會改變……」美月露出痛苦的眼神。

「你不是生了孩子嗎？」哲朗問。

「今年六歲，是兒子。令人羨慕的是，他有小雞雞。」

美月可能想要開玩笑，但哲朗笑不出來，須貝看著馬克杯的杯底。

這時，玄關傳來了打開門鎖的聲音。三個人互看著。

「是理沙子。」哲朗說。

美月微微站了起來，眼神渙散，視線飄忽著。這是她今天第一次露出慌亂的神情，但隨即坐了下來，似乎覺得事到如今，即使慌張也沒有用。

哲朗來到走廊上，理沙子正在門口脫鞋子。

「你回來了。」

理沙子可能感到很意外，單腳站在那裡停了下來。「喔，我回來了。」

「這麼晚啊。」

「我沒有告訴你今天會晚回來嗎？」理沙子脫掉另一隻鞋子後，看著玄關兩雙陌生的鞋子問：「家裡有客人嗎？」

「是美式足球隊的人。」

「我當然知道，是誰和誰？」

「其中一個是須貝，你猜另一個人是誰？」

理沙子聽了哲朗的問題，露出不耐煩的表情。

「我很累，別再叫我動腦筋猜這種事。」

她拎著裝了攝影器材的大皮包，準備走向客廳。哲朗抓住了她的另一隻手，「等一下。」

「幹嘛？」理沙子皺起了眉頭，劉海垂在她的眉毛上。

「是日浦。」

「啊？」理沙子瞪大了眼睛，露出了毫無防備的表情。

「是日浦美月，她來了。」

「美月？是嗎？」她的嘴唇露出了喜悅之色，似乎很想馬上見到美月。

但是，哲朗並沒有鬆開她的手。

「在見到她之前，要先告訴你一件事。」哲朗低頭看著一臉訝異的理沙子繼續說了下去，「她已經不是以前的她了。」

這時，門打開了。理沙子轉頭看了過去，美月站在那裡。

「就是這麼一回事。」美月說。

5

以哲朗的觀察，他發現理沙子並沒有很驚訝。她第一眼看到美月時，並沒有馬上認出來，但隨即坦率地表現出見到老朋友的喜悅。

美月也對理沙子說了前一刻告訴哲朗他們的內容，理沙子坐在哲朗剛才坐的位子，抽著涼菸，靜靜地聽著美月訴說，幾乎都沒有插嘴打斷。安靜的客廳內只聽到和美月的長相不相符合的低沉聲音。

當美月的話告一段落後，理沙子在菸灰缸裡捻熄了剛才抽的菸。

「雖然很驚訝，」她說，「但也並沒有太意外。」

「你之前就發現了嗎？」須貝瞪大了眼睛。

「不能說發現，我沒有想到美月的內心是男人，但覺得她和我不一樣，一直有這種感覺，只是搞不清楚是怎麼回事。現在有一種謎底揭曉的感覺。」理沙子對以前的女性朋友笑了笑，「你應該早點告訴我。」

「我也很想告訴你，只是說不出口。」

「嗯，我也能夠理解你這種心情，只是沒辦法很透徹。」

兩個曾經是帝都大美式足球社的經理互看著，兩個人交會的視線中，似乎充滿了只有兩個當事人才瞭解的各種情感。哲朗看在眼裡，覺得美月即使內心是男人，但可能有些事只有同樣具有女人身體的人才能相互瞭解，也或者是超越性別的友情。

「所以，」理沙子說，「你結了婚，生了孩子之後呢？看起來你並沒有成功地甘願當一個女人。」

「嗯，我失敗了。」美月指了指理沙子面前的香菸盒問：「可以給我一支嗎？」

「請便。」理沙子把菸盒遞給她，等美月拿出一支菸後，又為她點了火。「謝謝。」美月說著，叼著菸湊到打火機前。

「我剛才也說了，結婚的對象並不是壞人。他工作很認真，很顧家，也對我很溫柔。只是很可惜，他的溫柔只對女人有效，雖然很對不起他，但那種溫柔反而讓我很困擾。」

「困擾？」理沙子偏著頭。

「我會覺得他很煩，他在我旁邊，我就覺得心煩；他找我說話，我也很不耐煩；只要一碰我，我就覺得全身起雞皮疙瘩。這當然不是他的問題，都是我的錯。如果允許我辯解，我原本以為只要結婚生子，自己就會改變，但現實並沒有像我想的那樣，我反而更加意識到自己的肉體和精神之間的落差。我曾經努力過，我一直……一直在演戲，我以為只要演久了，就會變成真的。但這都是白費力氣，我無法欺騙自己的內心。」

「所以你就離家出走了？」

美月吐了一口煙。

「雖然我之前就想這麼做，但去年年底，我媽死了，就成為我採取行動的契機。」

「你媽去世了嗎？」哲朗問。

「對，得了食道癌，最後瘦得不成人形。因為我必須照顧我媽，所以之前不可能離家出走。」

「你爸爸呢？」

「他還很硬朗，我媽走了之後，他好像鬆了一口氣，但在我媽的葬禮之後，我就沒有再見過他。」

「我問你，」理沙子開了口，「你說你離家出走了，是指和你老公離婚的意思嗎？」

哲朗也很關心這件事。

美月抽了兩、三口菸後搖了搖頭。

「有一天，我突然離家出走了。我送他去銀行上班，然後帶兒子去幼稚園後就離開了。我在幾天之前，就已經收拾好行李，也準備了重拾自由的錢，就只等採取行動了。因為我擔心他會報警找人，所以就寫了信給他，留在廚房的桌子上。」

「你在信上寫了所有的真相嗎？」

「沒有。」

「為什麼？」

「雖然我也曾經想過要寫下來，」美月的手指夾著菸，摸著額頭，「因為我無法對他說，自己欺騙了他這麼多年，而且也不想讓兒子知道。如果我兒子知道自己的媽媽內心其實是男人，不知道會多受傷……想到這裡，我就無法寫了。」

「所以你老公和兒子搞不好正在找你？」須貝擔心地問。

「是啊，有可能。」

「我覺得你老公和兒子很可憐。」須貝看著哲朗和理沙子說。

哲朗雖然沒有點頭，但也有同感，但也許美月的丈夫也隱約察覺到了？

「你離家出走之後做了什麼？」理沙子問。

「做了很多工作，像是在酒店打工……」

「以女人的身分？」

「不是，」美月用力搖頭，「當然是以男人的身分，好不容易自由了，怎麼可以不好好利用這個機會？」她把香菸在菸灰缸裡捻熄，然後攤開雙手問：「怎麼樣？你們覺得我不像男人嗎？」

哲朗覺得她不像男人，更像是少年。不是因為她個子嬌小的關係，而是美月身上仍然有少年特有的中性感覺。

須貝說，無論怎麼看，都像是男人。理沙子也說：「嗯，是啊。」

哲朗問了他關心的事，「你有注射荷爾蒙嗎？」

美月露出了認真的眼神，目不轉睛地注視著哲朗的臉，點了點頭說：「有啊。」

「從什麼時候開始？」

「離家後不久就開始了，因為我之前就想這麼做，所以你們看，我現在會長鬍子了。」美月指著自己的下巴，然後把臉湊到理沙子面前。

「真的欸。」理沙子說，須貝也探頭看著美月。

「接下來就是胸部的問題，問題是胸部完全沒有變小。」美月站了起來，開始解開黑色襯衫的鈕子。哲朗還來不及問她想要幹什麼，她已經脫下了襯衫，露出了曬得很黑的皮膚，但胸部用白布包了起來，所以隆起的胸部完全被壓扁了。

但美月似乎並不是想讓他們看胸部。她把右手臂舉到肩膀的高度，握緊拳頭，用力彎曲手肘，上手臂的肌肉鼓了起來。

「怎麼樣？很壯觀吧？應該可以長傳八十碼吧？」

她的手臂的確練得很壯，但哲朗仍然覺得她的身體讓人看了心生同情。

理沙子也只是默默抬頭看著，哲朗發現她露出了在打量拍攝對象時的眼神。只有須貝表達了「好厲害」的感想。

「你說話的聲音也是服用荷爾蒙的效果嗎？」哲朗問。

美月意味深長地撇了撇嘴角說：「不光是這樣而已。」

「你還做了什麼嗎？」

「是啊。」美月做出把食指塞進喉嚨的動作，「我用鐵絲刺傷聲帶，而且是好幾根，雖然痛得我滿地打滾，但很快就讓聲音變成了這樣。」

須貝聽了，忍不住皺起了眉頭，「光聽就覺得痛死了。」

「非要這麼做嗎？」哲朗問。

原本把襯衫穿到一半的美月再度脫了下來。

「如果可以擁有男人的身體，任何事我都願意做，即使縮短壽命也無所謂。我要糾正上天製造這個身體時犯下的錯誤。」

6

哲朗拿出了冰箱裡所有的罐裝啤酒，也打開了別人送的白蘭地，意外變成了同學會的續攤。聊的話題當然圍繞著大學時代的往事，但沒有人記得打好球時的事，記憶中全都是失敗和意外的狀況。

「你們還記得三年級時的那場西京大戰嗎？」須貝滿臉通紅，笑嘻嘻地說，「西脅傳球被攔截了，對方正準備跑走時，結果撞到了截鋒，球就飛了起來。」

「不知道為什麼，球竟然被安西接到了。」理沙子做出抱球的動作，「結果大家都對他大叫，叫他快跑。」

「安西根本搞不清楚狀況就跑了起來。前面根本沒人，那是他的美式足球人生中第一次，也是最後一次達陣的機會。」

「我也以為十拿九穩了，當時超興奮。」

「沒想到他竟然出了那麼大的糗，所有人都傻眼了。」

哲朗聽了須貝的話，也回想起當時的情景，忍不住笑了起來。安西抱著球，竟然在得分線前跌了一跤。

「他從那個時候就開始中年發福了。」須貝說完，再度笑了起來。

往事聊不完。在聊美式足球時，似乎沒有人在意美月的特殊情況。大家都很健談，酒量也增加了，喝酒的速度也越來越快。

須貝第一個醉倒。把他扶到客廳旁的和室後，就決定散會。

「日浦，你和理沙子一起睡臥室。」

哲朗說，但美月沒有點頭。

「我睡這裡就好，沙發就行了。」

「但是……」

「你把我當成須貝就好。」她抬眼看著哲朗。

哲朗恍然大悟。他再次意識到美月的狀況很複雜，以及自己還沒有接受這個事實。

「好吧。」他回答說，理沙子默默拿了毛毯過來。

凌晨三點多，哲朗和理沙子一起躺在臥室的雙人床上。其實他已經很久沒有睡在這張床上了，但他和理沙子都沒有談這件事，兩人分別關掉了各自身旁的床頭燈。

哲朗閉上眼睛，但他完全沒有睡意。他越想趕快入睡，腦袋越清醒。他睜開了眼睛，在昏暗中怔怔地看著天花板。

某個景象浮現在他眼前。

美月全身赤裸，豎著膝蓋，兩腿微微張開，雙手撐在身後。她的身體緊實，沒什麼贅肉，雖然不大，但形狀很漂亮的乳房對著哲朗。乳頭是略帶粉紅的淡茶色，她的陰毛並不濃密，日光燈的燈光照亮她的全身。

那是大學四年級那一年的五月，窗外下著肉眼看不到的毛毛細雨，窗簾並沒有拉起，所以玻璃窗戶上反射了哲朗的身影。他剛從廁所走出來，眼角看到自己呆若木雞的樣子。

「我們來上床。」美月抬眼看著他，臉上露出了冷冷的笑，「還是你不想？」

「不……」哲朗不敢正視她，只覺得全身發熱。

那是社團聚餐結束之後，美月跟著哲朗回到了宿舍。QB，我想去你家再喝一點。嗯，好主意——也許他們曾經有過這樣的對話，但哲朗已經記不清楚了。

兩個人一起喝了好幾杯便宜的波本威士忌。美月的酒量很好，哲朗也不差，但兩個人都喝得很醉。

哲朗去廁所時，美月脫掉了自己身上的衣服。當他走出廁所時，她一絲不掛地迎接他。

之後的事記不太清楚了，但哲朗至今仍然可以回想起美月身體的感覺。她的肌膚很光滑，富有彈性，抱在懷裡時，像嫩竹般柔軟。

美月並不是處女，但哲朗進入她的身體時，她痛得皺起了眉頭。雖然當時關掉了日光燈，但小燈泡的微弱亮光照在她的臉上。哲朗抱著她的身體，好幾次偷瞄她的表情，試圖確認她的反應。她用力閉著眼睛，也緊抿雙唇，完全沒有發出任何呻吟，只聽到她呼吸的聲音，所以哲朗懷疑她只覺得痛苦。

但是，在哲朗第一次射精後不久，美月伸手抓住他的下體。當下體勃起後，她問：「要不要再來一次？」

哲朗立刻撲到她身上。當年正值性慾旺盛的年紀，他把所有的年輕和體力都給了美月。她的肉體也可以接受這一切。他們在天亮之前連續做了好幾次。那天晚上很悶熱，渾身冒著汗，鋪在榻榻米上的墊被全都濕透了。事後掀開被子，發現連榻榻米上都是汗水。結束之後，他們兩個人都昏沉沉睡著了，醒來時發現周圍滿是揉成一團的面紙，室內彌漫著腥味。

哲朗至今仍然搞不懂那天晚上是怎麼回事。在此之前，他從來不曾把美月視為異性，更是從來沒有想過會和她上床。她應該也一樣。正因為這樣，所以他們覺得獨處一室也無所謂。她突然勾引自己的行為太唐突了。

哲朗無法回想起那天早上，美月是怎樣離開他家。應該是若無其事地離開。事實上，他們之間的關係並沒有在那天之後變得親密，仍然像以前一樣相處、聊天，就只是美式足球的四分衛和經理之間的關係，就連兩個人單獨相處時，也從來沒有提起那天晚上的事。

哲朗決定不去深入思考那件事，他告訴自己，那件事並沒有特別的意義。就好像很多年輕人搭訕認識之後，在當天就上床一樣，他和美月也只是好玩而已。

但他內心當然無法真的這麼認為，也不認為美月是會這麼輕率找人上床的女人，只不過他也沒有勇氣問美月，到底是怎麼一回事。因為他覺得一旦問了，會踩到什麼危險的地雷。也就是說，他一直在逃避。

那天晚上的事發生至今已經超過十年，成為奇妙的回憶刻在哲朗的腦海中。事到如今，他也不會想去瞭解美月的真正想法，而且也早就放棄，認為不可能知道了，只能想著她只是心血來潮而已。

沒想到——

美月說她內心從很久以前就一直是男人。既然這樣，就意味著當時大汗淋漓地和哲朗抱在一起的她也是男人。哲朗無法理解她內心覺得自己是男人，卻和男人上床的心理。雖然覺得可能是所謂的同性戀，但又覺得似乎不是這麼一回事。

正當他胡亂想著這些事時，聽到房間外傳來隱約的動靜。木頭地板發出了擠壓的聲音。有人在走路。

哲朗以為有人上廁所，但接著聽到有人在玄關拿鞋子的聲音，然後又是慢慢開門和關門的聲音。

哲朗坐了起來。睡在他旁邊的理沙子發出了均勻的鼻息。

他下了床，撿起脫在腳下的運動褲，光著身體穿上連帽外套來到走廊上。美月原本脫在門口的球鞋不見了，他打開客廳的門，發現沙發上沒有人，只聽到須貝鼾聲如雷。

哲朗打開客廳的櫃子抽屜，拿了皮夾和鑰匙，轉身走向玄關。他光腳穿上慢跑鞋，打開了玄關的門。外面很冷，但他沒有時間回房間，在連帽外套內加一件T恤。

他搭電梯來到一樓，跑過寬敞的大廳來到大門外。一輛大貨車從公寓前駛過，哲朗來到人行道上四處張望，沒有看到美月的身影。如果她已經搭上計程車，恐怕就追不上了。

哲朗小跑著前往東高圓寺車站，在中途看到建築物之間可以躲雨的地方，就會探頭張望一下，但都沒有看到美月的身影。

他來到一個小公園前時停下腳步，打量公園內，沒有察覺到有人的動靜。他正準備再度邁開步伐，但看到了一樣東西。

公園入口有一個垃圾桶，他在垃圾桶邊緣看到了熟悉的東西。他走過去拿了起來。沒錯，那就是美月剛才戴的女用假髮。哲朗向垃圾桶內張望，發現美月把黑色裙子和灰色夾克也丟在那裡。

哲朗走進公園，定睛向樹叢之間張望。他後悔沒有帶手電筒出來。

這時，他的視野角落看到有什麼東西動了一下。他立刻看向那個方向，發現滑梯下方有一個黑影，似乎有人蹲在那裡。他慢慢走過去，看到了黑色襯衫的背影。

美月抱著雙腿坐在那裡，把臉埋在雙腿之間，成為她唯一行李的運動袋放在旁邊。

哲朗走過去，把手放在她的肩膀上。美月抖了一下，轉過身，抬起頭，露出了可怕的眼神。但看到是哲朗，便露出好像小孩子般快哭出來的表情。

「QB……」

「你為什麼不告而別？」哲朗問，「有哪裡讓你不滿意嗎？」

她看著地上搖了搖頭說：「我不想給你們添麻煩。」

「我才不覺得有什麼麻煩，你想太多了，走吧，跟我回家。」

但是，她再度搖了搖頭說：

「我已經見到你們了，這樣就心滿意足了，也接受了，接下來會一個人應付。」

「我瞭解你的決心，但也不需要不告而別吧，難道你沒有想到我們會擔心嗎？」

「對不起，但如果向你們道別，你們一定會挽留。」

「那當然啊，怎麼可能讓你半夜三更離開？」

美月站了起來，拍了拍穿著牛仔褲的屁股後，拿起了運動袋，然後準備邁開步伐，卻走向和哲朗家相反的方向。

「我家在這裡。」

「我去攔計程車，然後去找一家商務飯店，這樣你們就不需要擔心了吧？」

「等一下。」美月準備離開，哲朗抓住了她的手，「你為什麼這麼固執？」

「我並不是固執，」美月甩開了哲朗的手，「我不能給你和理沙子添麻煩，其實和你們見面，就已經給你們添了麻煩……」她低頭咬著嘴唇。

「我搞不懂，」哲朗笑了笑，「你到底認為會給我們添什麼麻煩？住在老朋友家根本沒什麼啊。」

「不是，不是你想的這樣。」美月胡亂抓著理得很短的頭髮，踢著地面，「我不想把你們捲入麻煩事，如果因為和我扯上關係而擾亂你們的生活，我會愧疚得無法繼續活下去。」

「你也說得太誇張了，怎麼可能有這種事？你想太多了。總之，先跟我回家再說，如果你有什麼話想說，回家之後再慢慢聽你說。」

哲朗再度想要伸手去抓美月的手臂，但她退後一步。哲朗正想上前一步，她伸出右手制止道：

「不行，我不能去你家。」

她說話的語氣中帶著一種悲壯，哲朗這才終於意識到事情不單純。

「你隱瞞了什麼事嗎？」

美月移開視線，陷入了沉默。她臉上的表情似乎在思考該怎麼說。

「你說來聽聽，在瞭解情況之前，我不可能放你走。」

美月似乎陷入了猶豫。她注視著某一點，用力呼吸著。

最後，她抬頭看著哲朗說：「即使我現在不說，你早晚也會知道。」

「什麼意思？你說我早晚會知道，是什麼時候知道？」

「快的話明天，搞不好是後天。」

「明天或後天？」哲朗完全聽不懂她在說什麼，「既然我早晚會知道，那你現在告訴我也沒問題啊。」

「如果我告訴你，你就會一個人回家嗎？」

「這很難說，要聽了之後才能決定。」

哲朗以為美月會罵自己太狡猾，但她的反應完全出乎意料。她輕輕笑了起來，緩緩搖著頭。

「你聽了之後，就不會再挽留我了，所以，也許我告訴你比較好。」

哲朗聽不懂美月這句話的意思，換他陷入了沉思。

美月嘆了一口氣說：「有人在追蹤我。」

「啊？」哲朗問了一句，他以為自己聽錯了。

「有人在追蹤你？」

「對，在追蹤我。正確地說，應該會追蹤我。」美月點了點頭，似乎對這種表達方式很滿意，「是警察，他們早晚會找到我，到時候就沒戲唱了。」

「警察？日浦，你……」哲朗陷入了混亂，「你做了什麼？」

「你連這個也想知道？」

「當然啊。」

「是啊，也是當然的。」美月聳了聳肩，再度看著哲朗說：「罪名是殺人罪，我殺了人。」

這句話進入哲朗的耳朵，然後刺向他的胸口。巨大的衝擊讓他愣在原地，也說不出話。

「你沒有聽到嗎？」美月問，她臉上的表情好像小惡魔。那是女人的臉——哲朗在混亂的腦海中想道。

7

哲朗愣在原地，不知道該說什麼，美月從牛仔褲的口袋裡拿出一樣東西丟給他。他毫不猶豫地伸手接住了。那是一個拋棄式打火機，黑色的底色上有一對金色的眼睛，眼睛之前印著「貓眼」兩個字。打火機的設計讓人聯想到音樂劇《貓》。

「這是什麼？」哲朗終於發出了聲音。

「我不久之前打工的地方。」

哲朗再次低頭看著打火機。打火機的背面印著地址和電話號碼。那是位在銀座的一家店。

「我在那家店裡當酒保。」

哲朗在手上把玩著打火機問：「以男人的身分嗎？」

「當然啊。」美月語氣堅定地說，「你別看我這樣，我在這方面可是很有天分。」

哲朗點了點頭，試著點燃了打火機，沒想到火比他想像中更大。

「店裡有一個小姐叫香里，年紀大約三十歲左右，但在店裡號稱只有二十六歲。」

哲朗不知道美月想要說什麼，於是靜靜地聽著她說。

「有一個男人每天晚上都監視她，一直等到她離開酒店，然後跟蹤她。如果她和客人去其他酒店喝酒，男人就等在那家店門口。如果客人送香里回家，他就開車跟在後面。總之，在香里回到家之前，他都緊迫盯人。」

「就是所謂的跟蹤狂嗎？」

「說白了，就是這樣。」美月點了點頭，「那個男人不光是跟蹤而已，而且每天都打電話給香里，還在答錄機裡留下可怕的留言，有時候還會寄一些偷拍香里的照片。」

「不時會聽到類似的事。」

「香里每天都惶恐不安，沒有客人送她回家時，她都不敢一個人回家，這種時候，我就會護送她回家。搭計程車送她回家，然後看著她走進家門後才離開。她住在錦糸町，我住在菊川，所以剛好順路。」

「所以你當她的保鑣嗎？」

「是啊，昨天深夜，我也送她到家門口，那個跟蹤狂果然又出現了。他把車子停在離香里公寓不遠處，當我送香里到家門口時，她的手機響了。是那個男人打來的，他在電話中對香里說，如果讓那傢伙進家門，就絕對不原諒她。他口中的『那傢伙』當然就是我，那個跟蹤狂一定很在意幾乎每天晚上都送她回家的酒保。香里雖然立刻掛上了電話，但比平時更加害怕。因為跟蹤狂之前從來沒有打過手機，雖然不知道他用了什麼方法，但似乎查到了香里的手機號碼。」

「應該有很多方法可以查到。」

「有很多卑劣的手段，總之，這件事完全激怒了我。我把香里送進家門後，就立刻去找那個跟蹤狂，打算和他談判。」

哲朗驚訝地看著美月。

「談判？怎麼談判？」

「和這種變態談判還能有什麼方法？那種人不可能聽別人好言相勸，所以我打算好好教訓他一頓，讓他不敢再胡作非為。」

就憑你這種體格嗎？以男人的標準來看，美月的體格算很瘦小。哲朗看著她的身材，忍不住這麼想。

「你別看我這樣，我每天都在練身體。雖然沒辦法和你相比，但和普通的男人比腕力，我應該不會輸。」美月似乎猜到了哲朗的想法。

「結果呢？」

「我走向他的車子，然後不由分說地上了車。他嚇了一大跳，我叫他以後絕對不可以再靠近香里，但那傢伙根本不聽話，說什麼這麼做都是為了香里。我火冒三丈，一拳打在他臉上。他也惱羞成怒，一把抓住我。之後不用我說，你應該也知道了，我們在狹小的車子打了起來。原本我以為那個變態是隻弱雞，但畢竟是男人，力氣還不小。我卯足了全力對付他，當我回過神時，發現我掐住了他的脖子。」

美月淡淡地說道，光聽她說話的語氣，會以為她在說明電影的劇情。哲朗完全沒有真實感。

「他一動也不動，無論我用力搖晃還是打他，他都完全沒有反應。我立刻知道，啊，我打死他了。」美月露出了笑容，「我完全沒有罪惡感，也不覺得他可憐，只是很生氣，氣他竟然這麼輕易就死了。」

「所以你沒有報警。」

「我完全不想報警，覺得自己要為那種人渣坐牢太莫名其妙了，所以我決定逃亡。」

「你把屍體留在原地嗎？」

「我連同車子一起開到不會引起別人注意的地方，然後就逃走了。」

「你打算一直逃下去嗎？」

哲朗問，美月聳了聳肩。

「我也知道自首比較好，原本就因為身體和別人不一樣很頭痛，一旦遭到通緝，就根本沒辦法好好過日子。」

哲朗也覺得她說得有道理。

「不瞞你說，其實我昨天晚上也幾乎一整晚都沒睡，一直在思考該不該去自首，然後不經意地看了日曆，想起今天是十一月的第三個星期五，於是就很想見一見大家。我改變了主意，決定和大家見面之後，再決定要怎麼做。」

「既然這樣，你應該進來店裡啊。」

「我也想進去，但如果我和大家見面之後，決定不去自首，繼續逃亡的話，不是會給你們添麻煩嗎？這麼一想，就沒辦法再踏進店裡了。」美月扶著額頭，搖了搖頭，「我真沒用，既然都想到這些狀況，就應該趕快離開……」

「結果就被我們看到了嗎？我們是不是假裝沒看到你比較好？」

美月微微偏著頭說：

「嗯，我也不知道。我很慶幸能夠和你們聊天，把內心的話說出來之後，心情輕鬆多了。」

她抬頭看著夜空，左右轉動著脖子，似乎在放鬆肩膀，然後對哲朗露出微笑。

「我的話說完了。」

「你還在猶豫該不該自首嗎？」

「不，就在剛才作出了決定。」美月眨了幾次眼睛，「等天亮之後，我就會去警局自首。」

「這樣真的好嗎？」

哲朗問，美月瞪大了眼睛，好像聽到了什麼意外的話。

「你是在勸阻我嗎？」

「不，老實說，我也不知道該怎麼處理。我當然不希望你去警局，但也覺得目前這種情況，你應該去自首，所以我也在真心的想法和處世原則之間搖擺不定。當然是更感到驚訝，驚訝得不知所措。」

「因為你是個規矩人，這樣很正常，你不需要煩惱該怎麼處理。讓你陷入這種苦惱，也令我感到痛苦。你可以當作什麼都不知道，然後回家就好。」

即使美月這麼說，哲朗當然不可能就這樣回家，於是他仍然站在原地。

「你沒辦法這麼做……」美月似乎解讀到他的心情，「那我離開。謝謝你，代我向理沙子問好。」她拿起運動袋，背對著哲朗，毫不猶豫地邁開步伐。

「等一下。」哲朗叫住了她，但美月並沒有停下腳步。哲朗立刻追了上去，抓住她的肩膀，「我不是叫你等一下嗎？」

美月想要甩開他的手，但他沒有鬆手。她抓住哲朗的手腕，想要讓他鬆開，但哲朗的指尖更加用力。

美月抓著他的手臂苦笑起來。

「男人的力氣果然很大，男人的手腕就必須這麼有力。」

「你先跟我回家再說，不然我要怎麼向理沙子解釋？」

「你只要把我告訴你的事說給她聽就好。」

「你自己跟她說，她應該也想聽你親口告訴她。」

美月握著哲朗手腕的手突然放鬆，同時嘆了一口氣，緩緩搖著頭說：

「ＱＢ，你不要強人所難，你要我再重複一次這麼難堪的事嗎？」

「如果你去警局，要一次又一次重複，說到你頭昏腦脹。在此之前，在理沙子面前再說一次。」

「QB……」

「我不會鬆手，即使你想逃，我也會追上你，我持球向前進攻的腿力可沒有衰退。」

「好啦。」美月垂下肩膀，「我當初不該想見大家一面，應該在見面之前就直接去警局。」

「現在就作這樣的結論會不會為時過早？」哲朗輕輕推著美月的背。

回到公寓附近，看到有人坐在玄關的階梯上。是理沙子。她看到哲朗和美月後站了起來。

「你回來了。」她對美月說。

「我發現她偷溜出去，就去追她，在公園找到了她。」

「這樣啊。」理沙子聽了哲朗的說明，只是簡單地應了一聲，她的雙眼仍然看著美月。

「她有話要告訴你，因為是很重要的事，所以請你聽她說。」

理沙子默默點頭，似乎若有所思。她應該在想像美月會說什麼，但無論她想到什麼，應該都和事實相去甚遠。

「現在馬上說嗎？」

「如果不是現在，我就說不出口了。如果等到明天，我就更說不出口了。」美月說完這句話，瞥了哲朗一眼。

8

以前從來不曾意識過掛鐘鈔針的聲音，今晚覺得格外刺耳，車子經過的聲音似乎也比以前大聲。

須貝也醒了，於是美月在他和理沙子面前第二次說明情況。理沙子聽她說殺人經過時有點慌亂，幾乎沒有插嘴。在美月說明情況時，她連續抽了五支菸。須貝就像地藏菩薩的石像般僵在那裡。

美月說明了所有的情況後低頭不語。理沙子抱著雙臂，看向斜上方。須貝不停地摸著額頭。哲朗坐在餐桌旁看著他們三個人。

哲朗聽了美月的再次說明，又瞭解到幾件事。美月已經打電話給「貓眼」的媽媽桑辭去了酒店的工作，她只說是因為個人因素想要辭職。她之前住在菊川的公寓是目前正在國外的朋友住處，她已經打電話給那個朋友說自己要離開，並將鑰匙寄還給了對方。

哲朗認為警方早晚會鎖定美月。應該有好幾個人知道遇害男子整天跟蹤在「貓眼」上班的小姐，既然這樣，就不可能不懷疑突然去向不明的酒保。

「我可以問一個問題嗎？」理沙子終於開了口。

「可以啊。」美月回答。

「如果你要去自首，那件事要怎麼辦？」

「哪件事？」

「就是你身體的事，你剛才不是說，要糾正上天的錯誤嗎？這件事已經不重要了嗎？」

「我沒有說不重要，我的想法至今仍然沒有改變。」

「但是一旦你去自首，被警察抓，就無法實現這個心願了，你已經作好這種心理準備了嗎？」

「即使進了監獄，我也打算以男人的身分活下去。」

「我覺得不可能。」理沙子有點冷漠地說，「如果你去坐牢，百分之百會被送去女子監獄。無論當事人怎麼說，公務員都會以戶籍登記的性別為準。」

「這也無可奈何，反正我以前也是讀女校，這沒什麼。」

「那注射荷爾蒙這件事呢？一旦進了監獄，就無法再注射荷爾蒙了。」

美月可能沒有想過這個問題，所以顯得有點慌張，但很快就恢復了鎮定的表情搖了搖頭。

「那就只能到時候再說了，即使失去了男人的身體，我也會努力保持男人的心。」

「你是認真的嗎？」

「我是認真的。」

「我覺得那並不是你的真心想法。你剛才不是在我們面前很得意地展現你的身體嗎？你很在意自己擁有男人的身體，這是你不惜犧牲家庭得到的身體，這也是理所當然的事。正因為你強烈想要擁有男人的身體，所以才會去做破壞自己聲帶這種事，你費了千辛萬苦得到的身體，能夠這樣輕易放棄嗎？」

「理沙子，你別說了，你根本不瞭解情況，日浦也沒有料到會發生這種狀況。」

「我只是——」理沙子大聲反駁後，深呼吸了一下，然後看著美月說，「我只是不希望你的人生就這樣半途而廢。你終於展開了自己的人生，如果就這樣入獄，就無法得到任何答案，還是你覺得只要在監獄中自認為是男人，就感到滿足嗎？」

「那你要她怎麼做？你不要說這種不負責任的話。」哲朗站了起來，大聲說道。

理沙子挺起了胸膛，斜眼看著美月，身體微微轉向哲朗的方向，好像在宣示般地說：

「我來負責，這樣就沒問題了吧！」

「負責……什麼意思？」

「無論別人說什麼，我都不會讓美月去警局自首。」

第二章

1

哲朗看到掛鐘指向五點半，於是去拿早報。天色還很暗，包括他在內的四個人恐怕在天亮之前都無法睡覺了。

他在搭電梯時打開了報紙，立刻看到了相關的報導。

星期五晚上七點左右，江戶川區篠崎的一家造紙工廠的廢品站發現了一具男性屍體。該工廠的員工發現了屍體，那具屍體藏在鐵桶後方。屍體的年紀大約三十多歲到五十多歲，身穿灰色運動衣和深藍色長褲，在屍體身上並沒有找到皮夾、駕照或是名片之類的東西——這就是報導所有的內容。

「報紙上有登。」哲朗回到家後，把報紙放在桌子上。須貝立刻緊盯著報紙看了起來，理沙子也在一旁探頭張望。

「是這個人嗎？」理沙子問美月。

「應該是。」美月冷冷地回答。

「你拿走了他的皮夾和駕照嗎？」哲朗問。

「因為我想偽裝成隨機犯案。」

「你丟去哪裡了？」

「我還沒有丟。」

「那你放在哪裡……」

「在這裡。」美月打開運動包，把手伸了進去，拿出黑色皮夾和記事本丟在桌上。

哲朗原本想伸手去拿，但臨時改變了主意。因為他認為不能留下指紋，但理沙子毫不猶豫地拿了起來。

「你為什麼還把這些東西帶在身上？」

「我原本想馬上丟掉，但想到自首的事，就覺得留下來比較好。只要交給刑警，就可以證明我是兇手，事情不是就簡單多了嗎？」

理沙子無奈地搖了搖頭。

「你在這方面還是老樣子，做事有點太乾脆了……」

「給我看一下。」哲朗覺得既然理沙子已經碰觸了，自己碰不碰都一樣，所以就伸出了手。

放在皮夾內的駕照照片上，是一個臉很瘦的男人，凹陷的眼窩中有一雙下三白的雙眼。一頭短髮，額頭很寬，臉頰削瘦，有點齙牙，氣色很差，臉色接近灰色。

男人名叫戶倉明雄，住在板橋區板橋三丁目。根據他的生日，推算出他今年四十二歲。

皮夾中有兩張名片，上面印了戶倉明雄的名字。名片上印著門松鐵工廠的公司名，公司也在板橋。戶倉的頭銜是專務董事。中小企業的專務董事應該經常去銀座喝酒。

「喂，這是怎麼回事？」隨手翻閱著記事本的理沙子生氣地問。那是一本很舊的記事本。

「是不是很離譜？」美月撇著嘴角。

「怎麼了？記事本怎麼了嗎？」

理沙子把記事本遞給哲朗，似乎在說，你看了就知道了。

哲朗翻開記事本，忍不住瞪大了眼睛。記事本上寫了密密麻麻的文字。因為是用鉛筆寫的，所以頁面整體看起來髒兮兮，而且寫字時很用力，所以表面都凹凸不平。

哲朗看了記事本上所寫的內容，更加大吃一驚。因為上面詳細記錄了一個人的日常生活。

「五月九日 下午三點十五分便利商店 面紙、幾樣食物（絕對有三明治和牛奶）噴霧罐（定型髮膠？）晚上七點整『貓眼』（深藍色套裝、黑色高跟鞋、黑色皮包）凌晨一點二十五分 和兩個客人、另一個小姐一起離開店裡 前往七丁目的『飛鏢』凌晨三點二十五分 由客人（五十歲左右、微胖、穿西裝）送回家 三點三十分固定聯絡 無異狀

五月十一日 下午五點零三分外出（灰色套裝、黑色高跟鞋、白色皮包和紙袋）前往銀座四丁目 大都銀行自動提款機 松屋（買了幾樣化妝品）安藤書店（買了一本雜誌）傍晚六點二十分 走進『褐』咖啡店 六點五十分和男人（棕色西裝、白髮、五十多歲）七點走進『濱藤』日本料理 九點十分離開 九點三十二分進『貓眼』十一點二十四分棕色西裝離開 香里送他到門口 凌晨一點二十八分離開店 店裡的小姐（應該是叫波美）一起搭計程車回家 兩點零五分到家 兩點零八分固定聯絡 無異狀」

之後每隔兩、三天，都有相同的紀錄內容，一直持續到十一月中旬，也就是不久之前。

「太厲害了，簡直就像偵探。」在一旁探頭看著的須貝驚訝地說。

「這是什麼？」哲朗抬起頭問。

「就是你看到的，戶倉監視香里的生活，而且還詳細記錄。只要看他記錄的內容，就知道他有多變態。」

「這個大叔不用上班嗎？」須貝不解地問。

「聽香里說，目前都沒有正常上班。」

「上面寫的『固定聯絡』是怎麼回事？」

「戶倉會打電話給香里，然後質問她很多問題，像是剛才和她在一起的男人是誰，然後叫她偶爾也可以早點回家。」

「原來跟蹤狂真的就像傳聞中聽到的那樣。」須貝嘀咕道，似乎覺得有點發毛。

理沙子伸出手，拿走了哲朗手上的皮夾和記事本。

「這兩樣東西先放在我這裡。如果美月拿在手上，可能會鬼迷心竅地跑去自首。」

「即使沒有這兩樣東西，我也可以去自首。」美月說。

理沙子不以為意地拿起皮夾和記事本站了起來。

「雖然你可以去自首，但只要這兩樣東西在我手上，你就不會這麼做。因為你不想給我們添麻煩。」

美月把手伸進一頭短髮，用力抓了起來。她的態度似乎證明理沙子說對了。

「你要我逃亡嗎？如果逃亡之後被抓到，不是反而會給你們帶來更多麻煩嗎？」

「我們要找出你不需要逃亡，但也不需要自首的方法。」

「哪有這麼好的事。」

「我會思考，我剛才也說了，我不會讓這種莫名其妙的事毀了你的人生，不會讓那個變態跟蹤狂毀了你的人生。」理沙子揮了揮記事本說完後，走去了走廊，接著聽到了打開臥室門的聲音。

她走回來後，直接去了廚房，把咖啡倒進杯子後端了過來。

「皮夾和記事本呢？」美月問。

「我藏好了。」理沙子把咖啡杯放在每個人面前時回答。

「理沙子，即使日浦去自首，也未必一定會坐牢。」哲朗把從剛才就一直在思考的想法說出了口，「只要有剛才的記事本，就可以證明戶倉是跟蹤狂，只要說日浦是為了救那個香里而不得已這麼做，法官就會從輕發落。」

「你想得太天真了。」理沙子坐在沙發上喝著咖啡。

「為什麼？」

「你沒有聽到美月剛才說的情況嗎？那天晚上，戶倉並沒有直接對香里或是美月做任何事，是美月先動手。你認為警方會相信美月是為了救香里才動手的藉口嗎？」

「雖然不可能無罪，但應該不會被判殺人罪，因為日浦根本不想殺了對方。」

「問題是要怎麼證明？美月掐了對方的脖子，雖然是衝動之下的行為，但你不覺得法官完全有可能認為美月原本就想殺對方嗎？」

「這……就難說了。」哲朗拿起馬克杯喝了一口。咖啡很苦。理沙子泡的咖啡都很濃。

「別擔心，這件事交給我。」

「交給你？」

「我不是說了嗎？這件事我會負起所有的責任，你和須貝可以當作什麼都不知道，萬一被警方發現，也不會連累到你們。」她看著美月，嘴角露出了微笑，「我當然絕對會避免這種『萬一』的情況發生。」

「我說這些話，並不是擔心被捲入麻煩，只是在思考對日浦最好的解決方法。」

「讓她去坐牢，放棄成為男人的夢想，是對美月最好的解決方法嗎？別說笑了。」

「我只是在討論現實的問題，你知道警方是怎樣抽絲剝繭地在辦案嗎？」

「你也不知道啊。」

「我當然不知道，所以不敢輕忽。也不會像你這樣，根本沒有具體的方法，就阻止她去自首。」

「別吵了。」美月雙手拍著桌子。

哲朗聽到她的聲音大吃一驚，看著她的臉。並不是因為她說話很大聲，而是因為她說話時，明顯不是男人的語氣。

「你們……別吵架，」美月痛苦地重複了一遍，臉頰有點紅，「我不希望你們為我的事吵架。」

她雙手撐著桌子，垂下了頭。哲朗將視線從她身上移開，毫無意義地看向窗外。

朝霞已經消失，厚厚的雲層遮住了整個天空。

「我要說有點矯情的話，可以請你們聽了不要笑嗎？」

理沙子的聲音聽起來有點緊張。哲朗和美月一起等待她的下文。

「我覺得美月是我的好朋友，這和她是男是女沒有關係。既然是好朋友，當她有難時，我希望可以不計一切代價保護她。場面話或是原則根本不重要，如果無法做到這種程度，就失去了好朋友的意義。不，那根本稱不上是好朋友。」

理沙子心平氣和地說著，哲朗的心情很複雜。因為他發現理沙子這番話並不光是說給美月聽，更是說給自己這個丈夫聽，也同時理解了理沙子為什麼這麼堅持。

「謝謝。」美月鞠了一躬，當她抬起頭時，臉上露出了像少年般害羞的笑容。

理沙子點了點頭，拿起了放在桌上的香菸和打火機。

「這些話果然很矯情，對不起。」

她大口抽著菸，灰色的煙在她頭上飄舞。

「日浦也是我們的好朋友啊。」哲朗說。

須貝也在一旁點著頭。

理沙子不可能沒有聽到他說話，但沒有吭氣，別過頭繼續抽菸，只是連續眨了好幾次眼睛。

「謝謝。」美月又道謝了一次。

2

哲朗提出來分析一下目前的狀況。他希望藉由明確瞭解現場留下了什麼線索，誰瞭解什麼狀況，分析警方是不是會查到美月。理沙子也同意了他的提議。

美月說，不知道有沒有人看到她犯案和搬運屍體，但她並沒有察覺周圍有人。

「我想問你一個問題，」哲朗問美月，「你不是說，是開著戶倉的車搬運屍體嗎？」

「我是這麼說的。」

「但報導上說是在鐵桶後方發現屍體，車子去了哪裡？」

「喔，」美月點了點頭，「我把車子開去其他地方丟棄了，一方面是為了避免警方很快查明屍體的身分，而且我也想消除自己留下的痕跡。因為我猜想和他在車上打鬥時，有幾根頭髮掉在他的車上，而且也可能沾到了指紋。」

「你把車子丟去哪裡了？」

「地名……我就不知道了。因為是半夜，而且我隨便亂開，並沒有方向，然後就丟在路旁。因為那裡停了很多車子，所以我想應該不容易被人發現。」

「就連大致的地點也不知道嗎？」

「我完全沒概念，而且當時也慌了神。」

「把車子丟棄之後呢？」

「我就走去大馬路上攔了計程車。」

「有沒有記得的事？像是馬路的樣子，或是附近有什麼房子？」

「對不起，我真的不記得了。搭上計程車後，根本無暇看周圍的情況，滿腦子都在思考接下來該怎麼辦。」

「那當然，任何人在那種時候都會驚慌失措。」理沙子袒護美月後問哲朗說：「棄車地點這麼重要嗎？」

「如果車子一直棄置在那裡，附近的居民早晚會報警，警方可以輕易查到車主。一旦得知車主遭到殺害，就會徹底清查那輛車子。如果到時候已經把日浦列入嫌犯的名單，警方或許就能夠根據留在車上的指紋和毛髮，確信日浦就是兇手。」

「嗚哇，這可不妙。」須貝一臉同情的表情看著美月，「怎麼樣？你覺得車子會輕易被發現嗎？」

「我沒辦法回答這個問題，」美月心灰意冷地回答，「因為我連丟在哪裡都不知道。」

須貝抱著頭，理沙子露出為難的表情後，再度低頭看著報紙上的內容。她握著報紙角落的手指明顯很用力。

哲朗決定改變發問的方向。

「除了你以外，還有誰知道戶倉長期跟蹤香里？」

「『貓眼』的媽媽桑當然知道，其他人就不確定了。」

「戶倉最近經常去『貓眼』嗎？」

「這兩、三個月都沒有來，都是在店門口等香里。香里說，他以前也沒有經常光顧。」

「所以，即使警方查明屍體的身分是戶倉，也未必會馬上去『貓眼』。」

問題在於到底有多少人知道戶倉明雄是跟蹤狂這件事。哲朗抱著雙臂。他因為睡眠不足，頭痛不已。他用疼痛的腦袋思考著，希望可以瞭解更多情況。

原本在看報紙的理沙子抬起了頭。

「店裡的人都知道你並不是真正的男人嗎？」

美月聽了理沙子的問題露出意外的表情，但並沒有表示抗議。

「我也不太清楚，大部分人應該都沒有察覺。我看起來像女人嗎？」她輪流看著其他三個人的臉。

「只覺得你是美男子，更何況你現在是這種聲音。如果你不說，也許別人並不會知道。」

哲朗回答，理沙子和須貝也都點著頭。

「對不對？」美月得意地微微揚起下巴，「所以我想應該只有媽媽桑和香里知道，我只告訴她們兩個人。」

「她們知道你的本名嗎？」哲朗猜想美月在店裡應該會用假名，所以這麼問。

「我曾經提過，但不知道她們記不記得，因為她們當時並沒有寫下來。」

「你沒有寫在履歷表上嗎？」

「我不想寫。」美月語氣堅定地說完後，抿起了嘴唇。

「原本的住址和戶籍呢？」

「也沒有寫，因為萬一打電話去家裡就傷腦筋了，幸好當時不需要交住民票。」

哲朗想起美月有可以稱為「家裡」的地方。如今她的丈夫和兒子住在那個家裡。

「『貓眼』有你的照片嗎？」

「如果沒有人偷拍，應該不會有我的照片。因為別人拍照時，我都會避開。」

「如果是這樣，或許有希望。」哲朗小聲嘀咕，「即使警方循線查到『貓眼』的酒保，也無法查明酒保的真實身分。」

理沙子坐在沙發上用力吐了一口氣，她似乎下定了決心。

美月托著腮，把手肘放在桌子上，似乎陷入了沉思。哲朗猜想她現在可能還在猶豫。

「美月，」理沙子叫了她一聲，「你在店裡用什麼名字？」

美月猶豫了一下後回答說：「光流。」

「光流？日浦光流？」

美月搖了搖頭說：「神崎光流。」

「神崎？那個神崎嗎？」須貝瞪大了眼睛。

「沒錯，就是那個神崎，魔鬼神崎。」美月笑了起來。

「是喔。」理沙子也笑了起來。哲朗聽了他們的對話，嘴角也忍不住露出了笑容。

神崎是已經成為帝都大學美式足球社傳說的魔鬼教練名字。

3

將近中午時，須貝說他要回家。哲朗送他到公寓門口時，他一臉不安的表情問：

「日浦的事要怎麼辦？」

「嗯……」哲朗知道須貝想要問什麼，「我覺得很難逃脫。」

「當然啊，又不是在演電視劇，不可能一直窩藏兇手，我覺得應該勸她趕快自首，這也是為日浦著想。」

「嗯，我會和她討論看看，不會給你添麻煩。」

須貝有點尷尬地摸著臉頰上的鬍碴。

「大家都是老朋友，所以我很想幫忙，但扯到殺人命案就有點傷腦筋了。我家的貸款還沒有還完，老么也快要上小學了。」

「我瞭解，你也一個頭兩個大。」哲朗拍了拍他的肩膀，「代我向你太太問好。」

「我覺得你們最好也不要有什麼牽扯。」須貝臨走時留下這句話。

回到家裡，發現理沙子和美月都在沙發上睡著了，報紙仍然攤在那裡。哲朗走去臥室，躺在床中央。他已經好久沒有獨自躺在這張床上了。

哲朗非常理解須貝的想法，任何人都無法責備他，反而該說他很務實。友情並沒有消失，只是優先順序已經改變。

但哲朗也知道理沙子堅持要保護美月的理由。這和她至今為止的生活方式有密切關係，其中也包括了和哲朗之間的婚姻生活。

他們在雙方都二十七歲那一年結了婚，結婚之前，他們就過著半同居的生活，為了讓雙方的父母安心，決定正式登記結婚。另一方面，也是基於經濟的考量。當時，哲朗剛離開一家小出版社，理沙子也準備成為自由攝影師，他們認為兩個人相互扶持更有利。

哲朗至今仍然覺得當初的選擇並沒有錯。在沒有穩定收入的情況下，兩個人可以相互激勵，也可以在經濟上相互扶持，也因此讓雙方都在各自的工作上打下了穩固的基礎。

哲朗有時候覺得，那段時期也許是最美好的時光。他當然不是想回到無論寫多少稿子都領不到稿費，經常接一些吃悶虧案子的時代，但是，在和理沙子的關係上，那段日子無疑是最充實的時光。他也可以果斷地說，自己發自內心希望她可以成為獨當一面的攝影師，希望兩個人以後有機會在工作上合作——哲朗不止一次這麼對她說，這句話也沒有絲毫的虛假。

隨著雙方漸漸走向成功，他們之間的關係也開始出現問題。起初並沒有察覺那是問題，只覺得是因為彼此太忙，所以彼此的交談變少，相處的時間也減少了，雖然和以前相比，會把工作放在另一半之前，但當時將那種情況解釋為得到目前的地位所必須付出的代價。

哲朗的腦海中浮現出流理台水槽內堆積如山的杯盤。那是六月的時候，已經進入梅雨季節，那天也下著小雨。那些杯盤是兩個人輪流堆積起來的。那時候，他們已經很少有機會一起吃飯，因為工作內容和時間完全不同，這也是理所當然的事。三餐幾乎都是叫外賣或是便利商店的便當，和普通家庭相比，很少用到碗盤，但餐具櫃內的咖啡杯、杯子和小碟子都慢慢堆積到水槽內，杯盤越堆越高。哲朗每次走進廚房，心情就很憂鬱，理沙子看到那堆杯盤時，心情應該也差不多。

他們在家事分工上並沒有特別的規定，一直以來，都是有空的人想到就順手做一下，之前完全沒有任何問題。

當時，他們兩個人都很忙。不，從客觀的角度來看，並沒有忙到完全抽不出時間，兩個人應該都有洗碗的時間。雖然哲朗當時正在忙一個即將截稿的大案子，整天都在採訪和寫稿，但不至於抽不出二、三十分鐘的時間。理沙子應該也一樣。

只要其中一個人提議，我們一起來洗碗，就不會有任何問題，但哲朗和理沙子都沒有說這句話。原因很簡單，就是自己不想做，而且期待對方會洗。因為雙方都很傲慢地認為自己比對方更辛苦。

最後，一件微不足道的事讓繃緊的線斷裂了。那天兩個人難得都在家，哲朗用茶包泡紅茶時，用了碗櫃中最後一個杯子。

理沙子看到後勃然大怒，說那個茶杯是她前天洗的。

「我用一下有什麼關係？」

「你從來不洗杯子，還好意思說這種話？」

「你也沒洗啊。」

「但那個杯子是我洗的，因為我今天要用，所以昨天就洗好、收好了，你竟然不打一聲招呼就用掉了，你不覺得不好意思嗎？」

「那好，以後是不是只能用自己洗的杯子？那你以後也不要用我洗的杯子。」哲朗站了起來，把正在喝紅茶的杯子洗掉了，然後拿起了成堆的杯盤中最上面的盤子。

「你只要洗你自己用過的杯子。」理沙子說，哲朗回頭一看，發現她抱著雙臂站在那裡，「我用的杯子，你留在那裡就好。」

「不用你說我也會這麼做。」哲朗咬牙切齒地說完，開始洗杯盤。

其實他不太知道哪一個是自己用的，但他把大部分杯盤都留在水槽內。那些杯盤在幾個小時後都放回了碗櫃，但放在和之前不同的位置。理沙子用這種方式來區分哪些是她洗的杯盤。

這個習慣並沒有持續太久，因為他們之後約定用完之後就馬上洗掉。那次無聊爭執後，也很快就和好了，但之所以會留在哲朗的記憶中，是因為他認為那是前兆。

隨著兩個人生活步調越來越不一致，之前一直認為彼此一致的價值觀和人生觀出現了微妙的落差。最明顯的就是有關生孩子這件事的想法。

理沙子很早就想生孩子。她希望早點生，早點完成育兒，然後再享受自己的人生，但哲朗希望可以等到自己對自由撰稿人的工作更有自信時再生孩子。因為一旦生了孩子，理沙子就暫時無法工作，必須靠哲朗一個人的收入生活，他認為這樣的想法很務實。當時理沙子也尊重了他的想法。

但是，當哲朗的收入漸漸穩定之後，她的情況發生了變化。她也逐漸成為一名成功的攝影師，因為懷孕、分娩和育兒暫時放下工作顯然不是上策。

理沙子認為，雖然她很想要孩子，但目前沒辦法生孩子。哲朗問她，既然這樣，什麼時候要生？理沙子沒有明確回答，只是吞吞吐吐地說，在適當的時機出現之前無法確定。

她應該也猶豫不決，她內心想要生孩子的想法並沒有消失，但同時也不願放棄成功的機會。

哲朗比理沙子早一步在體育自由撰稿人界站穩腳跟，他的想法也和以前不一樣了，他想要有一個可以放鬆的家庭，因為他覺得自己生活的空間根本不像是一個家。

哲朗發現自己希望理沙子成為傳統的妻子，希望她能夠好好守護家庭，創造一個能夠讓丈夫心情放鬆的環境。他知道這種想法是自私男人一廂情願創造的幻想，所以他從來不曾說出口，也自認為從來沒有表現在態度上。哲朗雖然表面上支持理沙子，但內心希望她失敗，希望她能夠穿上圍裙，站在廚房內。

兩年前，發生了那件事。

理沙子說，她想要出國一陣子。並不是去旅行，而是和一個女性自由撰稿人好友一起去實地採訪。哲朗聽了她們打算前往的地區，忍不住大吃一驚。她們雖然是去歐洲，卻是局勢最動盪的地區。

「之前不是說好，我們一起合作出書嗎？」

理沙子聽到他這麼說，露出了不可思議的表情。

「你不是專寫體育的內容嗎？」

「我以後也打算寫體育以外的內容。」

「你要我等你到那個時候嗎？」理沙子雙手扠腰，「對不起，這次的企劃不適合你。目前已經決定了題目，是女人眼中的戰場。」

她又繼續說道：「而且我在做了很多工作之後瞭解到，在工作上和女人比較好配合，和男人合作時，該怎麼說，總覺得彼此的感性合不來。」

哲朗聽了理沙子的意見後，並不感到意外。因為他從理沙子之前的言行中，就已經隱約察覺到她的這種想法。

「老實說，我無法贊成，這太危險了。」

「但有人在做這種工作，所以我們在日本，也可以瞭解到戰況。」

「但你沒必要去冒這個險。」

「我想做這個工作。」

她完全不考慮放棄，哲朗認為這是一個很大的機會，也知道自己沒有權利剝奪她的機會，只不過理解和接受是兩回事。他始終沒有表示同意。

但是，理沙子默默開始做準備工作。她連續好幾天，都和那位女性朋友討論到深夜，也曾經去拜訪當過戰地攝影師的人，還去上了英語會話的短期集中課程。

差不多過了一個月，理沙子的身體發生了變化。好幾個特徵都顯示她可能懷孕了。

「這未免太奇怪了。」

理沙子紅著眼眶衝出了家門。她去了藥局，買了驗孕試劑回家後就躲進了廁所。過了一會兒，她從廁所走出來，一臉不知所措，默默把白色驗孕棒遞到哲朗面前。那是哲朗第一次看到驗孕試劑。

「為什麼偏偏在這種時候……？」

理沙子當場癱坐在地上，抱著雙腿，把臉埋進了雙腿。

「你打算怎麼辦？」

理沙子沒有回答，一直維持著那個姿勢。

「為什麼會這樣？」不一會兒，她抬起頭看著哲朗，「你不是每次都有避孕嗎？」
「我認為自己做得很確實。」
「是嗎……太奇怪了。」理沙子好像頭痛似地按著額頭，然後撥起劉海，「無論如何，我去看一下。」
「你要去哪裡？」
「當然是去醫院啊。」她身心疲憊地站了起來。
理沙子從婦產科回來之後，似乎稍微想通了。她看著哲朗的臉，好像在傳達公事般告訴他，已經兩個月了。
哲朗點了點頭。他完全沒有真實感。「你打算怎麼辦？」
理沙子微微偏著頭問：「難道你覺得我拿掉比較好嗎？」
「不，我沒有這麼說。」
「你希望我懷孕吧？」
「雖然我覺得時機不太好。」
「簡直太糟了。」她坐在沙發上，揉著後脖頸，「我要打電話給她，不知道要怎麼跟她說，離出發只剩下十天了……」
哲朗不知道她和那位女性撰稿人之間是如何溝通，但對方似乎坦率地說，無法和孕婦一起工作。
理沙子在打電話時，應該已經作好了心理準備，所以並沒有太受打擊。也許她覺得是為了孩子放棄夢想。

但是，十天後，當那個女性撰稿人獨自出發時，她一整天都悶悶不樂，也沒有翻開當時開始閱讀的育兒書。

隔天深夜，哲朗突然被搖醒了。理沙子一臉可怕的表情，語氣僵硬地說：「我有話要問你。」

「什麼事？」哲朗不悅地問，但坦白說，他內心有一絲不安。

「這個。」她把什麼東西排在床上。

那是殺精劑的袋子。哲朗和理沙子一直都使用這種方式避孕，每一袋裡都有一片薄膜狀的藥劑。

床上總共有四包。

「怎麼了嗎？」哲朗問，內心很慌亂。

「為什麼還有四包？」

「四包有什麼問題嗎？」

「有問題啊，和我們做愛的次數不同。如果你每次都使用，應該只剩下三包而已。」

「你記錯了吧。」

理沙子搖了搖頭。

「絕對不可能，因為我都有做記錄，如果你不相信，我可以拿給你看。」

哲朗感覺到自己臉頰發燙。

「那你說是怎麼回事？」

理沙子盯著他的臉，似乎想要看清楚他內心的變化。

「那次你真的有使用嗎？」

「那次是哪次？」

「上個月七日。」

「七日？那天怎麼了嗎？」

「那天是危險日，你那天明明去採訪，卻難得主動要求。」

「有嗎？」

「所以到底怎麼樣？」

「什麼到底怎麼樣？」

「你當時有使用嗎？」

「有啊，當然有啊。」哲朗也提高了音量。

理沙子面無表情地說：「但我是那天受孕的。」

「那就代表失敗了啊，我之前曾經聽說，殺精劑失敗的機率很高。」

「我原本也這麼認為，但看到這些之後，我有了不同的想法。」她用下巴指著床上那四包東西，「數目不對。」

「我怎麼知道？」哲朗推開了殺精劑，「這種事根本不重要吧，反正就是你懷孕了，這個事實無法改變。」

「對我來說很重要，你知道我犧牲了什麼嗎？」

「吵死了，既然你這樣怪東怪西，自己避孕不就好了嗎？每次都交給別人，才會發生這種狀況。」

「我認為男人在避孕的問題上必須配合，我認為這也是對彼此的信賴。」

「你到底想說什麼？」

理沙子沒有回答，撿起了地上的殺精劑。全部撿起後，她站了起來，背對著哲朗。

「怎麼樣？你有話想說就說清楚。」

哲朗尖聲說道，但立刻閉了嘴。因為他看到理沙子的後背在顫抖，也聽到了她的嗚咽。

「我沒辦法說出口，因為實在太傷心了。」她說完這句話，就走出了臥室。

哲朗一隻腳下了床，打算去追她，但不知道追上她之後要說什麼，於是又把那隻腳收了回來。

他認為懷孕的原因不重要，理沙子發現有了孩子，不是也很高興嗎？但也同時深刻體會到，女人的直覺很敏銳。

烏雲籠罩哲朗的內心。

理沙子的懷疑完全正確。那天晚上，他並沒有用殺精劑。

可以說他是故意設計理沙子。因為他想到讓理沙子懷孕，是可以阻止她出國的唯一方法。他猜想理沙子再怎麼追求夢想，想要孩子的想法並沒有改變。雖然不知道是否真的能夠成功讓她懷孕，對他來說，是在各種意義上賭了一次。

他原本認為自己賭贏了。雖然心有愧疚，但他告訴自己，這樣對他們夫妻比較好。

但是，理沙子發現事實後很受傷。哲朗作好了接下來這段日子，必須在尷尬的氣氛中生活的心理準備。當肚子裡的孩子越來越大，她也會產生身為母親的真實感，自己只要忍耐到那時候就好。

但是，事情並沒有他想的那麼簡單。四天後，當他結束兩天一夜的採訪回家後，發現理沙子一臉憔悴地躺在床上。他問理沙子怎麼了，她背對著哲朗回答說：「我拿掉了。」

哲朗茫然地愣在那裡，以為自己聽錯了，或是理沙子在開玩笑，但從她的態度可以明顯感受到並非如此。

他幾近崩潰地怒聲質問她，為什麼沒有和他商量就這麼做？王八蛋！你在想什麼啊！——雖然明知道她無論肉體上和精神上都受到了很大的傷害，但仍然無法不痛罵她，無法不把怒氣對她發洩。

在他大呼小叫時，她就像昆蟲的屍體般一動也不動，也許根本沒有聽到他的吼叫。

那天之後，他們就分房睡覺。

哲朗認為自己應該也有錯，但仍然不知道到底怎麼做才好。該一切都順著她嗎？這就是所謂的相互尊重嗎？

他覺得自己到頭來，就和那些頑固的老頭沒什麼兩樣，然後陷入了強烈的自我厭惡。雖然嘴上說希望太太獨立，但內心是否有強烈的排斥？難道只有自己沒有發現這件事嗎？

哲朗隱約瞭解理沙子為什麼想要保護美月，因為理沙子瞭解身為女人的難處，所以希望美月能夠重新邁向新的人生。而且理沙子說的「好朋友」這幾個字也仍然縈繞在哲朗的耳邊。男人的自私破壞了理沙子和那個女性撰稿人的友情，她可能覺得女人的友情沒有受到尊重。

那個女性撰稿人寫了兩封信給理沙子之後就下落不明，她們失去聯絡已經超過一年了。這個事實應該也讓理沙子感到痛苦。

所以，她不想再次失去好朋友。

4

哲朗聽到門鈴聲醒了過來。原來自己在不知不覺中睡著了。那是大門的門鈴聲，理沙子應該已經拿起了對講機。

他聽到走廊上傳來腳步聲。理沙子打開了門，臉上的表情很緊張。

「有不速之客上門。」

「是誰啊？」

「中尾。」

「啊？」哲朗慌忙坐了起來，「中尾怎麼會來這裡？」

「不知道，我讓他在樓下等。」

「這是怎麼回事？」哲朗努力思考，但剛睡醒的腦袋不聽使喚。

「怎麼辦？總不能把他趕走。」

「那我下樓去看看。」

哲朗換了衣服，下樓來到公寓的大廳，看到一個消瘦的男人站在大門口。他對哲朗露出了笑容。

我不認識這個人。這是哲朗腦海中閃過的第一個念頭，但同時又覺得自己認識對方。因為他很熟悉對方的眼睛和表情，那個笑容正是帝都大美式足球隊的殺手鐧——跑衛中尾功輔特有的笑容。

哲朗打開了門，中尾緩緩走了進來。他隨意穿了一件做工考究的上衣。

哲朗第一眼沒有認出他，是因為他比最後一次見面時瘦了許多，臉頰凹了下去，下巴也變尖了。哲朗想起須貝曾經笑著說，入贅女婿不好當。

「好久不見。」中尾對哲朗說。

「中尾……你怎麼會來這裡？」

「我來看老朋友啊。」

「來看老朋友？」

「對啊。」中尾點了點頭，抬頭看了一下上方說，「聽說她在這裡。」

哲朗屏住了呼吸。因為他知道中尾在說什麼。

「我今天中午打電話去須貝家，他太太接的電話，說須貝還沒有回家。我們聊了一下，結果得知他住在你家，而且當年球隊的經理也在，所以我就知道了。」

「你和須貝通過電話了嗎？」

「不，還沒有。」

如果是這樣，代表他還不知道命案的事，也不知道美月目前的狀況。

「她在這裡吧？」中尾的右手大拇指指著上方，又問了一次，「讓我見一見她。」

哲朗不知道該如何回答。他想不到拒絕的理由，即使說美月不在，就這樣請他離開也很不自然。

「走吧。」中尾率先走向電梯，哲朗只能跟在他身後。

搭電梯時，哲朗一直在煩惱該怎麼辦。既然中尾已經來了，不可能不讓他和美月見面，只是哲朗很猶豫該不該讓中尾在完全不知情的情況下和美月見面。如果不是中尾，而且美月不是殺人兇手，自己就不會這麼傷腦筋。

完全不瞭解狀況的中尾一直注視著電梯內顯示樓層的標示牌。哲朗想起他以前戴著防護面罩時的銳利雙眼。當他手上拿著球時，就像野生動物般在場上奔跑。他的身材在美式足球選手中算很瘦小，但這一點更襯托出他身為跑衛的能力。對方的防守球員就像抓不到野兔的大猩猩般在場上東跑西竄。

走出電梯，準備走回家裡時，哲朗停下了腳步。

中尾露出了納悶的表情。

「你最好有心理準備。」

中尾一臉困惑的表情，隨即露出了展現成年人從容的笑容。

「你覺得我這麼不懂世故嗎？」

「我不是這個意思，你看到日浦目前的樣子，應該會大吃一驚，所以我希望你作好心理準備。」

「歲月會在每個人身上留下痕跡。」

「但留下痕跡的方式各不相同。」

因為哲朗再三叮嚀，中尾似乎終於發現他並不是在開玩笑，於是收起了臉上的笑容，但又很快放鬆了表情。

「我只是因為覺得懷念，所以才來這裡見她，並沒有抱著任何特別的期待，所以事到如今，也不會感到失望。」

哲朗嘆了一口氣。因為會讓他感到失望的並不是「如今」，而是對他而言很重要的「過去」。

當他打開家門時，理沙子從裡面走了出來，面色很凝重。

「須貝的太太告訴他的，他說想見日浦。」哲朗對理沙子說。

「這樣啊。」理沙子也陷入了猶豫，但她應該也瞭解，眼前的狀況根本沒有退路，「那也沒辦法了。」

「嗯。」哲朗也點了點頭。

理沙子看著中尾，皺起了眉頭。「中尾，你瘦了。」

「因為我吃了不少苦啊，高倉，你還是這麼黑。」

「因為我整天都在外面。」

理沙子露出了不自然的笑容，然後看著哲朗，似乎在問他該怎麼辦。

「日浦在裡面嗎？」

「嗯。」她點了一下頭。

「那就叫她出來啊。」

「是啊。」

「等一下。」中尾說，「我去找她，沒問題吧？」

哲朗和理沙子互看了一眼後，輕輕點了點頭，「是沒問題啦。」

中尾脫下鞋子，沿著走廊走了進去。

「呃……」理沙子想要說什麼，哲朗伸手制止了她。

中尾打開了客廳的門，他走進客廳一步，但並沒有繼續走進去。他看向客廳深處停在門口。哲朗覺得他愣住了。這種狀態持續了幾秒鐘。

不一會兒，就聽到了動靜，看到美月站在中尾面前。兩個人都沉默不語。奇妙的空氣籠罩了他們兩個人，以及哲朗和理沙子。

「QB，」美月雙眼看著中尾開了口，「不好意思，可不可以讓我和功輔單獨談一談？十分鐘，不，五分鐘就好。」

哲朗看向理沙子，理沙子點了點頭。

「你們慢慢聊，不管是十分鐘，十五分鐘都沒有關係。我們會在這個房間。」

「對不起。」美月關上了客廳的門。

哲朗打開了臥室的門，和理沙子一起走進臥室。

5

在臥室內完全聽不到他們說話。哲朗盤腿坐在地上，理沙子躺在床上，等待有人來敲門。

哲朗想像美月和之前一樣，用淡淡的口吻說明複雜而痛苦的狀況，但這次是面對中尾，所以應該比之前更加難以啟齒。

哲朗回想起一片白茫茫的滑雪場。那是大學四年級那一年冬天，他和理沙子一起坐在雙人纜車上，前方是另一對情侶。他們是中尾和美月。那年冬天，他們四個人一起去苗場滑雪。

只有哲朗和理沙子知道中尾和美月在交往，因為他們要求對其他人保密，所以哲朗和理沙子至今仍然遵守這個約定。

哲朗不知道他們交往的過程，因為他不喜歡打聽這種事，而且也對隱瞞了自己和美月的關係感到內疚。美月似乎也沒有向理沙子說明和中尾交往的情況。

理沙子最先提出要去滑雪旅行。中尾也表示有興趣。哲朗因為曾經和美月發生過那件事，所以有點猶豫，只是想不到有什麼正當的理由可以拒絕，但聽到美月也表示同意，就改變了主意，認為自己也沒必要在意。

在滑雪場的飯店內，哲朗有和美月獨處的機會。當時兩個人也都沒有提起之前在公寓的那一夜。哲朗只是問美月：

「你打算日後和中尾怎麼交往？」

哲朗想問她，有沒有考慮到將來的事。

美月微微偏著頭說：

「我還沒有想這麼多，只是有點懷疑，像我這樣的女人是不是真的適合他。」

「你還真謙虛啊。」

「我並不是這個意思。」

他們當時幾乎只聊了這幾句。

現在回想起來，美月當時的話中似乎隱藏了重要的意思。她和中尾交往期間，也一直在煩惱。

中尾和美月交往不到一年。隔年新年時，中尾告訴哲朗，他們分手了。

「雖然我不是在逞強，但我並不覺得是她甩了我。」中尾當時這麼說，「該怎麼說，我們好像沒辦法維持男女朋友的關係，還是好朋友的關係最適合，我們以後也會繼續當朋友，只是不再是以前那種關係了。」

「嗯，這樣或許也不錯。」哲朗聽了之後這麼回答，但並沒有接受中尾的說法，他認為中尾就是失戀了。

但也許中尾當初並沒有說謊，雖然中尾當時並不瞭解真相，但可能已經看到了美月隱藏在內心的另一個身影。

哲朗看了一眼時鐘，發現他們已經聊了超過二十分鐘。

「我問你，」理沙子開了口，「你覺得中尾會很震驚嗎？」

「那當然啊。」

「他會不會生氣？」

「生氣？」

「覺得之前被騙了……」

「應該不至於吧。」

雖然哲朗這麼回答，但並沒有把握。自己只是和美月上過一次床，並沒有因此愛上她，但知道她內心其實是男人，心情還是很複雜。

「中尾瘦了好多。」理沙子說。

「我也這麼覺得，看來他也很辛苦。」

「雖然大家都說他娶到了有錢老婆，可以少奮鬥好幾十年。」

「可見並非只有好的一面。」

中尾娶了大型食品公司高層的千金小姐。那家公司的美式足球隊獲得日本冠軍時，他在慶功宴上認識了她。中尾是當時的王牌跑衛，那個女生並不是美式足球迷，只是剛好去那次慶功宴，所以他們應該是有緣分。

那家公司是家族企業，所以中尾未來前途無量。目前和太太、兩個孩子一起住在成城的透天厝。不用說，那棟房子當然是岳父提供的。

中尾已經改姓高城，但哲朗和其他人從來不會這麼叫他。他在以前這些老朋友面前仍然是中尾功輔，就好像大家至今仍然叫理沙子高倉。

客廳的門打開了，接著傳來了腳步聲。理沙子在床上坐了起來，哲朗也看著臥室的門。

聽到敲門聲後，哲朗說：「請進。」

門打開了，美月探頭進來說：「談完了。」

「中尾……怎麼樣？」

「什麼怎麼樣？」

「他的反應如何？」

「你是問他有沒有很震驚？」

「嗯。」

「嗯，我也不太清楚。」美月微微露齒一笑，「你自己看了就知道了。」

那倒是。哲朗和理沙子互看了一眼後站了起來。

中尾站在客廳的櫃子前，拿著放在上面的美式足球。哲朗他們走進客廳時，他拿著球轉過頭。

「當時你沒有想過自己衝嗎？」中尾問哲朗。

「當時？」哲朗問出口之後，才意識到中尾在說什麼時候，「你是說總決賽嗎？」

「對方只想到你會傳球，但不是還可以用奇襲這一招嗎？」

「有十八碼欸。」哲朗笑著說。

「的確有點難度。」當時的跑衛偏著頭，把球放回了原來的位置，然後看著理沙子問：「聽說你阻止美月去自首。」

「不行嗎？」

「不，幸好你這麼做。因為她做事向來不考慮清楚就行動，即使變成男人之後，這一點好像也完全沒變。」

中尾笑著說，似乎可以感受到他努力積極面對美月變身這件事，但哲朗仍然覺得他很可憐，所以不忍心繼續看他。

「不能讓美月去坐牢，」他繼續說道，「所以要解決這件事。」

理沙子鬆了一口氣，點了點頭說：「我就知道你會這麼說。」

「但是，你認為具體該怎麼做？」哲朗問。

中尾低下了頭，似乎還沒有考慮過這個問題。他臉頰上的陰影更深了。

「我有一個提議。」

理沙子開了口，其他三個人都看著她。她指著沙發，似乎示意大家坐下來慢慢聊。哲朗和中尾坐在一起，理沙子坐在雙人沙發上，美月抱著膝蓋，坐在客廳與和室之間的門檻上。

「我先說結論，我認為讓美月躲避警察的最佳方法，就是讓美月不再是美月，也就是要改變她的外形。」

「什麼意思？」哲朗問。

「即使警方盯上了神崎光流這個人，但這個人其實並不存在，他們只能追查像是神崎光流的那個人，所以要讓美月不像是神崎光流。」

「你的意思是，」中尾用確認的語氣問，「要美月不再當男人嗎？」

理沙子點了點頭，似乎表示中尾說對了。

「這有點強人所難，」美月說話時仍然抱著膝蓋，「事到如今，我怎麼可能再扮成女人？」

「但是，我認為如果警察循線盯上突然向『貓眼』辭職的酒保，一定會將女扮男裝這一點列為最大的特徵。」

哲朗也不得不同意理沙子的意見。因為「貓眼」的媽媽桑知道美月是女人這件事，她應該不會向警方說謊。

「所以警方應該會重點調查這種女人聚集的地方，比方說是為有這種嗜好的人提供服務的酒店。」

「你是說所謂的人妖酒店嗎……？」中尾嘆著氣說，他似乎對使用這個字眼感到不太舒服。

「我不會去那種地方。」

「我知道，所以警方不可能在那裡找到美月。既然這樣，他們接下來會去調查哪裡？」

她看著其他人的臉，似乎在觀察他們的反應，但是沒有人發言。

理沙子說出了答案。「我想應該會去醫院。」

「有道理。」哲朗恍然大悟，「你是指荷爾蒙療法嗎？」

「警方會根據『貓眼』的工作人員提供的線索，認為消失的酒保可能動了手術，至少在注射荷爾蒙。這種人必須定期去醫院，所以一定會去調查。」

「並不是只有正規的醫生才能注射荷爾蒙。」美月冷冷地說。

「也許是這樣，但你認識的無牌醫生，警察也完全有可能找到。」

美月沒有回答。這代表理沙子的推論正確。

「所以美月暫時無法去醫院嗎？」中尾用指尖按著雙眼的眼角。

「是啊，既然這樣，美月就不能一直扮成男裝，因為這太危險了。」

「為什麼？」哲朗問。

「因為如果不持續荷爾蒙療法，她的身體就會慢慢變回女人。現在她看起來是男人，但別人很快就會知道她只是女扮男裝，到時候就會很引人注目。既然我們決定要窩藏她，當然不可以讓這種情況發生。」

「但警方可能會猜到嫌犯恢復了女兒身。」

中尾說道，理沙子回答說：

「我也這麼認為，這也是無可奈何的事，但並不影響我們的有利條件。警方並不知道神崎光流的本名，認識神崎光流的人也不知道『他』變回女人時的樣子。只要美月持續當女人，警察掌握的線索幾乎無法發揮作用。」

哲朗在腦海中思考著理沙子熱切說明的情況，覺得她的主張似乎很合理。

但是，美月似乎並不認為這個妙計是好建議，她咬著食指的第二個關節。

哲朗對理沙子說：「理沙子，剛才日浦說要自首時，你不是說，她好不容易擁有男人的身體，不能輕易放棄嗎？但現在你又要她放棄。」

「我承認這樣的說法自相矛盾，但我認為自己說的話很合理。」理沙子站了起來，站在美月面前說，「一旦你去坐牢，就會不由分說地奪走你最重要的東西，無視你的意志和原則，我認為這和為了未來著想，暫時恢復女兒身，兩者的意義完全不同。」

美月抬起頭問：「要持續到什麼時候？」

「這個問題，」理沙子猶豫了一下說，「老實說，我還不知道，只能且走且看了。」

「所以有可能要一輩子。」

「怎麼可能那麼久……」

「殺人罪的追訴時效好像是十五年吧？」美月看著哲朗問。

「對。」哲朗點了點頭，美月苦笑著吐了一口氣，「所以最糟糕的情況，就是我還要等十五年，才能拋棄女人的身分。」

她小聲嘀咕，其他人沉默以對。每個人都陷入了沉思。

「美月，」隔了一會兒，理沙子開了口，「事到如今，我要說出我內心的真實想法，如果只在意場面話，之後就沒辦法做任何事。」

哲朗看著妻子的臉，不知道她打算說什麼。美月也一臉驚訝地抬頭看著理沙子。

「我想大家都知道，我是女人，所以理所當然地擁有女人的身體。身為女人，我想問一個問題，你到底對女人的身體有什麼不滿？我相信你的身體在抗議，你根本沒有理由這麼討厭它。」

「那是因為你的身心一致。」哲朗在一旁插嘴說，「日浦的身心無法一致，所以才會這麼痛苦。」

「我瞭解這一點，但是，為什麼非要一致不可？即使內心是男人，身體是女人也可以啊。」

「我希望別人把我當成男人，」美月說，「所以需要男人的外表，你應該能夠瞭解。」

理沙子雙手扠腰，輕輕地深呼吸。

「美月，你說的話中包含了一個重要的問題，就是每個人對別人的態度，會因為對方是男人或是女人而有所不同。」

哲朗以理沙子難以察覺的角度微微偏著頭，輕輕嘆了一口氣。她又要說這些了。

「你們難道不認為這很奇怪嗎？」

「無論奇不奇怪，這就是現實，所以也無可奈何。」美月心灰意冷地說。

「難道不想要改變這種現實嗎？只要別人不會因為對方是男人或是女人，就會有不同的態度，不是就可以消除你內心的不滿嗎？」

「這種問題沒辦法輕易解決，」哲朗說，「日浦認為無法輕易改變這個社會，所以只能改變自己。你說的話根本是夢幻的理想論。」

理沙子終於轉頭看著他。

「我當然知道，所以我希望可以尊重美月的意見，我只是想告訴她，改變肉體讓自己得到合理的對待只是一種妥協方案，並沒有真正解決問題。這才是我真正的想法。我剛才不是說了，我要把真心話說出來嗎？而且我還要說一句，」她再度低頭看著美月，「美月對擁有女人的身體感到的不滿和生氣，其實每個女人都或多或少有相同的感受，並不代表內心是女人，就認為這種情況無所謂，只是已經習慣了，只是灰心了而已。我想要說的就是這些。」

理沙子說完之後，回到沙發坐了下來，拿起桌上的香菸，用打火機點了火。她吐出的煙飄在空氣中，空氣變得白而混濁，似乎代表了在場所有人的心情。

「理沙子……你忘了一件重要的事。」美月說，「並不是只有別人會看到自己的樣子，這個世界上有一樣東西叫鏡子。」

「難道你不覺得看鏡子的雙眼也扭曲了嗎？」

「也許是，但這已經是無可奈何的事了。」

理沙子的嘴唇動了一下。我可不這麼認為——她可能想這麼說，但並沒有說出來。

這時，電話鈴聲響起，震撼了凝重的空氣。哲朗接起了電話。

「喂？」

「是西脅嗎？是我，須貝。」

「喔，怎麼了？」

「我老婆闖禍了，她告訴中尾，說日浦在你家。」

「這件事我已經知道了，中尾正在我家。」

「啊？是這樣嗎？」須貝降低了音量，「情況怎麼樣？」

「沒事，中尾很冷靜。」

須貝鬆了一口氣。

「那真是太好了，我還擔心會造成什麼麻煩。」

「你不必擔心，我們會妥善處理。」

「對不起，我都幫不上忙，但不瞞你說，我也去打聽了消息。警方的偵查似乎並沒有太大的進展，所以，現在自首的話……」

「等一下，你去哪裡打聽消息？」

「沒什麼啦，只是打電話給早田問了一下。」

「早田？」哲朗用力握住了電話，理沙子、美月和中尾都露出了不安的表情。哲朗看著他們，對著電話問：「你在電話中對他說了什麼？」

「我就說如果他瞭解江戶川區那起命案的情況，希望他告訴我。因為我朋友住在那附近，想瞭解詳細的情況，他並沒有起疑心。」

「早田馬上告訴了你相關情況嗎？」

「他說需要一點時間調查，就掛上了電話，然後他又打給我。他目前沒有加入記者協會，是自由記者。根據他打聽到的消息，目前已經查明了被害人的身分，果然就是那個板橋的老頭，但也只知道這些而已，警方還不知道他是跟蹤狂，也不知道他曾經去過銀座的酒店。」

須貝的聲音聽起來很興奮，可能對自己打聽到有用的消息感到很興奮，但哲朗並不認為這個消息有什麼價值，他更在意另一件事。

「我瞭解了，須貝，你沒有向早田透露什麼吧？像是日浦的事。」

「我怎麼可能告訴他？我還沒那麼笨。」

雖然沒那麼笨，但也夠笨了。哲朗很想這麼說，但還是忍住了。

「好，那就謝啦，但你不要再打電話給早田了，無論他問你什麼，你都回答說，那件事不重要了。」

「為什麼？只要和他搞好關係，很容易掌握最新消息啊。」

「反正你按照我說的去做就行了，你也不想被捲入麻煩吧？」

「是啊，正因為這樣……」

「答應我，不要再去找早田。」

須貝聽到哲朗嚴厲的口吻似乎很驚訝，沉默片刻後，很不甘願地說：「好吧。」

哲朗掛上電話後，把電話中的情況告訴了其他三個人。中尾苦笑著，理沙子抱著頭。

「早田應該會起疑心。」美月說。

「八成會，他的直覺超敏銳。」哲朗也表示同意。

早田在報社工作，目前是擔任社會部的記者，那是他學生時代的志願。

「但只是須貝向他打聽而已，他不可能知道美月或是我們和這起案子有關吧？」

「目前應該不知道，只能祈禱他趕快忘了這件事。如果他直覺感到不對勁，突然上門，那就只能認輸了。」

「果真如此的話，就只能拜託他也一起幫忙。」

「這可能是白費力氣。」中尾用平靜的語氣說，「無論是好是壞，他這個人做事不受感情影響。他能夠冷靜思考自己現在該怎麼做，然後採取行動。我認為他會選擇工作。」

「我也這麼認為。」美月喃喃地說，「所以他才能夠當邊鋒。」

邊鋒必須阻止對方球隊絆鋒的行動，但有時候必須衝破防守網，接住同隊球員傳來的球，衝向得分線，是最需要隨機應變的位置。

「既然須貝打了那通電話給他，他可能會來向我們探聽消息，我們要有心理準備。」哲朗對理沙子和中尾說。

夜深了，中尾說要回家。哲朗把他送到公寓門口。

他的車子停在公寓前的馬路旁，是一輛深綠色的Volvo，但車尾燈旁凹了一大塊。哲朗指著那裡問：「這裡怎麼了？」

「喔，你問這個啊，上次被人從後面追撞。」

「你沒事吧？」

「沒有撞得很嚴重，幸好沒有受傷，這不重要。」中尾直視著哲朗的雙眼，「美月的事就拜託你了。」

「我知道。」

中尾點了點頭，坐進了駕駛座。他發動引擎後，打開車窗說：「那就改天見。」

「中尾，我可以問你一個問題嗎？」

他聽了哲朗的話，露出一絲微笑。

「你是不是想問我，得知美月的內心是男人後，有什麼感想？」

「……是啊。」

「嗯，也不能說不震驚，但我認為沒有關係。」

「沒有關係？」

「我是說和我們那時候沒有關係，我相信美月和當時的我在一起時，絕對是女人。」

「是嗎？」哲朗也對他露出笑容，「是啊。」

「我走了。」中尾舉起一隻手，關上了車窗。

Volvo 靜靜地駛離，哲朗目送著車尾燈遠去。

第三章

1

灰濛濛的天空下，幾名女子選手在老舊工廠前跑步。每個選手的手腳動作都強勁有力，充滿節奏感。成果應該很不錯。哲朗向來都認為，這些長跑選手的速度遠遠超過普通人全速奔跑的速度，他們竟然能夠維持那樣的速度連續跑幾千、幾萬公尺。

她們的教練有坂文雄正低頭看著數位碼錶，然後露出詢問的眼神看著哲朗。他的眼神充滿自信，完全不認為哲朗會說出否定的意見。哲朗當然無意破壞他的好心情。

「看起來很不錯啊，比我上次看到時更進步了。」

有坂點了點頭，把手伸進深藍色運動服內側，用力抓著腋下。雖然他並不胖，但脖子周圍開始有贅肉。他以前當選手時，瘦得像支鉛筆。他在箱根驛站接力賽中受到矚目，但在加入企業田徑隊後，成績始終無法突破，而且也經常受傷。

「對了，你今天來採訪什麼？上次不是才來採訪過驛站接力賽嗎？」有坂問他。

「其實我想拜託你一件事，你上次不是和我提到第一高中那名選手的事嗎？」

「第一高中？」有坂說到這裡，似乎想起來了，「喔，你是說末永啊。」

「對，我記得她叫末永睦美……我想瞭解那名選手的事。」

「這件事你應該問中原，因為他比我瞭解得更清楚，但是，」有坂看著哲朗問：

「你想採訪她嗎？」

「我很希望可以和她見一面。」

「是喔，我覺得最好還是不要。」

他們一起走回田徑隊活動室時，一個身穿白色防風衣的矮個子男人走向有坂。

「有哥，我把肌力訓練的資料放在你桌上了。」

「喔，謝謝，對了，西脅先生有事找你。」

「喔？什麼事？」

那個男人對哲朗露出笑容。他是田徑隊的隊醫中原，也是大學的副教授。

「他想瞭解末永的事。」

「這樣啊。」中原收起了眼中的笑意，在一旁的長椅上坐了下來，「你想瞭解她的什麼事？」

「瞭解她的具體情況，我聽說她是陰陽人。」

「對，就是性別分化異常的疾病，她同時有典型的男性和女性的生殖器。」

「在戶籍上是女性嗎？」

「對，是女性，可能在出生的時候並沒有看到小雞雞，也就是所謂的真性陰陽人，同時具有睪丸和卵巢組織，尤其在嬰兒時，很難區別男女。」

「那名選手真的是陰陽人嗎？」

「哪有什麼真的假的，那是她自己說的。」有坂在一旁插嘴說。

有坂說，他在今年夏天得知這個叫末永睦美選手的事。以前也曾經參加過第一高中田徑隊的選手問有坂，陰陽人是否可以參加女子比賽。

末永睦美在中學之前，和正常女生一樣生活，她也對自己的身體沒有任何疑問。但她在中學二年級那一年的冬天，發生了車禍住院，當時，她的主治醫生發現了她身體的秘密。

但是，她的父母在瞭解真相之後，並沒有帶她去動手術，主要的理由是目前對生活並沒有影響，可能還有經濟的問題。末永睦美以正常女生的身分進入了高中，參加了田徑隊。

上高中後，很快就發生了異常的變化。睦美的身體漸漸出現了男性化的特徵，同時，她的田徑成績也開始進步。田徑隊的顧問老師傷透了腦筋。因為她在參加田徑社時，就已經告訴老師，她是陰陽人這件事。

「因為她有睪丸，所以會分泌男性荷爾蒙，這就好像女性選手使用了興奮劑。事實上，這個姓末永的女生身上的肌肉也不像是女生，她的成績能夠破紀錄，應該也是這個原因。」中原向哲朗說明。

「雖然沒有留下正式紀錄，但顧問老師說，她曾經不到十五分鐘就跑完了五千公尺。」

哲朗聽了有坂說的話，忍不住瞪大了眼睛。

「那不是日本女子五千公尺的紀錄嗎？」

「還曾經在九分鐘內跑完三千公尺。」

「這也很厲害，」哲朗忍不住提高了音量，「但如果做性別檢查，就會發現她不是女生吧。」

中原聽了哲朗的話後搖了搖頭說：

「不，在性別檢查中，會判定她是女生。」

「啊？是這樣嗎？」

「有很多種檢查方法，最近都用PCR法，也就是讓DNA增殖的方法，但本質上和以前沒有太大的差別，就是檢查性染色體。你應該聽過男人的性染色體是XY型，女人是XX型吧？」

「對。」

「從巴塞隆納奧運開始採用這種最新的方法，就是找出具有Y染色體的人，但陰陽人並沒有Y染色體，所以即使接受檢查，也被認為是女人。」

「既然這樣，那個姓末永的女生不是沒有問題了嗎？」

「檢查上的確沒有問題，我猜想過去可能也曾經有這種選手參加比賽。」

「現在應該也不時有這種選手，」有坂說，「有些外國選手一看就覺得有問題，竟然大搖大擺地上場比賽。」

「即使這樣，只要通過性別檢查，別人就不能光憑外表抗議。」

「所以末永選手也可以用相同的手法。」哲朗說。

「但這有道義上的問題，」中原說，「陰陽人是先天性疾病，因為疾病的關係，具備了原本女性並不具有的能力，難道你不認為讓這種選手上場比賽有問題嗎？」

「你是說不公平嗎？」

「這當然也是原因之一，但在討論這個問題之前，周圍的人不是應該先協助她解決問題嗎？也就是說，有人會認為，既然生病了，就必須以治療為最優先，根本不可以為了讓她破紀錄而上場比賽。」

「但是，如果周圍的人根本不知道……」

「沒錯，如果沒有人知道，或許就沒有問題了，問題在於我們已經知道了。」

「所以有時候忍不住想，乾脆不知道就好了。」有坂露出了苦笑，「如果她一直隱瞞就好了，這樣的話，我就會毫不猶豫地把她挖角過來，只不過現在既然已經知道了，就無法這麼做。」

雖然有坂半開玩笑地說，但似乎也透露出他內心的真實想法。

「有沒有相關的規定？」

「沒有正式的規定，應該說，無法建立規定。我剛才也說了，目前的性別檢查並無法找出陰陽人，只能由選手主動告知。」

哲朗聽了中原的說明後，仍然想不通。

「那如果陰陽人的選手想要上場比賽呢？」

「沒有理由不讓她比賽，但是日本田徑協會可能會要求她不要參加。」

「理由是什麼？」

「因為比賽的成績沒有意義。假設那名選手破了日本紀錄，真的可以成為日本女子比賽的新紀錄嗎？」

哲朗無言以對，他明白了問題的癥結。

「我認為她是出色的選手，」有坂說，「即使撇除她特殊的身體，我仍然認為她是一個能力很強的選手，但如果要讓她參加比賽，一定會遭到干涉。而且和日本田徑協會作對也沒有好處，於是就必須說服選手不要參加比賽。既然這樣，就失去了意義，我們不可能吸引無法參加比賽的選手。」

這是身為企業田徑隊的教練合理的意見。哲朗點了點頭。

「那名選手高中畢業後有什麼打算？」

「聽說她好像要放棄田徑，她當初參加高中田徑社時，也沒有想到可以參加比賽，只是基於興趣參加了田徑社。」

「她只是基於興趣就破了日本紀錄，」有坂抓了抓頭，「果然不是女人。」

哲朗離開泰明工業後，在電車上一直在思考末永睦美這名選手的事。他是因為聽了美月的告白，才想深入瞭解這名選手的情況。性別認同障礙和陰陽人，雖然一個是身體上的障礙，一個是精神上的障礙，但兩者都是超越了性別的問題。該如何對待這些人？哲朗為這個問題煩惱著。

他能夠理解女子體壇無法接受真性陰陽人選手參加比賽的理由，這些人具有和男人一樣的體力，普通的女子選手無法平等和她們比較。

但是，這代表她們不是女人嗎？她們在戶籍上是女人，當事人也自認為是女人，卻不把她們當成女人，不是很不合理嗎？

使用興奮劑當然是卑劣的行為，但陰陽人選手是因為自身的特殊能力分泌男性荷爾蒙，而且從某種意義上來說，體育運動不就是特殊能力的比較嗎？田徑界有一句話，短跑選手不是靠培養，而是靠基因。這句話的意思是，成為頂尖短跑選手的資質在出生時，已經由基因決定了。奧運和世界錦標賽進入一百公尺決賽的幾乎都是黑人選手，就證明了這句話的真實性。和其他人種相比，他們顯然具備了特殊的能力。

體育界在區分男女這件事上，除了對待陰陽人的問題，在其他方面也產生了矛盾。

聽中原醫生說，曾經有任何人一看就認為是女人，戶籍上也是女人，當事人也自認是女人的選手，在性別檢查時，卻被判斷為「不是女人」。

「性別檢查的基本就是檢查有沒有Ｙ染色體，但問題是有些女人身上有Ｙ染色體，而且她們絕對是女人，至少在運動方面，在體力上並沒有比其他女性更有利。」

中原又接著說，有兩種類型的女人會發生這種情況。一種是罹患了睪丸女性化症的病人，罹患這種疾病時，細胞內缺乏接受男性荷爾蒙的受體，因此，無論睪丸再怎麼製造男性荷爾蒙，身體都無法男性化。也就是說，雖然有睪丸，也有ＸＹ的染色體，但體型完全是女性。

另一種情況是性腺發育不全症，這是睪丸在胎兒期的早期就已經發育不全的疾病，因此無法分泌男性荷爾蒙。由於染色體是ＸＹ，原本應該是男性，但因為缺乏男性荷爾蒙，所以變成女性的身體。

這兩種情況的染色體都是ＸＹ，所以都無法通過性別檢查，但這些人的外表明顯是女性，社會也認為她們是女性，當事人也完全接受自己是女人這件事。

「目前因為這兩種疾病廣為人知，所以只要接受醫生的檢查，出具證明，就可以具有比賽資格，但是，以前罹患這兩種疾病的病人，即使有出色的成績，也無法參加需要接受性別檢查的比賽。」

哲朗認為太不合理了。

「完全不合理，雖然現在有相關措施可以協助這些選手，但她們還是會一度承受異樣的眼光，這根本是人權問題。性別檢查的內容，就是如果身體分泌大量男性荷爾蒙，而且身體受到這種荷爾蒙的影響，就無法認為是女性。雖然這是一條明確的界線，但也同時留下了是否能夠用這種方法區別性別的疑問。陰陽人選手，就是這種悖論具體化的存在。」

於是哲朗問，到底該怎麼解決這個問題，中原也沒有理想的答案。

「我個人認為，必須徹底改變男女有別的想法。因為男人和女人的界線很模糊，硬是要在兩者之間畫出一條線，當然會產生各種矛盾。如果無論如何都必須畫一條線，就必須告訴眾人，這並非從本質上區分男女。」

哲朗思考了美月的情況。她認為自己是男人，所以如果要參加運動比賽，她當然想要參加男子組的比賽。這件事並非不可能。因為目前只針對女子選手做性別檢查，但是，美月和男子選手一起比賽，根本沒機會獲勝。如果要在平等條件下和其他選手一較高下，她就必須參加女子組的比賽。

哲朗認為正如中原所說，區分男女是一件極其困難的事，而且這個問題可能並不僅止於運動方面而已。

哲朗很希望見一見那名姓末永的選手。中原說，如果有機會，會幫忙問一下。

2

回到公寓時，已經是晚上了。

「我回來了。」他打開門，對著屋內叫了一聲，但沒有人回應。

哲朗拿著東西，沿著走廊往裡走，打開了客廳的門。

他看到了裸體，忍不住倒吸了一口氣，愣在原地。

美月裸著身體。雖說是裸體，但穿了四角內褲，只是解開了平時綁住胸部的白布。她的乳房雖不大，卻明顯不是男人的乳房。她完全沒有遮掩，盤腿坐在地上，用力挺著胸膛，眼睛看著斜上方。

哲朗不敢正視她。

他仔細打量客廳，發現沙發和茶几等家具都移到了角落，理沙子在客廳中央，手上拿著相機，沒有回頭看哲朗一眼。

接著連續聽到了三次按快門的聲音。

「你在幹嘛？」

哲朗問，但理沙子沒有回答。她移動位置，尋找不同的角度。找到理想的角度後，就立刻按下快門。

「頭再稍微抬一點，然後身體稍微往右側轉一點。嗯，這樣就好。保持自然，隨便做什麼表情都可以。」

理沙子拍了幾張這個姿勢之後，打開了相機的蓋子，換了底片。

「喂，理沙子，」哲朗又叫了一聲，「你沒有聽到我說話嗎？喂！」

理沙子故意用力聳肩膀嘆了一口氣說：「當然聽到了啊。」

「那為什麼不回答？」

「因為我不想回答。我在拍照時想要專心，但現在無所謂了，已經分心了。」理沙子坐在移到角落的沙發上，「怎麼了？有什麼事？」

「我在問你，你在幹什麼？」

「你看了不就知道了嗎？我在幫美月拍照。」

「為了什麼目的？」

理沙子微微聳了聳肩。

「沒什麼理由，只是想拍就拍了，不行嗎？」

「我原本並不想拍，」美月在一旁說，她不知道什麼時候已經穿上了襯衫，「因為我不想讓人看到這種胸部，但理沙子說，要為目前的樣子留下紀錄，我就覺得如果不再注射荷爾蒙，不久之後，又會恢復女人的身體，努力練了這麼久的肌肉也會消失。」

「我並不是在拍美月的回憶，只是身為攝影師，拍下該留下畫面的內容，美月的身體具有這樣的價值。」

「有嗎？」美月抓著後腦勺。

「你該不會打算發表？」

「目前還沒有這個打算。」

「目前？」哲朗換了一種方式，「以後也不行，你瞭解狀況嗎？」

理沙子做出了好像在趕煩人的蒼蠅般的手勢。

「我當然瞭解，又不是小孩子。」

正當哲朗想要再次問她「你真的知道嗎？」時，理沙子跳了起來，急忙舉起了相機。

美月嘴裡叼著菸，正準備點火。她驚訝地停下手，理沙子連續拍了好幾張。

「沒關係，你可以點火，不必看我沒關係，可以隨意抽菸，只要放輕鬆就好，不必在意姿勢。」

快門的聲音響個不停，美月就像隨著笛聲跳舞的蛇一樣扭動著身體，她的動作既妖豔，又兇猛。理沙子像野獸一樣在她周圍移來移去，令人眼花。她們兩個人的動作和表情完美地同步。自己的高漲情緒對對方產生影響，對方散發的氣場又令自己陶醉，兩個人之間形成了這樣的循環，旁人根本無法踏入她們形成的世界中。

「嗯，這樣很好，你可以盤著腿，展現一點男人味，讓我欣賞一下你的男人味，只讓我一個人欣賞。」

哲朗聽著理沙子的聲音，從冰箱裡拿出一罐啤酒，走出了客廳，然後打開了臥室旁邊那間儲藏室的門。

雖說是儲藏室，但大約有兩坪左右，房間的格局圖中，也標示為儲藏室，其實就是多了一個房間，但據說因為建築法規的關係，所以無法標示為房間。

理沙子原本打算用這個房間作為暗房。因為哲朗向來習慣在咖啡店寫稿，所以原本說他不需要工作室。但隨著工作逐漸增加，他開始需要在家裡寫稿。原本只打算暫時借用一下，於是放了一張桌子，開始在這裡工作。之後又添購了書架和櫃子。理沙子當時還沒有成為獨當一面的攝影師，哲朗並沒有和理沙子討論，就先下手為強，慢慢占據了這個房間。

理沙子並沒有針對這件事當面表達過任何不滿，但有時候會把沖洗好的黑白底片或是照片晾在這個房間。哲朗每次看到，就感受到她無言的抗議——我可沒有同意你用這個房間。

哲朗坐在椅子上，打開了筆電的電源開關。在等待開機時，打開了罐裝啤酒的拉環。

「太好了，我原本還擔心你會搬一台桌上型電腦進來。」

哲朗想起他換筆電時，理沙子對他說的話。哲朗經常必須在外工作，不可能買桌上型電腦，但她似乎還是想藉此表達不滿。

哲朗可以隱約聽到理沙子她們的聲音，但聽不清楚說話的內容，只知道她們有說有笑。理沙子情緒高漲，哲朗很久沒有看到她剛才拍照時的表情了。

這時，那對裸露的雙峰冷不防地浮現在哲朗的眼前。那是剛才瞥到的景象。不知道是否因為平時都用白布包起的關係，看起來比其他部分白皙，大小和形狀和十多年前看到時沒有太大的差別。

「沒關係啦。」

記憶中的美月對他呢喃。她的臉和剛才看到的乳房重疊在一起，他回想起吸吮她乳頭的感覺，緩緩揉搓的感覺也在手心甦醒。

他的下體突然膨脹起來。他對眼前的狀況感到不知所措，急忙把大學時代的畫面趕出腦海，但幾分鐘前看到的裸體仍然深深烙在腦海。

他咕嚕一聲喝啤酒時，掛在椅背上的上衣中，傳來手機的鈴聲。他慌忙拿出手機。

「喂？」

「嗨，是我。」

「喔！」哲朗忍不住緊張起來。打電話給他的是早田。「真難得啊，有什麼事嗎？」

「你現在方便嗎？你在哪裡？」

「我在家裡。」

哲朗想起須貝的事。須貝說，他曾經打電話向早田打聽命案的事。

「上次沒機會好好聊，真是太可惜了。」

「是啊，不過，那種氣氛也沒辦法好好聊。」

「我有一件小事想拜託你，你明天有空嗎？」

哲朗在回答的同時，思考著早田打電話給他的理由。

「明天？是什麼事？」

「不是什麼大事，我想去一個地方採訪，但一個人去不太方便。我可以請你吃飯作為酬謝。」

「你可以找同事一起去啊。」

「不，最好避免和同事一起去，如果你明天不方便，可以選你方便的日期，我可以配合你。」

哲朗覺得早田的態度很奇怪。他打電話給自己這件事本身就很不尋常，而且一定有什麼重要的事，才會拜託自己。哲朗有一種不祥的預感，但也想不到拒絕的理由，而且更想知道早田的目的。

「好，那我們明天約在哪裡見面？」

3

早田和他約在池袋車站前的一家咖啡店。哲朗在約定的六點準時走進咖啡店，早田幸弘已經坐在後方的座位，看到哲朗時，輕輕向他揮了揮手。

「不好意思，臨時約你。」

「沒關係，你要我陪你去哪裡？」哲朗點完咖啡後，早田對他說。

「等一下會告訴你，在此之前，我想要你先陪我去另一個地方。真的很抱歉，你可以陪我去嗎？不會占用太多時間。」

「沒問題啊，要去哪裡？」

「離這裡不會很遠，開車不到二十分鐘，時間還早，可以先慢慢喝咖啡。」早田說完，點了一支菸。他旁邊放了一個小紙袋。

不一會兒，咖啡送了上來。哲朗喝著咖啡，思考著早田的目的。他從須貝的電話中察覺了什麼嗎？即使是這樣，也沒有理由來找哲朗。哲朗祈禱一切都是自己杞人憂天。

他突然想起了選手時代的早田。他無論進攻還是防守都無懈可擊，而且很瞭解規則和戰術，原本想當四分衛，但總教練認為他具備了當邊鋒的資質，所以拔擢他當邊鋒。也就是說，他不僅有防守能力，也具備充分的積極性，能夠接到隊友趁敵隊不備傳過來的球。

「工作怎麼樣？會很忙嗎？」早田問。

「有點忙，年底有很多足球和橄欖球的比賽。」

「美式足球呢？人氣仍然低迷嗎？」

「是啊，即使寫了稿子，也沒有雜誌社願意用。」

早田聽了哲朗的回答，無聲地笑了起來。他捻熄了菸，又叼了一根在嘴上。

「我原本以為你畢業之後，還會繼續打美式足球。」

「是嗎？」

「因為我以為你還有未完成的事，但也許你沒有繼續踢是正確的決定，雖然當時也有幾家企業的球隊找我。」早田朝著上方吐著煙，「我不想再踢美式足球了，應該說，不想再玩團體賽了，是因為那時候還在讀書，所以才有辦法。」

「你現在不也是組織的一分子嗎？」

「只是形式而已。」早田的話中透露出他身為記者的自尊心，「高倉是不是對你沒有繼續踢球感到很失望？」

「並沒有啊。」

「你沒有和她討論嗎？」

「沒有。」

「這樣啊。」早田點了點頭，把還剩很長的菸在菸灰缸裡折彎了，拿起帳單站了起來，「我們差不多出發吧。」

在車站前攔了計程車，早田一上車，就對司機說，去板橋車站。

「板橋？」哲朗驚訝地問。

「對，要去一起命案的被害人家裡，是一個星期前發生的命案。」早田看著哲朗的臉回答後問：「怎麼了嗎？」

「沒事。」哲朗輕輕搖了搖頭。

「那個家庭的男主人遭到殺害，在江戶川區的工廠內發現了屍體。目前還沒有查到兇手，被害人是一個落魄的中年男人。雖然這麼說有點不厚道，但那是一起沒有亮點的命案。」早田拿出了香菸，但又立刻把手放回了口袋。他似乎發現車上貼了禁菸車的貼紙。「你知道這起事件嗎？報紙上也有刊登。」

「好像有看過，但不太記得了。」

「我想也是。」早田點了點頭，看向前方。

哲朗感覺到腋下流著汗。他不認為這是巧合。早田知道哲朗和那起殺人命案有關，才邀他一起前往被害人家中。早田為什麼會知道？八成就是須貝打了那通電話的關係，但早田光憑那通電話，就想到和哲朗有關嗎？真是如此的話，真的可說是心思敏銳，但哲朗認為還有其他因素，只是目前還不知道是什麼。

「去被害人家裡幹什麼？」哲朗問。

「只是問兩、三個問題而已，你也可以去其他地方等我，但是，」他的嘴角露出了意義不明的笑容後接著說，「考慮到你今後的發展，你和我一起去採訪也不壞。你總不能一直都寫運動相關的報導。」

「是啊。」哲朗想了一下之後回答，「那我就和你一起去好了。」

雖然搞不清楚早田的目的，但正因為這個原因，哲朗想要瞭解他到底想做什麼，而且也想知道目前警方偵辦的進度。

早田點了點頭，似乎表示贊同。

他們在很多小房子密集的住宅區下了計程車，走了一小段路之後，早田停下腳步說：「就是那棟房子。」他指向一棟老舊的透天厝，可以勉強停一輛小型車的狹小車庫旁，是一道油漆已經剝落的大門。門旁是時下很少見的按鈕式門鈴。

「差不多二十坪左右吧？」哲朗抬頭看著二樓的廉價鋁窗問。

「十八坪。」早田不假思索地回答。

「你調查過？」

「因為被害人死了，所以我想知道誰可以得利，但我猜錯了。即使這種巴掌大的房子，賣掉可能也有不少錢，只不過屋主另有其人，那就根本撈不到好處。」

「是租的房子嗎？」

「好像是他堂哥的房子，他的堂哥開了一家鐵工廠，被害人在那裡當董事。正確地說，是他遭到原本的公司裁員後，他的堂哥好心收留他。他的堂哥既要為他安排工作，還要為他安排住處，有他這種親戚還真倒楣。」早田指尖夾著菸，搖晃著身體。

聽早田說話的語氣，他應該詳細調查了戶倉明雄的情況。

「其實他只是掛專務董事的頭銜，並沒有特別的技能，也不是有什麼談判能力，唯一能做的工作，就是和客戶應酬。因為老闆不會喝酒。」

「會去銀座這種地方應酬嗎？」

「嗯，應該也會去銀座吧。」

哲朗猜想他就是在那時候去了「貓眼」。

「以專務董事的身分來說，他的生活似乎很樸素。」哲朗再度看向那棟房子。

「我剛才不是說了，他只是掛名而已，鐵工廠的員工都很看不起他，說他是『狗屁專務』，收入應該也不理想，而且受到不景氣的影響，他在去年度就被解僱了。」

「所以目前失業嗎？」

「就是這麼一回事。」早田把變短的萬寶路淡菸丟在地上，用厚底鞋踩熄了。「好了，大致的情況介紹完畢，我們走吧。」

哲朗點了點頭，跟在早田身後邁開了步伐。

來到那棟房子前，早田按了門鈴。哲朗看了旁邊的車庫，車庫內有三個沒有泥土的花盆，和一輛框架已經生鏽的腳踏車。哲朗覺得這麼狹小的車庫應該停不下普通的轎車，所以戶倉開的是小型車嗎？但他記得美月說，他們在車上扭打，既然這樣，就不可能是小型車。

哲朗想到這裡時，門內傳來了動靜，接著聽到了門鎖打開的聲音。門打開了十公分左右，掛著一條舊門鏈。

一個矮小的老婦從門縫中探出頭，瞪大了一雙滿是皺紋的眼睛。

早田自我介紹後，把名片從門縫中塞了進去。

「我想針對案件請教你幾個問題。」

老婦看到名片上印了報社的名字，似乎稍微放了心，但仍然露出不安的眼神看著他們兩個人。

「警察要我不要多談。」

「如果遇到你不想回答的問題可以不回答，我不會窮追猛打，一直追問。」早田用哲朗以前從來沒有聽過的溫柔語氣說道，然後頻頻鞠躬。

老婦似乎不太想接受採訪，但最後還是關了門，解開了門鏈，再度把門打開。這次看到了她的全身。哲朗這才發現，她並不是矮，而是背很駝。

「請問你要問什麼？」

「主要是關於明雄先生，像是他的日常生活之類的。」

「刑警也問了很多相關的問題，但好像沒什麼幫助。」

她似乎是說對偵查沒什麼幫助。

「沒關係，我們並不是刑警，只是想瞭解明雄先生的為人之類的情況。」

「喔，這樣啊……」看起來像是戶倉明雄母親的老婦低頭猶豫起來。雖然她並不歡迎不速之客，但可能個性比較膽怯，所以無法明確拒絕。

「稍微打擾一下，可以嗎？」早田趁她在猶豫時走進門內。老婦仍然帶著遲疑的表情，點了點頭，「喔」了一聲。

哲朗以為早田只是站在玄關和老婦聊幾句，沒想到他一進門，就開始脫鞋子，連哲朗也嚇了一跳。他似乎打算進屋。戶倉的母親也有點不知所措，但並沒有叫他不要進屋。

一進屋，就是一間兩坪多大的和室，中央放了一張圓桌，後方放著電視、茶具櫃和小佛壇。哲朗想起曾經在以前的家庭電視劇中看過類似的房間，接在電視上的遊戲機是唯一有現代感的東西，應該不是老婦在玩，而是孫子的遊戲機。

佛壇上放著戶倉明雄的照片。早田在徵求他母親的同意後上了香，合掌祭拜了一下。哲朗也跟著祭拜。然後，早田把帶來的紙袋遞到老婦面前說：「這是一點心意。」

老婦張了張嘴，但最後什麼也沒說，鞠了一躬後接過紙袋。

早田再度表達哀悼後，確認了老婦的名字。她叫佳枝。和兒子同住三年，之後和丈夫一起住在練馬的公寓內，她丈夫去世之後，她搬來和兒子夫婦同住。

「所以你沒有其他孩子嗎？」早田向她確認。

「我只有明雄一個兒子，和親戚也沒有來往，所以現在只剩下一個人了。」

佳枝說，今年三月之前，明雄的妻子泰子和獨生子將太也一起生活在這裡，但她說不清楚泰子帶將太離開的原因。

「因為他們經常吵架，所以最後泰子可能忍無可忍了。」

「他們為什麼原因吵架？」

「不清楚。」佳枝微微側著滿是皺紋的圓臉，「因為我告訴自己，不要去干涉兒子和媳婦的事。」

「會不會是你兒子外遇？」

佳枝面不改色地說：

「可能曾經有過這種事，但我不太清楚，因為我也很久沒有和兒子好好聊天了。」

她的語尾變成了嘆息。

哲朗在一旁觀著他們的對話，無從瞭解她是否有所隱瞞，但很可能因為警方的叮嚀，所以她在關鍵問題上含糊其辭。

「不好意思，聽說明雄先生目前失業。」早田說，「所以他每天都在幹什麼？他都一直在家嗎？」

「嗯，有時候在家，有時候不在家……不一定。」

「他晚上會出門嗎？」

「嗯，呃，有時候……」

「他去哪裡？」

「這我就不知道了，」老婦微微偏著頭，「雖然是我的兒子，但畢竟已經成年了，不可能一直問他去哪裡。」

既然戶倉明雄跟蹤酒店小姐，應該幾乎每天都出門，晚上也很晚才回家。哲朗曾經看過他的記事本。能夠記錄得那麼詳細，根本不可能整天在家。他的母親不可能不知道這件事，問題在於知不知道他是跟蹤狂。

早田繼續問道。

「有沒有人來找你兒子？無論是男是女都沒有關係。」

「這一年應該沒有客人來家裡。」

「電話呢？經常有人打電話給他嗎？」

「電話嗎？不太清楚，我很少注意，但應該幾乎沒有人打電話來。」

早田又接著問了戶倉明雄最近的情況和人際關係，但佳枝的回答都大同小異，也就是「我不太清楚」。

「老兄，你有沒有想問的？」早田問哲朗，哲朗聽到他叫自己「老兄」，忍不住有點驚訝。

他默默搖了搖頭。在早田面前，必須假裝漠不關心。

早田提出能不能看一下戶倉明雄的房間。

「我不會隨便亂碰東西，只是想從他房間的狀況，瞭解他平時的生活。」

佳枝猶豫了一下，沒想到很乾脆地同意了。

「但他的房間很亂，很久沒有打掃了，而且上次刑警也來調查了半天。」

「沒關係。」早田說話的同時站了起來。

沿著狹窄的樓梯上樓，是兩間連在一起的房間，分別是三坪大的和室，和稍微小一點的西式房間。原本用紙拉門隔開，目前把紙拉門拆掉了。

和室內放著電視和整理櫃，還有書架，角落放著折起的被子。哲朗猜想那些被子應該一直都放在那裡。和西室房間的交界處有一個廉價的玻璃菸灰缸，他應該就睡在這裡。

西式房間幾乎變成了儲藏室，牆邊放著組合式收納家具，每一個小架子上都塞滿了東西，塞不進架子的東西就直接放在地上，還有好幾個不知道裝了什麼東西的紙箱堆在一起，一大堆衣服放在紙箱上。哲朗猜想佳枝應該沒辦法打掃這個房間。

「因為他老婆很懶，所以才會變成這樣。」佳枝看著兩個房間說。

「這兩個房間是你兒子他們使用的嗎？」

「對。」佳枝聽了早田的問題後回答。

雖然哲朗不知道他們夫妻之間發生了什麼事，但生活空間這麼亂，心情很容易鬱悶。

「我認識的刑警告訴我一件很奇怪的事，」早田對佳枝說，「聽說在這個房間裡找到幾個人的戶籍謄本。」

哲朗忍不住驚訝地看著他。早田也看了哲朗一眼後，向佳枝確認說：「真的是這樣嗎？」

她露出困惑的表情。她似乎不想談這件事。

「嗯，是啊。」

「是在哪裡找到的？」

「好像是撕碎後丟在垃圾桶裡。」

「是什麼樣的人的戶籍謄本？」

佳枝搖了搖頭說：

「我只知道有三個人的，全都不認識，也不知道為什麼明雄會有那種東西……」

「現在已經不在這裡了吧？」

「不在了，被警察拿走了。」

早田點了點頭後看向哲朗，哲朗慌忙移開了視線。

戶倉為什麼會有這種東西？和事件有關嗎？哲朗思考著這個問題。但聽美月之前說明的情況，似乎並沒有什麼關聯。如果和戶倉的跟蹤狂行為有關，三個人的戶籍謄本中，可能其中有一份是名叫香里的酒店小姐。如果是這樣，就有點麻煩。

總之，關鍵在於是否留下了戶倉曾經跟蹤香里的痕跡。哲朗將焦點集中在這個問題上打量著室內，雖然他認為如果有這種東西，警察不可能留在這裡。

哲朗看向放著十四英寸電視的架子上，裡面除了錄影機以外，還胡亂地塞了幾盒錄影帶。他蹲了下來，拿起其中一盒。錄影帶上貼了白色標籤，用鉛筆寫了幾個女人的名字。哲朗看到其中一個是知名AV女優，立刻瞭解了狀況。其他錄影帶應該也都是同樣的內容。他想像著妻兒離去的男人獨自在這個凌亂的房間內看A片的景象，覺得畫面很悲慘。

他想把手上的錄影帶放回原位時，發現了一樣東西。他大吃一驚，情不自禁拿了起來。那是一個拋棄式打火機，黑底上有一雙金色的貓眼睛。那是「貓眼」的打火機。

「怎麼了？」早田立刻問他。哲朗忍不住緊張起來。

「不，沒事。」

但是，早田無視他的回答走了過來，看著哲朗的手。哲朗覺得現在慌忙把打火機藏起來很不自然。

「只是拋棄式打火機。」

「讓我看一下。」

哲朗無可奈何，只好把打火機交給他。

「是『貓眼』，可能他常去。」早田看著打火機的背面說。

他在監視我——哲朗抬頭看著早田冷靜的表情想道。他帶自己來這裡的目的，就是想知道自己踏進戶倉明雄的房間後，會有怎樣的反應。

「也可能是以前的美好回憶，」哲朗說，「以前公司景氣好的時候，他不是負責帶客戶去應酬嗎？」

「也許吧。」

這時，樓下傳來開門的聲音。有人走進屋內。

哲朗發現佳枝微微皺起眉頭。她似乎知道來者是誰，而且並不歡迎。

來者走上樓梯，但似乎察覺有客人，所以上樓的腳步帶著警戒。

一個女人在哲朗和其他人的注目下出現了。四十出頭的女人很瘦，也許是因為沒有化妝的關係，所以看起來氣色很差。她穿著牛仔褲和襯衫，外面套了一件開襟衫，一頭乾燥的頭髮綁在腦後。

女人站在走廊上，看了看哲朗，又看向早田，似乎在猜他們是誰，而且在無意識中皺起了眉頭。眉間的皺紋訴說著她的生活。

「打擾了，我是昭和報社的早田。」早田大聲說道，遞上了名片，「請問你是明雄先生的太太吧？」

女人有點不知所措地接過名片，吞吞吐吐地回答：「嗯，是啊。」

「不好意思，你不在家時我們登門打擾，我是為了這次發生的事，向你婆婆請教一些問題。」

「喔，這樣啊。」女人瞥了婆婆一眼，佳枝把頭轉到一旁。婆媳兩人的視線沒有交會。

「這次的事，真是太令人遺憾了。」早田站在那裡鞠了一躬。

「呃，我們雖然還沒有正式辦理手續，但我和他已經……」

「是，」早田回答，「我已經聽說了。」

「今天也只是回來拿東西而已，只要拿完東西就馬上離開。」她似乎並不是對哲朗和早田說，而是對佳枝說這句話，但佳枝完全沒有反應。

「這樣啊——那我們也該告辭了。」

「是啊。」哲朗聽到早田這麼說，也立刻說道。

下樓之後，看到有一個五、六歲的男孩正在剛才的和室打電動。男孩瞥了哲朗他們一眼，立刻看著電視螢幕。哲朗覺得如果是戶倉明雄的兒子，年紀似乎太小了。

佳枝也跟著他們下了樓，為沒有倒茶道歉，哲朗和早田客氣地道謝後，離開了戶倉家。

他們又攔了計程車，早田請司機去銀座。

「不好意思，耽誤你這麼多時間。」他向哲朗道歉。

「沒關係，有收穫嗎？」

「嗯，」早田拿出萬寶路淡菸說，「還算小有收穫。」

「太好了，我雖然只是在旁邊聽你們對話，也有很大的參考價值，原來還有這種採訪方式。」

「我可沒有做什麼特別的事。」早田吐了一大口白煙，「但那個老太婆很狡猾。」

「有嗎？」

「她一開始來開門時，不是駝著背嗎？但我們要離開時，她站得很直，而且樓梯那麼狹窄，她可以輕鬆地走上走下。」

哲朗這才想起的確如此。他對自己竟然沒有注意到這些事感到洩氣。

「所以她是假裝駝背嗎？」

「可能會視狀況改變自己的態度，搞不好會特別強調自己年紀大了，如果遇到對自己不利的狀況就悶不吭氣。」

「是警方指示她這麼做嗎？」

「不，我想應該不是。」早田看著前方否定了這種可能，「感覺不像是別人要求她這麼做，應該是來自人生的智慧和本能，在充分掌握情況之前，不輕易透露真心想法。」

「真心……」

「她搞不好隱瞞了什麼事，雖然她剛才說，對兒子的事一無所知，但不能把她的話當真。」

哲朗原本想問戶籍謄本的事，但最後忍住了。因為他不想在早田面前表現出對這起案子有興趣。

「雖然是年底，但街上很冷清啊，果然是因為經濟不景氣嗎？」早田看著車窗外說，「也許銀座會好一點。」

「要去銀座哪裡？聽你昨天說，好像是一個人去會有點不自在的高級酒店。」

「我不知道算不算高級，但的確是一個神秘的地方。」早田說完，從口袋裡拿出了什麼東西，「我們要去這家店。」

那是剛才在戶倉房間內發現的「貓眼」的打火機。

4

銀座的街上也沒什麼人。早田走下計程車時說，照這樣下去，日本快完蛋了。

「聽說以前每到年底，銀座到處是人，」哲朗說，「即使酒店都打烊之後，也都攔不到計程車，很多人都在街上走來走去等車。」

「馬路簡直變成了停車場，到處停滿了電話預約的計程車和黑頭車。客人出手都很闊綽，在酒店狂撒錢，酒店小姐送他們上車回家。計程車的小費也很可觀。那可真是一個美好的時代。」

「你那時候來過這裡嗎？」

「曾經跟著前輩來過幾次，那時候我剛進報社不久，當時我希望可以趕快獨當一面，自己來這種高級的地方，沒想到真的等到那一天時，廟會已經結束，當年的榮景已經不在了。」

「須貝也曾經說過類似的話。」

「因為他在保險公司上班，那個時候，整個業界覺得天下都是他們的。」

哲朗他們大學畢業那一年，剛好是整個日本一片繁榮的時期。想進哪一家公司都沒問題，想要換工作也可以隨時跳槽。因為誰都沒有想到之後那個時期被形容為「泡沫經濟時代」，所以每個人都天不怕地不怕。哲朗在回想當年時也覺得如果不是那樣的時代，自己可能不會想當自由撰稿人。

他突然想到了戶倉明雄的事。他靠親戚關係在鐵工廠當專務董事，雖然員工都在背後說他是交際應酬董事，但他也出入銀座。對他來說，那段日子可能是他遲來的泡沫經濟時代。正如所有身處那個時代的人一樣，他也陷入了錯覺，以為這種生活是正常的錯覺，即使從夢中醒來之後，仍然無法擺脫這種幻覺。那個叫香里的酒店小姐，就是他幻覺的象徵，所以他遲遲不願放手——

「到了，就是這裡。」早田抬頭看著眼前的大樓說道，一整排招牌的倒數第五塊招牌上，看到了「貓眼」這兩個字。

那家店位在三樓，黑色的門上有貓的浮雕。哲朗和早田走進店內，一個身穿黑色禮服的女人帶他們入座。店內差不多二十坪左右，已經有兩桌客人在喝酒。

一走進店內，左側就有一個吧檯，一個男人獨自坐在靠門的座位，哲朗他們只能看到他的後背。

一名穿橘色洋裝的年輕小姐來哲朗他們這一桌坐檯。她有一對鳳眼，假睫毛有一部分刷了粉紅色的睫毛膏。

他們用小毛巾擦完手，冰桶和野火雞威士忌送了上來。小姐問哲朗，喝兌水酒可以嗎？哲朗回答說沒問題，她理所當然地用那瓶酒開始調兌水酒。她似乎認識早田。

哲朗拿起掛在酒瓶上的牌子看了一下，發現上面寫了「安西」的名字。

「我昨天來過了。」早田小聲地說完，叼了一支菸，小姐立刻為他點了火。就是用店裡的打火機。

「你一開始就打算帶我來這裡嗎？」

「是啊。」

「所以你之前就知道被害人經常來這家店。」

「這種事，只要查一下就知道了。」早田笑著說。

「為什麼找我來？既然你昨天已經來過了，今天也可以自己來啊。」

「總不能連續兩天都一個人來，而且偶爾和你一起喝酒也不錯啊。你不要想太多，今晚就開心喝酒。」早田拿起酒杯，和哲朗的杯子碰了一下。

早田顯然因為某種原因，得知哲朗和這起事件有關，所以才會約哲朗一起去採訪，看哲朗會不會露出什麼馬腳。

雖然早田叫他不要想太多，開心喝酒，但哲朗完全沒有這種心情。只不過既然已經來了這家店，他也不想浪費這個機會。於是他悄悄觀察周圍。

吧檯內的酒保是一個女人。一頭短髮往後梳，雖然化了妝，但感覺像寶塚歌舞團演男性角色的女演員，白色襯衫配紅棕色的背心很好看。雖然同樣是男裝，但和美月屬於不同的類型。美月站在那個昏暗的吧檯內，應該沒有人會發現她是女人。

哲朗和早田都沒有說話，坐檯小姐主動和他們聊天，幾乎都是聊天氣、美食和時下流行的話題，哲朗隨口附和著，小姐問了他的工作。早田似乎說自己做出版相關的工作，哲朗也說自己是同行。

一個四十多歲，身穿和服的女人過來打招呼。她似乎是媽媽桑。名片上寫著野末真希子。

「這位先生是第一次光臨本店吧？」她看著哲朗問早田。她把昨天來過的早田當成熟客，可能是為了讓他有優越感。

「他姓西脅，專門寫體育相關的內容。」早田向媽媽桑介紹，哲朗原本還在猶豫要不要用假名，所以愣了一下。

「這樣啊，所以你有寫書嗎？」真希子瞪大了眼睛。

「不，我只是為雜誌寫稿。」

其他小姐也想要名片，哲朗無奈之下，給她們每人一張名片。野末真希子小心翼翼地把名片收進懷裡說：「這張名片以後搞不好會很值錢。」

雖然她應該很想進一步知道哲朗的情況，但她並沒有多問，只是說了一聲「慢慢坐」，就站了起來。也許自然親切的態度就是她的魅力。

媽媽桑離開後，一名穿黑色禮服的小姐來坐檯。閒聊了一陣子後，早田向她咬耳朵。黑色禮服小姐輕輕點了點頭。

不一會兒，她就站了起來。哲朗的目光追隨著她，發現她走去了其他桌，向一名身穿深色套裝的小姐說了什麼，那名小姐向客人打了招呼之後站了起來。

穿套裝的小姐走去吧檯後，才來到哲朗和早田的桌子旁。她個子嬌小，臉也很小，所以一雙大眼睛令人印象深刻。

「打擾了。」她打了一聲招呼後，在哲朗的身旁坐了下來。

「你叫什麼名字？」早田問她。

「我叫香里。」

哲朗聽到她的回答，忍不住注視著她的臉。她也看著哲朗，對他笑了笑。

「可以向你要一張名片嗎？」哲朗對她說。

她的名片上印著「佐伯香里」的名字。上面當然沒有她的電話號碼等個人資訊。

哲朗思考著早田叫這名小姐來坐檯的理由。不可能是巧合。早田知道戶倉明雄喜歡她。

香里看起來二十六、七歲，實際年齡可能快三十歲了。雖然她的五官很立體，卻沒有豔麗的感覺，有一種神奇的魅力，好像可以配合任何男人的氣氛。早田不停地找她說話，但她的回答四平八穩，也不時表達自己的意見，讓彼此的談話不會中斷。她說話的聲音聽起來很舒服。

「今天是我第二次來這裡，這家店感覺很不錯。來這裡的客人大部分都是怎樣的客人？」早田用輕鬆的口吻問道。

香里微微偏著頭。她白皙的耳朵上戴著金色耳環，耳環上閃閃發亮的應該是真鑽。

「有各式各樣的客人，並沒有特別的特徵。」

她的回答還是不痛不癢。在這種酒店，小姐不可以透露其他客人的情況。

早田拿出了香菸，香里立刻拿出打火機準備點火。當她打算為早田點菸時，早田突然問：「你知道門松鐵工這家公司嗎？」

香里手上打火機的火滅了，她慌忙又點了火。

「門松……不太清楚。」

「你不知道嗎？這樣啊。不瞞你說，是那家公司的老闆介紹我來這裡。我們出版社也出版了鐵工相關的專業雜誌，因為這個關係，所以和那家公司的老闆很熟。我問他知不知道銀座有哪家酒店不錯，他說『貓眼』不錯。」

「這樣啊，那他以前應該來過，可能是其他小姐坐他的檯。」

哲朗仔細觀察香里說話時的表情。在早田提到門松鐵工的名字時，她似乎有點慌亂。她不可能沒想到戶倉明雄的事。

「西脅，你不要悶著頭只顧著喝酒，也說說話啊。」早田對哲朗說。他一定想觀察哲朗面對戶倉明雄喜歡的小姐是怎樣的態度。

如果不是早田在旁邊，哲朗有很多話想問。她對案件瞭解多少？刑警有沒有來過這裡？如果有來，她對刑警說了什麼？又隱瞞了什麼？她對消失的酒保有什麼看法？然而，現在無法問任何一個問題。

哲朗稱讚了店裡的裝潢和音樂，香里坦誠地道謝。哲朗又繼續聊著運動和流行的話題，早田雖然東張西望，但一定伸長耳朵聽著哲朗和香里聊天。

喝了一個多小時後，哲朗他們就離開了。小姐把他們寄放的大衣交還給他們，早田打算在門旁穿上大衣，這時，右手不小心碰到了在吧檯前喝酒的男客後背。

「啊，不好意思。」早田立刻道歉。

那名男客只是稍微向後看了一眼，又立刻轉頭看向正前方。哲朗瞥到了他的臉。他的下巴很寬，鼻子和嘴巴都很大，只有眼睛很小，但眼神很銳利。

店裡的小姐送哲朗和早田到大樓門口，他們就轉身離開了。時間是晚上十點四十分。

「怎麼樣？要不要再去另一家？」早田問。

「不，差不多了。」

「這樣啊。」早田露出意料之中的表情。

哲朗思考著有什麼方法可以瞭解早田的真心，但如果主動發問，很可能弄巧成拙，變成自掘墳墓。

這時，早田突然向哲朗伸出手，停下了腳步。哲朗被擋住了去路，也停下了腳步。

「幹嘛？」

早田不發一語，用大拇指指向後方。

有一個男人在離他們幾公尺的地方，雙手插在米色大衣口袋裡，正看著他們。他就是剛才坐在「貓眼」吧檯前的客人。

早田抓了抓鼻翼，走向那個男人說：

「即使跟蹤我們，對你也不會有任何幫助。」

男人露出無奈的表情，看了看早田，又看了看哲朗。

「有沒有幫助由我決定，可以先請教幾個問題嗎？」

「他和這件事無關，」早田用下巴指著哲朗，「他是自由撰稿人，我們只是難得一起喝一杯。」

「這不重要，我有話要問你。」

「好吧。」早田聳了聳肩，轉頭看向哲朗說：「不好意思，可以陪我一下嗎？」

「我沒問題啊。」哲朗這麼回答，但完全搞不清楚是什麼狀況。

那個男人走進旁邊一家咖啡店，哲朗和早田也跟著走了進去。

5

那個男生姓望月，是警視廳的刑警，早田似乎原本就認識他。但他們剛才在「貓眼」遇到時，卻好像完全不認識。哲朗猜想這應該是他們之間的默契。

望月對哲朗的身分感到訝異，但似乎並沒有起疑心。

「好吧，」望月喝了一口送上來的咖啡後，看著哲朗和早田，「那就請說明一下，你們去那家酒店有什麼目的？」

早田抿嘴笑著說：

「去酒店喝酒能有什麼目的？當然就是去喝酒啊。」

早田的話還沒說完，望月就不耐煩地開始搖頭。

「大家都很忙，別繞圈子了。你只要把自己知道的說出來就行了，不必想太多。」

「望月先生，那你又為什麼去那家店呢？」

「現在是我在問你。」

「你只問不答嗎？你沒有理由訊問我們吧。」

刑警嘆了一口氣，露出銳利的眼神看著早田。

「你們不是叫那個小姐去坐檯嗎？有什麼目的？」

「哪個小姐？你說一下名字。」早田的語氣很平靜，但很嚴肅。

望月停頓片刻，露出了試探的眼神，然後才回答說：「就是叫香里的小姐。」

「是哪一個小姐？」

啪！望月拍了一下桌子。他的手掌很大。哲朗嚇了一跳，但坐在他旁邊的早田不為所動，悠然地叼著菸，慢慢地點了火。

「我去查了門松鐵工的老主顧，打聽那家公司經常去哪家酒店應酬，戶倉喜歡哪一個小姐，結果就得知了銀座的『貓眼』，和一個叫香里的小姐。」

「你應該會把那家老主顧公司的名字，和告訴你這些消息的人的名字告訴我吧。」

「真是拿你沒辦法。」早田從懷裡拿出名片夾，從裡面拿出一張名片放在桌上。上面印著知名重機公司設備設計課長的名字。

「那我就收下了。」望月一臉理所當然地把名片放進了自己的口袋，「我搞不懂，你為什麼會對這種不起眼的命案感興趣？那起案件有哪裡值得你好奇嗎？聽說還有一個笨刑警在你的央求之下，給你看了那些戶籍謄本。」

「我在報導時不提這件事，對你們沒影響吧？」

「這不是重點，我是問你為什麼在調查這起案件。」

「為什麼呢？可能是有點好奇吧，因為我現在是自由記者，所以正急著做出一點成績。」

望月露出狐疑的眼神看著早田，似乎並沒有接受他的說法。

「你從哪裡得知戶倉在銀座的小姐身上花了不少錢？」

「並沒有人告訴我這件事，只是去門松鐵工廠打聽後，得知戶倉負責和客戶應酬，所以就認為也許該從這方面調查他的人際關係。」

「但戶倉出入銀座已經是好幾個月前的事了，你認為和這次的命案有關嗎？」

「我不太清楚，但我想應該有關係吧。」

「你為什麼這麼認為？」

望月問，早田用鼻子哼了兩聲說：

「因為有警視廳的刑警守在『貓眼』，所以我確信自己並沒有搞錯方向。」

刑警聽了他的話，露出了厭惡的表情。

「沒有人能夠保證我們的行動方向一定正確，我相信你也很清楚這一點。」

「對，我當然很清楚，但至少代表我和警方偵辦的方向有交集。」早田指尖夾著菸，探出了身體，「望月先生，現在輪到你回答我的問題了。你為什麼去那家店？又為什麼盯上香里？」

望月看了看哲朗，又看向早田，故弄玄虛地撫摸著臉頰，似乎在衡量提供線索的利弊。

「是手機。」

「手機？」

「戶倉有一支手機，上面留下了通話紀錄。」

哲朗差一點叫出聲音。沒想到手機上留下了通話紀錄。
「他在遭到殺害之前，打電話給『貓眼』的香里嗎？」早田問。
「你說對了，而且不光是遇害之前，他一天會打好幾通，每次的通話時間並不長，但多的時候會打二十幾次。」
「這簡直就是……」早田停頓了一下說：「這簡直就是跟蹤狂嘛。」
不是簡直，他就是跟蹤狂——哲朗在內心嘀咕。
「香里有男人嗎？」早田問。
「不清楚。」望月喝了一口咖啡。
「即使你不回答也沒關係，反正我自己會去調查，這並不是什麼困難的事。可以去問香里本人，也可以問她的同事，找『貓眼』的媽媽桑或是熟客打聽一下也不錯。」
望月皺起眉頭。記者到處打聽會影響警方辦案。早田應該也知道這一點。
「我們也派人監視了香里的公寓。」望月低聲說道。
「所以有男人出入她家嗎？」
「至少以前曾經有過，鄰居說，曾經好幾次看到那個男人的背影。」
「沒有看到臉嗎？」
「鄰居說不記得了，只知道對方個子不高，頭髮很短。」
哲朗聽了刑警的話，感到胸口隱隱作痛。個子不高，頭髮很短，會不會是美月？
「望月先生，所以你認為那個男人很可疑。」早田試探道。
望月的鼻子用力吐了一口氣，同時聳了聳寬闊的肩膀。

「既沒有看過那個男人的長相，也不知道他的名字，對我們來說，那個男人和幽靈沒什麼兩樣，幽靈哪有可不可疑的問題？總之，可不可以請你不要在『貓眼』和香里周圍打轉？如果你引起注意，原本會跑出來的老鼠也會躲起來。」刑警拿起桌上的帳單，看了金額之後，把手伸進長褲口袋，把六枚一百圓的硬幣放在桌子上。但他在站起來之前，看著哲朗問：「既然你是早田的朋友，你以前也打這個嗎？」他做了投球的動作。

早田搶先回答說：「他可是王牌四分衛。」

「啊喲，失敬失敬。」望月看著哲朗的右肩，「難怪你體格這麼壯，你長傳應該很厲害，一球就可以定勝負，對防守的一方來說，直到最後一刻都沒辦法放鬆警惕。」

「你也有打美式足球的經驗嗎？」哲朗問。

「我嗎？沒有。」望月搖了搖頭，「我打橄欖球。是可以看美式足球的比賽啦，但自己去打就不必了，因為我不喜歡凡事都按照上面的指示行動。不過四分衛擒殺很刺激，不顧一切地撲向對方的心臟。那根本是假防守之名，行攻擊之實，我也很想玩一次看看。」

四分衛擒殺——是指四分衛在傳球之前，就上前擒抱的動作。

「不好意思，和你聊這種無聊的話。那我就告辭了。」

刑警舉起一隻手，率先走了出去。

「你明知道有刑警在『貓眼』，還故意去那裡嗎？」刑警的身影消失後，哲朗問早田。

「怎麼可能？」他淡淡了笑了笑，「我是去了之後才看到的，而且偏偏是他，老實說，我也大吃一驚。」

「我沒看出你吃驚。」

「當然不能讓人一看就知道我手足無措啊。」

「那倒是。」哲朗舔了舔嘴唇，「我沒想到你是透過那種途徑查到『貓眼』的小姐，讓我長見識了。」

早田收起了笑容，用指尖摸著下巴的鬍碴後注視著哲朗。

「你相信我對望月說的話嗎？你真的認為我因為戶倉負責和客戶應酬，所以才開始調查酒店的事？」

「難道不是這樣嗎？」

早田移開了視線，露出了沉思的表情。他似乎在猶豫。

他喝了半杯水，然後又看著哲朗。

「西脅，你對報社記者的工作有什麼看法？你想要做這種工作嗎？還是完全沒有這種念頭？」

「怎麼突然問這麼奇怪的問題？」

「想還是不想？」

「我沒考慮過這個問題，但覺得應該很有意義，只不過我猜想這工作並不輕鬆，責任也很重大，需要有很充分的心理準備。」

「沒錯，需要有充分的心理準備。」早田點了點頭，「我在成為報社記者時，曾經給自己立了一條規矩，那就是為了追求真相，即使失去某些東西也不後悔。如果害怕失去，就無法得到真相，就好像如果害怕被攔截，就不可能長傳達陣。」

「很了不起的決心。」

「也許你會覺得我很幼稚，但只能請你見諒了。因為當初訂這條規矩時，我還是大學剛畢業的屁孩。雖然很幼稚，但那是真理，每次舉棋不定的時候，我就會回想起當初的決心。」

「所以呢？」哲朗吞了一口口水。他漸漸猜到了早田想說什麼，在桌子下握住了拳頭。

「那我就打開天窗說亮話了，我無法和你們站在同一陣線。」

早田的這句話貫穿了哲朗的身體，他原本想反問「我聽不懂你在說什麼」，但嘴唇完全沒有動靜。

「當然，我目前還沒有掌握任何線索，但有一件事我很清楚。你們知道些什麼，不僅知道，而且想要隱瞞。」

哲朗也許該佯裝不知，但他不想這麼做。並不是因為無濟於事，而是他覺得早田試圖展現某種誠意。

「我相信你也知道，我的工作就是揭露真相，我不會去思考揭露真相會對他人造成多大的傷害，所以，我也必須揭發你們試圖隱瞞的事。」

哲朗很自然地點著頭，因為早田的話中有某些東西讓他不得不點頭。

「但是，」早田又接著說，「我並不會針對你們，也不會試圖從你，或是你周圍的人那裡得到任何線索，我會完全從其他方向調查這起案件，我不會去思考最後會查到什麼，也不思考會失去什麼。之後的事，就只能且走且看，這是我處理的方式，我希望能夠公平。」

哲朗注視著早田真摯的雙眼，早田在說這番話時，內心一定陷入了天人交戰。哲朗想到這件事，就感到很內疚。

「好，我知道了，」哲朗說，「那就到此為止。」

「目前先這樣。」

「你下定了這樣的決心，才約我今天見面嗎？」

「是啊，原本想揪住你的尾巴，但你完全沒有露出任何馬腳，太厲害了。」

服務生走過來想為早田的杯子加水，他伸手制止了。

「幾天前，須貝打電話給我，問了我奇怪的問題。他問我在江戶川區發現男性屍體的那起案子，偵查進度如何？我告訴他，已經查明了被害人的身分，他問我，是不是會調查被害人和女性的關係。我的直覺告訴我，須貝知道有關這起案件的情況，而且這起案件和戶倉與女性的關係有關，所以我才會去調查他喜歡的酒店小姐。」

哲朗忍不住閉上了眼睛。須貝的電話果然打草驚蛇了。

早田呵呵笑了起來。

「他還是老樣子，以前就很不會說謊。你應該還記得，有一次想玩假動作射門，結果對方球隊的人也都笑了出來。」

「是和東日本大的練習賽。」

當時擬定了戰術，假裝由踢球員射門，但其實由另一名選手帶球衝向球門。但踢球員須貝在開始之前，就做了好幾次踢球的動作。他應該試圖讓對方相信，自己等一下會踢球射門，只不過實在太假了，結果對方的防守陣容都笑了起來。

「你認為既然須貝和案件有關，我也脫不了干係嗎？」哲朗問。

「這我就不知道了。」早田偏著頭，「我沒辦法斷言，總之，我不會為了這次的事打電話給老同學。」早田收起了臉上的笑容。

他拿起帳單站了起來。

「等一下，」哲朗從皮夾裡拿出了自己的咖啡錢，「我們各付各的，你不是說要公平嗎？」

「對喔。」早田伸出大手，接過了哲朗遞給他的錢。

6

哲朗在計程車站排隊等車時，想起了早田以前對他說的話。

「我喜歡美式足球講究徹底的公平。」

他用無線電為例，說明了這個問題。

目前在美式足球比賽中都可以使用無線電。四分衛的頭盔內都裝有無線電耳機，即使球員在場上時，總教練和教練也可以向選手下達指示。教練會坐在球場上方的觀眾席上，觀察敵隊的動向，用手上的筆電分析數據後，把戰術傳達給總教練和選手。美式足球已經成為一項能夠運用高科技機器，高度化發展的運動項目。

早田告訴哲朗，在國家美式足球聯盟ＮＦＬ的一場比賽中，其中一個球隊的無線電發生了故障而無法使用時，裁判的處理方式。

「當時，球隊立刻向裁判說明了情況，你知道裁判怎麼處理？令人驚訝的是，他要求對方球隊也不可以使用無線電。也就是說，既然其中一方無法使用，那就雙方都不使用，要徹底追求公平競爭。日本人恐怕就沒有這種感覺。」

早田說，他不會提供協助，但也不會在哲朗他們周遭調查。這很像是他的思考方式。

哲朗回到公寓時，已經將近半夜十二點了。他一打開門，立刻聽到裡面傳來一個沙啞的聲音。

「我不是在故意找理由，因為我不想，所以才說不要。理沙子，你根本不瞭解我的心情。」

「我什麼時候說我能夠瞭解你的心情？這不是心情的問題，而是有這個必要，所以我才這麼說，這是為了你著想。」

「即使是這樣，我也不想聽從這種命令。」

「我沒有命令你，而是在拜託你。我是拜託你穿這些衣服。」

美月說話很情緒化，但理沙子很冷靜，聽起來像是母親在規勸女兒。不，也許該說是在規勸兒子。

哲朗打開了客廳的門。美月雙手扠腰站在那裡，理沙子蹺著二郎腿坐在沙發上，抱著雙臂。兩個人都沒有看哲朗一眼。

「怎麼了？」

哲朗問，兩個人都沒有回答。理沙子注視著美月，美月看著斜上方。兩個人都一動也不動。

雙人沙發上放著衣服。裙子、洋裝、夾克、襯衫和長褲，都是理沙子的衣服。

哲朗猜到發生了什麼事。理沙子似乎正在說服美月穿這些衣服。

「理沙子，你不要勉強她。」

「你不要多嘴，我是認真為美月著想。」

「我也很認真為她著想。」

「既然這樣，你應該知道該做什麼。」

「到底發生了什麼事？」

哲朗問，理沙子用肩膀重重地嘆了一口氣，拿起了桌上的香菸。

「白天的時候，公寓管理公司的人來家裡。」

「管理公司？」

「來檢查火災警報器，有兩個男人進來家裡。」

哲朗想起之前信箱裡收到了相關的通知，他當時並沒有在意。

「然後呢？」

「他們看到了美月，雖然我原本想讓她躲起來，但因為每個房間都有火災警報器。」

「那又怎麼樣？即使被看到也不會怎麼樣啊。」

理沙子用力吐著煙。

「檢查結束，在蓋章確認時，其中一個人問我，裡面那個人是女人吧？」

哲朗看向美月。她正在看放在客廳櫃子上的美式足球，輕輕咬著下唇。

「可能那個人沒仔細看日浦，以男人來說，她的個子算很小。」

「他看得很清楚，我發現他一直斜眼偷看美月。」

「……你怎麼回答？」

「我回答說是男人，因為她穿著男人的襯衫，而且提到自己時又說『俺』，如果我不這麼回答，不是很奇怪嗎？但對方露出了意外的表情，他應該發現美月是女人。」

「那也沒關係啊，只是管理公司的人，這件事不可能傳入警方的耳朵。」

理沙子用力搖著頭，似乎認為哲朗沒有搞清楚狀況。

「我認為問題在於在毫不知情的人眼中，現在的美月看起來像女人。我們每天都見面，所以無法發現，但美月已經慢慢變回女人的樣子了。」

「怎麼可能？她來這裡才一個星期而已。」

「她說已經將近三個星期沒有注射荷爾蒙了，對不對？」理沙子問美月，美月沒有吭氣。

「我看不出有什麼變化。」

「是很微妙的變化，但是有些人就是能夠看出這種微妙的變化。即使她這身打扮，連髮型也像男人，但還是有人能夠看出來，你應該也瞭解，這件事有多麼危險。那個家裡有女扮男裝的人——如果這個傳聞傳出去該怎麼辦？」

「她只要不出門就好，只要不被人看到，就不會有任何問題。」

「如果每次都這樣走一步，算一步，根本無法改善眼前的狀況，更何況不可能一直把她關在家裡，你要考慮一下現實。」

「你有在考慮嗎？」

「我當然有。我也已經對美月說了，我想請她擔任我的助理。雖然我沒辦法付她太多薪水，但我之前就希望有人幫我。我信任美月，而且也希望她能夠幫我。」

哲朗第一次聽說她想要助理這件事，但他們已經很久沒有聊工作上的事了。

「日浦同意嗎？」

「如果有我幫得上忙的地方，我很樂意幫忙，不然現在根本就是白吃白住，但是，」美月拿起了美式足球，用手掌撫摸著，好像是她心愛的東西，「如果為此必須扮女裝，那我就不想了。」

「你穿這樣沒辦法外出，這也是無奈的決定，而且並不是扮女裝，只是恢復以前的樣子而已。」

「我就是不想啊。」

「美月，拜託你不要這麼固執，只要確認躲過了警方的追查，到時候就可以脫掉所有女人的衣服，在此之前，先忍耐一下。」

美月拍了一下手上的球，拿在右手上舉了起來。

「算了啦。」她把球丟向哲朗，球勾勒出漂亮的螺旋曲線，用力打在哲朗的胸口，然後掉在地上。

「日浦……」

「算了，就到此為止吧，我不該留在這裡。」美月搖了搖頭，打開門，走出客廳。

「美月。」理沙子跳了起來，她似乎打算去追美月。

「等一下。」哲朗擋在她面前，這時，玄關傳來美月走出去的聲音。

「你要幹嘛？讓開。」

「你留在家裡，我去。」

「即使你去，也——」

「總比你去好多了，男人和男人比較好說話。」

理沙子驚訝地瞪大了眼睛。

「那我去找她。」哲朗拿起自己掛在餐桌椅椅背上的夾克外套，轉身去追美月。

他拿著夾克外套衝出家門，走向電梯廳。電梯門正好關上，他和電梯內的美月對上了眼。

他毫不猶豫地沿著旁邊的樓梯衝下去。皮鞋的底很滑，他很後悔出門時沒有穿球鞋。

他對自己的體力很有自信，沒想到來到二樓時，已經上氣不接下氣。他咬緊牙關，準備衝向最後的樓梯，但隨即停了下來。因為美月站在樓梯下方，抱著雙臂抬頭看著樓梯，似乎知道他會從樓梯下來。

「超時！」美月做出按碼錶的動作，「以你這種腳程，怎麼可能自行持球進攻？不配當四分衛。」

「出色的四分衛根本不需要自己跑，這裡才重要。」哲朗指著自己的太陽穴走下樓梯，走到一半時，把手上的夾克外套丟給了美月，「你穿這樣會冷。」

美月接住了夾克外套，但不悅地揚起下巴。

「不要把我當女人。」

「別說傻話了，如果你是女人，我就不會把衣服丟給你，而是溫柔地從背後為你披上。你廢話少說，趕快穿上，萬一感冒，也沒辦法帶你去看醫生。」

美月想要說什麼，最後還是默默地穿了起來。夾克的肩線垂了下來，手好不容易才能從袖子伸出來。

「ＱＢ，你還真魁梧。」美月小聲地說。

「總比穿安西又臭又大的運動上衣好多了。」

綠鋒安西是球隊上最會流汗的人，美月幫他取了一個綽號叫「真人灑水器」。她似乎想起了這件事，嘴角露出笑容。

「要不要聊一聊？」哲朗問。

「嗯。」美月點了點頭後，看著哲朗問：「以男人和男人的身分嗎？」

「那當然。」哲朗回答說。

雖然哲朗很想去哪裡邊喝邊聊，但美月說，可以去上次的公園聊天。

「不會冷嗎？現在已經十二月了。」

「不會很冷啊，這種風吹起來很舒服，而且有了這一件，我很暖和啊。」美月拉了拉夾克外套的衣襟。

他們一起走進美月之前坦承她殺了人的那個公園。公園內雖然有路燈，但好幾張長椅上都空無一人。他們一起坐在入口附近的長椅上。

已經是半夜了，竟然還有老人牽著狗在散步。

「不知道那個爺爺認為我們是什麼關係。」美月說。

狗停在樹下，老人握著狗鍊站在那裡，不時看向哲朗他們。他除了在意狗有沒有拉屎拉尿，似乎也很在意他們兩個人。

「不知道，可能覺得這兩個男人很奇怪，竟然在這麼冷的季節還在外面吹風。」

「希望如此，但我想他應該不會這麼想。」

「那他怎麼想？」

「那個爺爺一定想，這對情侶腦筋有問題，這麼冷的季節還在外面喝西北風。」她最後又補充了一句，「真是太遺憾了。」

「會嗎？這裡離他那裡有三十公尺，他應該看不到你的臉。」

「所以才會這麼認為啊，因為看不到我的臉，只能從整體感覺來判斷。既然這樣，他一定覺得我們是一對恩愛情侶坐在這裡。」美月說完，靠在椅背上，張開了剛才併攏的雙腿。

老人看向他們的臉停在那裡不動了。雖然看不清楚他的表情，但顯然在凝視他們。

「哈哈哈，」美月笑了起來，「看吧，他搞不清楚狀況了。因為他無法想像女人坐的時候會把腿張這麼開。」

那隻狗尿完後就離開了，老人被狗拉著走出了公園，直到最後都不時偷瞄哲朗和美月。

美月突然站了起來，深呼吸後，轉頭看著哲朗。

「雖然自己說很奇怪，我一個人的時候，別人都覺得我是男人，完全沒有絲毫的懷疑，但如果身旁有人，有時候就會露出馬腳。」

「什麼意思？」

「比方說，目前的狀況就是這樣。你身材很魁梧，長得也很帥，每一個動作都很有男人味。和你這種人在一起，我就遜色多了，而且身上還穿著很有男人味的夾克外套，無論誰都會覺得我們是情侶，把我當成女人也很正常。無論去哪裡，別人應該都會這麼覺得。」

「所以你才不想去喝酒嗎？」

「是啊，但不光是這樣，因為有旁人在，就無法推心置腹地聊天。」

美月再度在哲朗身旁坐了下來，雙手抱著頭，抓著一頭短髮。

「我真的很不甘心，無論再怎麼努力，都無法像你一樣。」

「你不需要像我一樣啊，」哲朗笑著說，「你應該有你心目中理想的男人形象。」

美月抬起頭，目不轉睛注視著他的臉。她的眼睛深處的眼神很嚴肅，哲朗的身體微微向後仰。

「我沒有對你說過嗎？」

「什麼？」

「我記得以前曾經對你說過。」

「說過什麼？」

她的嘴唇露出了匪夷所思的笑容，眨了兩次眼睛後，再度看著哲朗。

「在我眼中，你就是理想的男人——我記得曾經這麼對你說過。」

「啊！」幾秒鐘後，他輕輕叫了一聲。某些記憶清晰地浮現在腦海。是那天晚上，他在髒亂的宿舍內面對全裸的美月。

「沒關係啦。」

說完這句話後，她又繼續說道。

因為你是我理想的男人——

把美月抱在懷裡時的感覺和彼此的呼吸，都接連浮現在哲朗的腦海中，他揉了揉臉，想要趕走這些回憶。

「你想起了那天晚上的事嗎？」

「是啊。」哲朗回答。他不知道該露出怎樣的表情。

「直到今天，你都沒有再提過那次的事，好像什麼事也沒發生過。」

「因為我覺得這樣比較好，還是你覺得這樣不行嗎？」

「不，這樣很好。」美月抱著雙臂，前後搖晃著身體，「我覺得自己做了蠢事，做那種事，根本無法解決任何問題。」

「所以你原本想要解決什麼嗎？」

「是啊，解決很多問題。」美月說完後閉了嘴。

兩個人都陷入了沉默。風吹來了廢氣的味道，可能是因為青梅街道就在附近的關係。哲朗抬頭看著天空，雖然沒有雲，卻看不到星星。大學時代，在練習結束後，經常抬頭看天空，整理腦海中的陣形，一次又一次想像隊友按照計畫行動。當在比賽中完成時，就會特別高興。現在沒有任何事能夠按照自己的想像進行，而且腦袋裡也完全沒有計畫。

「我很想成為你。」美月幽幽地說。

哲朗看著她的側臉，美月也轉頭看著他。

「我想要有你的臉，你的身體和你的聲音，如果我生下來就像你一樣，我應該會有不同的人生。」

「未必是美好的人生。」

「當然是美好的人生。」哲朗可以感受到她雙眼用力，然後她繼續說了下去，「至少可以得到那個女人。」

哲朗張著嘴，但無法發出聲音。因為他在咀嚼她這句話的意思。

美月露出了笑容。

「我整天都在告白，第一次是說自己是男人，然後又說自己殺了人，所以這次是第三次。」她豎起了三根手指，同時收起了臉上的笑容，「我喜歡理沙子，從那時候就一直喜歡她，至今仍然沒有改變。」

哲朗屏住呼吸，注視著美月的側臉。她沒有說話，時間一分一秒過去。

哲朗感到口乾舌燥，舌頭感受到冰冷的空氣，他才發現自己一直張著嘴。他吞了口口水，舔了舔嘴唇。

「太驚訝了。」他這麼說。

美月放鬆了臉頰的肌肉，「你當然會驚訝。」

「你並不是在開玩笑吧？」

「嗯，我是認真的。」

「原來是這樣。」哲朗嘆了一口氣，雖然他並沒有刻意，但嘆了一口長長的氣。

他想起了比賽時的情況。理沙子和美月分別把運動飲料和毛巾交給選手，理沙子外形亮麗，所以很多美式足球隊以外的人也很喜歡她，她儼然成為美式足球社的代表。美月雖然不引人注目，但精通規則，而且很擅長傾聽，所以選手都會和她討論。兩名女經理合作無間，大家都說她們是最佳搭檔，她們平時也是好朋友。

但是，美月當時已經是「男人」了，所以即使在旁人眼中，她們之間是女生的友情，但美月很可能已經對理沙子有了特別的感情。哲朗覺得自己太大意了，在聽了美月說自己是男人之後，竟然完全沒有想到這種可能性。

「雖然你可能沒有真實感，但其實我好幾次都想向她告白，都是在大學的時候。」

「是嗎？」

「但我無法做到，因為我不認為理沙子會接受我，而且不久之後，我知道她有喜歡的男生了。你應該記得剛升上四年級的時候，你不是在練習時昏倒了嗎？」

「啊……」

那是四月的事。那天外面下雨，於是就在體育館內練重訓，起初大家都用槓鈴或是器材各自訓練，但不一會兒，有人拿了球進來，開始練習傳球和接球，接著又有人加入防守。然後又有幾個人加入，打起了簡單的小型比賽，中途也把哲朗拉進去一起玩。因為大家說沒有人能夠正確傳球不好玩。

當時大家都沒有戴頭盔和護具，所以規定不能擒抱。每個人在腰上掛一條毛巾，只要搶走毛巾，就代表遭到擒抱，但是在越來越投入比賽之後，就會不知不覺出現平時的習慣動作，不時有一些不輸給正式比賽的衝撞行為。

當哲朗準備傳球時，有一名選手撲了過來。他是來搶哲朗的毛巾，但衝撞的力道太大，身體直接撞向哲朗的下半身，哲朗整個人向後倒下。其他人紛紛去搶從哲朗手中滑落的球。

哲朗並不記得之後的情況。事後才聽說，他因為腦震盪，立刻被送去了大學附屬的醫院。

「理沙子當時在醫院的候診室哭了。」

「怎麼可能？」

「你是不是也沒想到？那麼好強的女人竟然會哭，那是我第一次，也是最後一次看到她的眼淚。」

我是在那次最後一次看到她的眼淚。哲朗回想著。就是理沙子發現是哲朗設計她懷孕的那一次。

「我在那個瞬間死心了，我知道自己不可能讓她愛上我，同時我覺得自己只能當一個女人繼續活下去。」

美月抿著嘴唇，似乎回想起當時的懊惱和無力感。

哲朗恍然大悟。「所以你那天晚上去我的宿舍……」

美月尷尬地抓了抓眉毛上方。

「我說不清楚理由，連我自己也搞不太清楚，只想和這個男人上床。也許是因為你是理沙子喜歡的男人，也可能是因為你是我心目中理想的男人。總之，我覺得只有和你上床，才能把我內心男人的部分趕走。」

哲朗可以回想起美月當時的表情。她看起來完全不像在追求快感，卻執拗地需索。他們大汗淋漓地做愛，完全忘了睡覺。哲朗毫無疑問是男人，美月努力想要成為女人嗎？對她來說，那是抹殺自己內心某些東西的儀式嗎？

美月從長椅上站了起來，轉身面對哲朗，張開了雙手。

「那並不是我的第一次，你知道嗎？」

「好像知道。」

「我的第一次是中學的時候，對方是一個很廢的男人，我連他長什麼樣子都不記得了，所以對我來說，那次根本沒有任何意義，但和你那一次不一樣。說起來，那次才是我的第一次。」然後她又補充說，「或許對你來說是一種困擾。」

「那你和中尾又是怎麼回事？」

美月皺起眉頭，似乎被戳到了痛處。她雙手插在牛仔褲的口袋裡，用球鞋在地上寫著什麼。哲朗發現是ＲＢ，也就是跑衛。

「功輔是個好人，明明有那麼多好女人，他卻偏偏喜歡上我。」

哲朗聽到美月叫中尾的名字，感到心情平靜。功輔、美月。他們應該像普通的戀人一樣，這樣叫彼此。

「中尾上次說，雖然接受現在的你是男人，但你們交往時，你絕對是女人，對他來說，就是這麼一回事。」

「他說的這句讓人聽了真難過，」美月用球鞋底擦掉了ＲＢ兩個字，「但我必須感謝他這麼說，照理說，他可以揍我。」

「你那時候喜歡中尾嗎？」

「喜歡啊，那時候喜歡他，現在也喜歡。」

「那是……要怎麼說……」哲朗不知道該如何表達。

「你想問我是不是戀愛的感情嗎？」

「對，就是這個意思。」

「這個問題很難回答，」美月注視著地面，「因為我不太瞭解對男人的戀愛感情是怎麼回事，和功輔在一起很開心，也很安心，這是事實。」

「那方面呢？」

「你是說做愛嗎？」

「嗯。」

「做愛並不是太大的問題，我們當然有做啊，因為我並不會排斥和功輔做愛。」

那和我做愛呢？哲朗腦海中閃過這個疑問，但並沒有問出口。

「當初是我向功輔提出分手。」

「理由是什麼？」

「我只說這樣對彼此都好。功輔是那種個性，當對方提出分手時，他不會窮追不捨地問理由，或是死皮賴臉地不肯放手，只對我說了一句，既然你這麼說，那也沒辦法了。就這樣而已。」

哲朗覺得很像中尾的作風。

「功輔真的是好人，」她又重複了同樣的話，「他不應該和我這種莫名其妙的人扯上關係。」說到這裡，她扮著鬼臉，摸著自己的額頭，「但這樣說很對不起爸爸，因為他是最大的受害人。」

「爸爸是誰？」

「我兒子的爸爸。」

「喔……」

哲朗幾乎忘記了這個人的存在。因為看著美月時，無法想像那個人。

「你不會在意他們嗎？」

「你是說爸爸和兒子嗎？」

「對，你完全沒有和他們聯絡吧？」

「因為我離家出走了。」美月聳了聳肩，「我努力不去想他們，因為一旦想了，就覺得很對不起他們，我會發瘋。真希望他趕快再找一個人結婚。」

「你老公……」哲朗說到一半住了嘴。因為他猜想美月不喜歡這種稱呼。

「不知道他有沒有去辦理離婚手續。」

「不知道，我離家之前，在離婚協議書上簽了名，但不知道他有沒有去辦理手續。」

「我不太瞭解這種事，姑且不論這個人，難道你不想去見一見嗎？」

「你是說我兒子嗎？」

哲朗點了點頭，美月對著天空吐了一口氣，那裡的空氣變成了白色。

「我從來沒有忘記他，一直惦記在心裡，但為了他著想，我還是不要和他見面比較好。他即使和我在一起，也無法得到幸福。」

哲朗看著美月痛苦地皺著眉頭，想著她生孩子時的情況。她帶著男人的心懷孕，然後生下孩子，不知道是怎樣的心境。哲朗無論怎麼思考，都無法想像。

「我們扯遠了，」美月笑著說，「我原本只是想告訴你，我對理沙子的心意。」

「我已經充分瞭解了。」

「我會去新宿，也是想去見理沙子。因為我已經作好了被警察抓的心理準備，所以想在最後見她一面，即使無法和她說話也沒關係。不，我完全沒打算和她說話，因為我那時候不是扮成女裝嗎？我不想讓她看到我那樣子。」

哲朗聽到她這麼說，突然恍然大悟，用力點著頭。

「所以你剛才那麼排斥。」

「我不想再在理沙子面前打扮成女人的樣子，我想以男人的身分和她相處。」美月說完這句話，對著哲朗的方向踢了一腳，「通常老公聽到有人對自己的老婆有這種感情會很生氣。」

「也許是這樣，但我無法生氣。」

「因為我並不是真正的男人，所以你覺得我愛怎麼說都可以。」

「並不是這樣。」

「沒關係，我瞭解，這一切都是我的自我滿足，在唱獨角戲，這是永遠的單戀，但對我來說是很重要的事。」

永遠的單戀——

哲朗似乎能夠理解這種心情。雖然明知道沒有意義，卻無法不執著——每個人都有這種對象。這或許可以成為美月的內心是男人的證據。

「要不要回家？理沙子在等你。」

美月摸著額頭，然後把手指伸進頭髮，用力抓了起來。

「雖然我覺得不該回去，但似乎也不行。」

「我在拜託你，你跟我回去，求求你。至於穿女裝這件事，我們再好好溝通。」

她聽了哲朗的話苦笑起來。

「QB，你真辛苦，你打算當指揮官到什麼時候？」

哲朗輕輕攤開雙手。

「到第四節比賽結束為止。」

7

和早田見面至今已經過了一個星期，哲朗周圍並沒有明顯的變化。早田遵守了約定，並沒有向老朋友打聽任何情況。

「但還是不能大意，因為早田太聰明了。」理沙子說。因為理沙子和哲朗經常出門工作，這天晚上，三個人難得聚在一起。

「早田很擅長出其不意，將計就計。」美月說，「他好幾次都識破了對方的閃電突擊，救了ＱＢ。」

「是啊。」

閃電突擊是指防守的一方展開的奇襲戰術。在發球的同時，線衛和後衛就從後方往前衝，去擒殺四分衛，哲朗也經常遭到閃電突擊。

「我整天都提心吊膽，很擔心早田會來這裡。他這麼聰明，一旦看到美月，一定會猜到什麼事，所以我才希望美月穿女裝。」

美月沒有回答。她仍然只穿男人的衣服。哲朗因為知道其中的原因，所以無法支持理沙子。

「總而言之，被早田盯上很傷腦筋。或許須貝從他那裡打聽到了一些消息，但付出的代價太大了。須貝還真是闖了大禍。」理沙子撇著嘴角。

「你別這麼說，他也沒有惡意。」

「這我當然知道。」

雖然須貝說不想和這件事扯上關係，但他這個星期已經打了兩次電話給哲朗。他終究還是會擔心老朋友，哲朗更擔心中尾。那天之後，就沒有接到他的任何聯絡，哲朗打算明天打電話給他。

目前完全不知道警方的動向。既然望月在監視，想必已經鎖定了香里，但應該也同時在追查戶倉遭到殺害後，就辭職的酒保。問題在於警方是否知道那個酒保其實是女人，哲朗認為可能並不知道。因為望月曾經提到有男人出入香里家，警方是否認為那個男人就是消失的酒保？聽美月說，香里的確有一個男朋友。

「我們不能把事情想得太樂觀。」理沙子伸手拿茶几上的香菸，但發現裡面是空的。她好像擰抹布一樣用力一擰，丟向旁邊的垃圾桶，但差了一點，沒有丟中，掉在旁邊的地上，她也沒有去撿起來。

那天晚上，哲朗上床睡覺沒多久，就聽到臥室門外有動靜。客廳的門打開後，又用力地關上了。他躺在床上緊張起來，擔心美月又打算離家出走，但接著聽到另一扇門打開和關上的聲音。他鬆了一口氣，放鬆了全身。因為半夜上廁所很正常。

不知道她用什麼姿勢上廁所。哲朗想到這個問題，但隨即覺得思考這個問題毫無意義，不由得在內心苦笑起來。美月沒有動手術，仍然是女人的排泄器官，無法像男人一樣站著尿尿。

接著傳來奇怪的聲音。好像在敲打什麼東西。哲朗豎起了耳朵。過了一會兒，又聽到了敲打聲。這次連續聽到了兩聲，停頓片刻之後，又連續傳來敲打聲。咚、咚、咚、咚。

哲朗坐了起來。理沙子可能也聽到了同樣的聲音，所以也醒了。

「那是什麼聲音？」

「是日浦發出的聲音。」

「她在幹嘛？」

「我去看一下。」

哲朗掀開被子下了床。走出臥室，站在廁所門口。聲音的確從廁所內傳來。咚、咚、咚——是敲打牆壁的聲音，而且在敲打聲之間，還傳來了呻吟。不，那不是呻吟，而是哭泣的聲音。

「喂，日浦。」哲朗叫了一聲，「你怎麼了？沒事吧？」

廁所內的動靜停止了。他正準備再次發問時，門突然打開，差一點撞到他的額頭。

美月從廁所內衝了出來。哲朗看到她的樣子愣了一下。因為她上半身穿著T恤，下半身什麼都沒穿。

她打開客廳的門，逃了進去。哲朗也跟在她身後走了進去。客廳內一片漆黑，他想要伸手開燈，但很快就把手縮了回來。他的直覺敲響了警鐘，告訴他不能開燈。

美月站在面向陽台的落地窗前，從窗簾縫隙照進來的些微亮光，在她身上照出複雜的陰影。

她發出帶著呻吟的哭泣聲脫下了T恤，然後拿著T恤蹲了下來。她手腳伏在地上，後背顫抖著。

「日浦……」哲朗走了過去。

「不要過來。」美月說。她的聲音帶著哭腔，「QB，拜託你別過來。」

「但是……」哲朗說到這裡，屏住了呼吸。因為他看到有什麼東西從美月緊實的大腿內側流了下來。雖然光線很昏暗，但他看到那是紅色的東西。他腦筋一片空白，說不出話。

身後傳來了動靜。回頭一看，理沙子正在向廁所內張望。她應該已經瞭解了狀況，面色凝重地走進客廳，伸手準備開燈。

「不要開燈。」哲朗叫了一聲。

理沙子嚇了一跳，把手縮了回去。她的雙眼可能已經適應了黑暗，看了看哲朗，又看向美月。

「是不是……那個來了？」

美月沒有回答，哲朗當然也無法回答。

「情況怎麼樣？」理沙子想要走向美月。

哲朗推開了她，「你不要過去。」

理沙子一臉意外地皺起眉頭，注視著他的臉問：「為什麼？」

「你不要過去，你回去房間。」

「為什麼？你才應該出去。」

「我也會出去，所以你也要出去。」

「你在說什麼？這種事只有女人才瞭解。」

「日浦不是女人。」

「但她的身體還是女人，所以才會有這種情況。」

「這不是身體的問題，而是內心的問題。」

「眼前是身體的問題，」理沙子推開哲朗的身體，走向美月。哲朗也可以察覺到美月的身體緊張起來。

「王八蛋！」哲朗抓住理沙子的手臂，把她拉到走廊上。

「好痛！你在幹嘛！」理沙子大聲叫了起來。

哲朗把理沙子壓在臥室的門上，她瞪著哲朗。

「放開我！」

「你根本不瞭解日浦的心情。」哲朗打開臥室的門，把理沙子推了進去。她倒在鋪了地毯的地上，「你現在就乖乖留在這裡。」

哲朗雖然關上了臥室的門，但他也不能走去美月身旁。他覺得現在必須讓她獨處，於是打開了隔壁工作室的門。

他坐在椅子上，搓了搓臉。意想不到的狀況讓他亂了方寸，但只要思考一下就知道，美月停止注射荷爾蒙之後，遲早會有這一天。比起穿女裝或是外表的變化，這個問題更嚴重。

他不經意地打量室內，目光停在某一點。前幾天掛底片的地方竟然晾著洗好的照片。是B5尺寸的黑白照。

哲朗走過去拿起照片，發現是理沙子前幾天為美月拍的照片。美月裸著上半身，托腮看著別處。嘴唇似乎帶著一絲笑容，又好像在說什麼。不知道是否因為陰影的關係，她的胸部看起來很豐滿，身體的所有曲線都很煽情。

哲朗發現自己的性慾受到了刺激，立刻放下了照片。自我厭惡好像微波打向他的胸口。

他聽到臥室門打開的聲音。理沙子似乎從臥室來到走廊上，但可以察覺得她走路很小聲。不一會兒，聽到了敲門聲。

「進來。」哲朗低聲回答。門打開了，理沙子走了進來。

「你打算怎麼處理？」她問。

「我正在想。」

「我很擔心那位小姐。」

「嗯。」哲朗在點頭時，忍不住想，如果美月聽到理沙子叫她「小姐」，一定會很受傷。

「不能不管她，她應該會鑽進牛角尖裡。」

「但你不適合去陪她。」

「那你可以處理嗎？你能做什麼？」

哲朗無法回答。現在的自己當然無法救美月，美月討厭別人把她視為女人，但目前發生在她身上的事，又證明她是一個女人。

哲朗拿起桌上的電話，同時看向時鐘。目前是凌晨兩點多。

「這麼晚了，你要打電話去哪裡？」理沙子問。

哲朗沒有回答，翻開記事本，看了電話簿，然後按了號碼。他祈禱對方在家。

鈴聲響了五次，當第六聲即將響起時，對方接起了電話。

「喂？」對方的聲音帶著睡意。這也是理所當然的事。

「喂？是我，西脅。」

目前是深夜，而且是哲朗的電話，對方似乎瞭解這兩件事所代表的特別意義。他接下來的聲音雖然低聲，但口齒很清晰。

「美月出了什麼狀況嗎？」中尾功輔問。

掛上電話大約三十分鐘後，玄關的門鈴響了。

中尾在毛衣外穿了一件長連帽衫，他的衣著比上次來這裡時輕鬆多了，可能沒時間考慮衣服的問題。他的劉海有點凌亂，垂在額頭上。

「她在哪裡？」他一看到哲朗的臉，立刻這麼問。

「在客廳。」

「她在幹嘛？」

「不知道。因為我想讓她一個人靜一靜比較好。」

「好。」中尾點了點頭，脫下鞋子，左腳的鞋帶沒有綁。

哲朗看著他打開客廳的門走進去後，和理沙子一起回到臥室。因為他把希望寄託在他們是舊情人的關係上。

不，說他們是舊情人似乎不太恰當——他回想起和美月在公園的對話。並不是只有美月一個人陷入永遠的單戀。

「中尾真的瘦很多。」坐在床上的理沙子說。

「是啊。」

「他的身體好像小了一圈。」

「我猜想他很辛苦，不管是工作還是家庭。」

「而且還被捲入這種麻煩事……」

這也是無可奈何。哲朗在嘴裡嘀咕。

「我問你，」理沙子撥了撥劉海，「你覺得怎麼辦比較好？我也想尊重美月的想法，但我對她繼續穿男裝感到很不安，你不會不安嗎？」

「我也覺得這樣不太妙。」

「那該怎麼辦？」

理沙子語帶責備地問，哲朗在地上盤起雙腿，抱著雙臂。

「你又不吭氣嗎？如果只是唉聲嘆氣，根本無法解決問題。」

「我只是不想輕率處理。」

「你是說我的提議太輕率嗎？我自認充分為美月著想。」

「你沒有顧慮到她的心情。」

理沙子聽到哲朗這麼說，重重地嘆了一口氣，放下雙手。

「又是這句話？你整天說什麼心情、心情，你也不瞭解她的心情啊。如果你瞭解的話……」

「日浦她，」哲朗打斷了理沙子說，「她喜歡你。」

理沙子倒吸了一口氣，但因為她背對著夜燈，逆光中看不清楚她的臉，但仍然可以看到她瞪大了眼睛。

「呃……」隔了很久，她才發出了這個聲音。

「她之前就這麼告訴我，我不知道該不該告訴你。」

其實他現在仍然很猶豫，說出口的時候，內心也覺得自己也許做了無可挽回的事。

「是不是在開玩笑——」

「你說誰？我嗎？還是日浦？」

理沙子閉上了嘴，低頭不語。哲朗見狀，覺得也許她並不感到意外。她的直覺很敏銳，不可能沒有察覺到美月的感情。

「她說，她是以男人的身分喜歡你，所以希望在你面前是個男人。」

理沙子持續沉默，哲朗也沒有再說什麼。昏暗的室內只聽到她有點急促的呼吸聲。

不一會兒，聽到了客廳門打開的聲音，有人來到走廊上。哲朗起身打開了臥室的門，發現中尾站在門口。他憔悴的臉上露出疲憊的笑容。

「情況怎麼樣？」

「嗯，」中尾走進臥室，轉頭看著理沙子，「她想處理那個。如果你有多餘的，可不可以借她？」

理沙子似乎心領神會，下了床，打開了衣櫃的門，蹲了下來。

「另外，還要借一下內褲。」

「喔，好啊。」哲朗走向自己放內褲的五斗櫃。

沒想到中尾說：「不，最好是高倉的。」

哲朗正打算打開抽屜，聽到這句話，驚訝地轉過頭。理沙子也蹲在衣櫃前，轉頭看著中尾。中尾輪流看著他們兩個人的臉說：

「女用內褲比較好，除此以外，希望你借幾件衣服給她。因為是在家裡穿，所以最好是運動衣褲，高倉，你有沒有？」

「我沒有運動衣褲，但有居家服。」

「那就沒問題了。」

「沒問題？」哲朗問中尾。

「沒問題，她也答應了。」中尾的聲音很低沉，但很堅定，「我去那裡等，你可以拿過來嗎？」

「嗯，沒問題。」理沙子回答。

中尾走出臥室後，理沙子把自己平時穿的衣服放在床上，裡面沒有裙子。哲朗雖然發現了這件事，但並沒有說。

「那就這件……和這件。」

理沙子挑選了一件布料有伸縮彈性的長褲和T恤，然後拿了一件厚襯衫，都是以黑色為基調，穿在女人身上看起來會有女人味，但即使男人穿，也不會覺得滑稽。

走去客廳時，中尾獨自坐在沙發上，不見美月的身影。與裡面和室之間的紙拉門關著。

「不好意思。」中尾看到理沙子後站了起來。

「我才不好意思。」她把衣服和便利商店的袋子交給中尾。

中尾接過去之後，把和室的紙拉門打開了三十公分，哲朗和理沙子看不到裡面的情況，和室內似乎沒有開燈。

「高倉借給你的，你應該會用吧？因為你很多年沒用了。」

中尾應該想要開玩笑，但哲朗笑不出來。

中尾關上紙拉門後走了回來，在沙發上坐了下來。

「不好意思，給你們添了很多麻煩。」

「你沒有理由道歉。」

「我們也想幫助美月。」

「你這麼說，我的心情也比較輕鬆，但我打算為她找住的地方，因為不能一直打擾你們，只是在我找到之前，還要請你們忍耐一陣子。」

「我覺得美月住在這裡比較好，」理沙子說，「最好有人在她旁邊看著她，否則不知道她會做什麼。」

中尾緩緩搖著頭說：

「她不會去警局，她剛才已經答應我了。」

「答應你了？真的嗎？」理沙子驚訝地問。

「是真的。」

中尾語氣堅定地說，哲朗不知道他哪來的自信，也不知道他如何說服美月恢復女人的樣子。雖然現在無法問他，但哲朗很想知道。

紙拉門打開了。那道門並不卡，但打開時卡了好幾次。門打開五十公分左右時，美月出現了。她低著頭。

「穿在你身上很好看啊。」中尾對她說。

美月吐了一口氣，抓了抓後腦勺，然後在中尾身旁坐了下來。

哲朗覺得美月果然是女人。雖然這身打扮並不是很女性化，但她整個人和之前的印象完全不同。

「對不起，給你們添麻煩了。」美月抬起頭，輪流看著哲朗和理沙子，「而且出了這麼大的糗。」

「並沒有出糗啊。」哲朗說，理沙子也默默點頭。

「剛才把地板弄髒了，我已經擦乾淨了。」

「不必放在心上。」

「對不起。」美月又說了一次，然後低下了頭。

哲朗瞥向她的胸口。她似乎仍然裹著白布，並沒有女性特有的隆起。理沙子交給中尾的換洗衣物中也有胸罩，但美月似乎並不打算穿。

「除了道歉以外，你不是還有其他話要對他們說嗎？」中尾對美月說。

「對。」美月輕輕點了點頭，再度看向哲朗和理沙子。她的雙眼有點充血。

「我會聽從理沙子的指示，既然這是最好的方法，那也只能這麼做了。」

「所以你願意暫時恢復女人的樣子嗎？」

「對，因為我不能被警察抓。」

「是啊。」理沙子簡短地回答，因為已經從哲朗口中得知了美月的心意，她內心一定很複雜。

凝重的空氣籠罩了他們四個人，每個人似乎各有所思。

「那我就先回去了。」中尾看著手錶說。

「對不起，三更半夜把你叫來這裡。」

「不，很謝謝你打電話給我。」中尾瞥了美月一眼後站了起來。

哲朗獨自送他到玄關，原本打算送他到樓下，但中尾堅持不需要。

「外面很冷，你送到這裡就好。美月的事就拜託了。」

「我知道。」

哲朗回到客廳，看到理沙子怔怔地抽著菸，美月似乎已經回到和室。她可能不願意讓理沙子看到她穿女裝的樣子。

哲朗不知道該說什麼，於是走去廚房喝水。理沙子抽完菸後，沒有向他打聲招呼就走了出去。

哲朗不想馬上回臥室，他坐在理沙子剛才坐的位子上，但想到美月就在隔壁房間，有點坐立難安。美月的房間內完全沒有任何動靜。

理沙子的香菸和打火機放在茶几上，哲朗拿起菸盒，從裡面抽出一支。他以前曾經抽過菸，但只是心血來潮抽一下而已，並沒有變成習慣。他叼著菸，用打火機點了火，只是來不及把菸點著，火就熄滅了。哲朗無法忍受窒息般的氣氛，打開了落地窗，來到走廊上。冷風刺在臉上，他把雙肘放在欄杆上，再度拿起了打火機。

這時，他看到樓下停了一輛 Volvo，和中尾上次來的時候一樣停在路旁。

太奇怪了。中尾下樓已經有一段時間了，照理說應該早就離開了。哲朗叼著菸，注視著下方。他想到可能並不是中尾的車子，但無論顏色還是形狀，都和中尾的車子一樣。

他在幹嘛——？

哲朗以為他在車上打電話。自從道路交通法重新修訂之後，就禁止在開車時用手機。中尾在這方面很守規矩。

但看起來不像是這樣。因為他沒有看到車子在排出廢氣，車頭燈暗著，就連側面的燈也沒亮。這麼寒冷的清晨，不可能不發動引擎坐在車上打電話。

哲朗回到客廳，把叼在嘴上的香菸丟在茶几上，來到走廊，然後走去玄關。理沙子不知道在臥室內說什麼，但哲朗沒有聽到。

他走出家門後搭了電梯，正準備走向大門時停下了腳步。因為他看到中尾蹲在大廳的角落。

「你怎麼了？」哲朗驚訝地跑了過去。

中尾蹲在那裡，轉頭看著哲朗。他的臉色蒼白，但他露出了笑容，「怎麼了？你為什麼下樓？」

「你還問我為什麼？我在上面看到你沒有在車上，所以不知道是怎麼回事。你不舒服嗎？」

「不，沒事，」中尾扶著牆壁站了起來，右手撐在腰上，不知道是否感到一陣劇痛，他皺起了眉頭。

「腰嗎？」哲朗問。

「是啊，是一種神經痛。」

「神經痛？」

「對，但你不必擔心，我原本就打算今天去按摩，只要好好放鬆應該就可以改善。」他扶著牆壁走了起來。

「你不要硬撐，要不要先去樓上休息一下？」

「不，我沒事，在比賽時，這種程度的疼痛忍一下是理所當然的事。」

「現在和當時不一樣。」

「我們都變大叔了。」中尾他似乎努力保持笑容，然後走出了自動門，「你不要告訴高倉和美月，我不想讓她們擔心。」

「我送你回家，我來開車。」

「我不是說沒問題嗎？」中尾深呼吸後，站直了身體，「不好意思，讓你擔心了，你可以上樓了。」

「你真的沒問題嗎？」

「對。」

即使中尾這麼說，哲朗仍然沒有轉身上樓，一直目送中尾走出公寓，坐上車子。車子離開時，他看到中尾向他輕輕揮手。

哲朗回家之後，仍然很擔心中尾，於是他隔了一會兒，打了中尾的手機。但是，中尾的手機沒有接通。哲朗告訴自己，他可能在開車。

第四章

1

隨著精采的開球，十五顆球迅速彈開，其中一顆球骨碌碌地滾進了角落的球袋，哲朗來不及看那是幾號球，卻看到了對方的男選手皺起了眉頭。

田倉昌子觀察了球的位置之後，彎下稍微有點肥胖的肚子，架好球桿。哲朗知道她準備打幾號球，卻不知道她打算怎麼打。

田倉昌子輕輕一推球桿，球桿打中的白球撞到了一號球，一號球勾勒出好像折線圖表般的軌跡，落入了哲朗完全沒有想到的球袋中。精采的球技讓人忍不住想要為她鼓掌，但田倉昌子的表情一臉理所當然，開始思考下一顆球要怎麼打。

哲朗今天來到大宮的撞球場，因為他聽說目前正在舉行淘汰賽。這次總共有四十二名選手參加比賽，有將近半數是業餘選手。

雖說是淘汰賽，但其實更像是練習賽，因為這場比賽幾乎沒有獎金。歐洲經常舉行獎金總額達到數千萬圓的大型比賽，有些選手一年的獎金金額可以超過一億圓，但在日本，即使是職業撞球手，也不可能靠參加比賽過日子。因為即使獲得冠軍，獎金最多只有兩百萬圓，而且每年只有幾場這種比賽，必須在所有比賽中獲勝，或者獲得幾乎全勝的成績，所有的獎金收入只是勉強和上班族差不多，更何況那些獎金來自參加選手的報名費。

來這裡之前，哲朗就和編輯決定要採訪女選手。這次的比賽沒有分男女，所以想瞭解女選手能夠在比賽中有多出色的表現。

田倉昌子贏得了這場比賽，但之後連續輸了三場，也因此導致她無法進入下一輪的比賽，所幸她還是和其他男選手一起進入了前八強。以她過去的成績來看，這次的表現很出色。

「唉，那一場照理說應該要贏，今天的狀況不太理想。」田倉昌子在比賽會場角落收拾東西時說。雖然她說話的語氣很冷淡，但可以感受到她真的很不服氣。

「和男選手比賽，會不會有心理壓力？」哲朗問。

「並沒有，對方可能會有壓力吧？因為如果輸給女人，面子上會掛不住。」她坐在鐵管椅子上笑了起來。她和剛才比賽時不同，看起來就是普通的中年婦女。根據她的簡介，她是日本職業撞球總會的第五期生，雖然不知道她的生日，但哲朗認為她應該超過五十歲了。

「所以，你覺得反而比較輕鬆嗎？」

「應該說，會激發我想贏的鬥志，覺得怎麼可以輸給男人？因為我當初就是為了贏男人，才開始打撞球。」

「是這樣嗎？」

「我以前在銀行工作，因為是女人的關係，遇到很多讓人心有不甘的事。我們年輕的時候和現在不一樣，即使嚷嚷性騷擾、男女不平等，也沒有人會理你。那些工作能力明顯比我差的笨男人都一個一個升遷，有些小鬼剛進公司時，還是由我負責指導，之後也都升得比我更高。我嚥不下這口氣，去向主管抗議，主管竟然罵我腦筋不清楚，說無論做任何事，只要男人認真做，就絕對可以贏過女人。我差不多也是從那個時候開始，認真投入原本只是玩玩而已的撞球，因為我無論如何都想贏男人。只不過當時很少有女人這麼熱中撞球，直到很久之後，才因為湯姆．克魯斯的電影引起一股熱潮。」

田倉昌子蹺起了又粗又短的腿開始抽菸。

「所以你現在一定覺得很開心，因為可以平等地和男人交鋒。」哲朗說。

「是啊，」她回答之後，微微偏著頭說：「但我從來不覺得男女平等。」

「什麼意思？」

「說白了，就是因為你們的關係。你們之所以會想要採訪並不熱門的撞球，就是因為認為女選手有可能會贏，不是嗎？如果女選手贏了就可以成為討論的話題。」

哲朗無法否認，和女性編輯互看了一眼。

「被人認為如果贏了就很有趣的話，代表選手的能力還有待加強。必須讓人覺得討厭，就像相撲選手北之湖一樣。」

「如果你獲得冠軍，不是可以證明女人的實力嗎？」女性編輯說道，她的年紀應該只有田倉昌子的一半。

「到時候只能證明，女人獲得冠軍，可以引起一些討論。要證明女人可以和男人一樣，恐怕還需要走很長一段路。至於什麼時候女人贏男人不再成為新聞，男人輸給女人也不再成為恥辱，恐怕還要更久，即使在撞球這麼狹小的世界也一樣。」

「男人必須改變。」

資深女子撞球手聽了女性編輯的話之後搖了搖頭。

「女人也需要改變，不能因為對方是男人就特別拚。從這個角度來說，我也還需要改變。」她說到這裡，嘆了一口氣，「因為要分男人和女人，所以事情才會變得複雜，我希望能夠早日擺脫這種問題，雖然只是在撞球這件事上。」她最後張開大嘴笑了起來。

離開撞球場後，哲朗和編輯去咖啡店內討論了一個小時左右後分了手。他們決定報導的內容就寫「和男選手平起平坐對戰的女撞球手」。田倉昌子看到這篇報導，可能會說，這種報導才是最大的問題所在。

回到住家附近，哲朗走進常去的定食餐廳點了炸牡蠣定食和啤酒。他已經好幾個月沒有吃到理沙子做的菜了，他覺得以後可能也吃不到了。

他忍不住思考自己和理沙子的未來。目前的生活會一直持續下去嗎？他試著思考十年後的事。如果順利的話，他或許可以在業界建立自己的地位，也許還可以寫小說。理沙子應該會繼續當攝影師，因為這是她唯一的專長。

但是，他無法順利想像兩個人共同生活的景象。他可以想像兩個人一起住在透天厝的房子內，但就像是兩個人偶放在模型房子內，散發出一種空虛的感覺。

吃完飯，他回到公寓。走廊很暗，客廳的燈光從門縫洩在走廊上，但沒有說話聲。哲朗打開門，向客廳內張望。原本以為沒有人，但他想錯了。美月趴在地上。他仔細一看，發現美月正在做伏地挺身。她的手肘用力彎曲，胸部幾乎碰到地板，然後慢慢伸直手臂，似乎在確認肌肉緬緊的感覺。她穿著T恤，所以可以清楚看到她上臂的肌肉。

她做了兩、三下，哲朗把門開得更大。美月應該發現他回家了，但並沒有感到驚訝，用和前一刻相同的速度繼續練習伏地挺身。可以隱約聽到她的呼吸聲。

哲朗脫下大衣，去廚房喝了一杯水，坐在客廳的沙發上，看著美月練習。從他開始看，美月已經做了超過十下。不一會兒，她的節奏開始亂了起來，臉上露出了痛苦的表情，最後趴在地上。

「你做了幾下？」哲朗問。

「三十六下，狀況好的時候可以練五十下。」

美月仰躺在地上調整呼吸。她的胸部用力起伏，哲朗移開了視線。

「這樣已經很厲害了，我恐怕連二十下都沒辦法。」

「我們的體重不一樣。」

美月坐了起來，然後彎著雙腿開始練仰臥起坐，但因為雙腳無法固定，所以做起來很不方便。

「要不要我幫你壓住腳？」

「嗯，這樣最好。」

哲朗脫下上衣，蹲在她的腳邊，按住了她穿著牛仔褲的膝蓋。

美月雙手放在腦後，再次開始做仰臥起坐。她每次起身時，臉就幾乎來到哲朗眼前。當她身體用力彎下時，從T恤敞開的領口可以瞥到她的胸部。

令人驚訝的是，前五十下的速度幾乎沒有變化，之後她慢慢顯得有點吃力。她皺著眉頭，抿緊雙唇，努力撐起身體。不知道為什麼，哲朗看到她的這種表情，覺得自己心跳加速。

最後，她練了六十三下後終於不行了。

「慘了，肌力果然退步了。」美月按著自己的腹肌後，又摸了摸上臂，「手臂也變得這麼細。」

「我覺得沒什麼變。」

「你不用安慰我，我自己最清楚了。」她用雙手抓著頭，「本來就會這樣變回女人的身體。」

哲朗低頭吐了一口氣，因為他知道美月為什麼做伏地挺身和仰臥起坐。她正在拚命守住每天一點點失去的東西。

「QB，你也來試試。」

「我不用了。」

「為什麼？不稍微運動一下，身體會越來越不靈活。來吧來吧。」

美月推著哲朗的身體，哲朗仰躺在地上後，她坐在哲朗的大腿上。

哲朗無奈之下，只好開始做仰臥起坐。身體的確沒有以前那樣靈活了，只做了二十下左右，腹部就無法繼續用力了。

「怎麼了？你振作一點。」

「我不行了，饒了我吧。」

「你在說什麼啊，才做這麼幾下而已。」

美月向前移動身體，身體幾乎趴在哲朗的上半身上。哲朗可以隔著牛仔褲感受到她的肉體。

當他意識到自己勃起時，美月也臉色大變。可能剛好碰到了她的大腿之間，她露出了不知所措的表情，什麼話都說不出來。哲朗也無法說任何話，看著天花板。

她後退著離開了哲朗的身體，在T恤外穿起了脫在一旁的連帽衫。哲朗也緩緩坐了起來，拿起了上衣。

「呃，理沙子去了哪裡？」

「有人打電話給她，她就出門了，好像是原本打算刊登在雜誌上的照片出了什麼問題。」

「這樣啊。」

哲朗很慶幸理沙子沒有看到剛才令人尷尬的一幕。

走進工作室，他發現答錄機閃著燈。他換了居家服之後按了答錄機的開關，總共有三通留言，兩通是出版社打來的，另外一通是泰明工業的隊醫中原留的言。他明天要去第一高中田徑社，問哲朗要不要一起去。如果要一起去，希望明天上午和他聯絡──

怎麼辦？哲朗思考著。因為目前手上並沒有什麼緊急的工作，所以並不是沒時間去第一高中，只不過目前滿腦子都是美月的事。

聽到敲門聲，哲朗應了一聲：「進來。」

門打開了，美月戰戰兢兢地探頭進來，一雙大眼睛骨碌碌地轉動，打量著室內。

「怎麼了？」哲朗問。

「對不起，沒什麼特別的事，只是想看看你的工作室。」

「喔，」哲朗點了點頭，「儘管參觀。」

「好小喔。」

「這裡原本是儲藏室。」

「理沙子說，她並沒有把這個房間讓給你。」

「她這麼說嗎？」哲朗皺著眉頭，「但她說得沒錯。」

美月的目光停在牆邊的某一點。那裡用夾子夾了一張照片。就是理沙子為美月拍的照片，理沙子把其他照片都拿走了，只有這張掉在地上，哲朗就用夾子夾了起來。

哲朗立刻想好了美月萬一問起的藉口，但美月什麼也沒說，移開了視線。

「我搞不懂那種時候的感覺。」她好像自言自語般說。

「那種時候？」

「就是剛才那種時候。」美月指著哲朗的下半身說，「就是在那種時候翹起來的感覺。」

「喔，」哲朗蹺起了腿，「你當然不可能懂。」

「是怎樣的感覺？」

「很難形容。」哲朗抱起雙臂，「你剛才不是在做伏地挺身嗎？之後會不會覺得上手臂繃得很緊？」

「嗯，也不是繃緊，好像脹脹的感覺。」美月用左手揉著右上手臂。

「有點像那種感覺。」

「像這個？」她繃緊了上手臂的肌肉。

「只是有點像而已，充血這一點都一樣。」

「所以那裡會充血，所以就鼓起來了。」

「是啊。」

美月露出思考的表情後，呵呵笑著搖了搖頭。

「沒辦法，即使試圖想像，我沒有這種東西，想破頭也沒用。」

「是啊。」哲朗也笑了。

美月嘆了一口氣，把手伸向夾子夾住的那張照片。

「我經常想，如果自己有雞雞就好了。」

「你果然會這麼想嗎？」

「你認為我什麼時候會有這種想法？」

「不知道。」哲朗偏著頭。

「去公共廁所的時候，這種想法最強烈。」美月說。

「是喔……」

「我並不是開玩笑，真的是這樣。因為沒有雞雞，所以不是無法站著尿嗎？所以每次走進男廁，即使只是尿尿，也必須走進隔間，真的超不方便。我很希望可以像男人一樣一走進去，三兩下就解決，然後隨便洗一下手就出來。」
「你有沒有想過去動手術？」
「當然有啊，尤其在日本也承認之後，就更務實地思考這個問題，但說實話，還是有點舉棋不定。」
「所以你還在猶豫嗎？」
「應該說，我覺得可能還不夠瞭解自己，不知道自己到底想成為怎樣的人，想要用什麼方式活下去……」美月說到這裡，苦笑起來，「是不是很傻？」
「這個世界上，有人為了自己無法具有任何一方的身體而苦惱。」
美月偏著頭，似乎聽不懂他這句話的意思。他把末永睦美的事告訴美月，她頓時雙眼發亮。
「QB，我要拜託你一件事，」她說，「我想見她。」
理沙子在半夜兩點多時回到家。她說因為編輯的疏失，造成她莫大的困擾，心情特別差。哲朗對她說，要帶美月去第一高中採訪，她聽了之後，心情更加惡劣了。
「在目前的緊要關頭，怎麼可以做這種引人注目的事？」
「我會充分小心謹慎。」
「我想請教一下，你的『充分』是怎麼個『充分』法？憑什麼認為『充分』了呢？」
「你不是也想請日浦當助理嗎？」
「被人看到的頻率不一樣。」
「等一下，是我提出要跟他一起去採訪，我想見一見那個陰陽人選手。」

理沙子聽了美月的話，露出了好像被戳到痛處的表情。

「警方可能已經畫出了在『貓眼』工作的酒保的肖像畫，可能已經傳給各地的警察了。」

理沙子吐了一口氣，四處張望著，可能在找哪裡有香菸。

「你們今天好像很合拍嘛。」

「我們也會記住這件事。」

「你在說什麼？」哲朗瞪著她。

「如果非去不可，我可以提條件嗎？」

「我知道，你一定會叫我穿女裝。」美月回答。

「要穿裙子，還不光是這樣而已，」理沙子指著美月的臉，「還要化妝，擦粉底、擦口紅，還要畫眉毛，這樣也無所謂嗎？」

美月露出一絲不知所措的表情，但隨即點了點頭說：「那也沒辦法啊。」

理沙子似乎沒想到美月這麼乾脆答應，露出了受傷的表情，然後猛然站了起來，撂下一句「那就隨你們啦」，走出了客廳。

哲朗和美月互看了一眼。

「她一定覺得，之前她說破了嘴，你也不願意穿裙子。」

「應該吧。」美月淡淡地笑了笑說，「QB，可以拜託你一件事嗎？」

「什麼事？」

「你今晚可不可以睡這裡？我去和理沙子談一談。」

「喔……好吧。」

美月走出客廳後，哲朗喝了一罐啤酒，然後走進美月平時睡的和室。被子已經鋪好，她平時當睡衣穿的 T 恤隨意丟在那裡。他脫得只剩下內衣褲，鑽進了被子。被子上有他以前從來沒有聞過的味道。他想起剛才美月做仰臥起坐的事。當美月的臉靠近時，也有相同的味道。

2

哲朗聽到代替鬧鐘設定的手機鬧鐘聲醒了過來。他頭昏腦脹，不知道自己到底有沒有睡著，但隱約記得自己作了奇怪的夢。

他經過客廳，來到走廊上。臥室內沒有任何動靜，哲朗走進工作室，立刻打電話給中原，說希望可以和他一起去，中原欣然答應。

走出工作室後，哲朗猶豫了一下，敲了敲臥室的門，聽到理沙子說：「進來。」

哲朗打開門，然後看向雙人床，忍不住愣了一下。因為身穿 T 恤的美月坐了起來，理沙子就躺在她旁邊，右手輕輕放在美月的大腿上。兩個人的下半身蓋著被子。

哲朗的腦海中閃過一個念頭，覺得她們就像是情侶。也許是因為拉起了遮光窗簾，房間內很昏暗的關係，美月臉上的陰影更深了，看起來就像是美少年。

「什麼事？」理沙子問，聲音有點慵懶。

「喔……我剛才聯絡了昨天提到的中原醫生，我中午出發，所以要在那之前做好準備。」

「好。」

「那就這樣。」哲朗說完，關上了門，然後意識到自己內心感覺怪怪的，只是並不知道哪裡有問題。

他去附近的咖啡店吃了早餐套餐後回到家裡，理沙子和美月也吃完了自己做的早餐，餐桌上放了兩組餐具。

哲朗換好衣服，坐在客廳的沙發上等了一會兒，門打開了，理沙子走了進來。

「美月準備好了。」

她的話還沒說完，美月就出現在她身後。哲朗一看到她，忍不住坐直了身體。因為美月和昨天之前判若兩人。

雖然臉上的妝並沒有很濃，但原本像少年的五官變成了輪廓很深的女人臉，耳環搭配她的一頭短髮也很好看。她的頭髮帶有一點顏色，深棕色的套裝內是一件灰色衣服。

「怎麼樣？」理沙子問，臉上的表情好像在展示自己心愛的洋娃娃。

「太驚訝了。」哲朗坦誠地表達了自己的想法，「簡直不像日浦。」

「好久沒穿這種衣服了，感覺腰痠背痛，」美月撇著嘴角，「很想馬上脫掉。」

「出門的時候忍耐一下，」理沙子用好像母親般的口吻說道，「但是，你穿這樣真的很好看，我甚至覺得還是這樣比較好。」

「只有出門的時候而已，」美月摸著自己的雙腿，「穿絲襪會這麼癢嗎？」

「你的聲音能不能想想辦法？」

「你不要強人所難。」

「真是拿你沒辦法，那就說你感冒了。」

「如果感冒的話，就無法靠近選手了，就說去唱ＫＴＶ把聲音唱啞了。」

「我從來不去ＫＴＶ。」

「如果別人問你的拿手歌，你就說都唱森進一的歌。」

理沙子也為美月準備了大衣和皮包，哲朗和美月在十二點整走出了家門，理沙子一臉擔心地送他們出門。

才走了沒幾步，美月就開始抱怨。她說穿高跟鞋很難走路。

「你並不是沒穿過吧？」

「我很少穿這種鞋子，遇到狀況時沒辦法跑，而且我向來討厭裙子。」

「這不重要，你說話的語氣能不能改一改？」

「我知道，到時候我會搞定啦，別看我這樣，我當女人也三十多年了。」

「那倒是。」哲朗聳了聳肩。

「我以前搭電車時，也曾經遇到色狼。」他們一起坐在地鐵的座位上，美月告訴他，「對方是普通的老男人，大約四十歲左右，穿著西裝，還戴了一副眼鏡，看起來人模人樣。」

「他摸你哪裡？」

「屁股啊。他連我也不放過，想必對女高中生的屁股很有興趣吧。我狠狠瞪了他一眼，他就夾著尾巴逃走了。」

「色狼找錯對象了。」

「那天我回家之後，突然越想越惱火，真是氣死我了，我氣得放聲大哭，我媽嚇壞了，以為出了什麼事。」

「好像會很受打擊。」

「普通的女人應該也一樣，但我被完全不認識的男人亂摸，讓我感到很屈辱，我無法忍受男人對我有性慾，也無法原諒自己會讓男人產生性慾，所以我隔天就說要穿褲子。雖然要穿制服，但我不想穿裙子。」

「結果呢？」

「但我媽說，千萬別這樣，我只好作罷，但我從家裡的工具箱裡找出了鐵鉗。」

「鐵鉗？」

「如果再遇到色狼，我就要用鐵鉗夾他的手。我是認真的，而且在搭電車時，一直拿在右手上。」

「結果色狼有出現嗎？」

「只有那一次，越是想等色狼上門，越是等不到。」美月笑了起來。對面的窗戶反射了她的笑容，無論怎麼看，哲朗都覺得她是女人。

「日浦。」

「嗯？」

「你的腿張開了。」

「喔喔。」她慌忙將穿著迷你裙的雙腿併攏。

哲朗和中原約在東武東上線川越車站旁的咖啡店見面，中原在毛衣外穿了一件牛角扣的大衣，坐在咖啡店內等他們。

「真羨慕你有這麼漂亮的小姐當助理。」他一看到美月，就這麼說。聽起來不像是奉承。

美月主動向中原打招呼。中原聽到她沙啞的聲音，露出有點意外的表情，但並沒有說什麼。

「我有一個朋友在高中田徑協會，我和他聊了末永睦美的事，他之前就知道這件事了。」中原在去第一高中的計程車上告訴哲朗，「聽說她在田徑界小有名氣，據說田徑協會並沒有要求她不能參加正式比賽，但這只是表面而已。」

「但背地裡有很多小動作嗎？」

「對，」中原點了點頭，「他們透過第一高中的人，希望她盡可能不要參加，還說即使她參加了，也不知道能不能承認是正式的比賽成績。」

「不承認她是女子選手嗎？」

「既然日本田徑協會對陰陽人選手的問題沒有正式的見解，高中田徑協會也只能參考日本田徑協會的做法，因為如果末永在高中比賽中創下日本新紀錄，必然會引起軒然大波。」

「我倒覺得出現這麼強的選手應該要表示歡迎。」

「問題在於這並不是末永個人的問題，這將會成為今後出現陰陽人選手時的前例，他們真正的想法是不想處理麻煩事，不急於作出結論，更何況還有來自外界的壓力。」

「你的意思是？」

「就是其他擁有具實力女子選手的學校和企業，他們一定會抗議，有這種特異體質的人和普通選手一起競爭很不公平。」

哲朗認為一定會發生這種情況，體育的世界並不像一般人想的那麼單純。

第一高中就在入間川旁，周圍都是一片農田，兩、三百公尺外那片工廠和倉庫成為附近唯一的建築物。

中原在高中的警衛室辦理了相關手續，哲朗和美月跟著他走向操場。

橄欖球社的選手正在操場中央練習傳球，操場周圍畫了跑道線，身穿運動衣的選手在跑道上跑步。那些全速奔跑的應該是短跑組，跑在外側的應該是中長跑選手。

「啊！」哲朗注意到一名選手，「是那名選手嗎？」

「對。」中原立刻回答。

那名選手看起來的確像女生，因為她穿著和其他女生相同的淺藍色運動褲，男選手的運動褲都是深藍色，但是，如果沒有用這一點來分辨，恐怕很難認為她是女生。雖然她的個子不高，但即使隔著白色短袖Ｔ恤，也可以發現她的身上肌肉飽滿，跑步的姿勢也很有力，不像是女生。

「女生不會那樣跑步。」哲朗對美月說。

「太帥了。」美月小聲地說。

中原為哲朗介紹了田徑社的顧問老師荒卷，荒卷大約四十歲左右，身材矮胖，但以前應該是田徑選手，

「如果只是基於好奇來採訪，我們也很傷腦筋。」荒卷皺著眉頭說。

「不，絕對不是這樣。」

哲朗在向他說明時，一再強調只是單純的採訪，荒卷雖然並沒有接受他的說法，但最後還是很不甘願地點了點頭。

「目前正在進行計時賽，結束之後就會休息一下，你可以在休息時去找她。」

「請問是哪一個項目的計時賽？」

「五千公尺。」

「她最好的成績是？」

「不，這……」荒卷結巴起來，「成績不在我手上，我不太清楚。」

哲朗明知道不可能，但並沒有繼續追問。荒卷可能擔心說出超越日本紀錄的數字，會引起不必要的轟動。

末永睦美突然加快了速度。她似乎進入了最後衝刺，她的速度看起來就像短跑選手，接連超越了落後她整整一圈的選手。當她衝向終點後，就開始擦汗，穿上防風夾克後，離開了終點。

哲朗緩緩走向她，打了一聲招呼。「你好。」

睦美露出訝異的表情看向他。她的五官輪廓很深，嘴唇有點厚，因為皮膚曬得黝黑的關係，五官看起來有點像黑人，左耳戴著耳環。雖然她一頭短髮，但光看她的臉，並不會認為她是男生。

「我想和你聊一聊，剛才已經徵得荒卷老師的同意了。」

睦美沒有回答，只是嘆了一口氣，並沒有停下腳步，反而加快了走路的速度，哲朗吃力地跟上她的腳步。

「我不是週刊雜誌，也不會提到你的名字，我正在採訪有關男人和女人的性別差異。」

睦美皺起眉頭，微微偏著頭，似乎表示不太瞭解這句話的意思。

「我很想和你聊一聊。」哲朗發揮耐心說服她。

她突然停下了腳步，低著頭，身體轉向哲朗的方向。

「放過我吧。」

「不，我絕對不是基於好奇，我認為必須嚴肅思考這個問題，所以想請教你的意見。我相信你在面對田徑協會的事上，也一定有很多難言之苦。」

「我並沒有任何怨言。」

「但是……」

睦美不等他說完，就轉身大步離去。哲朗慌忙追了上去。

「我真的沒有任何不良居心，只是想聽聽你的意見。」

但是，她似乎無意理會，她走進田徑社的活動室，打開了門。哲朗抓住了那道門。

「請你鬆手。」她不耐煩地說。

「只要稍微聊幾句就好。」

「你造成了我的困擾。」

「拜託了。」

「ＱＢ，」背後響起說話聲，美月走了過來，「不要勉強她。」然後，她對著睦美笑了笑說：「對不起，他太強人所難了。」

睦美的表情明顯有了變化，她用力眨著眼睛，似乎看到了什麼意外的事物。

「怎麼了？」哲朗問。

「她是和你一起的嗎？」

「她是我的助理。」

「這樣啊。」睦美陷入了沉思。

3

食堂內排放著白色新桌子。看了貼在牆上的菜單，發現還有義大利麵套餐。哲朗發現和自己的高中時代大不相同。

食堂內並沒有其他學生，哲朗和美月坐在最角落的桌子旁，末永睦美坐在他們對面。她同意聊十分鐘。哲朗猜到了她突然改變心意的原因，但並沒有提這件事。

「我剛才看了你跑步，好厲害，成績應該也很不錯吧？」哲朗說。

睦美看著桌子表面，小聲地說：「今天其實還好……」她似乎想要說，平時可以跑得更快。

「你喜歡跑步嗎？」

睦美沒有回答，只是微微偏著頭。

哲朗能夠理解她對自己產生了警戒，任何高中生在面對陌生人時，都不可能敞開心房。

「你有沒有想去參加正式比賽？」

「ＱＢ，」美月打斷了哲朗，「這種事並不重要。」

「不，但是……」

美月無視哲朗，看著睦美說：

「我覺得睦美這個名字很好聽，不知道你認為如何？你喜歡這個名字嗎？」美月刻意用女人的口吻說話。

睦美想了一下後回答說：「還滿喜歡的。」

美月點了點頭問：「你現在還要去醫院嗎？」

「每個月一次。」

「只是觀察而已嗎？還是已經出現了什麼障礙？」

「只是去檢查而已。」

「是嗎？太好了。」美月吐了一口氣，似乎發自內心感到鬆了一口氣。「學校的生活開心嗎？」

睦美沒有馬上回答，臉上露出了猶豫的表情。

「並不是很開心嗎？」

「也有開心的事，但並不是每個人都很友善。」

「喔……那倒是。」美月舔了舔嘴唇，「我聽說你並沒有向大家隱瞞自己身體的事，這是你自己的想法嗎？」

「對。」睦美這次很快就回答了。

「原來是這樣，你很有勇氣。」

「這算是有勇氣嗎？」

「我認為是這樣，難道你不這麼認為嗎？」

「是這樣嗎？」

睦美偏著頭，然後用手托著腮。雖然她是運動選手，但普通這個年紀的女生上手臂的肌肉不會這麼飽滿。

「因為我覺得隱瞞很累，而且無論再怎麼隱瞞，別人早晚都會知道。」

哲朗覺得她的身體應該會引起不少人懷疑，她不僅肌肉飽滿，而且手臂上的寒毛也不像女生。

「不好意思，這個問題可能會讓你感到不愉快，你小時候應該認為自己和其他女生沒什麼兩樣吧？」

「嗯，是啊。」

「現在呢？這種想法有沒有改變？」

睦美托著臉頰的手握住了拳頭，壓著自己的太陽穴。

「我不太去思考這種問題，因為想了也沒用。」

「但為了日常的方便，你平時都以女生的身分生活，對嗎？」

「嗯，算是自然而然就變成這樣，如果不取其中一個性別的話，周圍的人也不知道怎麼和我相處。」她冷漠的語氣中透露出對周圍人的冷淡。

美月坐直了身體，深呼吸後注視著睦美。

「你有沒有想過要動手術？」

睦美聽到這個問題，終於抬起了頭。這個問題似乎刺激了她內心的某些想法。

「你是說，去除其中一種功能嗎？」

「嗯。」

睦美抱著雙臂，仰頭看著天花板。哲朗確認她並沒有喉結。去除其中一種功能——哲朗認為她說得很精準。

「以前經常有人說，如果不動手術，可能會得癌症，但我從來沒想過要動手術。」

「在成年之前，癌化的機率很低。」哲朗補充說，他稍微研究了一下真性陰陽人的問題，「相反地，如果太早去除其中一種性腺，會影響荷爾蒙的正常分泌，導致自律神經失調症和骨質疏鬆症的可能性很高。」

哲朗的說明似乎很多餘，睦美不耐煩地搖著頭。

「會不會變成癌症根本不重要，即使因為這個原因死了也沒關係。」

「我認為你不該這麼說，不然你的父母不是很可憐嗎？」

睦美聽了美月的話，露出了想要反駁的表情，但最後閉了嘴，看向遠方片刻後，才再度開了口。

「我沒辦法決定自己要當女人還是男人，然後捨棄另一種功能。」

「你在猶豫嗎？」

「我不是這個意思，而是覺得一旦這麼做，我就不再是我自己了。雖然我這麼說，別人會覺得我在逞強。」睦美聲明了這一句之後，繼續說了下去，「我認為沒必要遷就別人，因為我也是人，想到以後的事，腦筋也常常會一片空白。」

哲朗和美月默默注視著低下頭的睦美。

「你有沒有可以訴說心事的人？應該有一些和你有同樣煩惱的人組成的團體。」

「以前我常去，但不光是陰陽人，我還聽了同性戀和性別認同障礙的人分享的內容，只是我總覺得和他們不太適合我。」

「你認為怎樣不適合你？」

「大家都有自己的成見，男人應該這樣，女人應該這樣，然後為自己無法達到那樣的標準感到痛苦，但沒有人真正知道男人是什麼，女人又是什麼，在這個問題上並沒有答案。」

「你對這個問題有答案嗎？」

「有啊。」

「可以說來聽聽嗎？」

「對我來說，男人和女人，」睦美說，「就是我以外的人，其他人不是男人就是女人，就只是這樣而已，區分男女根本沒有意義。」

睦美說完後，向美月微微鞠了一躬說：

「對不起，我說話太狂妄了。」

「沒關係。」

哲朗聽了她們的對話，確信了一件事。睦美看到美月的第一眼，就已經識破了她的真實身分。

「我問你，」睦美正視著美月問：「你想看我的嗎？」

「啊？」

「你想不想看我的下半身。」

美月瞪大了眼睛，哲朗也大吃一驚。

「為什麼？」美月問。

「嗯……我只是覺得讓你看也沒關係，」睦美移開了視線，哲朗覺得她似乎有點失望，然後她開了口，「其實我爸媽早就知道了。」

「知道什麼？」哲朗問。

「知道我的身體很特別。我出生的時候，醫生似乎就已經告訴他們了，還要他們帶我去專門的醫院做檢查，但我爸媽沒有這麼做，他們決定不告訴任何人，把我當成女兒養大。」

哲朗並不感到意外。

「但即使這麼做，不是早晚會知道嗎？而且現在也知道了。」哲朗這麼說。

「是啊，即使我問他們，他們也沒有認真回答我，我想他們應該無法回答，而且他們也不知道該怎麼辦，我相信他們應該不知所措，然後就一直拖延這個問題。」

睦美露出淡淡的笑容，她一定曾經責怪父母，不知道失去了多少東西，現在才能這樣談論這件事。

「我可以請教一個問題嗎？」哲朗問。

睦美眨了眨眼，似乎示意他可以發問。

「你現在有喜歡的人嗎？」

睦美屏住了呼吸。哲朗也知道自己問的這個問題很犀利。

「有。」

「是……」

「對方是男生。」睦美毫不猶豫地回答，她似乎瞭解哲朗發問的意圖。

「是嗎？太好了。」

「為什麼？」

「因為……喜歡別人不是一件好事嗎？」

睦美注視哲朗片刻後，將視線移向美月。

「我無法生孩子，既無法自己生，也無法讓女人生孩子。我猜想應該也不會有機會和別人做愛，所以喜歡別人很痛苦，也很害怕。雖然大家都對我說，不要害怕這種事，但知易行難，每次喜歡別人，我都很想死。」

哲朗發現自己剛才的問題太輕率，忍不住感到羞愧不已，也想不到該如何彌補。

睦美將視線移回哲朗身上。

「你不必在意，雖然很多事都讓我想死，但我只有一次真的試圖自殺，而且那次也沒有把刀磨利，所以失敗了。」

雖然她說話時沒有起伏，但哲朗的心就像沙子堆積般越來越沉重。睦美可能覺得自己說太多了，看向牆上的時鐘。哲朗也跟著看向時鐘，發現早就過了原本說好的十分鐘。

「你剛才說的是認真的嗎？」美月問睦美，「你說可以給我看。」

睦美點了點頭說：「我是認真的，你要看嗎？」

「嗯。」美月站了起來，「我想看。」

「但只能給你一個人看。」

睦美注視著美月，臉上的表情拒絕了完全搞不清楚狀況的男人，哲朗不發一語，向美月點了點頭。

當她們走出食堂後，哲朗仍然沒有站起來。睦美說的每一句話都仍然縈繞在他耳邊，他覺得自己對男人和女人的瞭解，遠遠不如這個有著神奇性別的小女孩。

美月在幾分鐘後走了回來，卻不見睦美的身影。美月面色凝重，臉色很蒼白，眼睛有點充血。

「她呢？」

「她直接回去練習了。」

「這樣啊。」哲朗從食堂的窗戶看向操場，田徑社的成員正在集合。

「ＱＢ，對不起，我們不應該來這裡。」

「也許是。」

田徑隊的成員分成男女在分別開會，哲朗看著他們，才發現末永睦美沒有加入任何一組，獨自在做伸展運動。

回程的電車上，美月幾乎沒有開口說話。

他們邁著沉重的步伐回到了公寓，理沙子不在家，餐桌上有一張紙條，說她出門工作了。

美月脫下大衣後，也脫下套裝的上衣，再把絲襪脫了下來，解開了裙子。「啊，終於舒服了。」

她幾乎半裸，哲朗移開了視線，也脫下了自己的上衣。

「和她相比，我真的太輕鬆了，」美月低頭看著自己脫下的衣物，「我至少還可以戴上假面具，只要扮成女人，就可以融入周圍。」

「但我覺得欺騙自己也很痛苦。」

美月搖了搖頭說：「我可能很懦弱。」

沒這回事。正當哲朗想要這麼回答時，無線電話的子機響了起來，他調整呼吸後，接起了電話。

「喂，我是西脅。」

「啊……請問西脅理沙子在嗎？」

電話中傳來一個男人的聲音，年紀大約四十多歲，聲音聽起來有點緊張。

「她出門工作了，請問是哪一位？」

「我姓廣川。」

「廣川先生？」

「對，寬廣的廣，河川的川，呃，請問是西脅哲朗先生嗎？」

「對。」哲朗聽到對方知道自己的名字，不由得緊張起來，但在下一剎那，他產生另一種驚訝。因為在他面前的美月渾身僵硬，瞪大了眼睛。

電話中的男人繼續說道：「因為我太太和你太太之前似乎是好朋友，所以我想向你太太請教一下關於我太太的事。」

「你太太該不會是帝都大學的……」

「沒錯，她以前曾經是美式足球社的經理，結婚之前姓日浦。」

4

哲朗頓時感到全身發熱，握著電話的手掌也冒著汗。

美月的丈夫為什麼會打電話來家裡？他發現美月在這裡嗎？不，不可能——好幾個疑問和思考在哲朗的腦海中打轉。

「她怎麼了嗎？」哲朗小心翼翼發問，努力不讓對方察覺自己內心的慌亂。

「不，那個，呃……還是和你太太聊比較好。」

「也許你已經知道，我太太的工作時間很不規律，我也不知道她今天晚上會不會回來。」

「聽說她是攝影師。」

「對，所以我也不知道她明天的行程安排。」

哲朗無論如何都想知道對方打這通電話的目的。

「這樣啊，」美月的丈夫似乎猶豫起來，「請問你太太有沒有向你提過我太太的狀況？」

「什麼狀況？」

「就是最近的狀況，比方說，她人在哪裡，最近在做什麼。」

「我不太清楚，」哲朗看著美月，她坐在沙發上，抱著雙臂，應該豎起耳朵聽哲朗講電話，「我沒有聽她說最近曾接到你太太的電話，前一陣子美式足球社舉辦了同學會，也沒有看到她出席。」

「這樣啊。」美月的丈夫聲音中帶著失望。

「到底發生了什麼事？」

「不，就是……」他停頓了一下，只聽到隱約的呼吸聲，「不瞞你說，我太太失蹤了。」

「日浦嗎？她突然失蹤了嗎？」

「對，突然失蹤了，啊，但是她留了字條，所以可能算是離家出走。」

「這樣啊……」哲朗假裝驚訝

「啊，不好意思，家醜外揚了，真的很丟臉。」

「請問是什麼時候的事？」

「呃……差不多一個月前……」美月的丈夫越說越小聲。

這和美月說的話不一樣，美月說，她在去年年底就離家出走了，所以顯然是她丈夫在說謊，但他為什麼隔了一年才開始找離家出走的太太？

「你有沒有報警協尋？」

「不，我沒有，因為她留了字條，所以明顯是離家出走，而且聽說警方遇到這種情況並不會積極偵辦。」

「你應該聯絡過她的娘家吧？」

「我聯絡過了，我太太也沒有和她娘家聯絡，我岳父也很擔心她……」

「除此以外，你還聯絡了哪些地方？」

「有很多地方，我已經問了所有曾經和我太太來往的人，然後也想起了高倉，真不好意思，這麼晚打電話叨擾，我再去向其他人打聽。」

美月的丈夫不等哲朗回答，就說了聲「打擾了」，然後掛上了電話。

哲朗在沙發上坐了下來，思考著該怎麼啟齒。「你應該知道是誰打來的吧？」

「是啊。」美月的表情很僵硬，臉上的表情也很沮喪，「為什麼現在突然找我。」

「他好像打電話向很多人打聽。」

美月抓著頭，然後好像想起自己戴著耳環，一臉煩躁地拿下了耳環。「可能是因為快過年了。」

「過年？」

「因為每年過年，我們都會一起去他老家，如果老婆失蹤，他的面子不是會掛不住嗎？」

她丈夫的老家在新潟的長岡，他的哥哥繼承了一家小工程行。

「你老公也沒有告訴他家裡的人，你離家出走的事嗎？」

「因為他很愛面子，今年新年可能找了什麼理由沒回去。」

「所以明年有非回去不可的理由嗎？」

「也許吧。」

不一會兒，理沙子回家了，聽到美月的丈夫曾經打電話來，立刻露出不知所措的表情站在那裡。

「為什麼會這樣？」

「日浦說，可能是因為過年時要回老家。」

「隔了這麼久才來找離家已久的太太，只是為了這個理由？」

「他很可能會做這種事，因為他認為有自己的房子，有老婆、孩子，有穩定的收入，才是別人眼中的成功男人。」

雖然美月的婚姻生活才持續幾年而已，但很佩服她竟然能夠和這樣的男人一起生活。

「到底是怎麼回事？真讓人擔心。」理沙子靠在牆上，仰望著天花板。

「我去和他見面。」

理沙子和美月聽到哲朗這麼說，都同時看著他。他也看著她們說：「這種方法最快。」

「既然這樣，那我去，美月的老公是打電話給我。」

「但是我從他口中得知了相關的情況。」

「我是美月的好朋友，因為是好朋友，所以得知她離家出走，立刻去她家裡找她也不會不自然，你特地上門，反而會讓人起疑心。」

「我也是日浦的朋友啊，而且是美式足球隊的隊長。」

「那是以前。」

「理沙子，」美月插嘴說，「我希望 QB 去。」

理沙子露出訝異的表情看著美月，似乎想問為什麼，但她隨即似乎瞭解了其中的原因，所以閉了嘴。

就是啊，理沙子，日浦不希望自己的丈夫看到你。哲朗在內心小聲說。

「他不擅長和女人打交道，」美月無法忍受眼前尷尬的沉默，用玩笑的語氣開了口，「如果像理沙子這樣的大美女上門，他一定會緊張得逃走。」然後用力拍了一下手說，「我知道了，所以他才會娶像我這樣的人當老婆。」

雖然美月努力搞笑，但哲朗笑不出來。理沙子也面無表情地走出了臥室。

「至少目前瞭解到一件事，」美月聽到哲朗說話，抬起了頭。哲朗避開了她的視線說：「你老公並沒有拿著離婚協議書去辦理離婚。」

5

哲朗在西日暮里換了千代田線，在松戶下了車。車站前有很多購物大樓和百貨公司。因為是星期六的關係，有許多年輕人，還有大人帶著小孩一起逛街。百貨公司前有一棵巨大的聖誕樹，哲朗才想到快年底了。最近發生了太多事，對時間的感覺也麻木了。

他穿越兩條大馬路後，來到了住宅區。他從大衣口袋裡拿出便條紙，邊走邊看著附近的門牌號碼。便條紙上的地址是美月寫給他的。

廣川幸夫在本地的信用金庫上班，今年四十三歲，目前是代理分行經理。

哲朗問美月，她丈夫是怎樣的人，她一開口就回答說：「他就是工作狂。他做事一板一眼，不懂得通融，我經常納悶，他竟然能夠勝任代理分行經理的職務，但客人對他的風評很好。」

接著又補充說：「他並不算是顧家的男人。每天晚上都很晚才下班，回家就只是睡覺而已，我們經常一個星期才難得聊幾句話。對我來說，這樣當然更好，如果他整天很黏我，我可能會瘋掉，那方面也沒太大興趣，所以也正合我意。」

自從生了兒子之後，他們就沒有性生活。美月原本就很討厭，幸夫似乎也沒有主動要求。

「他和我這樣的人結婚，真的太可憐了。」美月深有感觸地說。

讓美月度過幾年偽婚姻生活的家是一棟兩層樓的西式房子，庭院周圍有一片樹籬，車庫內有一輛本田的奧德賽。那是大型建築公司所蓋的預鑄屋，聽美月說，土地面積約五十坪。她的丈夫在三年前買了這棟房子，並申請了三十年的貸款。

哲朗按了名牌下方的對講機按鍵，等了一會兒，沒有人應答。哲朗忍不住咂嘴。他沒有事先通知對方自己要來，因為他認為最好不要讓對方有時間思考。為了以防萬一，他又按了一次門鈴，結果還是一樣。

他打算改天再來，正準備轉身離開時，有什麼東西在他的視野角落動了一下。是矮門的內側。他把身體探出矮門的上方張望，看向右側的庭院，發現密實的草皮都枯黃了。

有一名少年站在草皮上。他的五官很立體，圓臉，下巴很尖，眉毛上方的劉海剪得很整齊，身上那套乳白色的運動衣有點太大了，衣服連著帽子。

哲朗確信他是美月的兒子，因為那對鳳眼簡直就是美月的翻版。

「你好。」哲朗向他打招呼，少年的身體抖了一下，似乎被嚇到了，然後打開落地窗，走進了像是客廳的房間。哲朗看到他鎖上了月牙鎖。

可能大人教他，如果有陌生人搭訕，就趕快離開現場。哲朗改變了主意，認為還是在這裡等待比較好。因為大人不可能把這麼年幼的孩子丟在家裡走太遠。

少年在落地窗內看著哲朗，似乎覺得他很可疑。當他們的視線交會時，少年立刻躲去窗簾後方。

哲朗想起了美月之前說過的話。她原本以為自己結婚、生子之後就會改變。

哲朗完全無法想像美月帶著怎樣的心情扮演母親這個角色，即使有辦法想像，也沒有意義。因為關鍵在於如何養育孩子長大。

這時，哲朗看到一個男人從遠處走來。男人個子不高，身材中等，穿了一件米色大衣，右手拿著手機，邊走邊講電話。

哲朗稍微離開了門前。男人走了過來，可以聽到他說話的聲音。

「不是，我並不是叫你去跑所有的客人，我是說，你至少要去拜訪老主顧，至於哪些屬於老主顧，就要自己判斷了。」男人說話很大聲，哲朗發現和昨天那通電話中的聲音一樣。

那個男人果然在廣川家門前停下了腳步，邊打電話邊開門。

「請問是廣川先生嗎？」哲朗跑了過去。

對方一臉驚訝地轉過頭，哲朗很有禮貌地鞠了一躬。

「你等我一下，」男人對著手機打了聲招呼後問哲朗：「請問你是哪一位？」

「我姓西脅，昨晚接到你的電話。」哲朗遞上了名片。

男人臉上一陣慌亂，他接過名片後，對著電話說了聲「我晚一點再打給你」，然後掛上了電話，抬頭看著哲朗問：「你特地來這裡嗎？」

「因為我剛好在這附近辦事，而且有件事讓我很在意。」

「喔喔，」廣川無法掩飾內心的慌亂，戴著金框眼鏡的雙眼飄忽不定，「那……請進，家裡很小。」

「打擾了。」哲朗跟著廣川走進門內。

一走進屋內，廣川帶他來到差不多有七、八坪大的客廳，沙發和餐桌椅、碗櫃都很新，哲朗看到粉紅色的窗簾，很想知道是不是美月挑選的。

少年正在電視前排卡片，上面畫著小孩子很喜歡的卡通人物，哲朗只知道蒐集整套卡片很不容易。

「很抱歉，昨天晚上突然叨擾。」廣川鞠躬說道，他的頭頂有點稀疏。

「不會，我只是很驚訝，她竟然會離家出走。」

「就是啊，很傷腦筋。」廣川撥了撥乾澀的頭髮。平時上班時，他應該會抹慕絲或是髮油之類定型。

「你有什麼線索嗎？」

「完全沒有……」

「你說她留了一封信，上面寫了什麼？」

「信上的內容很莫名其妙，說她想活出自己，所以要離開……只是寫這種內容，還寫說什麼她為這些年感到很抱歉。」

「為這些年感到很抱歉？」

「聽起來她好像做了什麼對不起我的事，但我完全不知道是什麼事。如果她是指離家出走這件事，為這些年道歉也很奇怪。」

「是啊。」

哲朗忍不住思考，廣川是否完全不知情，他不知道自己的妻子內心是男人嗎？但又認為他應該會發現。

他們的兒子仍然在專心排卡片，嘴裡說著一些奇妙的話，應該是在說那些卡通角色的名字。

「你們的兒子叫什麼名字？」

「悠里。悠久的悠，鄉里的里。」

「悠里，真是個好名字。」

「那是美月取的名字，在孩子出生之前她就說，無論是兒子還是女兒，都要叫悠里。」

「這樣啊……」

哲朗暫時陷入了沉思。美月是不是擔心自己的孩子也會發生和她相同的狀況？所以為孩子取了一個無論是男是女都通用的名字。

「她是個好太太嗎？或是好媽媽嗎？」哲朗問。

「我認為她是模範妻子，」廣川毫不猶豫地回答，「所有家事都難不倒她，而且也為家庭付出很多。悠里幾乎都是美月獨自照顧，因為我工作太忙了。」

「目前誰照顧他？」

「我阿姨住在龜有，所以幼稚園放學後就先去我阿姨家，我下班後再去接他回來。有時候我實在分身乏術時，悠里就會住在那裡。雖然給我阿姨添了不少麻煩，但真的幫了我的大忙。」

哲朗心想，這樣的話，美月也可以放心了。

「西脅先生，」廣川語帶遲疑地開了口，「你剛才說，你對美月的事有點在意，請問是什麼事？」

「喔，對喔，」哲朗坐直了身體，「在此之前，我想先請教你一個問題。」

「什麼問題？」

「廣川先生，你是不是說了謊？」

哲朗來這裡之前，就決定單刀直入發問。

廣川似乎被他的話嚇到了，身體向後仰。

「說謊……請問你是指哪件事？」

「就是日浦離家出走的時間，你昨天說一個月前，但其實是不是更早之前？」

廣川的謊話突然被揭穿，他的臉漸漸紅了起來。

「不，不是這樣……」他的眼神飄忽。「我太太說，之前每年都會收到日浦寄給她的新年賀卡和夏令問候的明信片，但今年都沒有收到，而且她幾個月前也打過電話給日浦，沒有人接電話，她就在答錄機裡留了言，日浦也沒有回電，所以她很擔心，不知道日浦出了什麼事。」

這是哲朗事先想好的謊言，所以說話時很流利。

廣川不知道是否覺得嘴唇很乾，他不停地舔著嘴唇。哲朗注視著他問：「怎麼樣？」

廣川重重地吐了一口氣，搓著雙手，看起來就像銀行員在拜託顧客什麼事。

「你說的沒錯，其實我太太在一年前就離家了，我對外宣稱她因為生病需要療養，所以回了娘家，希望你不要把這件事說出去。」

「當然，我不會告訴任何人，其他還有誰知道這件事。」

「我告訴了岳父和我的父母，但沒有告訴銀行的人，除此以外，」廣川摸了摸嘴巴，吸了一口氣後說：「我也告訴了警察。」

「警察？你昨天不是說，並沒有向警方報失蹤嗎？」

「不是不是，」廣川在臉前搖著手，「我是因為其他事，告訴了警方這件事。不久之前……我記得是上上個星期，有刑警來我們家。」

「刑警？哪裡的刑警？」這次輪到哲朗驚慌失措。

「是警視廳的，我忘了他叫什麼名字。」

「為什麼事來這裡？」

「說起來真的很奇怪，刑警拿了撕破的戶籍謄本來，那是我太太的戶籍謄本，好像是為了偵辦某起案子才會上門。」

「日浦的戶籍謄本？」

「對，嚴格來說，刑警給我看的是影本，然後問我認不認識住在板橋的一個姓戶倉的人，好像是那個人有我太太的戶籍謄本。」

哲朗不能讓廣川察覺他的慌亂。

「你怎麼回答？」

「我根本沒辦法回答，因為我不認識姓戶倉的人，也完全不知道他為什麼會有我太太的戶籍謄本。」

「刑警還問了你什麼？」

「還問了幾個有關我太太的問題，問我是否知道太太離家出走的動機，和她可能會去哪裡。」廣川搖了搖頭，「我回答說，如果我知道，就不需要這麼辛苦了。」

「刑警之後又來了好幾次嗎？」

「沒有，只有那次而已。我雖然也很在意這件事，但也不知道該怎麼辦，我對刑警說，至少讓我瞭解他們在偵辦什麼案子，刑警只說偵查不公開。」

「這……的確很令人在意。」

「於是我決定尋找我太太的下落，雖然警方也說會尋找，但我不能指望他們。」

「所以你才會昨天打電話給理沙子。」

「因為我並不太清楚我太太的交友範圍，於是我就找到了以前的賀年卡，想起她以前經常聊到高倉。」

哲朗很慶幸他想起了理沙子。

「日浦和你還是夫妻關係嗎？」

「這一年來，我好幾次打算離婚。因為我太太離家時，除了留下一封信，也留下了離婚協議書，她已經簽名蓋章了。」

「既然這樣……」

「嗯，我也不知道為什麼，」廣川抓了抓頭，露出了自嘲的笑容，「說到底，應該就是我想等她回來。更何況還有悠里，所以我期待她有一天會回來。」

「你很愛日浦。」

廣川聽了哲朗的話，身體用力向後一仰。

「我也不太清楚，但也許是這樣，雖然她很討厭我說愛這個字眼。」

「什麼意思？」

「從一開始就是這樣。從結婚的時候開始，她要我不要奢望從她那裡得到夫妻的愛，但她會做好妻子該做的事。當時我覺得她說這些話很莫名其妙，但我覺得感情需要慢慢培養，於是就回答說好。我們是相親結婚，雙方的條件契合，所以才會結婚。」

哲朗聽了廣川的話，感到很難過。美月應該是帶著悲壯的決心說這番話，這個看起來是好人的丈夫並不知道美月想要利用結婚，封閉自己的心。

「結婚之後呢？」

「她啊，」廣川笑著搖頭，「美月的態度自始至終都沒有改變，我剛才也說了，她是一個出色的太太和母親，她無論做任何事都很冷靜，而且有條不紊，心胸也很開闊，從來不會挑剔我做的任何事。她只有對我的健康管理很嚴格。她不會亂花錢去買衣服或是首飾，也不會和朋友聊八卦，我的同事都說，我太太是理想太太。」

對家庭主婦來說，這或許是最大的稱讚，但即使美月聽到這種稱讚，也不會感到高興。

「但是，無論是褒還是貶，她真的很缺乏女人味，」廣川繼續說道，「她從來不會情緒化，但好像也沒什麼感情。比方說，通常女人收到丈夫送的禮物都會很高興，她不會露出開心的表情，只是淡淡地道謝而已，甚至覺得她感到很為難。我原本以為她不擅長表達，但似乎並不光是這樣而已。有一個親戚說，可以免費加入美容中心的會員，她也似乎感到很困擾。總之，她似乎覺得自己只要做好身為妻子和母親的工作，不希望別人干涉她。」

這種分析很正確，美月的確帶著這種想法度過婚姻生活。

「但是，你現在仍然需要日浦。」

「需要啊，應該可以這麼說。」他偏著頭，似乎自己也不是很清楚，「我不太擅長和女人打交道，因為我從小到大一直讀男校，看到女人就會緊張，立刻手足無措。說出來很丟臉，我現在遇到女性客戶也會緊張，但只有美月不一樣。從第一次見到她時，我就不覺得緊張，簡直太神奇了。我相親過好幾次，從來沒有像那次一樣能夠順利和對方聊天。和她在一起時，就像和同事在一起時一樣自在。這就是我決定和她結婚最大的理由，也就是說，和她在一起很輕鬆。」

哲朗覺得很諷刺，在某些男人眼中，美月這種人是理想的對象。

悠里不知道什麼時候在電視前睡著了。廣川起身拿了一條小毛毯蓋在他身上。

「你們只有一個孩子嗎？有沒有打算再生一個？」

「沒有，因為我太太似乎不太喜歡那方面的事，這孩子出生之後，她明確告訴我，她不打算再生了，所以就……」

「她說也不想再做愛了？」

「是。」廣川縮起脖子，點了點頭。

「她對我說，如果很想的時候，可以去外面解決，她不會為這種事生氣。」

美月的確會說這種話。

「恕我直言，如果只聽這句話，會覺得你們夫妻關係在那個時間點已經出了問題。」

「你會這麼解釋也很理所當然，不，也許事實上就是這麼一回事，但是，至少我認為我們的夫妻關係很好，就像是朋友一樣的夫妻，是很輕鬆自在的良好關係。」他稍微想了一下，看著哲朗說，「就像是兩個男人在相處。」

「原來是這樣。」哲朗點了點頭。

6

哲朗回到家時，發現家裡的燈暗著。理沙子的靴子和美月的球鞋都不見了。她們可能出門了。

他走進臥室，脫下身上的衣服，只穿了T恤和四角褲躺在床上，回想著廣川幸夫說的話。

哲朗不認為他說的那些話言不由衷，他應該發自內心認為美月是一個好妻子、好母親，正因為這樣，才會在美月離家出走一年之後的現在，仍然繼續找她。

哲朗想起悠里的臉。母親的離家出走可能讓他內心受到了傷害，但他乖巧得就像完全感受不到這些一樣。哲朗猜想應該是他父親從來沒有在他面前說母親的壞話。

如果是那個男人，如果是那個耿直的男人，即使讓美月回去也無妨——

但是，哲朗的這種想法毫無意義。因為廣川感到滿意的婚姻生活建立在美月充滿苦惱的演技上，當然不可能再度強迫她過這種生活。

哲朗在不知不覺中閉上了眼睛，因為這一陣子他都無法熟睡。他聞到一種味道，和美月的被子有相同的味道。這個房間內也有相同的味道。美月昨晚也睡在這個房間。

他在翻身時微微睜開眼睛，發現眼前有一件揉成一團的T恤，那是美月當睡衣穿的T恤。

他注視片刻後，伸手拿了過來，嗅聞著T恤的味道。T恤上有那種奇妙的香氣，既不是肥皂，也不是香水的味道。

門旁傳來動靜。

哲朗猛然抬起頭，發現美月站在敞開的門外。

「喔……你回來了。」

「我剛才去買菜，現在剛回來。」

「我都沒有聽到。」哲朗發現自己似乎小睡了片刻，然後發現自己握著 T 恤，慌忙鬆開了手。「理沙子呢？」

「有人找她，她出去了，說今晚會晚回家。」

「這樣啊。」哲朗坐了起來。他不敢正視美月，美月一定看到他在嗅聞 T 恤。

她出門買菜似乎是為了準備晚餐，哲朗看到她在廚房準備晚餐，忍不住有點驚訝。

「今天晚上請你吃我做的菜，既然寄人籬下，偶爾也要回饋一下。」

「你不必這麼客氣。」

「我想做啊，我對自己的廚藝小有自信。」

「喔……好像是這樣。」

正在切蔬菜的美月聽到哲朗這麼說，停下了手說：「你聽他說的啊。」

「是啊。」哲朗回答，美月面無表情地點了點頭。

哲朗決定在她下廚時寫稿，但遲遲無法專心，根本寫不出幾個字。時間一下子就過去了，美月來敲他工作室的門。「讓你久等了。」

今天的主菜是燉牛肉。美月說，她很想用壓力鍋看看。哲朗記得理沙子有一個性能很好的壓力鍋，只是哲朗從來沒有吃過理沙子用這個壓力鍋煮的菜。

「好吃。」哲朗吃了一口後說。這並不是奉承話。

美月露出了得意的笑容，豎起了大拇指。

在喝完第一瓶葡萄酒之前，他們都一直在聊大學時代的事。有一次在美式足球比賽時，他們確信可以獲勝，正準備把果汁淋在總教練身上慶祝，沒想到在倒數十秒時，差一點被對方逆轉，大家都嚇得臉色發白。

「得知你畢業後不再繼續打美式足球時，大家都很驚訝。」

「是嗎？」

「安西還很生氣地問，到底是怎麼回事。」

「是喔。」哲朗沒有多說什麼。

「QB，你和理沙子到底是怎麼回事？」美月問。

「什麼怎麼回事？」

「我覺得你們的關係似乎出了問題。」

「是嗎？」哲朗故作平靜，看著前方。

「嗯，我不會追問你詳細的情況，夫妻多年，家家都有本難唸的經，而且也由不得我來插嘴。」

哲朗沒有吭氣。他覺得現在把自己和理沙子的事告訴美月很奇怪，而且他也不想說那些事。

「說起來很諷刺，當初得知理沙子和你交往時，大家都很羨慕，沒想到結婚之後，還是會有很多問題。」

「大家？有那麼羨慕嗎？」

「當然啊，因為理沙子是偶像啊。你應該知道早田也喜歡理沙子吧？」

「我隱約知道。」

雖然哲朗這麼回答，但這個回答並不正確。哲朗發現了早田也喜歡理沙子，因為他看理沙子的眼神中，有一種特殊的光芒。

但是，早田直到最後，都沒有向理沙子表明心跡，而且當初也趕來參加哲朗和理沙子的婚禮，還送了皇家哥本哈根的茶杯作為賀禮，目前放在客廳的櫃子裡作為裝飾，理沙子還開玩笑說，要等家裡有上流階級的客人上門時才能使用。

打開第二瓶葡萄酒時，哲朗說了難以啟齒的事，就是廣川幸夫的事。首先他告訴美月，刑警曾經去找他。

「早田應該知道，在戶倉家發現的戶籍謄本中，有一份是你的，再加上之前須貝問了他奇怪的問題，所以他猜想我們和這起案子有關。」

「如果是巧合，也未免太巧了。」

「但戶倉為什麼會有你的戶籍謄本，你有什麼線索嗎？」

「沒有，完全沒有。我經常送香里回家，可能他在調查香里時，順便調查了我。」

「但他怎麼知道你的真實身分？」

「這我就不知道了……」

「聽戶倉佳枝說，那些戶籍謄本都丟在垃圾桶裡。如果他要調查你，不是應該會把資料留下來嗎？」

「可能失去了興趣。」

「會失去興趣嗎？」哲朗看著美月的臉。跟蹤狂在調查跟蹤的女人身旁的男人時，發現竟然是個女人，他會對這個事實失去興趣嗎？

美月也一臉凝重地默默喝著葡萄酒。

「對了，他看起來人很不錯。」哲朗改變了話題，試圖轉換一下心情。

「他身體好嗎？」

「看起來不像是病人，但也沒有活力充沛的感覺。他稱讚了你。」

「稱讚我？怎麼可能？」

「真的。」

哲朗把和廣川的詳細對話告訴了美月，美月似乎漸漸失去了食慾，放下叉子，托著腮。

「我和他一起生活時，也覺得很對不起他，我覺得自己毀了他的人生，很希望他能夠過真正的婚姻生活。」

「包括性生活嗎？」

「對，也有豐富的性生活，」美月淡淡地笑了起來，「但有些東西，真的無論如何也無法接受，所以我決定，即使無法成為女人，也要努力成為一個理想的伴侶，這算是我在將功贖罪。」

「完美的伴侶，完美的母親嗎？」哲朗拿起葡萄酒杯喝著酒，「我也看到了悠里，他看起來很活潑。」

美月眨了眨眼睛，露出了尷尬的表情。她有點害羞，又有點高興。「是不是不像我？」

「不，也未必喔。」

「他身高有多高？」

「身高？我不太記得了，差不多這麼高。」哲朗舉起右手，比了差不多的高度。

「他應該長大了。」美月露出了凝望遠方的眼神，哲朗從來沒有看過她這麼溫柔的眼神，他覺得那應該就是母親的眼神。

她拿著葡萄酒杯站了起來，走向陽台，打開窗簾，眺望著夜景。

「快要聖誕節時，夜晚的街道看起來很美。」她喝了一口葡萄酒後繼續說道，「去年聖誕節時，我也無法為那孩子做任何事。」

「要不要匿名寄禮物給他？」

「怎麼可能做這種事？」美月露出苦笑，但立刻恢復了嚴肅的表情，「我是不是在為一些無聊的事煩惱？」

「無聊的事？」

「我可能想太多關於男人或是女人的事，有的人可是完全超越這些地活著。」

美月可能在說末永睦美，哲朗無法輕易附和，於是沉默不語。美月轉頭對他笑了笑說：「今晚我想喝酒，你願意陪我喝嗎？」

「ＯＫ！」哲朗舉起杯子。

家裡還有兩瓶之前買的葡萄酒，還有半打罐裝啤酒，和一瓶野火雞。這些酒全都見了底。喝到一半時，美月去做了醋醃涼拌菜，切了起司。哲朗去上了三次廁所。

「好久沒有喝這麼多了。」哲朗好像木頭人一樣倒在沙發上說，連吐出的氣都帶著酒味。

「嗯，我也一樣。」美月倒在雙人沙發上。

「你在『貓眼』時不喝酒嗎？」

「酒保喝醉了要怎麼工作？」美月動作緩慢地坐了起來，伸手去拿茶几上的香菸，「也許是那天之後，第一次這麼盡情地喝酒。」

「那天？」

「就是去你宿舍的時候。」

「喔。」哲朗揉著兩側眼角，「那一次也喝了很多。」

「那次之後，我就沒想過要喝醉。」美月嘆了一口氣，吐出一口煙。

「也給我一支。」

哲朗說，美月瞪大眼睛後眨了眨，「真的嗎？」

「我想抽啊，以前討厭別人抽菸的早田也抽菸了。」

「歲月不饒人嗎？」美月把菸盒和打火機丟了過來，哲朗都沒有接到。

「我太遲鈍了，這是老化現象。」哲朗皺著眉頭，從菸盒裡抽出一支菸。

「這不是老化。」美月說，她的眼神很嚴肅。

哲朗沒有說話，把菸叼在嘴上，點了火之後，小心翼翼地抽了起來。他可以感覺到煙進入肺部，在胸口感到刺痛的同時，腦袋中心暫時感到麻木。他差點被嗆到，但總算忍住了。

「不是有一部電影《獵殺紅色十月》嗎？男主角搭上了蘇聯的核子潛艇，明明不會抽菸，但為了表現出鎮定而抽菸。你現在的表情就和當時的男主角一樣。」

「你是說，我也那麼帥嗎？」

「嗯，是啊，被你迷得暈頭轉向。」美月向他拋了一個媚眼。

兩個人默默抽著菸，天花板附近的空氣轉眼之間就變白了。

「QB。」

「嗯？」

「我……」美月垂下雙眼，但立刻直視著哲朗，「我和理沙子接吻了。」

哲朗因為喝了酒的關係，腦袋有點昏沉，但這句話對他造成了極大的衝擊。他的手指夾著香菸，無法做出任何反應。他說不出話，身體也忘了做出任何動作。

「喔，」他好不容易才擠出這個字，「是喔。」

香菸的灰變長了，他把手伸向菸灰缸。

「你不驚訝嗎？」

「不，我很驚訝，太驚訝了，不知道該說什麼。」

「但你沒有生氣，沒有對我說什麼『朋友妻，不可戲』、『你竟敢動我的老婆』。」

哲朗覺得自己應該生氣，而且美月應該也希望自己生氣，但他內心無法產生這種感情。雖然他覺得也許該演一下，但他懶得演。

「什麼時候的事？」

「昨天晚上。」美月冷冷地說。

哲朗點了點頭。今天早上曾見到理沙子，但從她身上完全感覺不到她曾經和美月接吻。理沙子和美月都不是小孩子了，不可能因為這種程度的事就表現出慌亂。

「我這麼問可能很無聊，所以你們並不是鬧著玩？」

「我問她，我可以親你嗎？至少我說這句話不是鬧著玩。」

「所以理沙子就答應了嗎？」

「嗯。」

「這樣啊。」哲朗把香菸在菸灰缸中捻熄。可能因為不常抽菸的關係，無法順利把火熄滅，最後把菸都弄爛了。

「你不生氣嗎？」美月窮追猛打地逼問。

「不知道，這種感覺很奇怪。我可以再問一個問題嗎？」

「你要問我為什麼那麼做嗎？」

「嗯……是啊。」

「不知道，我也不太清楚，只能說，因為想這麼做，所以就做了。」美月突然站了起來，低頭看著哲朗，「ＱＢ，你站起來。站起來打我啊，如果有人吃自己女人的豆腐，男人不是會打對方嗎？你打我啊。」

美月喝醉了，她的聲音很高亢。

「日浦，去睡吧，你冷靜一下，改天我們再好好聊。」

「你在開什麼玩笑！為什麼不打我，用你的拳頭打我啊。」

美月抓住哲朗的手，他甩開了美月的手，雙手抓住了她的上手臂，然後把她推進了和室。她大叫著：「住手！放開我！」

「你冷靜一下。」哲朗把她推倒在被子上。

美月狠狠瞪著他，但沒有起身，而是把頭轉到一旁。

哲朗走去臥室，躺在床上，閉上了眼睛。美月這麼生氣的理由很明顯，因為她確信哲朗並沒有把她當成男人。她希望自己像一個男人一樣被揍一頓，但是，哲朗聽到她們接吻，內心的確很震驚，尤其他很在意理沙子竟然同意了。哲朗試圖想像她的心情，但還是無法想像。

哲朗又在不知不覺中睡著了，他隱約聽到了動靜，睜開眼睛。門打開了，美月走了進來。

「你還沒睡嗎？」

「對。」

「剛才對不起。」

「你終於冷靜了嗎？」

「嗯。」

「太好了，你還是早點睡吧。」

美月沒有回答，在黑暗中沉默不語。

「ＱＢ，我可以躺在你旁邊嗎？」美月語帶遲疑地問。

「喔……可以啊。」哲朗挪了挪身體。

美月躺了進來。她只穿著Ｔ恤，下面的運動褲脫掉了。

「對不起，一直找你麻煩。」

「別說這種話，我們不是朋友嗎？」

「是啊。」美月露出了笑容。哲朗很久沒有看到她這麼可愛的笑容了。

她的身體靠向哲朗，他立刻全身僵硬。

「我問你，」她問，「要不要像那天一樣？」

哲朗驚訝不已，注視著美月的臉。她的雙眼看著他。

「你在說什麼啊？」

「我沒有醉，已經清醒了。」

「你當然醉了，否則不可能說這種話。」

「即使醉了也沒有關係，這種事根本無關緊要。」

「日浦……」

美月的臉靠了過來。哲朗無法動彈，接受了昨晚和理沙子接吻的嘴唇。他又聞到了和那床被子相同的味道。

美月裸露的腿壓在他身上，他知道自己快勃起了，而且很快就成真了。美月也發現了。

「理沙子快回來了。」哲朗說。

「別擔心，她說要到早上才會回家。」

美月坐在他的身上，這時，哲朗才發現她沒有穿內褲。她脫下Ｔ恤，昏暗中可以看到她性感的曲線。雖然身上有肌肉，但那是女人的身體。

她微微抬起身體，脫下了哲朗的四角褲。他感覺到勃起的陰莖暴露在空氣中。

美月抬起腰，然後慢慢坐了下來。陰莖碰到了什麼。她繼續往下坐，但痛得皺起了眉頭。可以聽到她吸氣的聲音。

「沒問題嗎？」

「你不要說話。」

哲朗想起以前曾經聽女生朋友說過，如果太久沒有做，會覺得很痛。更何況哲朗也可以感受到美月很乾。

美月換了角度，又沾了口水，努力試圖讓哲朗進入自己的身體。她似乎很堅持，哲朗可以聽到她急促的呼吸聲。

「算了。」

「不行。」

「你為什麼這麼堅持？」

「因為我想。」美月說，再度握著他的陰莖，想要坐下來。

哲朗在下個瞬間感覺到自己突然冷靜下來。她握著的部分軟了下來。

「啊！」她叫了一聲，坐在他兩腿之間，看著他軟掉的陰莖片刻，然後嘆了一口氣。

「既然你不想，那也沒辦法了。」

「我們不應該做這種事。」

美月不發一語下了床，撿起剛才脫下的 T 恤。

「對不起。」她說完這句話，走出了臥室。

哲朗被搖醒了。理沙子的臉出現在他眼前，而且表情一臉凝重。

「喔，怎麼了？」

「美月呢？」

「啊……」哲朗一時沒有會意過來，不知道她在問什麼，「她怎麼了？」

「她不在。」

哲朗花了一點時間，才理解這句話的意思。在理解之後，立刻跳了起來。

美月原本放在和室的行李不見了，就是她第一次來這裡時帶來的運動袋。走去玄關一看，那雙舊運動鞋也不見了。

哲朗回到臥室，急忙穿好衣服，他沒有聽清楚理沙子在說什麼，就衝出了家門。

他只想到一個地方。就是那個公園。美月之前兩度想離開，每次哲朗都是在那個公園找到她，說服她後，把她帶回家裡。只是這種事並沒有發生第三次。哲朗找遍了整個公園，都不見她的身影。

掉球。他小聲嘀咕著。好不容易拿到了球，卻又掉了。誰撿到球，球就屬於誰。一旦被敵隊的選手撿到，攻擊權就會落入對方手上。

回家的路上遇到了理沙子。理沙子問他有沒有找到，他默默搖了搖頭。

「我不在家時，到底發生了什麼事？」哲朗沒有回答，她又繼續追問，「你接下來有什麼打算？」

哲朗巡視周圍後回答，「我當然會找到她。」

「怎麼找？」

「我會想辦法，我一定會想辦法找到她。」

因為我是四分衛。他在心裡喃喃地說。

第五章

1

白色的磁磚牆壁看起來很亮，有許多景觀窗的西式建築還很新，一看就知道是年輕夫妻住的房子，但用蒼勁有力的毛筆字刻著「高城」兩個字的名牌，顯示這棟房子並不是屋主辛苦貸款建的房子，而且這裡是日本屈指可數的有錢人聚集的高級住宅區。名牌下方有一個對講機，白色的盒子完全沒有泛黃，似乎也在證明屋主一家人還在享受燦爛的新生活。

哲朗按了對講機的按鈕，立刻聽到了「哪一位？」的聲音。那是中尾的聲音。哲朗原本以為會聽到他太太的聲音，所以有點意外。

「是我。」

「喔，我馬上來開門。」中尾聲音平靜地說。哲朗兩個小時前打電話給他，說自己會來找他。

進門後左側是階梯，階梯上方是玄關。玄關的門打開了，中尾站在門口。他一身毛衣搭棉質長褲的輕鬆打扮。

「進來吧。」

哲朗舉起一隻手，打開矮門走進去。階梯旁堆放了好幾個空的花箱，都有曾經使用過的痕跡。階梯旁鮮花盛開的樣子應該很漂亮，但哲朗很好奇為什麼收了起來。

「不好意思，假日上門打擾。」哲朗說。

「沒事啦，你說有事要找我商量，應該不是你自己的問題吧？」

「是啊。」哲朗不敢正視他的眼睛。因為他在電話中完全沒有提起詳細的原因。

中尾對他點了點頭說：「進來吧。」

門廳的空間很寬敞，簡直有點奢侈，但有一種空蕩的感覺，總覺得好像少了什麼。大鞋櫃上放著花瓶，但裡面沒有花，牆上也沒有掛畫。

「你太太呢？」

「她目前不在。」

「她出門買東西嗎？」

「不，不是這樣。」中尾拿出了拖鞋，「先進來再說。」

中尾帶他來到有一台寬螢幕大電視的客廳，皮革沙發在大理石茶几周圍排成了ㄇ字形，牆邊的矮櫃內放著哲朗沒看過的洋酒。

洋酒旁放了一個小相框，裡面是一棟白色房子的照片，門旁還有一個裝了鐵捲門的車庫。

「這是哪裡？」哲朗問。

「別墅，我岳父喜歡釣魚，雖然原本並不想要別墅，但最後還是買了。」

「地點在哪裡？」

「在三浦海岸。」

「真是大手筆。」

哲朗在這裡也發現有點不對勁。因為客廳矮櫃的架子上有不少空缺，感覺不久之前，那些空缺的位置曾經放了其他東西。

中尾走去廚房後，用托盤端了兩個馬克杯出來。

「你隨便坐，雖然沒什麼可以招待你，但有很多咖啡。」

「謝謝。」哲朗坐在沙發上，伸手接過馬克杯，發現和自己平時喝的咖啡香氣不一樣。他喝了一口後問，「我記得你有兩個孩子，是兒子嗎？」

「不，兩個都是女兒，所以沒辦法讓她們當美式足球選手。」

「也有女子隊啊，但她們好像不在家，和你太太一起出門了嗎？」

「嗯，也可以這麼說，」中尾蹺著二郎腿，抓了抓太陽穴，「其實我老婆和女兒都回娘家了。」

哲朗停下了把馬克杯舉到嘴邊的手。

「回娘家？是怎麼回事？」

「雖然我之前都沒說，但我們可能會離婚。」中尾很乾脆地回答。

哲朗把杯子放在桌上，仔細打量著老朋友的臉，「你是認真的嗎？」

「你覺得我會開這種玩笑嗎？」

「不，我不是這個意思……太驚訝了。」

「我能理解，但我並不認為自己說了什麼奇怪的話，這是經過長時間思考後作出的決定。」

「原因是什麼？」哲朗問。

中尾淡淡地笑了笑說：「你想知道嗎？嗯，你應該會好奇。」

「如果你覺得我不該問，那我就不問了。」

「改天再聊這件事，只是我想你聽了也不會感到愉快。」

「你們從什麼時候開始分居？」

「十天前，因為這棟房子是她爸爸建的，照理說應該是我搬出去，但對我老婆來說，她搬回娘家比較方便，而且兩個孩子也和外公、外婆很親。話說回來，一旦正式離婚，我就必須搬出去。」中尾可能已經放下了這件事，所以說得有點事不關己。

「兩個孩子跟誰……？」

「會跟媽媽，這件事已經談好了。」

「這樣啊。」哲朗很想問他會不會難過，但又覺得沒有孩子的自己不該問這個問題。哲朗有點尷尬，只好喝咖啡，「你最近這麼不好過，我就不好意思再給你添麻煩了。」

中尾搖晃著身體笑了起來。

「你不必放在心上，離婚是我的事，而且目前這個時代，離婚也不是什麼大事。」他放下了蹺起的腿，探出了身體，「趕快告訴我出了什麼事，美月怎麼了？」

哲朗嘆了一口氣。離婚的確是大事，但眼前有更重要的事，而且這件事不可能不告訴中尾。

「她消失了，我掉球了。」

「掉球？」

「我真是一個失職的ＱＢ。」哲朗搖著頭，把事情告訴了中尾。

中尾聽完之後，皺起眉頭沉思片刻。哲朗喝著已經冷掉的咖啡，等待他開口。

「你有沒有去美月可能出現的地方找過？」中尾終於開口問。

「因為我不知道她會去什麼地方，所以才在傷腦筋。今天早上，我打電話去了廣川先生家，因為我想她也許會回家。」

「她當然沒有回去那裡吧。」

「是啊。」

「你打電話去，她先生沒有起疑心嗎？」

「我用不會引起他懷疑的方式探他的口風。」

「那就好。」中尾抱著雙臂，「你到處亂打聽很危險，搞不好會被警察盯上。」

「我知道，但我無論如何都必須找到她。」

「美月一定有自己的想法，才會突然消失，至少我認為她不是去自首。」

「希望如此。」

「你等一下。」中尾似乎想起了什麼，起身走出了房間。

哲朗在手上把玩著咖啡已經喝完的馬克杯，不經意地抬起頭時，發現中尾杯子裡還有滿滿的咖啡。

中尾不一會兒就走了回來，手上拿著白色便條紙。

「這是美月娘家的聯絡方式。」說完，他把便條紙放在哲朗面前。

「你是說，美月可能會回娘家嗎？」

「不是這個意思，如果她打算自首，一定會用某種方式和娘家的父親聯絡。」

「原來是這樣。」哲朗覺得有道理，把便條紙放進懷裡。

「我也會努力去她可能出現的地方找找看，但在眼前的情況下，美月願意相信的應該只有你們，既然她離開了你們家，恐怕很難找到她。」

哲朗注視著中尾的臉問：

「你似乎很平靜，難道你不擔心嗎？」

「當然擔心啊，但我比你更瞭解美月，她不是那種輕舉妄動的人。」

哲朗點了點頭。他認為不需要把美月昨天晚上離開之前的行動告訴中尾。

「如果日浦和你聯絡，你無論如何都要問出她目前的下落，然後說服她，不要獨自面對眼前的困境。」

「我知道了，如果她有和我聯絡的話。」

「那就拜託了，咖啡很好喝。」哲朗站了起來，伸出右手。

中尾握住了他的手說：「隨時都可以請你喝。」

哲朗回握了中尾的手，然後打量了這位多年老友的臉說：「這是當年跑衛的手嗎？我一用力就折斷了。」

「因為這一陣子，我沒有拿過比筆更重的東西。」中尾把手縮了回去。

「你有沒有正常吃三餐，是不是不習慣一個人生活，所以吃了不少苦？」

「我沒事，你不用擔心我。」

中尾的嘴角露出笑容，但說話的語氣有點煩躁。哲朗覺得自己的確是多管閒事，所以就沒再多說什麼。

走出玄關，走下通往矮門的階梯時，看到大門內側放了一輛紅色三輪車。他的眼前浮現出中尾溫柔地看著女兒騎腳踏車的身影。

哲朗想到客廳矮櫃上空缺的位置，原本可能放了全家的照片。

他從成城學園搭電車來到澀谷，又搭地鐵，前往都營新宿線的住吉車站。這段路程很長，哲朗在搭電車時，可以充分地思考。

他無法瞭解美月離開的真正原因，但應該是哲朗從廣川幸夫口中打聽到的事情中，有什麼讓她下定決心了。

撕破的戶籍謄本——到底代表什麼？戶倉明雄為什麼會有那些戶籍謄本？

美月知道其中的理由，正因為知道，所以才察覺到某種危險。

哲朗回想起昨晚的情況。美月決定要離開，所以才會上他的床。她一定是想要向哲朗傳達某些事，同時為了讓自己下定決心，才會提議和他上床。十多年前，她在哲朗髒亂的宿舍內張開雙腿時，也下定了決心。

哲朗想起她皺著眉頭，忍受著痛苦，努力試圖接受男人身體時的樣子，就感到心痛。她用自己的生命發出訊息，自己為什麼沒有接收到她試圖傳達的訊息？

電車即將抵達住吉車站，他從大衣口袋裡拿出了舊記事本。

美月雖然認為自己離開之後，沒有留下任何痕跡，但其實她錯了。她還有東西留在哲朗家裡。她坦承自己殺了人時，出示了戶倉明雄的記事本和駕照。理沙子將它們藏在衣櫃的暗櫃中。

美月向哲朗和理沙子隱瞞了某些事，而且當然和那起事件有關。既然這樣，就要再度回到原點調查。哲朗認為第一件事，就是去向香里瞭解情況，她很可能知道某些美月的事，而且是哲朗他們所不知道的事。

哲朗坐在電車上，翻開了記事本。在詳細記錄香里行動的內容中，也寫了她的地址。那是位在江東區猿江的住吉公園公寓三〇八室。

只要去「貓眼」，就可以見到香里，只不過在店裡問東問西很危險。因為不知道那個姓望月的刑警會躲在哪裡監視，而且哲朗也希望趕快見到她。

走出住吉車站，他拿出了事先準備的地圖影本。這條路上塵土飛揚，可能是因為在做地鐵工程，所以公車來往的路上大塞車。

他在第二個號誌燈前右轉，走了兩百公尺左右，有一個小公園。棕色外牆的住吉公園公寓就在公園對面。

周圍都是民宅和大廈公寓，沒有看到商店，深夜時，路上應該沒什麼行人。不難想像香里得知有跟蹤狂在跟蹤自己，獨自回家的確會很不安。

哲朗在公寓周圍繞了一圈，思考戶倉把車子停在哪裡監視香里的住家。目前仍然不知道戶倉開什麼車子，而且也搞不懂美月「不知道丟在哪裡」的車子為什麼至今仍然沒有被人發現。難道是警察已經發現，卻沒有公布嗎？

哲朗繞了一圈後發現了一件奇怪的事。

聽美月說，那天她送香里回家，香里在家門口時，手機響了。戶倉明雄叫她不要讓那傢伙進屋。

也就是說，戶倉應該在可以看到公寓玄關的位置監視她，但是公寓前的那條路是死胡同，如果要停車的話，就只能停在玄關旁。戶倉把車子停在那裡時，站在公寓門口就可以看到司機的臉。

美月說，戶倉把車子停在公寓的不遠處。

當然，「不遠處」的說法很主觀，但即使是跟蹤狂，會這麼近距離監視嗎？而且會打手機給距離這麼近的人嗎？搞不好會被陪香里回來的男人——就是美月——當場逮住。跟蹤狂不是應該等對方走遠之後才打電話嗎？

哲朗搞不清楚這些問題，但還是走進公寓。這棟公寓很老舊，沒有自動門禁系統。他搭電梯來到三樓。

三〇八室位在走廊盡頭，門口沒有掛名牌。哲朗正打算按門旁的門鈴，停下了手。因為他發現信箱內塞了報紙。看報紙的厚度，知道是星期天，也就是今天的早報。

他按了門鈴，屋內沒有回應，他又連續按了兩、三次，沒有人來應門。哲朗有一種不祥的預感，抬頭看著門的上方。門的上方有電表，但電表停在那裡不動。

2

隔天晚上，哲朗獨自去了銀座。他要去「貓眼」。雖然他知道這樣很危險，但也想不到其他的方法。

戶倉的記事本上寫了香里住家的電話號碼，哲朗從昨天開始就打了好幾次，但一直沒有人接。

去銀座之前，他再次前往香里住在住吉的公寓，門上的信箱內除了昨天的報紙以外，還塞了今天的報紙。和昨天一樣，他按了門鈴也完全沒有人應門。

哲朗很希望香里只是剛好出門了。美月在星期六失蹤，香里也在星期天不見蹤影，這兩件事未免太巧了，兩者顯然有某種關聯。果真如此的話，就代表美月和香里之間的關係並不是哲朗目前所掌握的關係，同時，整起事件的狀況也和之前完全不同。

美月欺騙了我們嗎？她露出真摯眼神說的一切都是謊話嗎？

他推開有貓浮雕的門，走進店內。目前才剛過八點，店內只有一桌客人，也不見刑警望月的身影。

上次見過的小姐走了過來，帶他在桌子旁坐了下來。她也記得哲朗，露出親切的笑容說，很高興看到他又來捧場。

「那位小姐不在嗎？」哲朗用小毛巾擦手時打量著店內。

「那位小姐？」

「就是叫香里的小姐。」

「喔。」這個叫宏美的小姐點了點頭，「香里今天請假，太不巧了。」

「她都是星期一休息嗎？」

「不，並不是這樣，」宏美開始為他調兌水酒，「她說因為白天的工作太忙，最近要休息一陣子。來，我們先來乾杯。」

哲朗和她乾杯後喝了一口。酒調得很淡。

「白天做什麼工作？」

「我嗎？我白天沒有工作。」

「我是問香里。」

「你怎麼一直都在問她的事？」

「當然啊，因為我是來找她的。」

「真對不起啊，你要找的小姐今天不在。」宏美故意嘟起了嘴，但她不可能真的嫉妒，「我也不是很清楚，之前聽說是普通的事務工作。」

「事務工作啊。」

哲朗認為不可能。因為香里從昨天到今天都沒有回家。

哲朗打量著店內小姐的臉，覺得她們看起來都很親切，但即使香里隱瞞了什麼，她們也不可能告訴客人。

「香里是她的本名嗎？」

「對啊，我也是本名，最近很多小姐都用本名。」

原本坐在另一桌的媽媽桑也過來向哲朗打招呼。她穿著深綠色的和服很好看。哲朗記得她叫野末真希子。

「我是來找香里的。」哲朗也這麼對媽媽桑說。

「是嗎？她從今天開始要休息一陣子。」媽媽桑露出發自內心感到抱歉的表情。

「我剛才也聽說了，有沒有辦法聯絡到她？」

「也不是聯絡不到，只是現在就不太確定了，因為聽說她打算回老家。」

「她不是因為白天的工作太忙而請假嗎？」

哲朗認為指出了媽媽桑和宏美說的話之間的矛盾，但媽媽桑不動聲色地說：

「是啊，聽說她白天的工作就是老家那裡介紹的。」

「她老家在哪裡？」

「我記得……是在石川縣。你有什麼急事嗎？」

「並沒有急事，只是想和她聯絡。」

「那下次有機會和香里說話時，我會代為轉告。你是姓西脅吧？」媽媽桑記得他的名字。

「對，我之前有給你名片吧？」

「有，我會請香里打電話給你。」

雖然媽媽桑說話時緩緩點著頭，但哲朗不知道是否可以相信。酒店的小姐說要「休息一陣子」，通常就代表辭職，媽媽桑不可能積極聯絡已經辭職的小姐。

哲朗喝了一個小時左右，剛好店裡的客人越來越多，他就起身離開了。

宏美和媽媽桑一起送他，但只有媽媽桑陪他一起進電梯。電梯關上門時，宏美在電梯外向他鞠了一躬。

「今天謝謝你來捧場。」媽媽桑按了一樓的按鈕後說。

「你太客氣了，謝謝款待。」哲朗又補充說：「香里的事就麻煩你了。」

哲朗猜想媽媽桑又會敷衍自己，沒想到她注視著電梯內的顯示板說：

「逝者不追，每個人都有自己的狀況，深入追究，恐怕對你來說也未必是好事。」

「媽媽桑……」

電梯到了一樓，媽媽桑按著「開」的按鍵對哲朗說：「請。」

「請問是什麼意思？」哲朗在大樓門口問。

野末真希子注視著他的臉，眼裡帶著難以形容的溫柔。

「你是搖筆桿子的人，希望你工作順利，感覺疲累的時候，歡迎再度光臨『貓眼』。」媽媽桑恭敬地低下盤著頭髮的腦袋，哲朗覺得她的動作帶著威嚴。

有一道無形的門在自己面前關上了。

哲朗在隔天和隔天的隔天都去了香里的公寓，但沒有發現她回家的跡象，門前的報紙堆成了山。也就是說，她並沒有和派報社聯絡。

哲朗決定向隔壁鄰居打聽。一個三十歲左右的家庭主婦走了出來，哲朗對她說，想打聽一下住在隔壁的佐伯香里小姐，那名主婦立刻搖著頭說，她們之間完全沒有來往，也不知道住的是什麼人。沒有聽說要搬家，即使真的搬了家，彼此的關係很生疏，香里不會去向她打招呼。她似乎知道香里在酒店上班，所以產生警戒，覺得和香里扯上關係不會有好事。

信箱內還塞了一些郵件，哲朗雖然知道這種行為侵犯了別人的隱私，但還是把那些郵件帶回了家，沒想到幾乎都是廣告，沒有任何郵件可以瞭解香里目前的下落。

「我感到很不安，好像即將發生不好的事。」

這是理沙子聽了哲朗說明的情況後表達的感想，哲朗內心也有同樣的想法。

「我想拜託你一件事。」哲朗對理沙子說：「我希望你明天去江東區的區公所一趟。」

「你要我去調查香里嗎？」

「你說對了。」

「這當然沒問題，但她的戶籍不可能遷出。」

「你只要去申請住民票就好，這樣就可以知道她之前住在哪裡，也許那裡有和她很熟的人，說不定現在也可以聯絡到她。」雖然哲朗這麼說，但他並沒有太大的期待，只是沒有說出口。

「戶籍地呢？」

「如果有的話，當然也需要。我猜想香里的戶籍地應該在老家，也許我會去那裡找一下。」

「貓眼」的媽媽桑說，香里可能回老家了。雖然哲朗並沒有相信這句話，但還是不願意放棄任何可能性。

野末真希子在臨別時說的那句話，至今仍然留在哲朗的耳邊。「逝者不追」這句話，只是勸客人不要再找已經辭職的小姐嗎？還是有其他的意思？哲朗無從瞭解媽媽桑這句話真正的意思。如果有什麼深意，她大概什麼都不會說。

「你有什麼打算？」理沙子問。

「我要去這裡，雖然我覺得可能不會有什麼收穫。」他拿出一張紙給理沙子，那是中尾給他的便條紙，上面寫了美月老家的地址。

3

以前讀書的時候，美月經常抱怨說：

「我總覺得自己好像不是真正的東京人，真希望我家的地址是東京都某某區，我家只差一點就屬於練馬區的範圍了。」

他們這些老同學中，很少有人從父母那一代就住在東京。美月就是其中一人，大家都很羡慕她，但她似乎很不滿意她家並不在東京都的二十三區內。

「我們原本住在淺草附近，但那裡的房子是租的，我爸爸很想住透天厝，於是就申請了一大筆貸款，在目前的地方造了房子。雖然他很愛那棟房子，但我很希望他趕快賣掉，因為我覺得以後再也沒有像現在這樣的大好機會了。一旦錯過這個機會，以後就不會賣掉了。」

美月說的機會，就是日本地價飆漲的時代，那時候正是泡沫經濟的顛峰時期。她的父親錯過出售時機的房子位在保谷市，木造的兩層樓房子入口並不大。位在從西武池袋線保谷車站走路只要幾分鐘的位置，離商店街很近，附近就有一個健身房。美月說，曾經有人開出一億圓的價格。

哲朗事先打電話通知了美月的父親，說打算去拜訪他。哲朗說想要請教有關美月的事，美月的父親沒有多問，只回答說，會在家裡等哲朗。聽他說話的語氣，似乎已經作好了心理準備。哲朗覺得他說話很平靜，然後就想起了廣川幸夫。

哲朗等到約定的時間，準時按了對講機的門鈴。對講機中沒有傳來任何動靜，眼前的門突然打開了，一頭白髮向後梳，個子瘦小的男人看著哲朗，微微點了點頭問：

「你是西脅嗎？」

「對。」哲朗回答後，鞠了一躬。

「我正在等你，請進。」上了年紀的他把門打開，瞇起眼睛的樣子和美月一模一樣。

老房子有一股好像柴魚片的味道，哲朗進屋後，立刻被帶到和室。雖然是和室，但放了桌子和椅子，當作西式房間使用。落地窗外有一個不大的庭院，可能是屋主引以為傲的空間。庭院內放了好幾盆盆栽。

房間內開著暖爐，哲朗猜想美月的父親已經等了很久。

美月的父親年約六十左右，以前在學校當老師，目前受聘在一家製作教育相關教材和課本的公司上班。

「我曾經聽女兒提起過你，她說多虧有你，帝都大美式足球社才能進入大學聯賽。」美月的父親笑著說。

「應該是相反，因為我這種人當四分衛，所以才無法得到冠軍。」

「不不不，沒這回事。」美月的父親搖著手，「美月說話向來很犀利，有比賽的日子，回家後會臭罵失誤的選手，但我不記得她曾經數落過你。」

「是嗎？」哲朗覺得即使美月說了自己的壞話，她父親也不可能說，他喝了一口茶說，「我今天來這裡，是想打聽美月的消息。」

哲朗直截了當地說明了來意，美月的父親不慌不忙地點了點頭說：

「聽說你也去了松戶。」

「你已經聽說了嗎？」

「前幾天，我女婿打電話給我，說和你聊了很多。」

「我知道自己是多管閒事，但得知朋友在一年前就失蹤了，就無法袖手旁觀。」

「怎麼會是多管閒事呢？你這麼關心她，我很感激，美月真的結交了好朋友。」

他頻頻點頭，似乎認為自己說的話完全正確。

「廣川先生並沒有向警方報案，也沒有積極尋找美月，伯父，你曾經向各方打聽她的下落嗎？」

「是啊，」美月的父親動作緩慢地把茶杯拿到自己面前，「我打電話去問了她可能會去的地方，但我聽說她當初留下了紙條，而且也簽好了離婚協議書……」

「所以您也沒有積極尋找她的下落嗎？」

「因為我覺得她是成年人，三十多歲的人拋棄家庭，離家出走，想必下了很大的決心。既然這樣，我認為就應該等她自己找到答案，我相信她遲早會和我聯絡。」

哲朗認為這很像是以前當過老師的人說的話。雖然他能夠理解，也認為美月的父親言之有理，但覺得這不像是身為父親的真心話。身為父母，不可能不擔心失蹤女兒的下落。

哲朗來這裡的目的之一，就是打聽有關美月下落的線索，但他已經對此行作好了白跑一趟的心理準備，只是無論如何都想確認一件事。

「伯父，我想直截了當請教一件事，」哲朗併攏雙腿，坐直了身體，「您是不是知道美月離家出走的原因？不，也許您早就料到會有這麼一天，所以即使真的發生了這種狀況，您也能夠這麼鎮定自若。」

美月的父親眼中露出慌亂的神色。

「請問這是什麼意思？」

「我不相信您和伯母認為美月結婚之後，就能夠像普通的女人一樣得到幸福，我不相信您們完全沒有發現她的本質。」

美月的父親把手上的杯子放在桌上。哲朗發現他的手在微微顫抖。

「美月的本質是什麼意思？」

哲朗注視著他的眼睛，搖了搖頭。

「伯父，我們不要打啞謎了。我並不是一無所知，所以才會說這句話。難道您不認為這樣不願正視問題，造成了她的痛苦嗎？」

美月的父親聽了哲朗的話，移開了視線，在打量庭院片刻後，轉頭看著哲朗。他臉上露出了淡淡的笑容，那是痛苦的笑容。

「美月曾經對你說過什麼嗎？」

「以前……很久以前，她曾經告訴我實話。」

哲朗無法告訴美月的父親，其實是在不久之前。

「是嗎？我女兒曾經對我說，即使在最好的朋友面前，也不會表現出真正的自己。」

「不是『女兒』吧？」

美月的父親聽了哲朗的話，露出了銳利的眼神說：

「請你不要這麼說，你應該無法體會我們一路走來的心情。」

「我稍微瞭解她內心的痛苦。」哲朗反駁道。

不知道哪裡傳來了聖誕歌聲，裝了擴音器的移動販賣車從門口經過。哲朗忍不住想，不知道美月今年在哪裡迎接聖誕節。

美月的父親再次伸手拿茶杯，但他只是瞥了一眼杯中，又放了回去。

「西脅，你有沒有小孩？」

「不，我沒有。」

「這樣啊。」

「您的意思是說，因為我沒有小孩，所以無法瞭解您們的心情嗎？」

「不，我沒有這個意思，」他露出了略微泛黃的牙齒，「無論有沒有孩子，我認為都無法理解那種心情，只是如果有小孩子的話，我期待多少能夠想像一下。」

「你是說，父母對小孩子的愛嗎？」

「不，應該是父母的自私。」美月的父親語氣堅定地說。

「您承認那是自私嗎？」

「雖然這麼說，心裡會很不舒服，但我找不到其他適當的字眼。」他再度看向庭院，

「那裡不是有一道水泥石墩牆嗎？」

「對。」哲朗也看向庭院。

「美月經常爬上去玩，她媽媽常罵她丟人現眼，我總是安撫我太太說，以後的女

孩子要像這樣活潑一點才好。我當時完全沒有搞清楚狀況。」

「她曾經告訴我，媽媽對她很嚴格。」

「可能是因為焦慮的關係，她似乎比我更早發現美月不是普通的女孩子。當時，我沒什麼時間關心自己的女兒，滿腦子都想著學校的學生。」他自嘲地笑了笑。

「不好意思，請問您是什麼時候……？」

「你是問我什麼時候知道嗎？我沒辦法說出明確的時間，記得是美月剛上小學後不久，我太太和我討論了這個問題。」

「伯母和您討論什麼？」

「她說美月是不是有點奇怪——我忘了她的原話是不是這樣，但差不多就是這個意思，美月不喜歡普通女孩會喜歡的東西，也不玩女生愛玩的遊戲，不想穿裙子，差不多就是這樣。」

「您當時怎麼說？」

「我剛才也說了，我認為這樣的女孩子也沒問題，所以並沒有把問題想得很嚴重。因為學校的學生中，有各種不同個性的孩子，我甚至認為這點小事就緊張兮兮很奇怪，之後我太太又為這件事和我談了好幾次，但我都沒有當一回事。不瞞你說，當時對我來說，家裡只是睡覺的地方。因為那時候很年輕，也很有野心，除了在學校教書以外，還參與各種研究會和學習會，幾乎都沒有好好看女兒的臉。在那個年代，因為工作忙碌而不顧家庭並不會受到苛責。」

那是大家都說日本人過勞的時代，男人聽到別人說自己為了工作不顧家庭，非但不會反省，反而感到自豪。

「現在回想起來，真的太丟臉了，連自己家裡發生了什麼狀況都搞不清楚，還當什麼教育者。」

他嘆了一口氣之後看著茶杯。

「要不要喝啤酒？我有點口渴。」

哲朗原本想婉拒，但又想到如果不喝酒，美月的父親可能難以啟齒，於是就回答說：「那就喝一點。」

美月的父親走出房間後，哲朗起身打量庭院。美月小時候經常爬的水泥石墩牆已經變成了黑色。

他不經意地打量室內，看到牆邊有一個小書架，但他注意到的不是書架裡的書，而是上面的照片。哲朗走過去拿起了照片。

那似乎是美月參加成人式時拍的照片，她和三個像是她朋友的女生一起合影。因為她們穿著成人式時穿的衣服，所以哲朗知道是那時候拍的照片。

美月穿著振袖和服，頭髮盤了起來，對著鏡頭露出了笑容。她的表情看起來不像是被迫穿上和服，而是發自內心感到快樂，整個人都很閃亮。她比其他朋友看起來更漂亮，也更有女人味。哲朗回想起和她上床的那個夜晚，照片中散發出和當時從她身上所感受到的相同東西。

哲朗聽到腳步聲後，把照片放了回去，坐回椅子上。

美月的父親在兩個人的杯子中倒了啤酒，然後把柿種米果裝在小碟子裡。「那我就不客氣了。」哲朗說完後喝了一口，啤酒不太冰。

「以前美月在家的時候，冰箱裡隨時都有啤酒，最近我都不太喝了。」美月的父親似乎也發現了啤酒不冰，所以向哲朗解釋。「她的酒量是不是很好？」

「是啊。」哲朗附和著，想起了前幾天，兩個人都喝得爛醉。

美月的父親喝了半杯啤酒後吐了一口氣。

「在美月小學六年級的時候，我才意識到問題的嚴重性，」他突然重拾了剛才的話題，「其實她那時候已經願意穿裙子，也和女生一起玩，所以我們也不再擔心她，但是，在某一天之後，她突然不去學校上學了。」

「那一天怎麼了？」

「她的生理期，她出現了初潮。」

「啊……」

「這件事本身並沒有太意外，我們男人不懂，但對女人來說，這件事會帶給她們不小的衝擊，但大部分女人在聽了母親和姊姊的說明之後，很快就接受了。」

「但她並沒有接受嗎？」

「沒有，她不想見任何人，也不吃不喝。我搞不懂原因，感到很煩躁，我太太對我說，女兒果然不是普通的女孩子，雖然在我們面前表現得像女孩子，但內心並不是女生，所以生理期出現後，讓她感到很煩惱。」

哲朗回想起美月之前對他說的話。

「即使是小孩子，在懂事之後會觀察到很多事。當發現媽媽因為自己的關係而流淚時，就覺得這樣不行。」

然後又補充說，所以她就開始演戲，她母親以為自己成功地把她矯正過來了。

哲朗在心中對美月說，看來事情並沒有像你想的那樣，你媽媽其實都知道。

「如果是現在，或許會用其他方式處理，」美月的父親說，「因為性別認同障礙這個名稱已經耳熟能詳了，但當時甚至不知道有這種疾病，認定明明是女人，內心卻不是女人就是精神上有缺陷。」

「結果您們怎麼處理？」

「沒怎麼處理，因為不去學校不行，所以就痛罵她，逼著她去學校上學，然後就監視她。」

「監視？」

「監視她的生活，我要求我太太監視她，看她像不像女生，如果不像女生，就要好好規勸她。我當時在內心認為是我太太的錯，因為我太太沒教好，所以美月才會變成那樣。」美月的父親苦笑著喝完了杯子裡的啤酒，然後又在空杯子裡倒了啤酒，「你知道有一個叫約翰．曼尼的人嗎？」

「約翰．曼尼？我不知道。」

「約翰．曼尼提出出生後的環境可以改變性別的自我意識。即使是男孩，只要把他當成女兒養育，他就會認為自己是女人。約翰．曼尼也在學會中發表了這個見解，當時的實例就是在美國鄉村出生的一對雙胞胎男孩，在割禮時，不慎燒掉了不知道是哥哥還是弟弟的小雞雞。那時候好像才七個月大，於是，雙胞胎的父母就去向約翰．

曼尼請教。這位曼尼博士提議把那個孩子當成女兒養育長大，然後切除了他的睪丸，定期注射女性荷爾蒙。孩子的父母就按照了約翰．曼尼的建議，把那個孩子當成女兒，約翰．曼尼在學會發表了那個孩子成長的紀錄。」

雖然美月的父親以前是老師，但不可能知道這些知識，他一定為女兒的問題煩惱，然後自行研究了相關問題。

「既然他在學會中發表，就代表那個實驗成功了嗎？所以那個孩子真的變成了女人嗎？」

哲朗還沒有問完，美月的父親就開始搖頭。

「當初發表時說是成功了，但事實並非如此。那個接受手術的孩子一直因為難以接受而深受折磨，在長大之後，又動了一次手術，變回了男人。」

「也就是說，無法強制改變性別意識。」

「我和我太太對美月做的事就和那個科學家一樣，我們並沒有正視她的本質。」

「我認為這也是情有可原，因為她的身體是女人，您和您太太的處理方式和那個叫約翰．曼尼的人所做的事不一樣。」

「但我們都想要控制別人的性別意識，我現在經常擔心一件事，我是否也用對待美月的方式，對待這些年來教過的很多學生。雖然現在說這些也為時已晚了。」他拿起小碟子中的柿種米果放進嘴裡。

哲朗喝著不冰的啤酒。

「日浦和我們在一起時，完全是一個女人。」

「我想也是，因為她一直在演戲，我們雖然隱約察覺到這件事，但什麼都沒說。當時只覺得即使是假裝也好，只要她願意當女人就好，而且也一廂情願地期待她演著演著，就真的變成了女人。雖然內心深處知道不可能有這麼一天。」

「您們明知道她在演戲，仍然讓她結婚嗎？」

「我們的行為的確該受到指責。」

「不，我並沒有這個意思……」哲朗低下了頭。

「當有人說要和美月相親時，我們曾經很猶豫。我們很希望美月像普通的女孩子一樣走入家庭，但這真的可以為她帶來幸福嗎？同時又覺得正因為她不是普通的女孩子，所以更應該結婚。」

「然後呢？」

「然後我們就交給美月自己決定，她說願意和對方見面。我記得相親當天，我太太的表情一臉害怕。」

「那她呢？」

「美月她，」美月的父親說到這裡，微微抬起了頭，露出凝望遠方的眼神，「要怎麼說呢？她就像是人偶，臉上完全沒有任何表情，她可能想要徹底當一個人偶。」

「廣川先生喜歡那個人偶。」

「我女婿也是一個奇怪的人，」美月的父親為哲朗的杯子倒了啤酒，「美月當時說，如果對方滿意，結婚也沒問題。我太太問了她好幾次，我也很不安，但最後還是讓他們結了婚，而且當時也有想要趕快解決這件事的想法。」

哲朗曾經聽美月說過當時帶著怎樣的心情結婚，所以聽了她父親的話，從不同角度看到了他們各自的苦惱。

「在婚禮當天，我覺得可能犯了大錯。因為美月穿上婚紗時，完全沒有幸福的感覺，而是一臉心灰意冷的表情。也許我當時應該衝出去，跪著要求停止婚禮。之後，我太太也對我說了同樣的話。」

「所以，這次也……」

「沒錯，」他深深點了點頭。「你的觀察完全正確，我之前就作好了心理準備，知道會有這麼一天。」

「所以你沒有去找她。」

「我希望她可以隨心所欲地過日子，不必去思考女人或是男人的問題，」然後，他瞇起眼睛繼續說：「因為我已經犯過一次錯了。」

在喝完一瓶啤酒後，哲朗站了起來。

「我送你出去。」美月的父親送他到玄關。他穿了夾克，脖子上圍了一條毛線圍巾。灰色的底色上有黃色的圖案。

哲朗稱讚他的圍巾，他靦腆地笑著說：

「這是美月在十年前為我織的，我很珍惜這條圍巾，但用久了，還是變舊了。」

「原來她還會編織。」

「應該是刻意練習的結果，不過啊，」他說到這裡，聞了聞圍巾的味道，「她給我這條圍巾時，親手戴在我的脖子上。她當時的表情，無論怎麼看都是女人，那並不是演出來的。雖然我這麼說，你可能會笑我，我至今仍然想要相信她是女人。」

哲朗默默點了點頭，很想對美月的父親說：「我也一樣。」

他的腦海中浮現了那張成人式的照片。

4

回到家時，理沙子剛好在換衣服，她似乎也剛進家門。

「香里還是不在家，信箱都塞滿了。」

「有沒有什麼值得注意的郵件？」

「只有一件。」理沙子把信封放在廚房的吧檯上。

那是一個很有女人味的信封，背面寄件人的名字寫著「向井宏美」。信封還沒有打開，拿在手上時，感覺裡面並沒有很厚。

哲朗猶豫了一下，決定打開信封。理沙子不發一語，看著他的手。

裡面有一張照片和一張信紙，信紙上只寫了一行字。

「這是上次的照片，改天有空再一起去玩！」

照片是在「貓眼」的店裡拍的，是上次哲朗去店裡時坐檯的宏美和香里的合照。

哲朗這才知道，原來向井宏美就是那個宏美，也想起上次她說自己用的是本名。

哲朗把這件事告訴理沙子後，理沙子似乎失去了興趣。

「香里很漂亮。」她只說了這一句，就把照片放在吧檯上。「難怪會被跟蹤狂跟蹤。」

「是啊，其他郵件呢？」

「我不是說只有一件嗎？其他都是廣告，但還有其他收穫，今天派報社沒有送報紙去她家。」

「這樣啊……是不是因為積了好幾天的報紙，所以派報社就乾脆不送了？」

「我原本也這麼認為，所以就去查了派報社確認，結果發現是香里打電話叫他們不要送。」

「什麼時候？」

「昨天，說是會出門一陣子，所以暫時不要送報紙了。」

「是她本人嗎？」

哲朗問，理沙子攤開雙手，聳了聳肩。

「你認為我或是派報社的人有辦法知道這件事嗎？」

「那倒是。」

如果是香里親自打電話，就代表她是故意躲起來。如果是別人打的電話，就可能是被人帶走了。無論如何，都消除了香里發生意外的可能性。

她到底在哪裡？為什麼要躲起來？和美月的失蹤有關係嗎？

「須貝剛才打電話來。」

「須貝？」哲朗感到不安。須貝是防守網中最脆弱的部分。「他說什麼？」

「他問了美月的事，他好像也很擔心。」

「你怎麼回答？」

「我就實話實說了。」

「你說她離開我們家了嗎？」

「對，不可以說嗎？」

「沒有……他聽了之後說什麼？」

「他很害怕的樣子，」理沙子的嘴角露出了笑容，「他可能擔心會受到牽連，所以我就告訴他，絕對不會提到他的名字，請他大可放心。」

不難想像，以理沙子的個性，她說話時一定極盡嘲諷。

哲朗走進客廳，打開了櫃子。櫃子裡還有一碗泡麵。他在水壺裡裝了水，放在瓦斯爐上燒開水。

「我申請了這個。」理沙子遞出一張紙。

那是佐伯香里的住民票。她大約在一年前從早稻田搬來這裡，戶籍地在靜岡縣。根據住民票上的生日，她目前二十七歲。

哲朗拿起電話子機撥打了一〇四。目前有許多人不願意把自家的電話登記在電話簿上，但哲朗猜想如果一直住在那裡，或許可以查到號碼。

他猜對了，他報上戶籍地的地址和佐伯的姓氏，馬上查到了電話。

他拿著寫了電話號碼的便條紙，看著理沙子說：「有一件事想拜託你。」

她雙手扠腰，嘆了一口氣問：

「你該不會要我打電話去那裡吧？」

「因為我覺得比起接到男人的電話，女人打電話過去，比較不會引起對方的警惕。」

理沙子咬著下唇想了一下，拿起了哲朗剛才放下的子機。

「我要怎麼說？」

「你先問香里在不在。如果不在，就問聯絡她的方式，他們應該知道她的手機號碼。」

「我要怎麼自我介紹？」

「隨便你啊，你可以說是她的老同學，光聽聲音，無法判斷你的年紀。」

理沙子不悅地說：

「我不知道佐伯香里以前讀哪一所學校，如果他們追問，我要怎麼辦？」

「那倒是，那就說是她的同事，因為有急事想要聯絡她，但她不在家，所以就打電話去她老家。」

「如果他們問我有什麼事呢？」

「你就說借了錢給她，如果她不還給你，你會很傷腦筋，演技要逼真一點。」

「你一旦開口拜託別人，就會得寸進尺。」理沙子瞪著他，按著電話號碼，然後撥起頭髮，把子機放在耳邊。子機中傳來電話鈴聲。「如果香里在家怎麼辦？」

「那你就把電話交給我。」哲朗用大拇指指著自己。

理沙子的表情變了。電話似乎接通了。

「喂？請問是佐伯先生的府上嗎？我姓須貝，請問佐伯香里小姐有沒有回去那裡？」她用比平時高亢的聲音說話。

哲朗突然聽到須貝的名字，拚命忍著笑。

「我是她的同事，香里這幾天請假休息，但我有急事，無論如何都要聯絡她。」

香里果然也沒有回老家。

「喔，是這樣啊。請問你知道她的手機號碼嗎？或是她在這裡的朋友的電話？」

理沙子繼續追問，哲朗把紙筆遞給她。

但是下一剎那，理沙子露出了緊張的神色。

「啊，喂？請等一下。」她大聲叫著，然後握著電話愣在那裡。

「怎麼了？」哲朗問。

「電話被掛斷了。」她嘆了一口氣，放下了電話。

「誰接的電話。」

「應該是她爸爸。」

「他說什麼？」

「他說不知道香里的事，一直打電話去問他們也沒用，她已經和他們無關了，然後就掛斷了。」她做了掛電話的動作。

「可能她當初也是離家出走。」

「也許吧。」理沙子坐在沙發上，「水開了。」

「啊！」

哲朗走去廚房，關了瓦斯爐，撕開泡麵外的塑膠紙，打開蓋子，把熱水倒了進去。

「我明天去香里以前住的地方看看。」

「好主意，對了，她老家的情況怎麼樣？我是說美月的老家。」
「先說結論，就是沒有任何收穫。」
哲朗簡單轉述了和美月父親的對話，理沙子聽到婚禮時的那段話時，痛苦地皺起了眉頭。
「她爸爸也很可憐。」理沙子小聲嘟囔。
「但是她爸爸至今仍然相信她是女人。」
哲朗也說了圍巾的事。
理沙子沒有吭氣，一臉陷入沉思，然後抬起了頭。
「之前和美月聊天時，她曾經提到這件事。小孩子要讀小學時，學校規定男生要用黑色書包，女生要用紅色書包，她不知道該選什麼顏色。」
「她不是應該買紅色書包嗎？」
「她後來好像沒買書包。」
「是喔。」
哲朗打開了泡麵的蓋子，麵條都糊了。
深夜時，又接到了須貝的電話。
「我聽高倉說，日浦那傢伙不告而別。」
「是啊。」
「所以你現在每天都在東京四處找她嗎？」
理沙子似乎這麼形容哲朗目前的行為。

「我們不會給你添麻煩。」

哲朗說，電話中傳來咂嘴的聲音。

「你們夫妻兩個人說話都很酸啊，我又不是不關心日浦。」

「我知道，我知道，你很正常，是我們不太正常。」

最好的證明，就是你現在仍然安穩地守護著你的家庭。哲朗很想這麼說。

「算了，你們怎麼想我都無所謂。如果你想找日浦，我認識一個很有趣的人。他在新宿開酒店，但和我們沒有太大的關係，因為那家店都做女人的生意。」

哲朗聽了，立刻猜到了。

「是人妖店嗎？」

「嗯，說白了就是這麼一回事。」

「那家店的老闆願意幫忙嗎？」

「這我就不知道了，但聽說很多年輕人都像日浦那樣，原本是女人卻想要成為男人，都會去找老闆商量。所以我在想，那個老闆也許知道日浦，想要介紹給你認識一下。」

「原來是這樣。」

「你覺得呢？」

「也許是好主意，到時候再麻煩你。」

「我隨時都可以陪你去。」

「好。」

哲朗掛上電話後想，也許須貝也很擔心美月的事，只不過他並不認為去和這種特殊行業的人見面，可以打聽到美月的消息。

5

走出地鐵江戶川橋車站後，沿著新目白大道往前走，在早稻田鶴卷的路口左轉。因為出門前查了地圖，所以記得大致的位置，但中途還是看了好幾次寫在便條紙上的地址，然後核對周圍的門牌。

根據香里的住民票上登記的遷入地址，她以前應該住在某棟公寓內，只是不知道那棟公寓的名字，只有房間的號碼。

哲朗在附近轉了一圈之後，找到了那棟公寓。這棟細長型的公寓一樓是便利商店，陽台很小，窗戶很多，一看就知道是適合單身者居住的公寓。

香里以前似乎住在三〇一室。

公寓沒有自動門禁系統，也沒有管理員。哲朗走進公寓，看了信箱。三〇一室的信箱上沒有掛名牌。

他沿著樓梯來到三樓，三〇一室到三〇四室的四道門圍著中間狹小的空間。

哲朗按了三〇二室的門鈴，屋內傳來一個粗獷的聲音，然後門打開了。一個頭髮豎起的年輕人探出了頭。他瘦瘦高高，皮膚蒼白，而且留著鬍碴，看起來很不健康，既然他白天在家，應該是學生。

「有什麼事嗎？」年輕人一臉訝異地問。

「我是徵信社的人，想要向你打聽一下。」

「徵信社？」年輕人皺起眉頭，渾身緊張起來，把門縫關小了幾公分。

「我想請教一下隔壁三〇一室的住戶。」

「隔壁好像很久都沒人住了。」年輕人把手指伸進豎起的頭髮抓了幾下，房間內傳來音樂聲。哲朗覺得他也很像是搖滾樂團的人。

「應該只是這一年沒有人住吧？」

「差不多吧。」

「你住在這裡幾年了？」

「嗯，三年左右。」

「我在調查一年前住在隔壁的人，你和她熟嗎？」

「不，完全不熟，」年輕人搖了搖頭，「也從來沒有說過話，只是瞄過幾眼，所以也不記得他長什麼樣子。」

「你先住在這裡嗎？」

「是啊，他好像比我晚一年搬來隔壁。」

「她那時候沒有來向你打招呼嗎？」

「完全沒有。」

最近即使連舉家搬家時，也很少會去向鄰居打招呼，彼此都是單身的話，可能更不會去拜訪鄰居。

「她剛搬來時，你應該很好奇鄰居是什麼樣的人吧。」

「我對隔壁的傢伙才沒有興趣。」年輕人用鼻子冷笑著。

「所以你應該也不知道她在哪裡上班，和怎樣的人來往吧？」

「對，我不知道，但我猜想應該是在酒店上班。」

「為什麼？」

「因為白天可以聽到動靜，傍晚時出門，天亮時回來。這裡的牆壁很薄，所以聽得很清楚。」

香里之前住在這裡時，可能就已經在「貓眼」上班了。

「可以了嗎？我有事要忙。」年輕人說完，用拳頭捶了捶牆壁。

「啊，謝謝，可以了。」

年輕人聽了哲朗的話，正打算關上門，但突然停了下來。

「啊，對了，他爸爸曾經來過這裡。」

「爸爸？你是說隔壁的鄰居嗎？」

「我想應該是他爸爸，是一個胖胖的老頭，看起來就是鄉下人。他離開的時候，我從貓眼中看到的。」

「你不是對隔壁沒有興趣嗎？」

「他們吵得那麼大聲，當然會想知道發生了什麼事。」年輕人露齒笑了笑。

「他們吵架了？」

「應該是，雖然我聽不清楚他們說話的內容，但兩個人都很激動。」

「經常有這種事嗎？」

「不，只有那一次，隔壁的傢伙做了什麼壞事嗎？」

「不，並沒有。」

哲朗覺得可能問不出更多的情況，於是向年輕人鞠了一躬。

他又去按了三〇三室和三〇四室的門鈴，但都沒有人。應該說，白天在家才比較稀奇。

哲朗走去公寓，走向車站。今天要和編輯開會，新年剛過，就要去採訪橄欖球和足球比賽。雖然美式足球也有爭奪日本第一的米碗大賽總冠軍賽，但並沒有雜誌委託他寫相關報導。哲朗認為這是因為美式足球這項運動仍然沒有受到矚目的關係。

他回想著剛才那個年輕人說的話，總覺得不太對勁。哪裡有問題，某些部分有落差。

當他準備走下通往地鐵站的階梯時，想起了一句話。他轉身沿著來時路折返回去。回到公寓後，他衝上樓梯，再度按響了三〇二室的門鈴。

「有什麼事？」年輕人板著臉問。

「我忘了確認一件重要的事。」哲朗喘著氣回答，「請問當時住在你隔壁的那個人，她叫……」

「不是叫佐伯嗎？」年輕人很乾脆地回答。

「佐伯……」失望在哲朗的內心擴散。原本以為自己發現了重大的問題，難道是自己想太多了嗎？

「有好幾次寄給他的信放在我的信箱裡，所以我記得他的名字。他姓佐伯，名字好像是香流。」

「不，應該是香里吧，佐伯香里。」

年輕人用力搖著手說：

「不是，是佐伯香流，不是什麼香里，因為他是男人啊。」

6

兩天後的下午，哲朗開車行駛在東名高速公路上。他好久沒有開車了，以稍微超過法定車速的速度行駛在路上，看到前方有一輛大貨櫃車。他打了方向燈，進入了超車車道，超越貨櫃車後，又回到了慢車道。他以前開車就不喜歡開快車，收音機內播放著瑪麗亞．凱莉唱的聖誕歌曲。

他握著方向盤，看著前方，嘴角露出了笑容，雖然並不是笑給坐在副駕駛座上的理沙子看，但她發現了。

「你在笑什麼？」

「沒什麼，只是沒想到會在平安夜像這樣開車出門。」

「而且還是和我一起。」

「你別說這種話，你應該也沒想到吧。」

「是啊。」她在一旁回答。

他們正準備去靜岡。原本擔心年底路上會塞車，但車子並沒有想像中那麼多。照目前的情況來看，即使當天來回也不會太辛苦。他們並不打算在靜岡住一晚。

「要在吉田交流道下去吧？」

「對，下了交流道之後，就有一個T字路口，在那裡右轉。」理沙子看著地圖說道。她比哲朗更常開車，所以她的人工導航也很精準。

佐伯香里的老家在靜岡，哲朗期待去了那裡，就可以瞭解她的真實身分。

佐伯香里住在早稻田的公寓時自稱是佐伯香流，而且據住在隔壁的年輕人說，無論怎麼看，都覺得佐伯香流是男人。

「雖然他瘦瘦小小，但看起來根本不像女人。只不過我也沒有清楚看過他的長相，只是從髮型、整體的感覺，和不時聽到的聲音，覺得他是男人。」

他又補充說，佐伯香流穿的也是男人的衣服。

哲朗認為那個年輕人以為佐伯香里是男人這件事並非謊言，哲朗第一次去找他時，他連續說了兩次「隔壁那傢伙」，通常很少會說女人是「那傢伙」，所以哲朗才會又折返回去確認。

哲朗在那天回家後，向理沙子說明了情況。她露出了意外的表情，同時說了兩種可能性。

「第一種可能，就是佐伯香里和佐伯香流完全是不同的人，但因為某種原因而假扮成同一個人。」

「不可能。」哲朗立刻否定了這種可能性。因為他原本也曾這麼認為。

「佐伯香里的住民票上有從早稻田鶴卷遷入的紀錄，所以香里住在那裡是事實。」

「香里可能只是去辦理了遷入手續，實際住在那裡的卻是名叫香流的另一個男人。」

「為什麼要這麼做？」

「這我就不知道了。」

另一個可能性就是香里和香流是同一個人。

「可能因為某種原因，香里住在那裡期間打扮成男人。如果叫香里，就會被人發現，所以就自稱叫香流。」

哲朗也曾經想到過這種可能性。

「雖然我好像三番兩次問相同的問題，但你認為這麼做有什麼目的？」

正如哲朗想不透其中的原因，理沙子也只能默默搖頭。因為他們的推理陷入了瓶頸，所以決定去佐伯香里的老家看看。

他們一大清早就出發，但從吉田交流道下高速公路時已經下午了。哲朗看到有家庭餐廳，問理沙子要不要先吃午餐，但理沙子說要先去找香里的老家。

他們並沒有花太多時間就找到了香里的老家。因為他們事先根據地圖確認了大致的位置，而且這裡的道路也沒有像東京那麼複雜。和海岸道路平行的那條路就是小型商店街，佐伯香里的老家就在商店街上。佐伯刀具店的巨大招牌很醒目。

雖然招牌很大，但店面的寬度可能不到四公尺。哲朗和理沙子打開鋁框玻璃門走進店內。正前方有兩個展示櫃，裡面的刀具發出淡淡的光。雖然也有刀子和木工的工具，但大部分都是廚房用刀具。放在後方櫃子裡的生魚片刀看起來很嚇人，讓人忍不住腿軟。角落有一張小型工作桌。

店內沒有人，但裡面的人可能聽到了打開玻璃門時發出的門鈴聲，有人從裡面走了出來。原來是一個穿著圍裙衣的婦人，個子矮小，年紀大約五十歲左右。

她看到哲朗他們，露出了不知所措的表情，甚至沒有說「歡迎光臨」。可能平時只有老主顧會走進這種店，而且哲朗和理沙子看起來也不像是客人。

「是……請問有什麼事嗎？」她一臉困惑地問。

「請問你是佐伯香里的媽媽嗎？」

對方聽了哲朗的問題，臉上的表情立刻發生了變化。她神色緊張，不停地眨著眼睛。

「兩位是？」

「我們姓須貝，從東京來這裡。」他們在來這裡之前，就決定要借用須貝的名字。

「須貝……」她不安地看著他們兩個人，之前理沙子曾經自稱是須貝打電話來這裡，不知道她是否記得。

「我們從前一陣子就開始在找令千金，但怎麼也找不到她，所以很傷腦筋。請問你知道她在哪裡嗎？」

「你們和我女兒是什麼關係？」

「是她的同事，我們一起工作。」

香里母親的眼中露出一絲警戒。哲朗猜想她可能知道香里在酒店上班。

「我有重要的事，無論如何都要找到香里，可以請你告訴我，她目前人在哪裡嗎？」理沙子在一旁說。

「即使你們來這裡找她，我們也不知道她在哪裡。」
「她沒有和家裡聯絡嗎？」哲朗問。
「她已經好幾年沒有和家裡聯絡了。」
「真的嗎？」
「當然是真的，我沒有說謊。」香里的母親搖著頭。
這時，後方傳來腳步聲。有人趿著拖鞋走了出來。一個身穿短袖白袍的男人掀起布簾，走了出來。他看起來六十多歲，個子高大，胸膛很厚實，理著平頭，但頭髮已經白了一大半。
「在吵什麼？」他小聲說完，走向工作桌。手上拿著刀子。
「請問你是香里的爸爸嗎？」哲朗問，但他沒有回答，準備在工作桌上工作。哲朗看著他的側臉繼續說道：「你以前曾經去過早稻田鶴卷的公寓吧？我曾經看過你。」
香里的父親停下了手，但又立刻繼續工作。
「我們不認識叫香里的人，這裡沒有這個人。」
「竟然說不認識自己的女兒，這不是太奇怪了嗎？」
香里的父親再度停下了手，頭也不回地說：「這個家裡沒有女兒，從來就沒有女兒。」
「請問是怎麼回事？」
「少囉嗦！不要過問別人家的事，廢話少說，出去！給我出去！」
哲朗看向香里的母親，她一臉擔心地看著事態的發展，但和哲朗對上眼後，慌忙低下了頭。

「香里可能被捲入了什麼事件。」哲朗看著香里的父親說，「如果不趕快找到她的下落，後果可能不堪設想。」

「吵死了，我不是說了嗎？我們家沒有叫香里的人，既然沒有這個人，無論捲入什麼事件，都和我們沒有關係。你們不要在這裡礙事，趕快走吧。」他舉起了手上的刀子，刀刃在日光燈下閃著光。

「那有沒有香流這個人呢？」

「你說什麼？」香里的父親瞪大了眼睛，他的臉越來越紅。

「我是說，如果是佐伯香流，你應該就很熟悉，因為你曾經去早稻田鶴卷的公寓找過香流，不，應該說，你們吵了一架。」

「你在說什麼啊！」香里的父親放下菜刀，離開了工作桌，轉身面對哲朗。

哲朗作好了挨他一拳的心理準備。如果能夠讓他對自己敞開心房，挨一拳根本無所謂。

但是，香里的父親並沒有打人，而是推著哲朗和理沙子的身體叫他們離開。他的力氣很大，哲朗完全沒有心理準備，就這樣被他推出了門外。

香里的父親也走到門外，用力關上門說：「趕快鎖起來。」

「伯父，請你聽我們說一下。」

「不要過來，離我遠點！」他做出好像趕蒼蠅的動作快步離開了。哲朗猶豫著要不要追上去，但最後還是沒有追上去。因為以目前的狀態，無論問什麼，他應該都不會回答。

「我們來重新研究該怎麼做，反正還有一點時間。」

「好啊。」

他們走回車子，哲朗拿出鑰匙，正準備插進車門時，聽到理沙子說：「等一下，要不要順便吃午餐？就去那家店。」

她的下巴指向旁邊的拉麵店。拉麵店的招牌積滿了灰塵。

「剛才那條路上有很多餐廳，而且為什麼要在這種地方吃什麼拉麵。」

「不是啦，你看一下後面。」

哲朗回頭一看，發現香里的母親獨自站在佐伯刀具店門口看著他們。

拉麵店內沒有其他客人，哲朗和理沙子坐在離廚房最遠的桌子旁，注視著入口的玻璃門。店員來為他們點餐，他們點了兩碗味噌拉麵。

不一會兒，就看到香里的母親站在玻璃門外。她猶豫了一下，打開了門，向廚房點了點頭，走向哲朗和理沙子。

「我們在等你。」理沙子站了起來，坐在哲朗身旁，香里的母親在他們對面坐了下來。店員立刻走了過來，她對店員說：「我不用。」

「店裡沒問題嗎？」哲朗問。

「沒問題，我把門鎖好了。」

「不，我不是這個意思，我是說如果伯父知道你和我們見面，會不會罵你？」

「喔。」她終於放鬆了臉上的表情，「雖然會數落幾句，但沒有關係，他其實應該也很擔心。」

「你們知道香里在東京下落不明嗎？」

「知道。」

「你們是聽誰說的嗎？」

「聽誰說的……」她低頭沉默片刻，似乎怕廚房的人聽到，小聲地說：「警察來家裡。」

哲朗和理沙子互看了一眼。

「是警視廳……東京的警察嗎？」哲朗想起了刑警望月的臉問道。

「不，來我們家的是本地的警察，說希望知道香里目前的下落，我們才知道她不在東京的家裡。」

「警察有說為什麼要找香里嗎？」

「只說是東京那裡為了調查某起案件想要瞭解……還說他們也不是很清楚。」

哲朗猜想那個警察應該沒有說謊，很可能只是受警視廳的委託，去佐伯刀具店問警視廳想瞭解的問題。

總之，警方正在追查香里的下落。

兩碗味噌拉麵送了上來。哲朗拿起免洗筷吃了幾口，因為原本並不抱有期待，所以覺得味道還不錯。

「除了我們以外，只有警察在找香里嗎？」

「只有你們來家裡，但前幾天，接到了電話……」

「啊，是不是我打的那通電話？」理沙子微笑著問。

「不，是一個男人。我記得他說是哪一家報社的人。」

哲朗原本在吃麵，立刻放下了筷子，看向理沙子。理沙子也看著他，用眼神對他說，應該是早田。

「那個人為什麼要找香里？」哲朗問。

「他說想要採訪，因為我覺得很奇怪，所以就馬上掛了電話。」

早田也發現香里失蹤了。他的確如他所說，他透過其他途徑調查這起案子。

「伯父為什麼對香里那麼生氣？」理沙子問，她的碗裡還剩下半碗拉麵，她似乎不打算再吃了。

「這件事有點難以啟齒。」香里的母親極度為難地偏著頭，似乎不知道該怎麼說明。

哲朗覺得不該隨便接話，於是沉默不語。香里的母親看著理沙子問：

「你說你是香里的同事？」

「對。」理沙子回答。

「請問是怎樣的地方？呃，比方說……」

「是喝酒的地方，就是酒吧。」哲朗插嘴說，「她們是酒吧裡的坐檯小姐。」

「坐檯小姐……」香里的母親似乎十分驚訝。

「不，不是什麼不正派的地方，她們也只是陪客人聊天而已。」

她似乎沒有聽到哲朗的說明，再度看著理沙子說：

「既然是坐檯小姐，所以都是女人吧？」

「是啊。」

香里的母親用手掩著嘴，眼神不知所措地飄忽起來。她的態度顯然很奇怪。

「太奇怪了，」她小聲嘀咕著，「不管是警察，還是打電話來的人，都好像不是在說香里的事，彷彿在說完全不同的人，但你們剛才不是說了她的名字嗎？你們說了香流這個名字，所以我以為只要問你們，應該會知道是怎麼回事。」

「她真正的名字是叫香流嗎？」哲朗問。

「不，本名叫香里，但她自稱是香流。」

哲朗摸著放在一旁的大衣口袋，從裡面拿出了照片。就是前幾天宏美寄給香里的照片。

「這個人就是香里吧？」

沒想到香里的媽媽看了照片後，瞪大眼睛，搖了搖頭。

「不是，她不是香里，我完全不認識這個人。」

「但是——」

「我猜想……」香里的母親吞了口水後繼續說：「她現在應該不是女人的樣子了。」

7

走出拉麵店後，哲朗請香里的母親上了車。他想起國道旁有一家家庭餐廳，於是決定開車去那裡。她在車上不發一語，在等紅燈時，哲朗從後視鏡中看著她的表情，她看起來並沒有為和他們同行感到後悔。

他們走進餐廳後，坐在最後方的餐桌旁，三個人都點了咖啡。

哲朗首先談論了自己正在找的佐伯香里。她在銀座的酒吧工作，以及有一個姓戶倉的男人跟蹤她。因為那個男人遭到殺害，所以警察應該也在找香里的下落。

「那不是香里，不可能是我的女兒。」

「好像是這樣沒錯，但為什麼會這樣呢？」

「我完全搞不清楚狀況……」她搖著頭。

「伯母，」理沙子在一旁說，「你剛才說，香里應該不是女人的樣子，請問這句話是什麼意思？」

「這……」她開口說了這個字之後就陷入了沉默，右手握著小毛巾。

「是不是外表雖然是女人，但內心是男人，也就是有性別認同障礙嗎？」

香里的母親聽了哲朗的問題，臉頰抽搐著。哲朗見狀，低頭拜託說：「請你告訴我們。」

香里的母親雖然露出了猶豫的神情，但還是慢慢訴說起女兒的特殊性。她應該曾經和熟人談過這件事，所以儘管內容很複雜，卻說得有條有理，而且包括了很多微妙的問題。

她告訴哲朗和理沙子，香里在中學之前並沒有什麼特別，至少她沒有發現任何異常，也不記得香里不喜歡穿裙子或是拿紅色的書包。她又補充說，這可能是受到周圍的影響。因為附近並沒有同年的男生，所以香里從小就和女生一起玩，個性也不會太強，所以並不排斥自己和別人打扮得差不多，也很開心地和其他女生一起玩扮家家酒。

「但可能只是我這麼認為，不知道她自己是怎麼想的。」香里的母親雙手捧著咖啡杯說道。

在香里讀高中時，發生了一件事。那時候，香里有一個好朋友。兩個人形影不離，總是穿相同的衣服，也戴相同的小飾品。那個好朋友也曾經來香里家玩過好幾次。如果香里和男生關係這麼密切，父母可能會緊張，但對方也是女生，所以就完全不擔心。香里的母親說，當時總是帶著欣慰的心情看她們。

「我老公還笑著說，別人家的女兒已經交了好幾個男朋友，我家的女兒還是小孩子。」

有越來越多人知道了她們兩個人的關係，也開始有一些奇怪的傳聞。有人說她們是同性戀，甚至有人說，曾經看到她們兩個人接吻。

香里的母親也開始擔心，也不經意地問了香里，香里立刻否認說：

「怎麼可能有這種事？」

香里的母親聽了之後鬆了一口氣，但並沒有完全放心。因為她發現女兒在回答時的表情有一絲猶豫。她說，當時內心就有不祥的預感。

她的預感成真了。大約兩個星期後，香里和她的好朋友被人發現躺在附近一座小教堂的庭院內。兩個人都服用了大量安眠藥，陷入了危險狀態，如果再晚一步送醫，就性命不保了。

當她們恢復之後，雙方家長分別問了她們到底是什麼情況。雙方家長聽了她們的告白後都大吃一驚。因為她們說她們「深愛對方」。

「但兩個人說的話有一點不一樣。」香里的母親說。

「哪裡不一樣？」哲朗問。

「該怎麼說，就是愛的方式……」她似乎不知道該如何表達。

理沙子說：

「香里的好朋友認為那是兩個女生相愛，但香里不一樣。」

「沒錯，沒錯，」香里的母親露出一臉好像理沙子說出了她心裡話的表情點了點頭，「就是你說的這樣，所以我們再次感到驚訝，覺得眼前一片漆黑。」

香里的父母聽到她說她們彼此相愛時，以為女兒也是同性戀者，沒想到香里哭著坦承的後續內容，讓他們更加意外。香里說，她想成為男人，希望有男人一樣的身體，像男人一樣生活，然後和女人結婚——

起初，香里的父母無法正確理解她說的話，以為香里認為既然女人無法和女人相愛，那她想變成男人。但是，在香里多次重複之後，他們終於瞭解，並不是像他們想的那樣。

「我開始覺得，那孩子的內心也許是男人。因為如果不這麼想，很多事情就很不合理。」

比方說，香里在衣著打扮方面完全沒有興趣，而且她這個年紀的女生，照理說不願意被父親看到自己的裸體，她卻毫不介意。更奇怪的是，她經常在父親的工作桌上製作船、汽車或是槍的模型。她的父母都覺得女兒與眾不同。

「結果呢？你們怎麼處理？」哲朗問。

「老實說，我們很傷腦筋。因為她們兩個人一起自殺，所以大家都用異樣的眼光看她們，如果她再打扮成男人的樣子，別人不知道會說什麼。」

哲朗再次認識到，這裡和東京不一樣。如果在東京，無論打扮成什麼樣子走在街上，別人都不會在意。

「結果，她就說想去東京。」

「去東京？」

「她之前就說想學設計，想要成為設計汽車的設計師。」

原來是這樣。哲朗完全能夠理解。這的確很像是內心是男人的人擁有的夢想。

「你們表示贊成嗎？」

「也不是說贊成，而是覺得她即使繼續留在這裡，也只會有負面影響，所以香里在高中畢業後，就馬上去了東京。」

「她在東京的生活情況如何？我的意思是，她是以女人的身分，還是擺脫了女人的身分？」

「我也不太清楚，因為我幾乎沒有去東京看過她，即使她回家時，也從來不談這種話題。」

「她回家時的服裝呢？」

「該怎麼說呢，如果要說她是女人，看起來的確像女人；但如果說她是男人，也覺得是男人，她的打扮很中性。因為她爸爸曾經叮嚀她，回來的時候不要打扮得奇奇怪怪，所以她可能也花了一點心思。」

「有沒有化妝？」理沙子問。

「我記得應該沒有化妝，啊，但有修眉毛。」

她似乎不知道，時下的年輕男生也會修眉。

「臉和身材呢？有沒有和之前不一樣？」哲朗繼續發問。

「她經常回來的那一陣子沒有太大的變化，因為我老公曾經嚴格向她訂下了規矩。」

「規矩？什麼規矩？」

「她在東京想要怎麼生活是她的自由，但不能給別人添麻煩，而且如果沒有生病，絕對不可以在身上動刀。」

「動刀。」

哲朗覺得這很像是一輩子和刀具打交道的匠人所說的話。

「所以香里目前也沒有接受手術嗎？」

理沙子確認著，香里的母親痛苦地皺起了眉頭。

「關於這件事——」她喝了一口咖啡後，再度開了口。

香里去東京之後，每年都會回來一、兩次，但三年之後，如果沒有特別的事，她就不再回來。即使偶爾回來，也會在當天就匆匆逃回東京。她的母親感到納悶，於是打電話問她，沒想到聽到了意想不到的回答。她從設計專科學校休了學，目前在酒店上班。

「她在電話中對我說，無論她再怎麼用功讀書，成績再怎麼優秀，社會也無法接受像她那樣的人。」

哲朗認為很有可能。雖然現在性別認同障礙這個名稱已經很普及，但並沒有消除偏見，而且使用了「障礙」這兩個字就很有問題。

「我告訴我老公後，他說別再管她了，如果因為這點小事就放棄，無論做任何事都不可能成功，但其實他心裡一定很擔心。」

之後，香里就不再回家。頑固的父親從來不會主動提起女兒，還特地叮嚀太太，不要叫香里回家，所以，香里寄回來的賀年卡成為他們夫妻瞭解女兒狀況的唯一線索，她母親看了賀年卡後，得知她搬到了早稲田鶴卷這個地方。

一年半前，香里打電話給母親。她在電話中說，雖然沒有什麼大事，但想聽聽媽媽的聲音。只不過她母親聽到她的聲音後差一點心碎。並不是因為感到懷念，而是發現女兒完全變成了男人的聲音，一開始甚至不知道是誰打電話來。

當母親質問時，香里沒有正面回答，就掛上了電話。香里的母親想回撥電話，但香里寄回家的賀年卡片上並沒有留電話。

香里的母親在猶豫之後，決定和丈夫商量，他還是重複那句老話。

「不要去管她。」

但是，看他之後的行動，就知道他的漠不關心並非發自內心。有一天，他瞞著太太獨自去了東京。

他在早稻田鶴卷的公寓見到的女兒已經完全是男兒身，聲音變得很低沉，還長了淡淡的鬍子。

「他痛罵了女兒一頓，為什麼要做這種事？你憑什麼認為自己可以做這種無可挽回的事？簡直大逆不道！香里反駁說，她只是恢復自己真正的樣子，到底有什麼錯，最後兩個人不歡而散。」

住在香里隔壁的年輕人應該就是聽到當時的吵架聲。

「請問你是從伯父口中得知這件事嗎？」哲朗問。

「雖然他事後也有告訴我，但香里先打了電話給我。」

「電話？她在電話中說什麼？」

「她說，今天爸爸去找她，爸爸發現她動手術的事，兩個人大吵了一架，她希望我代她向爸爸道歉。我對她說，既然這樣，她就要自己道歉，她說可能又會和爸爸吵起來，所以不想這麼做。她最後對我說……」香里的母親說到這裡，低下了頭，用力抿著嘴唇。

「她最後說了什麼？」哲朗催促道。

「她說不知道下次什麼時候才能見面，希望我們多保重，不要吵架，然後就掛上了電話。那是，」她低下頭後繼續說道，「那是我最後一次聽到她的聲音。」

哲朗和理沙子互看了一眼。

「那天之後，她就沒再打電話回來，你們也沒有見過她嗎？」

香里的母親用力點了一下頭。

「也沒有寫信回來嗎？」

她抬起頭，可以發現她在猶豫。

「她有寫信回來嗎？」哲朗追問道。

「我對警察說，沒有收到她的信，因為我不喜歡他們追根究柢地問香里的事。」

「但其實你們收到了她的信。」

「只有一封，是今年夏天收到的。」

「可以給我們看一下嗎？」

她偏著頭，露出了好像吃了什麼酸食的表情。哲朗猜想各種猶豫在她內心翻騰。他知道自己的要求遭到拒絕也很正常，因為她根本不瞭解哲朗和理沙子。

「但是，」她說，「你們要找的人並不是香里。」

「我們對這件事也感到很驚訝，所以會進一步調查，包括為什麼會變成這樣的這件事。」

「那我可以拜託你們一件事嗎？」

「什麼事？」

「如果你們有任何關於香里……不是你們要找的那個人，而是我女兒香里的消息，希望你們可以告訴我。」

「好。我會查到她的地址，讓你能夠和她見面。」

「不用不用。」她微笑著搖著手說，「香里應該不想見到我，我只要知道她目前在做什麼，身體好不好就夠了。」

哲朗覺得這的確像是一個母親說的話。他語氣堅定地向香里的母親說：「我可以向你保證。」

走出餐廳後，他們回到佐伯刀具店。哲朗把車子停在離刀具店二十公尺的地方，香里的母親下了車，走回店裡。

「事情的發展太令人意外了。」理沙子說。

「是啊。」

「你對還有其他人擁有和美月相同的煩惱這件事有什麼看法？」

「我不認為是巧合，而且還有一個更大的疑問。既然香里本尊現在已經不是女兒身，那我在『貓眼』見到的坐檯小姐到底是誰？」

「住在江東區公寓的人是誰呢？到底是佐伯香里本尊，還是……」

「絕對是冒牌貨，你不是也看了戶倉明雄的記事本嗎？他跟蹤的佐伯香里是女人。」

「所以佐伯香里本尊在搬離早稻田鶴卷的公寓之後就失蹤了。」

理沙子說完這句話時，香里的母親從佐伯刀具店走了出來。她小跑著回到哲朗他們的車子旁，向周圍張望了一下，迅速坐進了後車座。

「伯父回到店裡了嗎？」哲朗問。

「對，他在裡面看電視。」

「他如果知道你把信拿出來，恐怕會生氣吧？」

「沒關係，他沒有發現我拿信出來。」

她遞給哲朗一個信封。哲朗先看了信封背面，發現只寫了佐伯香里的名字，並沒有寫地址。

信封內只有一張信紙，上面寫了以下的內容。

「前略。你們最近好嗎？

我找到了新的工作，每天都精力旺盛地投入工作。

對不起，讓你們為我操了很多心。

你們辛苦把我養育長大，我卻用這種方式背叛你們的養育之恩，我內心感到很愧疚，但是，我很希望能夠活出自我，雖然我知道這樣很自私，但請你們原諒我的任性。我現在很幸福，每天都很充實，也交到了很多朋友。

我有一個請求。

無論發生任何事，你們都不要試圖找我，也不要對警察說任何有關我的事，但我一定會回去看你們，請你們在那一天之前，好好保重身體。

不肖子上」

8

和香里的母親道別後，哲朗和理沙子決定去曾經發生殉情未遂事件的教堂。因為剛好順路，而且聽說開車只要幾分鐘而已。

教堂位在離住宅區有一小段距離的山丘上，光看外表，會覺得只是一棟普通的歐式建築，但屋頂上有一個小十字架。

建築物周圍是白色的圍牆，高大的櫟樹越過圍牆，枝葉向天空伸展，所以雖然太陽還沒有下山，但圍牆內側的光線有點暗。

哲朗把車子停在教堂前的馬路上，和理沙子一起走進了大門。庭院內鋪著草皮，雖然已經變成了淡棕色，但修剪得很整齊。

「不知道她們是不是躺在這裡自殺。」理沙子小聲嘀咕。

「也許吧。」

如果是草木生長的季節，躺在這裡就像躺在綠色的地毯上。哲朗覺得似乎能夠理解香里她們選擇這裡的理由。

玄關的門打開了，一個戴著眼鏡，年紀大約五十歲左右的女人走了出來。她穿著圍裙，頭髮綁在腦後。

「有事嗎？」她問。她似乎剛才在裡面就看著哲朗和理沙子。

「不好意思，我們擅自走了進來。」哲朗向她道歉。

「這倒沒問題，這裡的庭院有什麼問題嗎？」

哲朗看向理沙子。因為他不知道該不該坦誠說出進來這裡的目的。理沙子露出「一切交給你處理」的表情。

「我們聽說之前這裡曾經發生過高中生殉情未遂的事件。」哲朗鼓起勇氣問道。

女人臉上的表情立刻變了，眼鏡後方的雙眼充滿了警戒。

「兩位是？」

「我們是佐伯香里的朋友，是在東京一起工作的同事。」

女人稍微放鬆臉上的表情。

「香里最近好嗎？」

「最近都聯絡不到她，我們剛才也去了她的老家，和她媽媽聊了一下。」

「原來是這樣。」女人雖然感到有點困惑，但還是點了點頭。她似乎知道哲朗和理沙子並不是基於好奇心來到教堂。

「不好意思，請問你住在這裡嗎？」哲朗問。

「對，我算是這裡的管理員。」她說完這句話，瞇起了眼睛。

「你一直都住在這裡嗎？」

「是啊，基本上都在。」

「所以，她們兩個人殉情的時候……」

女人看了看哲朗，又看了看理沙子後說：

「是我發現了她們兩個人。」

哲朗和理沙子互看了一眼。

「我們很希望可以瞭解一下當時的詳細情況。」

但是，女人搖了搖頭說：「恕我拒絕。」

雖然她面帶笑容，但語氣很堅定，哲朗一時說不出話。

「我們絕對不是基於好奇心，而是想瞭解佐伯香里這個人，想要瞭解她的想法。」

「我知道你們並不是壞人，但我不能張揚那件事，因為這是我當初和她們之間的約定。」

「約定？」

「我對她們說，我不會把當時的事告訴任何人，所以希望她們也不要再做同樣的傻事。」

「但是……」

「老公，」理沙子在一旁說：「算了，不要再問了。」

哲朗回頭看著理沙子，她注視著哲朗，輕輕點了一下頭。

「好吧。」哲朗點了點頭，轉頭看向管理員說：「對不起，讓你為難了。」

「不會，」她露出了笑容，「你們特地從東京來這裡嗎？」

「對，因為我們無論如何都希望可以找到她。」

「如果聯絡不到她，還真是讓人擔心。」她看著草皮，陷入了沉思。

「香里在那件事之後，也會來這裡嗎？」理沙子問。

「她經常來這裡幫我的忙，她很會做木工，所以幫了很大的忙。」她說到這裡，露出了突然想起了什麼的表情，但她在開口之前，再度看著哲朗和理沙子，沉默了幾秒鐘。她似乎在猶豫。

「怎麼了？」哲朗問。

「你們等我一下。」說完，她走進了屋內，幾分鐘後又走了回來，手上拿了一張照片。

「這也是香里做的，而且是利用丟在工地的廢鐵絲做的。」

理沙子接過照片，哲朗在一旁探頭看著照片。照片上有一棵巨大的銀色聖誕樹，做得很漂亮，難以想像是利用廢棄物製作的。但比起聖誕樹，哲朗更在意站在聖誕樹旁的人。身穿牛仔褲和毛衣的女生露出靦腆的笑容，臉上完全沒有化妝，頭髮很短，身材很苗條，臉頰有點圓潤。

哲朗差一點想問，這個人就是佐伯香里嗎？但幸好即時把話吞了下去。因為剛才說自己是佐伯香里的朋友，不認識她就太奇怪了。

「這是她幾歲的時候？」

「就在那件事發生後不久，所以是十八歲吧。她似乎也對作品很滿意，平時都不願意讓我拍照，只有那一次開心地擺出姿勢讓我拍照。」

照片上的人果然是佐伯香里，和「貓眼」的佐伯香里完全不像。

「這張照片可以給我們嗎？」

女人聽了哲朗這麼說，立刻收起了笑容，露出嚴肅的眼神陷入了沉默。

「雖然沒辦法給你們，」她說，「但可以寄放在你們那裡。如果你們遇到香里，請把這張照片交給她，因為我猜想她沒有這張照片。」

「謝謝，我向你保證。」

哲朗話音剛落，管理員就看向大門，露出沒有在哲朗他們面前展現的滿面笑容。回頭一看，發現有兩名少女走了過來。看起來像是小學低年級。

「你們這麼早就來了，其他同學呢？」她問。

「等一下就會來了。」其中一名少女回答。

「這樣啊，外面很冷，你們去裡面等。」

管理員看著兩名少女走進屋內，對哲朗和理沙子說：

「今天要舉行一場小型派對。」

「喔喔。」哲朗想起今天是平安夜，點了點頭，「這棵銀色聖誕樹也會拿出來裝飾嗎？」

她露出一臉遺憾的表情搖了搖頭說：

「不可以拿出來裝飾，因為鐵絲太尖了，擔心會戳到小朋友的眼睛……」

哲朗不難想像這種情況，於是再度低頭看著照片上的聖誕樹。

離開教堂後，他們開車上了東名高速公路，兩個人都沒有說話。太陽不知道什麼時候下了山，必須打開車頭燈。

「到底是怎麼回事？」哲朗看著前方問道。回東京的車道有點壅塞。

「你是在問香里另有其人？還是她和美月一樣，內心是男人？」

「包括這些的所有一切。」

「是啊……」理沙子把椅子放倒下來，「我總覺得這次的事背後隱藏了一個我們所不知道的世界。」

哲朗也有同感。他嘆了一口氣。那個世界的入口到底在哪裡？

他想起了剛才看到的教堂庭院，但那裡的草皮一片綠油油，兩個女高中生躺在草皮上，牽著彼此的手，香里的手上拿著安眠藥的瓶子——雖然這樣的想像了無新意。

她們打算一死了之嗎？她們認為無路可走了嗎？是什麼讓她們陷入絕望？

其中一人內心是女生，對愛上另一個女生產生了罪惡感；另一個人認為自己是男生，對自己愛上了另一個女生，但自己的身體卻是女生感到痛苦不已。雖然最後都決定自殺，但兩個人經由不同的路徑走到了這樣的結果。顯然是所謂的傳統倫理把她們逼到了這一步，只不過所謂傳統倫理並不一定代表正確的為人之道，很多時候只是沒有太深入根據的社會共同認知。

「反面的反面就是正面……嗎？」哲朗情不自禁嘀咕道。

「什麼意思？」

「不，仔細想一下，就覺得很奇怪。假設佐伯香里是同性戀，她的內心是男人，所以就會愛上男人。但她外表是女人，所以別人就覺得是一個女人愛上一個男人，社會完全可以接受這種情況。殉情的兩個人分別有不同的煩惱，所以造成了嚴重的後果，但如果其中一人同時有這兩種煩惱，就根本不會造成痛苦，所以我說反面的反面是正面。」

「你的意思是說，女人是男人的反面嗎？」

「都可以啊，也可以說男人是女人的反面。」

「我不是這個意思，你是不是覺得男人和女人就像硬幣一樣，是正面和反面的關係？」

「難道不是這樣嗎？」

「我認為不是，應該說，我從別人身上學到，並不是這樣。」

「從別人身上學到？從誰的身上學到？」

「美月。」

「是喔。」哲朗放在油門上的右腳忍不住用力，看到車速變快了，慌忙放慢了速度，「日浦怎麼說？」

「她說，男人和女人的關係就像南極和北極。」

「她說的格局可真大啊，但兩種說法不是一樣嗎？我們不是常說，南極位在北極的相反側嗎？當然，也可以反過來說。」

「我認為不一樣。」

「哪裡不一樣？」

理沙子沒有回答，她躺在放倒的座椅上，把身體轉向車窗的方向。哲朗也不想催促她回答，但問了另一個問題。

「你經常和日浦討論這些問題嗎？」

「也沒有很經常。」

「在床上討論嗎？」哲朗脫口問道。

他感覺到理沙子轉頭看了過來。她把椅子豎起之後，再度看向哲朗。

「你想說什麼？」

我沒想說什麼。哲朗原本想這麼回答，但他不認為這麼回答之後，就可以結束這個話題，而且他自己也想確認一下。也許是因為剛才聽了兩名女高中生殉情未遂的事。

「你們不是接了吻嗎？」哲朗問，握著方向盤的手掌冒著汗。

他看向前方，所以不知道理沙子的表情，但可以感受到她並沒有慌亂。哲朗仍然可以感受到她的視線。

「是不是美月告訴你的？」

「嗯。」

「這樣啊。」她終於移開了注視著哲朗側臉的視線，「所以呢？」

「我只是在想，你為什麼要這麼做。」

「因為沒有理由拒絕，而且我覺得和美月應該沒問題。」

「這是什麼意思？我知道你喜歡她，但並不代表你愛她吧？」哲朗覺得自己一直在試探理沙子。

「你為什麼這麼認為？」理沙子反問。

「哪有為什麼……我覺得很奇怪啊，因為你……」因為無法專心開車，他放慢了速度，「因為你並不是同性戀啊。」

「我之前並沒有去想這件事。」

「所以你是說自己覺醒了嗎？」

「什麼意思？」她的語氣中帶著輕蔑，「你不是曾經和美月聊過嗎？應該知道她的內心很複雜。」

「我知道，日浦的內心是男人，所以她喜歡你這個女人也很正常，但你的內心不是女人嗎？所以愛上身為女人的日浦……」

「美月是男人，至少在我面前是這樣。」理沙子語氣堅定地說。

哲朗無言以對，只好繼續開車，思考著之前曾經聽過相同的話，很快就想起是中尾說的話。

美月和當時的我在一起時，絕對是女人——

哲朗發現還有另一個人雖然沒有說出口，但也有相同的想法。那個人不是別人，正是自己。

「當初是你告訴我，美月喜歡我。」

「是啊。」

「我得知這件事時不知所措，不知道接下來該怎麼和她相處，但和她一起生活之後，覺得外表根本不重要。我可以充分感受到她的愛，在生活中接受她的愛是一件幸福的事。你或許認為內心是女人，不是同性戀者，只能愛具有男性肉體的人，但內心世界還是會對內心世界產生反應，我身為女人的內心，呼應了美月身為男人的內心。是否願意敞開心房才重要，和外表根本沒有關係。」

說到這裡，她突然呵呵笑了起來。她的笑聲有點做作。

「這種狀況太異常了，我簡直就像在向你坦承外遇，你卻面無表情，好像在聽收音機的路況報導。」

「不，我內心並不平靜。」

「是嗎？」

「只是不知道該怎麼回應。」

快到東京了，前方出現了海老名休息站的牌子。理沙子要求他去一下休息站。

停車場內到處都是車子，讓人忍不住想問，到底有什麼事要在平安夜上高速公路。

哲朗好不容易找到一個停車位，停好了車子。

他去廁所之後去自動販賣機買了咖啡，喝完咖啡後走回車子，但不見理沙子的身影。她也有鑰匙，如果她先回來，應該會在車上等。

哲朗坐在駕駛座上，發動了引擎，當他打開收音機時，看到方向盤前方放了一張紙。

我自己回去，開車小心。聖誕快樂——那的確是理沙子寫的字。

哲朗坐在車子環顧四周，但不認為可以找到她，更何況即使找到她，也無法改變她的心意。

哲朗聽著約翰·藍儂和小野洋子唱的〈聖誕快樂〉，緩緩把車子開了出去。

第六章

1

哲朗和須貝約在新宿三丁目車站旁的咖啡店見面，兩個人一見面，就立刻走出咖啡店，往東走了一小段路。哲朗原本以為要去歌舞伎町，所以有點意外。

「並不是你想像中那種浮誇的店，而是氣氛平靜，該怎麼說，就是所謂有格調的店。」須貝一臉得意地說。

「有格調啊。對了，你怎麼會知道這家店？」

「並不是我直接知道，是我一個朋友在那裡很吃得開。」

「你那個朋友是男人吧？」

「對啊。」

「他有這方面的興趣嗎？」

「如果他知道別人這麼說他，一定會很生氣。」須貝邊走邊笑，「他是因為工作的關係認識那家店，他開了一家壽險代理店，那家店的老闆是他的老主顧。」

「壽險？」

「是啊，說那家店的老闆是他的老主顧的說法並不正確，因為他們算是各取所需。」

「什麼意思？」

哲朗問，須貝東張西望後，掩著嘴小聲告訴他：

「老實說，定期注射荷爾蒙的人投保壽險很難核准，因為通常認為這種人容易罹患癌症，只不過這種說法並沒有科學根據。」

「喔喔。」

哲朗也曾經聽過這種說法，所以知道須貝在說什麼。

「但越是這種人，越容易對自己的健康感到不安，為了以防萬一，很想投保壽險。身為壽險公司的代理店，當然很希望能夠滿足他們的需求，說起來，也算是幫助別人。當然，一方面也是因為經濟不景氣，找不到新的客戶。」

哲朗很想說，這才是真正的原因，但還是忍住了，「所以就睜一隻眼，閉一隻眼嗎？」

「說白了，就是視而不見。因為有沒有注射荷爾蒙，只要一看就知道了，但問題在於是否因為注射荷爾蒙，已經造成了不良影響。這就很難看出來了，反正就是根據不同的案例，為他們找出解決的方法。」

哲朗終於理解，果然是各取所需。既然這麼大費周章，想必保險公司也有利可圖。

時間是下午六點多。離年底只剩下沒幾天的時間，今天晚上也有不少以歲末為藉口，尋求美酒和刺激的人徘徊在街頭。

須貝站在一棟棕色建築物前，那裡有通往地下樓層的階梯。

沿著階梯而下，看到了一道門，旁邊有一塊小型招牌，上面寫著「ＢＬＯＯ」。

須貝小聲告訴哲朗，店名發「布魯」的音。

推門走進店內，發現店內有一張 L 字形的大吧檯，酒櫃內有許多洋酒。一個年輕人正在酒櫃前洗東西。「他」很意外地看著哲朗和須貝說：

「還沒有開始營業。」

雖然「他」的聲音低沉沙啞，但聽起來有點不自然。哲朗已經聽慣了美月的聲音，立刻知道他們屬於相同的情況。

「嗯，我知道，我和相川有約。」須貝遞上了名片。

身穿白襯衫，繫著黑色領帶的「他」接過名片後，確認了須貝的身分。「他」的頭髮梳得很整齊，注視名片的眼神比男人更加銳利。

「請等一下。」說完這句話，「他」就消失在吧檯後方。

哲朗打量著店內。店內很寬敞，放了好幾張大桌子。有兩個年輕人坐在角落玩撲克牌。其中一人穿著深色西裝，頭髮理得很短，另一個人穿著皮夾克，一頭留長的頭髮染成金色。雖然只能看到「他們」的側臉，但兩個人的五官都很端正，「他們」把牌打在桌上的動作完全就像男人。哲朗不難想像很多女人都會對「他們」著迷。

剛才那個「他」走了回來。

「請你們去休息室一下。」

「休息室在……」

「在這裡。」

「他」帶著哲朗和須貝走進一間兩坪多大的房間，牆邊放著掛了男人服裝的衣架，有很多鞋子隨意丟在下面的紙箱內。

中央有一張簡單的桌子和鐵管椅，想要來這家店打工的人，應該就在這裡接受面試。哲朗和須貝並肩坐了下來，須貝把桌上的菸灰缸拿過來，從上衣內側拿出了卡斯特淡菸。

「無論怎麼看，都覺得是男人吧？」須貝小聲說道，他似乎在說剛才那個「他」。

「是啊。」

「一定有很多女生喜歡。」須貝吐著白煙，「但不知道那方面怎麼樣，聽說這家店很少有人真的去動手術。即使真的動了手術，也無法像普通男人那樣。」

須貝似乎指性行為。

「那個姓相川的人做了變性手術嗎？」哲朗問。來這裡的路上，須貝告訴他，這家店的老闆名叫相川冬紀，當然應該不是本名。

「不，我聽說什麼都沒有做。」

「什麼叫什麼都沒做？」

「就是什麼都沒做啊，也沒有接受荷爾蒙療法。」

「這樣啊。」哲朗忍不住偏著頭，覺得那不是完全就是女人的樣子嗎？

須貝抽完第二支菸時，門突然打開。一個身穿黑色雙排扣西裝的男人走了進來。

「我是相川，讓兩位久等了。」相川看了看哲朗，又看著須貝的臉。雖然聲音沙啞，是女人的聲音，只不過聲音散發出的威力讓普通的男人望塵莫及。

「不好意思，突然上門打擾。」須貝起身鞠了一躬，哲朗也跟著起身鞠躬。

「山本先生最近還好嗎？」相川問話的同時，在他們對面坐了下來。哲朗和須貝也重新坐下。山本似乎就是須貝認識的那個人。

「他還是老樣子，整天都很忙，但痔瘡似乎好多了。」

相川聽了須貝的話，稍微放鬆了臉上的表情，然後帶著同樣的表情看著哲朗。

相川一頭稍長的頭髮撥向後方，眼睛細長，鼻子和下巴的線條很俐落，有一種人工的感覺。哲朗最意外的是發現她竟然化了妝。相川化的當然不是女性的妝容，眉毛和眼睛的妝散發出男性的危險感覺。哲朗聯想到寶塚歌舞團的演員女扮男裝的樣子。

哲朗自我介紹後說，他在找一個女人。

「這個人名叫佐伯香里。既然我們會來這裡找她，就代表她不是普通的女人。」哲朗補充說。

「內心不一樣嗎？」

「沒錯。」

哲朗把照片放在相川面前。就是之前教堂管理員交給他的那張佐伯香里的照片。

相川拿起照片。她的手指很長，具備了女人特有的優美。留著長指甲，似乎不曾做過粗活。

「從照片上來看，應該沒有動過身體吧？」相川問。

「目前是男人的樣子，但可惜沒有她目前的照片。」

「這個人確定在新宿上班嗎？」

「不知道，之前曾經住在早稻田一帶，所以我就和他討論了一下，心想也許會在這一帶上班。」哲朗看向須貝說。

相川拿著照片，另一隻手托著臉頰。不一會兒，她搖了搖頭說：

「我從來沒有見過這個人。只要在新宿上班的人，十之八九我都認識。」

「現在的樣子應該和照片上很不一樣。」

「不，即使現在外形不一樣，也瞞不過我的眼睛，我大致可以想像這個人目前的長相。我猜想……」相川不知道是不是因為視力有點差，她瞇起眼睛，重新打量照片，「應該很像近畿小子的堂本剛。」

聽說曾經有好幾十個有相同煩惱的年輕人上門來找相川，有時候她還會為這些年輕人張羅手術的事，所以她的話很有說服力。

「不好意思，沒有幫上你們的忙。」相川說著，把照片推回了哲朗面前。

「其他還有什麼地方可以找到像她這種人？」哲朗改變了問話的內容。

「可以先去幾家類似的店找找看，搞不好可以剛好撞見，除此以外，可能就要去找醫生。」

「醫生？」

「如果動了手術，術後需要維持，必須注射荷爾蒙，這個人應該也會去某家醫院注射。」

「所以，只要找遍所有這方面的醫院……」

相川聽了哲朗的話，嘴角露出了笑容。

「醫院不可能隨便透露病人的個資，而且當事人也未必用本名。因為這種醫療行為無法使用保險，所以只能派人監視所有醫院，等待她上門的那一天。」

哲朗不是警察，當然不可能有辦法做到這種事。他嘆了一口氣，收好照片，又拿出另一張照片放在相川面前。

「那這個人呢？」

相川看到照片後，臉上的表情稍微有了變化。應該是因為照片上的女人是裸體。那是理沙子最近為美月拍的照片。

「身材很好。」相川說。她說話的語氣並不會讓人覺得討厭。

「她是跨性別者，但並沒有動手術。」

「看起來是這樣，你們也在找這個人嗎？」

「對，她以前在銀座當酒保。」

「看起來很適合。」相川微笑後，再度看著照片。哲朗發現她的眼中有嚴肅的眼神，忍不住在意起來。

「你曾經見過這個人嗎？」

「不，很可惜，我也不認識這個人。」

「但你好像很認真打量這張照片。」

「對，因為我覺得這張照片很有意思，是你拍的嗎？」

「不是，是一位女性攝影師。」

不知道為什麼，他無法說是自己的太太。

「女性攝影師？原來是這樣。」相川恍然大悟地點了點頭。

「怎麼了？」

相川聽了哲朗的問題後沉思了片刻，似乎在思考該如何表達，然後才緩緩開了口。

「因為通常跨性別者不希望別人拍到自己裸露的胸部，因為又大又圓的乳房是女人的象徵，但這個人毫不排斥露出自己的胸部，而且還有一點得意，好像很樂於成為拍攝對象。」

哲朗點了點頭。他清楚記得拍這張照片時的情況，美月當時的樣子完全就是相川所說的那樣。

「既然能夠敞開心房到這種程度，可見是完全相信攝影師。不，只是信賴還不夠，很可能對攝影師有幾近戀愛的感情，所以我聽你說是女性攝影師，我就認為能夠理解。這代表她內心喜歡女人。」

哲朗在內心忍不住對相川的觀察力感到驚嘆。

「她的內心果然是男人嗎？」

「可以說，她的內心有男人的部分，但同時也有女人的部分，這種陶醉的表情就證明了這一點。」

「既是男人，也是女人嗎？」

「這只是我的推測，但我很有自信自己說對了。」

「這是怎麼回事？她斷言自己的內心是男人。」

「也許是這樣，但人往往無法充分瞭解自己，尤其是像我們這種人。」相川在桌子上握著雙手，注視著哲朗的臉，「你剛才提到了『普通的女人』這種說法，那我想請教你，你認為怎樣的女人才算是『普通的女人』？」

「我認為就是身體是女人，內心也是女人。」

「我瞭解了，身體是女人是怎麼一回事？可以用性染色體是ＸＸ來定義，雖然實際上也有例外，但現在先不討論這個問題。那我們來討論內心是女人是怎麼回事？是指從小就喜歡穿裙子嗎？喜歡扮家家酒嗎？或是比起機器人，更喜歡娃娃，喜歡蝴蝶結更勝於棒球帽嗎？」

「我知道這些都是受到環境和習慣的影響，但的確有女性化的性格吧？」

相川聽了哲朗的回答後，用力點了點頭。

「我承認一個人的特性的確有男女之分，但我想請教你，你所說的普通女人，是指那些內心百分之百都是女人的人嗎？只要有一小部分男人的部分，就沒有資格被列入其中了嗎？」

「不，我並沒有這麼說，是指按照整體來說，女人的部分占大部分的人。」

「是多是少缺乏標準，也太主觀，而且是由誰決定呢？」

哲朗閉上了嘴。因為他無言以對。相川注視著他的臉。

「你剛才說，你是自由撰稿人，你曾經採訪過有性別認同障礙，或是跨性別者嗎？」

「沒有。」

「如果你要採訪，你會怎麼做？」

這個問題很奇怪，哲朗不知道她為什麼要問這個問題。

「我想應該會來這種店……」

相川聽他說到這裡，點了點頭。

「我想你應該會這麼做，因為這樣可以輕鬆找到採訪的對象。而且我們也有朋友，就可以一個介紹一個，接觸到許多有同樣煩惱的人，但是，我認為這種方法犯了根本的錯誤。」

哲朗思考著相川這番話的意思，但他無法想出相川想要的答案。相川開了口。

「你用這種方法採訪到的對象，都是已經突破了某種程度障礙的人。經常有新人來這裡，她們都認為自己是男人，這代表她們已經突破了一大障礙。然後，她們決定以男人的身分活下去，這也是她們克服的障礙。在店裡接待客人這件事也需要克服，而且，」相川豎起了食指，「接受採訪，也必須克服自己內心的某些東西。你們能夠採訪到的，是已經克服了這些困難的人表達的意見。最近市面上有許多這一類的紀實報導，但描寫的對象都很堅強，簡直就像是所有跨性別者和有性別認同障礙的人都很堅強，只不過事實並非如此，無法突破第一個障礙而深受折磨的人更多。」

相川環顧周圍，撿起了掉在地上的一張紙。那似乎是一張廣告紙。她用纖細的手指小心翼翼地撕了起來，最後撕成了寬一公分，長二十公分的紙帶。

「你知道什麼是莫比烏斯帶嗎？」她問哲朗。

「我知道。」哲朗帶著困惑點了點頭。

相川把手上的紙帶交給了他，似乎叫他做出莫比烏斯帶。

哲朗拿著紙帶兩端，把其中一端扭轉後，將兩端疊在一起。他似乎做對了，相川點了點頭。

「我認為男人和女人就像是莫比烏斯帶的正面和反面。」

「什麼意思？」

「如果是普通的紙，反面永遠是反面，正面永遠是正面，正反面不會有交集，但莫比烏斯帶就不一樣了，以為是沿著正面一直走，結果就走到了反面。也就是說，正面和反面產生了交集。這個世界上所有的人都在這條莫比烏斯帶上，沒有百分之百的男人，也沒有百分之百的女人，而且每個人的莫比烏斯帶並不是一條而已。普通的人有一部分是男人，其他部分是女人。你內心也應該有不少女人的部分。即使是跨性別者，每個人的情況也都不一樣，這個世界上沒有任何一個人和別人一樣。這張照片上的人，也無法簡單地說她的身體是女人，內心是男人，就像我一樣。」

相川輕描淡寫地說完後注視著哲朗，似乎在觀察他的反應。哲朗從她的眼中感受到不可動搖的意志，也可以體會到她至今為止克服的苦惱，以及曾經體會的屈辱。

哲朗把美月的照片拿到自己面前。

「照片中的這個女人認為，男人和女人的關係就像北極和南極，我反駁說，男人和女人的關係是硬幣的正面和反面。」

「原來如此，北極和南極的比喻不錯。」相川的嘴角露出了笑容，「這和莫比烏斯帶一樣，硬幣的話，反面永遠無法到達正面，但北極可以往南極移動，雖然兩者之間的距離很遠，但兩者仍然相連。」

「我相信她也是這個意思。」

哲朗此刻也充分瞭解了理沙子所說的意思。

「你會不會對我沒有動手術，也沒有接受荷爾蒙療法感到很奇怪？」

「其實我原本想請教你這個問題……」

「因為我並不認為自己是異常，因為我相信，我的內心和我的身體就是我自己，根本不需要改變。」

「但是，在這家店上班的人……」

相川聽了哲朗的話，微微皺著眉頭，然後輕輕搖了搖頭。

「我不能剝奪他們想要解放自己的欲求，可悲的是，目前的社會充滿了框架，認為男人就應該這樣，女人應該是那樣，就連外表、身材的問題上也一樣。從小在這種環境下長大的人，就會認為自己的外形不是原本應有的樣子，討厭自己又圓又大的乳房也情有可原。我認為根本不存在性別認同障礙這種疾病，反而是那些想要排除少數人的社會需要接受治療。」

「你的意思是說，只要社會能夠接受，就根本不需要荷爾蒙療法和手術了嗎？」

「我是這麼相信，但是，也許是我想的太天真了。」相川搖了搖頭，嘆了一口氣，「人類總是對未知的事物感到恐懼，因為害怕，所以想要排除。無論性別認同障礙的名詞再怎麼引起社會的關注，都無法改變任何事。我們希望能夠被社會接受的想法，以後也無法傳達給整個社會，所以這種單戀以後還會持續。」

她的話很沉重，重重地打在哲朗的內心深處。他再次打量相川的臉，既無法斷言她是男人，也無法斷言她是女人，應該兩者皆非，又兩者皆是。

哲朗覺得以前曾見過和她有著相同眼神的人，但一時想不起來。

相川在手中把剛才的紙帶揉成一團。

「雖然北極和南極的比喻也不錯，但我還是認為莫比烏斯帶的比喻最精準。男人和女人有交集，只不過在某個地方翻轉。」她說完這句話，露出了笑容。

回到店內，剛才在打撲克牌的年輕人坐在吧檯前，而且又多了兩個人，所有人都長得很好看。

「不好意思，打擾了。」須貝向她們打招呼，那幾個俊俏的年輕人默默欠身。

須貝打開門，正準備走出去，哲朗對著他的背影叫了一聲：「等一下。」

哲朗走向吧檯，拿出佐伯香里的照片。

「你們有沒有見過這個人？現在應該不是這種女生的外形了。」

坐在前面的兩個人看了照片，然後互看了一眼。

「我沒見過。」

「我也沒有見過。」

另外兩個人也感到好奇，哲朗把照片拿到她們面前。

「你們見過她嗎？」哲朗問那兩個人。

「我不認識，如果在這附近上班，大部分人我都認識。」身穿黑色西裝的年輕人回答，她的聲音很低沉，簡直就是男人的聲音。

「也許不是在新宿上班。」

「不管是不是在新宿，不認識還是不認識啊。」

「是啊，那你呢？你也不認識嗎？」哲朗問染了一頭金髮的年輕人，這個年輕人看起來像歌手。

「我雖然不認識這個人……」她看著照片，似乎陷入了思考。

「怎麼了？」

「嗯，我沒有把握。」

「什麼事？你可不可以說來聽聽？任何事都可以。」

「嗯……如果我說錯了，就請見諒。我之前好像看過那棵聖誕樹。」金髮年輕人不太有自信地回答。

「在哪裡？」

「我記得，」年輕人撥了撥金髮，「我記得是在金童的舞台看到的。」

「金銅？那是什麼？」

哲朗問，但金髮年輕人沒有回答，其他人也都閉口不語。哲朗正想追問，身後傳來一個聲音，「那是一個劇團。」相川冬紀站在那裡。

「金童玉女的金童，有一個劇團叫做金童劇團。阿健，你真的在金童的舞台上看過這棵樹嗎？」

金髮年輕人似乎叫健。

「我沒有自信說絕對沒看錯，但我記得舞台上有一棵像這張照片上的聖誕樹。」

「金童劇團是一個怎樣的劇團？」

「就是一個普通的劇團，劇團成員很普通，」相川回答，「但你們可能認為有其他的意義，就是所謂男跨女，女跨男的變性人。」

聽了相川的說明，哲朗立刻瞭解了劇團的性質。他點了點頭，看向阿健問：

「可以請你說得再詳細一點嗎？」

阿健轉身面對哲朗，但在開口之前，看向相川。

「沒關係，你就說吧。」

得到相川的首肯後，阿健露出鬆了一口氣的表情，抬頭看著哲朗。

「我記得是在今年夏天的時候，朋友找我一起去看金童的舞台劇。我記得劇目的名稱好像叫做《聖誕老婆婆》，舞台上就擺了一棵銀色的聖誕樹，和照片上的這棵聖誕樹很像。」

「是喔，原來是《聖誕老婆婆》，你經常去那裡看舞台劇嗎？」

「也沒有經常，那次是第二次，金童並沒有經常公演。」

「金童劇團的演員中，有沒有這個人？」哲朗指著放在吧檯上的照片問。

「我不記得演員的樣子，而且他們的妝都化得很濃，更何況已經隔了這麼久，只是因為對聖誕樹的印象很深刻，所以就記住了。」

也許有道理。哲朗向她道謝後，拿起了照片。

「金童劇團的辦公室在哪裡？」哲朗問相川。

「沒有辦公室這麼正式的地方，因為劇團的人都有其他的工作，只是因為興趣而聚在一起演戲。」

「那有沒有聯絡方式？」

相川移開視線，沉默了片刻。她垂下的睫毛很長。

「我可以告訴你，只是沒辦法保證你是否能夠打聽到消息。」

「什麼意思？」

「因為金童劇團的團長是個怪人，向來不接受任何媒體的採訪，也幾乎不做任何採訪，所以如果你說自己是自由撰稿人，很可能會吃閉門羹。」

對團長來說，必須肩負涉及敏感問題的責任，哲朗能夠理解身為團長小心謹慎的態度。

「我努力試看看。」

「好。」

相川走進休息室後，兩、三分鐘後又走了回來，手上拿了一張名片。

「背面寫了我的名字，你跟她說，是我告訴你的。」

「謝謝。」

名片上寫著「金童劇團 團長 嵯峨正道」的名字，住家也同時是辦公室。地點位在世田谷區的赤堤。

「這個嵯峨是我的老朋友，以前我們經常一起幹壞事。」相川說完，瞇起了眼睛。

「是男人嗎？」哲朗問出口之後，才知道自己說錯話了。

但相川看起來並沒有不高興。

「如果你是問生物學上的性別，她的性染色體是ＸＸ。」

「我瞭解了。」

門外傳來了熱鬧的聲音，坐在吧檯前的幾個俊俏的年輕人都坐直了身體。哲朗看向相川，正準備最後向她道謝，終於想起了和她眼睛很像的人。

那個人就是末永睦美。

2

哲朗雖然打了好幾次電話，但仍然無法聯絡到嵯峨正道，每次都聽到答錄機的聲音。哲朗在留言中提到了相川冬紀的名字，並說有重要的事請教，希望能夠見一面，同時也留了自己的電話，卻遲遲沒有接到嵯峨的電話。

除夕的傍晚，哲朗開車前往赤堤。他看著地圖，尋找名片上的地址。來到目的地附近時，把車子停在路旁，走進了彎來繞去的巷子。雙手抱著白色超市袋子的家庭主婦行色匆匆地擦肩而過。這可能是今年的最後一次採買。哲朗忍不住思考，不知道今年新年要吃什麼。從靜岡回來之後，他幾乎沒有和理沙子好好說過話，之前在「ＢＬＯＯ」打聽到的情況也還沒有告訴她，她也不知道哲朗今天來這裡。

根據名片上的地址，找到了一棟屋齡應該有二十年的小型公寓。走進像洞穴般的入口，就是水泥樓梯。牆上的日光燈壞了，所以樓梯很暗。他小心翼翼地走上樓梯，同時避免大衣的衣襬碰到樓梯。嵯峨住在三樓。

三〇五室就位在狹窄樓梯的盡頭。寫了「嵯峨」名字的紙貼在門的中央，但完全沒有看到金童劇團的文字。

他按了門鈴，但屋內沒有動靜。他又按了一次，還是沒有動靜。看來嵯峨出門了，可能利用新年假期出門旅行了。

哲朗輕輕嘆了一口氣，沿著走廊往回走，正當他打算走下樓梯時，聽到背後傳來門鎖打開的聲音。他回頭時，剛好看到門打開了。

一個理平頭的胖男人露出狐疑的眼神看著哲朗。年紀不到四十歲，穿著運動褲，上面穿了一件厚毛衣。

哲朗急忙走回去問：「請問是嵯峨團長嗎？」

「你是誰？」對方用有點沙啞的低沉聲音問。

「我姓西脅，是『BLOO』的相川老闆介紹的。」哲朗把兩張名片遞給對方，其中一張是他的名片，另一張是相川給他的嵯峨名片。

嵯峨從門縫中窺視著他，接過兩張名片，對西脅的名片沒有太大的興趣，看著自己名片的背面。

「就是你一直在答錄機裡留言嗎？」

「不好意思，因為很希望可以早點和你見面，但你都不在家。請問你是出門旅行了嗎？」

「我都在家。」

「但是電話……」

「我把鈴聲關掉了，熟人都會打我的手機。」嵯峨說話很冷淡，哲朗覺得對方已經表現出拒絕的態度。

「原來是這樣，因為我不知道你的手機號碼。正如我在電話中所說的，我想請教你兩、三個問題。」

「是關於表演？還是關於我的事？」嵯峨好像在掂量般打量著哲朗的全身。無論打扮或是動作，都像是普通的中年男人。

「都不是，如果要說的話，是有關舞台的小道具。」

「小道具？」

「你們今年不是演了一齣《聖誕老婆婆》的舞台劇嗎？我想請教一下當時使用的聖誕樹。」

嵯峨聽哲朗說完後撇著嘴角，用力抓著平頭。

「不是《聖誕老婆婆》，是《聖誕阿姨》。」

「啊，對不起，因為這是別人告訴我的。」

嵯峨咂著嘴說：

「八成是從『ＢＬＯＯ』的笨牛郎口中聽說的，她們從來都不好好看表演。」

「但有人記得舞台上聖誕樹。」哲朗從大衣口袋裡拿出那張佐伯香里的照片，「聽說在那齣舞台劇中也使用了這棵樹。」

嵯峨接過照片，看了看照片，又看了看哲朗的臉，並沒有完全消除臉上狐疑的表情。

最後，嵯峨還是把門打開說：「進來吧。」

這裡原本應該是兩房一廳，但廚房兼飯廳和隔壁西式房間之間的門被拆了下來，而且屋內沒有餐桌椅，只有會議桌、櫃子和書架，無法收進櫃子和架子的大量書籍、資料都堆在地上和牆邊。

嵯峨坐在房間角落的辦公桌前操作筆電，電腦螢幕上顯示的是純文字的資料，但哲朗看不清楚內容。

「你站在那裡會讓我無法專心，可不可以坐下？那裡不是有椅子嗎？」嵯峨背對著哲朗說。

「啊，不好意思。」

哲朗在會議桌旁的椅子上坐了下來，會議桌上也堆滿了資料和檔案。

電話響了，嵯峨以和肥胖的身軀很不相稱的敏捷動作接起了電話。

「喂？……喔，原來是你啊……什麼？你到底要我等多久？今天都是除夕了，我也有很多帳單要繳啊……啊？狗屎！你在說什麼屁話？我才要說這句話……哼，好啦，那你絕對要遵守期限，如果下次再拖延，我就把你的雞巴剪掉！」嵯峨氣勢洶洶地說完後，對著電話哈哈大笑起來，「有什麼辦法？因為你全身上下只有雞巴最值錢啊，哈哈哈哈，那就明年見囉。」

嵯峨粗暴地用力掛上電話，簡直讓人不禁懷疑會把電話砸壞，然後繼續坐在電腦前打字。她的動作很俐落。

哲朗沒有機會開口，忐忑不安地坐在那裡。無奈之下，只好伸手去拿會議桌上的檔案。

「你敢隨便亂動我的東西，我就會把你轟出去。」哲朗還沒有拿起檔案，就聽到了嵯峨的叫聲。

「不，我並不是……」

「等我一下，你可能很閒，所以跑來找我，但我有事要處理，如果你不想等，那就馬上離開。」

「不，我可以等，不好意思。」

嵯峨聽了哲朗的回答，再度開始作業，但很快停下了手，稍微轉過頭說：

「那個櫃子上面不是有一個紙箱嗎？你打開看一下。」

哲朗按照嵯峨的指示打開了紙箱，發現裡面裝滿了Ｂ５尺寸的小冊子。應該超過一百本。

「送你一本。你只要看了上面的內容，就可以瞭解我們劇團了。」

「謝謝。」

小冊子的封面上用淡藍色的哥德體印了「金童日月」幾個字，原來這個劇團的名字來自一個星期中週五到週一，也就是「金土日月」的諧音。

「我雖然不知道你來這裡有什麼目的，但關於劇團的事，我不會說比小冊子上介紹的更多的內容，也不想對外宣傳。如果有人在外面亂張揚，無論對方是誰，我都不會手下留情。」

「我聽說你討厭媒體。」

「我不相信媒體，因為無論我們說什麼，他們都會用自己能夠理解的世界來解釋，我們會用自己的語言表達，不假他人之口。」

「我非常瞭解。」

嵯峨似乎輕輕點著頭。

哲朗翻著小冊子。第一頁上是團長嵯峨的話，題目是：「我們該背什麼顏色的書包？」

「很多人相信根據血型判斷性格，那些人認為，人類可以分成A、B、O、AB這四種類型，但這些人不會在日常生活中根據血型去歧視他人，而是認為即使彼此血型不同，但都同樣是人，同時也知道，人類根本不可能只粗略地分成四大類。

既然這樣，為什麼有那麼多人被性染色體的類型束縛？無論性染色體是XX還是XY，或是其他的情況，為什麼不能認為即使彼此的性染色體不同，大家都同樣是人呢？

『金童』就是在這個疑問基礎上建立的劇團——」

哲朗感覺到這段文字的某些部分和相川冬紀說的話一致，他們面臨的困境顯然超過了普通人的想像。

第二頁介紹了劇團的發展。原來劇團成立已經超過十年，但在剛成立時並沒有經常公演，直到兩年前左右才開始積極公演，只是並沒有說明這種轉變的契機。

下一頁簡單介紹了之前公演劇目的內容。總共有四齣舞台劇，《聖誕阿姨》是第二齣。

故事從聖誕老人的聚會開始。全世界有很多聖誕老人，每個聖誕老人負責不同的國家。這些聖誕老人像往年一樣，在平安夜之前聚集在一起開會，但這一年有新的成員加入。這個新成員就是主角，而且新成員竟然是一個女人，於是，聚會就一下子陷入了混亂。大家討論是否可以有女人當聖誕老人，如果可以，服裝的問題要如何解決。然後就從聖誕老人為什麼是男人這個疑問開始探討父性和母性的問題。

哲朗覺得這齣戲很有趣。小冊子上沒有寫這齣戲的結局，他很好奇最後的結果。

「你看得很認真嘛。」

哲朗聽到嵯峨的聲音後抬起頭，嵯峨不知道什麼時候把椅子轉了過來，面對著他。

「啊，不好意思。」哲朗把小冊子闔了起來。

「你剛才在看什麼？」

「聖誕阿姨……」

「是喔。」嵯峨抓了抓後脖頸，「我其實對這齣戲沒有太大的自信，但故事最容易理解，所以也最受好評。」

「結局是怎麼樣？」

「如果你想知道，就來看公演啊。」

「我很想看，請問下次公演是什麼時候？」哲朗從上衣口袋拿出記事本。

「不知道，因為我們這個劇團很窮。」

哲朗還來不及把記事本打開，就又放回了口袋。

「所以，你要問什麼？你剛才好像拿了一張照片。」嵯峨問哲朗。

「我想問聖誕樹的事。」哲朗再次把剛才的照片交給了嵯峨，「你們在公演時使用的聖誕樹是不是這張照片上的聖誕樹？」

嵯峨端詳照片後回答：「的確很像。」

「請問你認識照片上的女人嗎？」

「不，我不認識。」嵯峨把照片放在會議桌上，「我完全沒見過這張臉。」

「請你仔細看一下，我猜想她現在的外形應該改變了，聽說她動了手術，已經是男人的樣子了。」

「那你給我看她變成男人後的照片。」

「我沒有，但聽相川老闆說，應該很像偶像堂本剛。」

嵯峨聽了哲朗的話，把頭轉到一旁笑了起來。

「只要是圓臉的人，她都覺得像堂本剛，我猜想她一定是堂本剛的粉絲。」

「總之，可不可以請你再仔細看一下照片？」

「我已經看得很仔細了，」嵯峨露出了嚴肅的表情，把照片推回到哲朗面前，「我沒看過這個人，至少我不認識。」

「那可不可以請你幫我問一下其他人？」

「我為什麼要這麼做？我什麼時候變成你的下屬了？」嵯峨瞪著哲朗。雖然她的性別是女人，但完全不像女人。

「好，那我自己來調查。可不可以請你為我引薦劇團的其他成員？」

「我拒絕。」嵯峨不假思索地搖了搖頭，「絕對不對外公開成員的事是首要原則。你看一下剛才的簡介就知道，上面完全沒有提到工作人員和演員，我只能透露這上面所寫的內容。」

「為什麼要保守秘密？」

「這個問題也很難回答，但也可以這麼說，因為這個社會讓我們不得不這麼做，至少目前還是這種狀況。」嵯峨把粗壯的手臂抱在胸前。

哲朗注視著她的眼睛，但她也直視著哲朗，最後，哲朗只好移開了視線。

「請問那棵聖誕樹是哪來的？」

「這我就不清楚了，」嵯峨搖了搖頭，她的關節發出了喀喀的聲音，「我剛才也說了，我們劇團很窮，無論大道具還是小道具都是大家從其他地方張羅來的。我猜想這棵聖誕樹應該是有人帶來的，只不過我也不瞭解詳細的情況。」

「你是劇團的負責人，卻不知道嗎？」

「我只是負責統籌而已。」

「這棵聖誕樹目前在哪裡呢？至少請你告訴我這件事。」

但嵯峨仍然搖著頭說：

「應該是當初帶來的人又物歸原主了，我不知道。」

她在說謊。哲朗這麼認為。他對嵯峨鞠躬拜託：

「拜託你，請你告訴我。我無論如何都必須找到照片上的這個人，因為這關係到另一個人的一生。」

他聽到嵯峨在他的頭頂上咂嘴的聲音。

「你這麼高頭大馬的男人，不要輕易低頭。別這樣，太難看了。」

哲朗咬著嘴唇抬起頭。嵯峨皺著眉頭，垂著嘴角。

「我不知道你有什麼苦衷，但我有義務保護劇團成員的人生，所以無法把他們的名字告訴你。」

「無論如何都不行嗎？」

「只能請你放棄了。」嵯峨說完，看了一眼旁邊的座鐘說，「不好意思，我等一下要去工作。」

「劇團的工作嗎？」

「不，是這個。」嵯峨做出握著方向盤的動作，「這是今年最後的工作，我要送貨到名古屋。」

嵯峨的本業是長途貨車的司機。

繼續追問也是白費力氣，今天還是先回去吧。哲朗這麼想著，站了起來。

在玄關穿鞋子，嵯峨站在他的身後說：

「也許是我多嘴，但這個世界上有不少人並不希望別人找到他們，像我就是其中之一。」

哲朗轉過頭看著嵯峨。

「你的家人呢？」

「不清楚他們在幹什麼。」嵯峨把雙手插在運動褲口袋裡，聳了聳肩，笑了起來。

哲朗吐了一口氣說：「打擾了。」然後打開了門，但在踏出一步後，又轉過頭問：

「聖誕阿姨有把禮物送到小孩子手上嗎？」

嵯峨露出遲疑的表情後，搖了一次頭說：「沒有。」

「為什麼？」

「因為她在平安夜那一天，剛好遇到生理期。」
「啊！」哲朗叫了一聲，嵯峨推著他的後背說：「再見。」
「我改天再來拜託。」
「饒了我吧。」
門關上了，接著聽到了鎖門的聲音。
哲朗回到家，看到理沙子在客廳抽菸。
「看你的表情，今年最後的調查似乎也沒有收穫。」
哲朗也坐在沙發上，深深嘆了一口氣。好久沒有和理沙子聊天了，他把之前在「ＢＬＯＯ」打聽到的情況，以及去了金童劇團的事告訴了理沙子。理沙子對發現了鐵絲聖誕樹這件事很感興趣。
「無論如何，都要從那個姓嵯峨的人口中打聽到那棵聖誕樹從哪裡來。」
「我也這麼想，但似乎很困難，而且我也沒辦法向她說明詳細情況。」
而且哲朗也覺得不能太大張旗鼓地四處調查，萬一被警察盯上就慘了。
兩個人陷入了沉默，這時，不知道哪裡傳來放煙火的聲音。有人似乎在慶祝即將到來的新年。
理沙子拿起了金童劇團的小冊子，翻開了第一頁。
「為什麼有那麼多人被性染色體的類型束縛？無論性染色體是ＸＸ還是ＸＹ，或是其他的情況，為什麼不能認為即使彼此的性染色體不同，大家都同樣是人呢？——」理沙子看到這裡，抬起了頭，「我也有同感，我也這麼認為。」

「我也認為如果大家都可以這麼想，就是理想的狀態。」

理沙子聽了，眨了幾次眼睛，唇上露出意義不明的笑容。

「我想你應該不可能這麼想。」

「為什麼？」哲朗生氣地反問。

「因為你認為男人和女人不同，或者說是男人的世界和女人的世界不一樣比較恰當。」

「沒這回事，我並不會將男女差別對待。」

「那是因為你認為不可以歧視，不是嗎？但這不就證明了你認為男女有別嗎？如果你認為男人和女人一樣，就不會浮現差別對待這種字眼。」

「即使你這麼說，但現實就是男人和女人就是有差異啊，根據這種差異採取不同的行動，有這麼罪孽深重嗎？」

「我沒有說是罪孽深重，只是說你不可能有這種想法。」理沙子闔起小冊子後站了起來，「算了，這不重要。我差不多該出門了。」

「這麼晚了，你要去哪裡？」

「我接了拍元旦日出的工作，拍完之後也要去好幾個地方……」她撥了撥劉海說，「可能要到三日晚上才會回家。」

不管是工作，還是不在家的事，哲朗都是第一次聽說，也完全不知道她新年期間不會在家，但這種時候如果有半句怨言，恐怕又會被理沙子說，他不支持女人的工作。

離新年還不到兩個小時，理沙子拎著大皮包出門了。她今天對哲朗說的最後一句話，就是「如果美月有什麼消息，希望你趕快通知我」。
哲朗走進工作室，雖然別人都在守歲，但他想要寫稿，只是美月的事和理沙子說的話一直在他腦海中打轉，他什麼都寫不出來。他感到飢腸轆轆，走去廚房，拿出冷凍披薩加熱，又從冰箱裡拿出一罐啤酒。
他吃了半塊披薩時，電視螢幕中的時鐘指向半夜十二點。

3

元旦和二日，哲朗都忙著採訪足球和橄欖球，除了看到球場上有身穿和服的年輕女人的時候以外，他完全忘了目前正是新年。
三日那一天，他去了東京巨蛋球場，但不是為了採訪，今天有一場社會人士和學生的美式足球爭奪冠軍的比賽。
他走出水道橋車站時手機響了。他有一種不祥的預感。
電話是須貝打來的。他們相互拜了年，但哲朗覺得須貝的聲音聽起來無精打采。
「怎麼了？」哲朗問他。
「其實我是為了中尾的事打電話給你。」
「中尾？」哲朗想起了中尾憔悴削瘦的臉龐，「他出了什麼狀況嗎？」
「我也搞不清楚。我問你，他換了電話嗎？」
「啊？什麼意思？」
「我剛才打電話給他，結果電話打不通，只聽到奇怪的語音，說我撥的號碼是空號……」

「你該不會撥錯電話了？」

「不可能，我在家裡的電話中設定了快速撥號，之前都可以打通。然後我又撥了他的手機，他的手機也打不通，我很擔心，不知道是怎麼回事。」

如果須貝說的情況屬實，的確令人擔心。哲朗也坐立不安起來。

「好，那我來打看看。」

掛上電話後，他立刻撥打了中尾住家的電話。須貝說的沒錯，只聽到語音，並沒有告知新的電話號碼。

他又打了中尾的手機。手機轉接到語音信箱，哲朗留言說，希望中尾聽到後和自己聯絡。

太奇怪了——

哲朗想起之前去中尾家時的狀況。空蕩蕩的家裡有一種冷清的感覺，中尾說他打算離婚，還說自己早晚會搬離那棟房子。難道是提前離婚了嗎？但即使搬了家，為什麼沒有通知自己或是其他老朋友？

米碗大賽總冠軍賽即將開始，哲朗隨著人潮走向巨蛋球場。人潮中有很多情侶和年輕人，大家看起來都在充分享受新年的氣氛。

哲朗在入口前拿出了門票，準備拿著門票入場，但在把票交給工作人員之前，看到前面有一家人帶著小孩來看球賽。看起來像父母的兩個人各帶了一個女兒，兩個女兒看起來都還沒有上小學。

兩個都是女兒，所以沒辦法讓她們當美式足球選手——他想起了中尾說的話。

哲朗轉身走向車站。

白色磁磚外牆和上次一樣明亮，但所有窗簾都拉了起來，玄關前也沒有掛上新年祈福的注連繩，顯然不是快樂迎接新年的家庭所住的房子。

哲朗按了對講機的門鈴，但對講機沒有傳來任何應答聲。他又當場撥打了中尾家裡的電話，只聽到相同的語音訊息，也沒有聽到屋內電話的鈴聲響起。這意味著中尾之前使用的家中電話已經解約或是遷去他處了。

哲朗站在中尾家門口，一個女人從隔壁玄關走了出來。她看起來五十歲左右，穿了一件毛海毛衣，似乎是出來拿郵件。哲朗想起今天郵差會送賀年卡。

哲朗急忙走去鄰居家門口。「不好意思，打擾一下。」那個女人正準備推開玄關的門，一臉訝異地轉過頭。

「我來找隔壁的高城先生，他好像不在家，請問你知道他的消息嗎？」

「高城先生啊……」她用手掩著嘴，緩緩地走回大門前，壓低聲音說：「可能不在家吧。」難道是不方便大聲說的內容嗎？

「是出門旅行嗎？」

「不，不是旅行，」她露出沉思的表情後回答：「可能去了太太的娘家吧，因為現在是過年啊。」

哲朗憑直覺認為她在裝糊塗。即使鄰居之間的關係不密切，也不可能完全不瞭解鄰居家的異常狀況。

「他太太和女兒可能回了娘家，但高城先生不久之前還住在這裡，我上個月來找他的時候，他還住在這裡。」

那個主婦似乎有點慌亂，微微撇著擦了漂亮口紅的嘴唇。

「這……因為是別人家的事，我也……」她搖著手說完這句話，就匆匆走回家了。

哲朗嘆了一口氣，走回中尾家門口。他迅速打量四周，確認四下無人後，打開矮門，走了進去。

他沒有走向通往玄關的樓梯，而是繞去院子。鋪得很整齊的草皮變成了枯黃色，有些地方長了雜草，房子牆邊長出了白花三葉草，可能很久沒有整理了。

之前造訪中尾時坐的客廳窗戶前也拉著窗簾，但窗簾之間有縫隙，他把臉貼在縫隙上。

他想確認屋內的狀況，但只能看到一小片範圍，只見前方的寬螢幕電視，完全看不到任何可以瞭解中尾發生什麼狀況的痕跡。

但是，當他定睛細看時，發現寬螢幕電視下方是一台錄影機。因為錄影機的面板上沒有顯示任何文字，所以剛才沒有立刻發現。也就是說，錄影機的電源拔掉了。通常只有長期不在家時才會這麼做。

哲朗貼在玻璃上，想要仔細看清楚。就在這時——

「請問是哪位？」

突然有人問道，哲朗倒吸了一口氣。轉頭看向聲音傳來的方向，看到一個短頭髮、個子嬌小的女人站在那裡。她手上抓著狗鍊，狗鍊的另一端繫著一隻比柴犬大一圈的狗。那隻狗雙眼盯著哲朗，好像隨時會撲過來。

哲朗隱約記得她的長相。之前曾經在中尾的婚宴上見過她，但無法指望她記得自己。因為那次婚宴有超過兩百人參加，以前美式足球隊的老朋友是最不起眼的一群人。

「好久不見，請問你是中尾的太太吧？」

哲朗向前一步，她退後了一步，眼中露出比身旁的狗更警戒的眼神。

「你是誰？我有言在先，牠受過專業訓練，只要我鬆開狗鍊，牠就會撲向你。」

哲朗不知道她說的話是真是假，但那隻狗緩緩抬起屁股的姿勢威嚇力十足，看起來不像是說說而已。

哲朗做出了投降的姿勢。

「請等一下，我姓西脅，我是西脅，是中尾大學時的朋友。」

「西脅……先生？」她在嘴裡重複這個名字後，露出訝異的眼神看著他，「你是帝都大的？」

「對，我也去參加了你們的婚宴。」

她的臉上露出了回想起來的表情，她放下拿著狗鍊的手，狗也坐了下來。

「這隻狗很大，請問是什麼犬種？」

「北海道犬。」

「北海道？」哲朗不知道有這種名字的犬種，只好不置可否地點了點頭。

「請問你有什麼事嗎？」中尾的太太問。顯然是因為哲朗擅自闖了進來，所以她說話時帶著質問的語氣。

「很抱歉，我擅自闖了進來。」他先鞠躬為這件事道歉，「因為我擔心中尾，所以就……」

「什麼意思？」

「帝都大的另一個老同學須貝打了好幾次電話，說找不到中尾，所以就聯絡了我。我打了他的手機，電話也接不通，我擔心他出了什麼事，所以就來這裡察看。」

哲朗說到一半時，她垂下了雙眼，似乎已經瞭解了狀況。

她的胸口起伏，調整呼吸後抬起了頭。

「他已經不住在這裡了。」

果然是這樣。哲朗想道。

「他搬走了嗎？」

「沒錯。」

「也就是說，」哲朗思考著該怎麼表達，但想不到其他的表達方式，「你們離婚了嗎？」

她瞪大了眼睛，可能對哲朗知道這件事感到意外。

「我上個月曾經來過這裡，當時他一個人在家，說可能會變成這樣的結果。」

「這樣啊，既然這樣，就不需要我再說明了。」

她再度垂下雙眼，似乎示意哲朗趕快離開。

「但他並沒有告訴我詳細的情況，雖然他說以後再告訴我。」

「那就請你等他告訴你，我無法……」她搖了搖頭。

「中尾是什麼時候搬走的？」

「應該是上個星期，但我並不知道正確的時間，因為我跟他說，不必特地通知我。」

中尾似乎獨自搬離了這裡，沒有人為他送行。也許對他來說，這樣比較輕鬆。

「可以請你告訴我，他搬去哪裡了嗎？」

她板著臉搖了搖頭說：「我不知道。」

「啊？但是，你應該可以聯絡到他吧？」

「我沒有問他的電話，因為我不需要聯絡他。」

「這也——」太荒唐了。但哲朗沒有把那幾個字說出來，「萬一有事需要聯絡時怎麼辦？像是為了孩子的事。」

「我已經說了，不會有這種事。我們已經談好，他和高城家之間已經沒有任何關係了。如果你沒有其他事，是否可以請你離開，因為我還有很多事要處理。」

「啊，不好意思，但最後再請教一件事。請問他什麼時候開始上班？」

她用力抿著嘴唇，好像被戳到了痛處，深呼吸之後，低頭回答說：

「他已經辭職了。」

「啊？」哲朗目瞪口呆，「什麼時候？」

「我不知道他工作到什麼時候，但手續上是到去年底為止。」

「是因為離婚的關係嗎？」哲朗雖然知道這個問題涉及隱私，但還是無法不問。

「這和你沒有關係。」她用沒有起伏的聲音回答，「請你離開。」

如果繼續賴著不走，那隻看門狗可能會撲上來。哲朗說了一聲「打擾了」，走過她身旁，轉身離開了。

有一輛乳白色的飛雅特停在門口，這可能是高城家的另一輛車子。那輛 Volvo 應該被中尾開走了。

經過飛雅特旁時，哲朗不經意地看向車內，發現後車座有一個看起來像手工製作的五彩抱枕，而且是美式足球的形狀。

4

哲朗回家後，翻著別人寄來的賀年卡，打了幾通電話給老朋友。雖然是拜年，但主要目的是打聽中尾的消息，只不過沒有任何人知道中尾的近況。哲朗不希望這些老朋友擔心，所以就沒有提中尾離婚和辭職的事。

他突然想到一件事，走去工作室打開了抽屜。以前的賀年卡都塞在這個抽屜內。他拿了出來，一張一張翻閱，最後找到了他想要找的那一張。高城功輔的名字旁寫著「律子」的名字。他想起那是中尾太太的名字。

那張明信片上印著中尾抱著嬰兒，和律子面帶笑容站在他身旁的照片，看起來很幸福。律子頭髮很長，比現在更豐腴，中尾身材壯碩，氣色也很好，完全無法和現在相比。

哲朗不知道他們離婚的原因，可能是中尾外遇。既然和家族企業的董事女兒結了婚，如果因為外遇離婚，當然不可能繼續留在那家公司。

他和高城家已經沒有任何關係了——律子毅然的聲音在耳邊響起，所以是她提出離婚嗎？

但哲朗覺得她似乎在隱瞞什麼，理由就是放在車上的抱枕。如果她遭到丈夫的背叛，不是應該最先丟掉成為丈夫象徵的美式足球抱枕嗎？

而且，他還在意另一件事。中尾搬離家中，和美月的事件有什麼關係嗎？中尾為了尋找舊情人而拋棄了家庭嗎？哲朗思考了這個可能性，但覺得中尾並不是這麼衝動的人，而且之前哲朗去中尾家時，他已經決定要離婚了，當時他並不知道美月失蹤這件事。

但是，中尾在這個時間點失蹤，不可能只是巧合。

他把舊賀年卡放回抽屜，準備走回客廳時，桌上的電話響了。有那麼一剎那，他以為是中尾。

但電話是理沙子打來的。

「我現在正在新宿，你有辦法過來嗎？」

「新宿？你在那裡幹什麼？」

「你來了之後就知道了，除了我以外，還有另一個人。」

「還有誰？」

「你自己來確認，那個人有事想要告訴你。」

「這……和日浦有關嗎？」

理沙子停頓了一下，回答說：「對。」

「你把地點告訴我。」哲朗拿起原子筆，拿了一張便條紙。

雖然還是新年期間，但新年的第三天，新宿的夜晚就和平時沒什麼兩樣，只是喝醉酒的人比平時更多，大家似乎都比平時更加放鬆。

理沙子說，她目前在新宿大道上的一家雞尾酒吧內。那家酒吧位在大樓的地下室。

推開酒吧門，昏暗的燈光下彌漫著香菸的煙霧。右側是吧檯，左側放著桌子。酒吧內幾乎坐滿了人，一群年輕人占據了一張大桌子，大聲喧譁，似乎完全沒有察覺造成了周圍其他人的困擾。

理沙子坐在最後方的一張小桌子旁。她因為外出拍照剛回東京，所以整家店只有她一個人穿著好像登山客的服裝。桌上放了一杯粉紅琴酒。

哲朗走過去，想要坐在她對面，有人從背後拍了拍他的肩膀。

「你們是夫妻欸，坐在一起啊。」

早田幸弘拿了一杯純酒站在那裡。因為太意外了，哲朗一時說不出話。

「坐吧。」早田又說了一次，哲朗乖乖地在理沙子旁坐了下來。他和早田面對面。

「因為我猜想你如果知道是我，可能會掉頭就走，所以剛才躲了起來，我沒有惡意。」

「我並沒有這麼想，只是有點意外。」

服務生來為哲朗點酒，哲朗點了健力士啤酒。早田又點了一杯野火雞的純酒。

「到底是怎麼回事？」哲朗問理沙子。

「我們剛好遇到。」

「在哪裡？」

「在我們公司。」早田回答說，「她接了我們公司的案子去拍元旦日出，之後去了我們公司，我們剛好遇到。」

「所以你們就決定一起來喝一杯嗎？」哲朗擠出笑容，「兩個人單獨喝？」

「我好久沒有和高倉單獨喝酒了，對不對？」早田徵求理沙子的同意，她淡淡地笑了笑。

「既然這樣，沒必要把我也叫出來啊。」

「如果不需要叫你一起來，當然最好啊。」早田若無其事地說。

服務生送來了飲料，早田舉起純酒的杯子說：

「那就先來乾杯，因為是新年嘛。」

理沙子拿起雞尾酒杯和早田乾杯，哲朗也拿起黑啤酒的杯子，和他們碰了杯。

「找你來這裡，只有一個原因，就是為了那件事。我這麼說，你應該就瞭解了吧？」

哲朗沒有吭氣，注視著早田的眼睛。他必須先瞭解自己來之前，早田和理沙子聊了什麼。

早田似乎看透了他的心思。

「高倉什麼都沒說，雖然我設法套她的話，但她完全沒有露出馬腳，堅稱自己什麼都不知道。」

哲朗點了點頭，他覺得理沙子很可能會這麼回答。

「但是，」早田喝了一口波本威士忌後說：「但並不是非要出聲才能說話。」

哲朗聽不懂這句話的意思，微微偏著頭。

「西脅，你知道高倉的習慣嗎？」

「習慣？」

「對，她在說謊的時候，嘴角右側會微微上揚。沒想到經過十多年，她這個習慣還沒有改掉，真是太好笑了。」

哲朗忍不住看向身旁的妻子。他不知道理沙子有這樣的習慣，理沙子好像被說中似地注視著桌子。

「相隔這麼多年，又看到她這個習慣，我確信了一件事。」早田放下杯子，注視著哲朗的臉，「你們果然身處險境，所以我把你找出來。」

「我聽不懂你在說什麼。」哲朗笑了笑，喝了一口黑啤酒。

早田靠在椅子上，收起下巴，抬眼看著他問：

「你找到日浦了嗎？」

哲朗屏住了呼吸。一旁的理沙子把粉紅琴酒舉到嘴巴，她可能想藉此掩飾慌亂，但她的動作明顯很奇怪。

「你應該從她老公口中得知，其中有一份戶籍謄本是日浦的。我相信你們應該知道，我就是因為這件事對戶倉命案產生了興趣。」早田說完，看著哲朗，似乎在等待他的回答。

哲朗吐了一口氣。他覺得此刻的心境就像進攻鋒線潰亂，遭到線衛攻擊時的感覺。

「你去了日浦家嗎？」哲朗問。

「去了她結婚後的家和娘家，」早田點了點頭，「和你一樣。」

「所以呢？」

早田一口氣喝完了波本酒，把只剩下冰塊的杯子放在桌上。

「西脅，我之前也說了，我想公平地調查這件事，所以我現在不會問你和高倉，也不會去向警方透露你們的事，但是，我要重申一次，我會追這起案子，也許最後會傷害多年的老朋友，但這也是無可奈何的事。」

他看著哲朗和理沙子的眼中散發出無情的冷酷，哲朗覺得他的宣言並非只是說說而已。

「你想怎麼做就怎麼做啊，不必介意我們。」

「我當然不會介意你們的事，但是，我想要勸你們一句話。」早田把雙肘放在桌子上，用力探出身體，「你們趕快從這起事件中抽身，這是為了你們自身的安全，現在還來得及。」

「什麼意思？」理沙子問。

「我的意思是，在發生火災之前，就收拾細軟趕快逃命。」

「會發生火災嗎？」

「會。」早田點了一下頭，「我會去點火，就在不久之後。」

「你說得胸有成竹，簡直就像掌握了事件的主動權。」

「我認為我的確掌握了。」他在說話時，右手握緊了拳頭。

「你掌握了什麼？」

哲朗問，他露齒一笑說：

「我已經說了不會問你們，你卻要問我嗎？這可不公平。」他環顧周圍後，把臉湊到哲朗和理沙子面前，豎起了食指，小聲地說：「但因為我們是朋友，所以我不妨告訴你。按照目前的情況，警方無法偵破這起案子。因為破案的關鍵掌握在我的手上。」

早田的這番話聽起來不像是虛張聲勢，而且哲朗很清楚，他並不是那種會玩弄那些無聊謊言的人。

「好了，」早田站了起來，把手伸進口袋，把一張縐巴巴的一萬圓放在桌上，「那我就先告辭了。」

「太多了。」

哲朗想把一萬圓還給他，早田按住了他的手說：

「是我約你出來的，沒關係，不過——」他彎下身體，輪流看著哲朗和理沙子，「這是最後的警告，不要再碰那起事件了，否則你們一定會後悔。」

哲朗正想要反駁，但還來不及開口，早田就大步走向門口。他走出酒吧時，甚至沒有回頭。

5

四天後的星期天，哲朗來到大阪，採訪新春大阪半程馬拉松比賽。雖然他無心工作，但不能不遵守和雜誌社之間的約定。

半馬路線從中之島公園出發，在長居田徑場結束，全程二十一點零九七五公里，幾乎相當於大阪國際女子馬拉松賽的回程距離。

哲朗在早上採訪了主要選手，所以沒有看她們出發，就直接來到長居田徑場。這次比賽的結果幾乎沒有意義，所有選手都視之為全程馬拉松的前哨戰，或是當作練習賽。

田徑場內有一個綠意盎然的公園，公園的外圍有三公里，不難想像，平時也會有很多人在這裡散步或慢跑，事實上今天也同時舉行了十公里的家庭馬拉松比賽，因為參加人數太多，選手跑的時候都必須擠來擠去。

哲朗在田徑場內的記者休息室內看著選手在螢幕上奔跑，回想起四天前和早田之間的對話。早田對哲朗造成了不小的衝擊。首先，他比哲朗想像中更快查到了哲朗周圍的情況，他應該已經知道，美月不可能和這起事件無關。

其次，早田斷言，自己掌握了破案的關鍵。哲朗和理沙子並不知道他掌握了什麼關鍵，早田說，如果缺少這個關鍵證據，就連警方也無法瞭解真相。

早田到底知道什麼？

哲郎陷入沉思時，突然有人從背後拍他的肩膀。回頭一看，發現泰明工業的隊醫中原瞇起眼睛，站在那裡。

「連這麼小的比賽都要來採訪嗎？看來還真辛苦啊。」

「中原醫生，你也隨隊來參加嗎？」

「我是來監視的，有坂教練雖然對健康管理很嚴格，但還是無法擺脫以前的習慣，至今仍然無法充分瞭解讓選手休息的重要性。」

中原似乎反對主力選手參加今天的比賽。

「對了，西脅先生，我想安排你見一個人。」中原說完後，向後方點了點頭。哲朗看到擠在看電視的人牆中走過來的那個人，忍不住輕輕張著嘴。原來是末永睦美。她穿著牛仔褲和防風衣，來到西脅面前時，低頭鞠了一躬。

「她即將協助我們大學的研究項目。」中原說。

「研究？」

「也就是說，」中原瞥了睦美一眼，舔了舔嘴唇，似乎在思考要如何表達，「要從各個方面驗證她和其他人的不同。除了醫學的部分，還希望可以瞭解她出色運動能力的秘密。目前正在和醫學系合作，研擬共同研究計畫。」

「喔，這……」哲朗看著睦美，她默默低下了頭。

這時，一個年輕男人走過來叫中原。「我失陪一下。」中原打了招呼後離開了，哲朗和睦美尷尬地相對無言。

「要不要喝點什麼？」哲朗問，睦美用力點了點頭。

他們走出休息室，來到工作人員的休息站。休息站內排放著會議桌，裡面沒有人。

哲朗在走廊上的自動販賣機買了飲料後走進去。

「你下了很大的決心。」哲朗打開罐裝咖啡時說。

「因為我認為讓別人瞭解我很重要，」睦美讓罐裝運動飲料在手掌上滾來滾去，「而且我也想充分瞭解自己。」

「也許吧。」哲朗喝著咖啡。

他不知道該說什麼，但他知道自己所能想像的，不到睦美所感受痛苦的十分之一。

「那個人沒有來嗎？」睦美問。

「那個人？」

「就是上次來學校的那個女人。」

「喔。」哲朗恍然大悟，原來她是說美月，「因為她也很忙，所以今天只有我來而已。」

「原來是這樣。」睦美打開了運動飲料，她的臉上露出了失望的表情。

「她怎麼了？」

「沒事。」她閉了嘴，喝了一口運動飲料，但隨即語帶遲疑地說：「我想她也很辛苦。」

哲朗正準備喝咖啡，聽了她的話，停下了舉到嘴邊的手。「什麼意思？」

「因為她……不是普通的女人吧？」

哲朗把咖啡放在桌上，「你看出來了嗎？」

睦美露出淡淡的笑容，露出了虎牙。

「不知道為什麼，可以憑直覺知道，啊，這個人不一樣。正因為我當時這麼想，所以才覺得和你們聊一聊也沒關係。」

哲朗也隱約察覺到這一點。

「所以你才會讓她看你的身體嗎？」

「雖然我後來有點後悔，覺得自己很蠢，雖然我並不是想要藉此表達，任何人都比我好多了。」

「但她看了你的身體之後，似乎也想了很多。」

「是嗎？」她小聲說完後，喝著運動飲料。她的臉上已經沒有笑容了。

「那次之後，我也見了很多人，想法也有所改變了，也稍微能夠理解你說的話。」

「我說了什麼嗎？」

「我記得你當時說——大家都有自己的成見，男人應該這樣，女人應該這樣，然後為自己無法達到那樣的標準感到痛苦，但沒有人真正知道男人是什麼，女人又是什麼，在這個問題上並沒有答案。」

「嗯，我好像這麼說過。」她點了點頭。

「我聽到了關於這個問題的有趣答案，男人和女人都在莫比烏斯帶上。」

哲朗把「ＢＬＯＯ」的老闆相川冬紀的事告訴了睦美，睦美好奇地聽著。

「莫比烏斯帶嗎……很有意思。」

「也許不光是內心，身體也一樣。如果是這樣，那你就在莫比烏斯帶的正中央。」

「聽你這麼說，我的心情似乎輕鬆了些。」睦美喝完了運動飲料，用右手把鋁罐捏扁了，「我真希望可以見到她。」
「下次我為你們介紹——啊，對了，我給你看一樣東西。」
哲朗打開皮包，拿出一個信封。裡面有三張照片，最上面那一張是美月的裸照。
他把那張照片放在睦美面前。
「這是她的身體，是一個攝影師朋友為她拍的。」
「是喔。」睦美說完，仔細打量著照片。她不光是基於好奇心，更露出好像在欣賞藝術照的眼神，哲朗感到有點意外。
「她的身體練得很不錯，肌肉很結實。」
「那時候似乎還有男性荷爾蒙的影響。」
「現在沒有注射了嗎？」
「嗯。」哲朗不置可否地點了點頭，準備把照片放回信封。
就在這時，睦美驚訝地瞪大了眼睛。她看向其他照片。
「怎麼了？」
「那張照片上的人……不是，不是聖誕樹的照片，是另一張。」
她說的是香里和同事一起拍的照片。雖然香里並不是她的真名。
「這個人是你的朋友嗎？」睦美指著香里的臉問。
「不，不算是朋友。」哲朗回答。
睦美臉上露出了困惑和猶豫，她從照片上移開了視線，注視著地面。
「你認識這個女人嗎？」哲朗把照片放在她面前。

睦美抬起頭，不知道為什麼，她驚訝地看著哲朗，嘴唇微微動了動。

「如果你知道什麼，可不可以告訴我？不瞞你說，我正在找這個女人，她目前失蹤了。」

睦美的眼眸飄忽著，似乎代表了她內心的動搖。在她的眼神不再飄忽的同時開了口。

「我曾經見過這個人，但只有一次。」

「在哪裡？」

「是池袋，我記得是池袋。」

「是在怎樣的場合見到她的？」

睦美仍然有點遲疑，但最後帶著遲疑的表情回答說：

「是一場名叫思考性別……的聚會。」

「思考性別……性別意識？這個女人去參加那個聚會嗎？」

睦美之前說，她為了解決自己內心的煩惱，曾經參加過各種聚會。但是，為什麼佐伯香里，不，是冒名頂替佐伯香里的女人會去參加那個聚會？

睦美似乎仍然感到猶豫不決，但最後用力深呼吸，似乎下定了決心。

「這個人不是……」

「啊？不是什麼？」

「他不是女人，他是男人。」

6

雖然是一月，但銀座的街頭感受不到絲毫的活力。經濟仍然不景氣，人們的心情也依然鬱悶。雖然不時看到洋溢著新年氣氛的櫥窗，卻有一種空虛的感覺。

哲朗推開了「貓眼」的門，立刻有兩個小姐迎了上來。其中一個是宏美，另一個之前沒見過。

「今天一個人嗎？」宏美接過他的外套時問。

「是啊，不好意思。喔，我坐在吧檯就行了。」

哲朗迅速打量店內後，坐在吧檯前。店裡有六成的客人，沒有看到望月的身影。宏美為他送上小毛巾後，坐在他身旁。

「媽媽桑不在嗎？」

「她差不多快到了，你有事找媽媽桑嗎？」

「嗯，有一點事。對了，」哲朗再度巡視店內，明知故問：「香里還在休假嗎？」

「是啊，對不起，每次都是我坐你的檯，要不要找年輕的小姐來？」宏美用很做作的語氣說。

「不，不用了，你和香里很熟嗎？」

「嗯，還算熟吧。」

「有沒有一起去旅行過？」

「旅行？和香里嗎？不，我沒有。雖然我們店裡有員工旅行，但她好像沒有參加。」

「你去過她家嗎？」

「好像曾經送什麼東西去她家，我記得香里住在錦糸町附近。」

「你有沒有住在她家過？」

「沒有。」宏美搖著頭，然後露出坐檯小姐的眼神瞪著哲朗，「西脅先生，你一定很喜歡香里，上次也都一直聊她的事。」

「有什麼辦法呢？客人來這種店，不就是要找自己喜歡的小姐嗎？」哲朗拿起兌水酒的杯子說。

「雖然是這樣，但現在一直討論不在場的小姐也沒用啊。」宏美鼓起臉頰。這當然也是在演戲。

雖然宏美看起來很親切，感覺不擅長說謊，但哲朗提醒自己，千萬不能上她的當。他們在一起工作了那麼長時間，她不可能沒有發現香里的真面目。

哲朗喝著兌水酒，暗自思考著。只不過至今仍然難以相信香里竟然不是真正的女人。

但是，末永睦美斷言說，那個人是男人，絕對不會錯。

「我一開始也很驚訝，因為我知道在那種地方，必須將外貌和內心區別思考，而且我比普通人對這種事更敏感，但我還是無法相信那個人是男人。只不過那是他自己說的，所以應該不會錯。」

就連一眼就看穿美月本質的睦美也這麼說，自己沒有發現他是男人也情有可原。

哲朗這麼安慰自己，同時覺得除非香里自己承認，否則即使是經常出入這家酒店的客人，可能也不知道這件事。

睦美說，那個人當時自我介紹說，他姓立石，但並沒有說名字，而且是立石主動找睦美說話。

「他問我會不會有戶籍方面的煩惱。他說只要看戶籍，就可以知道性別，而且辦理各種正式手續時，都必須用戶籍上的名字，問我有沒有這方面的困擾。因為我戶籍上是女生，日常生活也必須以女生的身分，所以目前並沒有任何困擾，但也許以後會為這件事煩惱。」

立石聽睦美這麼回答後，就留了電話給她，說如果以後有什麼需要，可以聯絡他。可惜睦美在不久之後，就把那張寫了電話號碼的便條紙弄丟了，但她記得寫在便條紙上的不是立石這個姓氏，而是一個女人的名字。哲朗問她，是不是佐伯香里這個名字，她回答說，好像是類似這樣的名字。

哲朗覺得似乎漸漸看到了什麼，卻沒有自信該不該進一步查明。

隨著開門的聲音，聽到有人說「早安」。哲朗看向門口，剛好看到媽媽桑野末真希子走進來。她今天穿了一件暗紫色和服。

野末真希子和另一個小姐討論了什麼事之後，去向傲慢地坐在桌子旁的客人打招呼。

「我有事想找媽媽桑。」哲朗對宏美說。

「好，那你稍等一下。」宏美站了起來，但並沒有立刻走去野末真希子身旁。她可能要等適當的時機。

哲朗喝完第二杯兌水酒時，野末真希子終於坐到他的旁邊。哲朗在她客套的笑容背後，察覺到責備的感覺。

「西脅先生，去年很謝謝你的照顧，今年也請多指教。」

「不好意思，你正在忙著招呼客人。」

「沒關係。」

「其實，」哲朗看向四周後，把臉湊到她面前，「關於香里的事，我有事想要向你確認。」

野末真希子輕輕嘆了一口氣。雖然臉上帶著笑容，卻同時表達了內心的不悅，似乎在說「怎麼又是這件事」。

「她已經不在這裡了。」

她並沒有說，香里最近請假。

「我知道，正因為這樣，所以我想你會願意對我說實話。」

「我對你說了什麼謊話嗎？」

「就是香里的事啊。不，如果這麼說不行的話，」哲朗再次確認周圍沒有人在聽他們說話後，繼續說了下去，「也可以說是立石的事。」

野末真希子仍然帶著笑容，但她的笑容就像錄影帶按了暫停鍵一樣僵在那裡。只不過只有一眨眼的工夫，她立刻恢復了表情。

「立石？這個人是誰？」

「你對我裝糊塗也沒用，我已經知道了。」

她看著哲朗的眼睛，點了一下頭。

「雖然我不知道你知道了什麼，但既然知道了，這樣不是就好了嗎？根本不需要再問我們了。」

她似乎想要站起來，哲朗按了一下她的肩膀。

「我想瞭解詳細的情況，不會造成你們的困擾，我只是想找日浦美月。」

野末真希子似乎沒有料到他會說出這個名字，她眨了幾次眼睛，臉上的笑容消失了。

對野末真希子說出美月的名字是一種賭注。哲朗猜想野末真希子不會報警，她應該比自己瞭解更多秘密——

野末真希子垂著擦了睫毛膏的眼睛沉思片刻後對他說：

「沿著前面這條馬路走向新橋的方向，左側有一家名叫『加油站』的咖啡店，你去那裡二樓等我，我馬上就過去。」

「『加油站』嗎？」哲朗跳下吧檯椅。

哲朗沿著昏暗的樓梯來到二樓後，立刻知道她叫自己等在二樓的原因了。二樓有四張桌子，但沒有一個客人。這裡不必擔心被別人聽到，而且也不必擔心被人從外面看到。

在他點的咖啡送上來的同時，野末真希子走了進來。服務生問她要喝什麼，她回答說什麼都不要。

「不好意思，還特地讓你來這裡。」

野末真希子嫣然一笑，點了一支菸。她抽的是萬寶路。

「是誰告訴你有關香里的事？」

「只是巧合，有一個人去參加討論男女性別的聚會，在那裡遇到了香里。」

「這樣啊，世界真小。」她別過頭，吐了一口煙。

「媽媽桑，你應該知道香里其實是男人吧？」

「嗯，是啊。」

「我沒有想到像『貓眼』這樣的酒店會僱用這種人。」

「如果客人知道真相，應該會很生氣。」

「所以沒有客人知道這件事。」

「當然啊，怎麼可能告訴客人？」

「你是因為怎樣的緣由僱用她？」哲朗問了之後，才發現不應該用「她」。

「是一個老朋友介紹的，但我完全沒想到竟然帶來一個男人。」野末真希子笑了起來。這次是真心的笑容。

「你沒有想過要拒絕嗎？」

「如果我一開始就知道香里是男人，百分之百會拒絕，但不瞞你說，我是在錄用之後，才知道是男人。看到香里的第一眼，我就很中意，沒想到在閒聊之後，發現竟然是這回事。那時候我當然很猶豫，但後來我告訴自己，香里這麼漂亮，客人應該也不會有意見。」

有些酒店的經營者會把店裡小姐的肉體作為做生意的工具，但野末真希子並不屬於這種類型。

「香里的確很漂亮，不瞞你說，我至今仍然不太相信。」

野末真希子點了點頭，似乎並不感到意外。

「他是閹伶。」

「閹伶……你是說那個閹伶？」

「對。」

所謂閹伶，就是讓擁有美聲的男孩在青春期之前就割掉睪丸，永保童聲不變的歌手。哲朗也曾經看過描寫義大利知名閹伶法里內利的電影。

「現在還有人為了維持歌喉而閹割嗎？」

哲朗問，野末真希子笑著搖手說：

「我的意思是說，他就像閹伶一樣，但他的確在年幼時就閹割了。」

「誰幹的？為什麼要做這種事？」

「是他自己動手閹割了自己。」

「怎麼可能？」

「這是他自己說的，是在他讀小學的時候。他有哥哥和姊姊，他似乎從小就希望長大之後像姊姊，而且小時候也以為以後會像姊姊一樣。」

但是，後來周遭的人告訴他，他長大之後，絕對不會像姊姊一樣。於是他好奇自己會變成怎麼，沒想到竟然會像聲音低沉，身體結實的哥哥一樣。年幼的他得知這件事後煩惱不已，認為無論如何都必須避免這種情況發生。不久之後，他知道會讓自己變醜的根源在於垂在兩腿之間的東西。那天之後，那就成為他嫌惡的對象。我才不要這種東西，只要沒有這種東西——

他家開了一家麵包店，麵包廠內有將吐司麵包切片的機器。有一天晚上，他下定了決心，偷偷溜進麵包廠，割掉了自己的睪丸。

「他的父母聽到慘叫聲趕過去時，地上已經全都是鮮血。」野末真希子說，她已經收起了臉上的笑容，「他說當時住院兩個月，他的父母問他為什麼這麼做，他第一次說出了自己內心的想法。雖然他的父母表示能夠理解，但並沒有對他說，他可以像女生一樣生活。對父母來說，這的確是很傷腦筋的問題。」

「他的傷後來怎麼樣？」

「雖然乍看之下似乎痊癒了，只不過幾乎失去了原本的功能，所以他沒有變聲，身體也不像男人。他如願避免了變成像哥哥那樣的身體，但在十年之後，才終於像姊姊那樣。」

哲朗認為香里美貌的秘密解開了，他就是一個中性人。

「他真的姓立石嗎？」

「他的本名叫立石卓。」

野末真希子用手指在桌上寫了「立石卓」三個字。

「你有把這些事告訴警察嗎？」

她目不轉睛地看著哲朗的眼睛說：

「你認為告訴警察比較好嗎？」

「不，我無法表達意見。」

「除非有我可以接受的理由，否則我不會向任何人透露員工或是客人的事。即使對方是警察，我也會說『我不知道』。」

「但你把香里的事告訴了我。」

「因為你已經知道他是男人這件事，我覺得與其你四處去打聽，還不如由我把事實告訴你。」

野末真希子的言下之意，似乎要求哲朗要保守秘密。哲朗當然並不打算告訴別人。

「香里目前人在哪裡？」

「我也不知道，他只對我說，會暫時避一下風頭，叫我不必擔心。」

「那日浦美月呢？聽說她在店裡叫神崎光流。」

「她也一樣，我不知道她目前人在哪裡。」

「我猜想刑警應該三番五次向你打聽下落不明的酒保。」

「是啊，但我的回答都一樣。」

她似乎對警方說，她不知道。

哲朗一口氣喝完已經變涼的咖啡，然後指著萬寶路菸盒說：

「可以給我一支嗎？」

「請隨意。」她打開了菸盒，哲朗抽出一支菸後，她動作俐落地用打火機為他點了火。

「我和日浦美月是老朋友，雖然無法告訴你詳情，但她似乎和戶倉明雄的命案有關係，所以我才會四處打聽。媽媽桑，請你告訴我實話，你認為他們兩個人怎麼樣？」

野末真希子把手肘放在桌上，托著臉頰，微微偏著頭，重重地吐了一口氣。

「不瞞你說，我曾經一度懷疑過，在案發之前，光流……美月消失的時候。」

哲朗點了點頭。她會懷疑很正常。媽媽桑不可能不知道戶倉仍然整天糾纏香里，也知道美月送香里回家的事。

「但是，我決定相信他們。雖然我不瞭解詳情，但我決定要保護他們。」

「為什麼？」

「因為香里對我說，媽媽桑，我們不是兇手，我沒有殺戶倉，美月也沒有殺他，請你相信這件事。」

「美月也沒有殺他……」

「對，她也沒有殺人。我打算相信這句話。」野末真希子點了點頭。

第七章

1

哲朗把報告紙放在餐桌上，先用原子筆寫了佐伯香里的名字，然後在旁邊寫了立石卓的名字，在這兩個名字之間畫了一條線加以連結。

「我相信這兩個人交換了身分，想要成為男人的香里渴望有一個男人的名字，但立石希望有女人的戶籍，他們的利害關係一致。」哲朗用手指點著這兩個名字說道。

「果真如此的話，他們應該是在香里搬離早稻田的公寓後交換了名字。因為在早稻田時，他自稱是佐伯香流。」坐在對面椅子上的理沙子說。

「當然是這樣，他們利用搬家的機會交換了身分。」

「他們現在還有聯絡嗎？」

「我相信他們會保持聯絡，否則會有很多不方便。比方說，萬一發生車禍時，就必須採取對策。」

「那倒是。」理沙子點著頭。

假設立石卓出了車禍，身受重傷，失去了意識。警察應該會從他的隨身物品調查他的身分，但他所有的證件都顯示他是佐伯香里，警方當然會聯絡香里的住家和朋友。萬一通知了香里的老家，後果就不堪設想。因為經營佐伯刀具店的香里父母，會在病房看到一個做了變性手術後變成了女人的陌生男人。

「不知道他們的駕照或是健保卡怎麼處理。」

「我猜想他們應該各自用新的名字申請了健保卡，但問題在於駕照上的照片，如果是剛考取駕照也就罷了，如果是換發新的駕照，必須同時附上舊駕照，一旦前後兩張照片差異太大，警方對換發駕照的人也會起疑心。」

「所以你認為他們的駕照都是用自己的名字嗎？」

「也許是這樣，但也可能有什麼巧妙的方法。」

無論如何，交換了身分的這兩個人一輩子都無法斷絕和對方之間的關係。

「如果他們至今仍然保持聯絡，消失的香里，其實是立石卓，香里本尊很可能知道他的下落。」理沙子說到這裡，忍不住皺起眉頭，雙手抓著頭說：「好複雜，腦筋都一片混亂。」

「我們必須找到佐伯香里本尊，但目前只有一條線索。」

「金童劇團。」

哲朗聽了理沙子的話，點了點頭。

「團長嵯峨絕對認識香里，真希望有辦法從她口中問出什麼。」哲朗把原子筆一丟，抱起了手臂。

但是，從上次見面的經驗中，哲朗瞭解到這不是一件容易的事，應該說，幾乎是不可能的事。他們比普通人更重視隱私。

「那個姓嵯峨的人住的地方，也是劇團的辦公室，對嗎？」

「嗯。」

「所以那裡也有很多關於劇團的資料。」

「應該吧，但是，」哲朗看著理沙子的那對鳳眼，他猜到了她想要說什麼，只是不敢相信，「我們總不能去當小偷。」

「雖然是這樣沒錯。」理沙子把頭轉到一旁，用手托著臉頰。

哲朗想起了嵯峨住的老舊公寓。雖然很舊，但並不是沒有鎖門，間諜電影的主角用鐵絲輕易撬開門鎖，只是荒誕無稽的幻想。

他輕輕嘆了一口氣。

「我明天去找嵯峨，再拜託他看看。」

「我也一起去。」

理沙子立刻說道，哲朗有點驚訝地看著妻子的臉。她迎著哲朗的視線，用力點了點頭。

「好啊，兩個人一起拜託，或許比較有效。」只不過無法抱有太大的期待。雖然哲朗這麼想，但並沒有說出口。

理沙子起身走進廚房，從冰箱裡拿出一罐啤酒。「可不可以也幫我拿一罐？」哲朗說，她默默地隔著吧檯把啤酒遞給了他。

她站著打開了啤酒的拉環，然後坐在沙發上，拿起放在茶几上的金童劇團的小冊子翻了起來。

「不知道美月和他們兩個人交換名字有什麼關係。」

「這是我的推理，更正確地說，只是我的想像，」哲朗也打開了啤酒，「你覺得在戶倉明雄家裡發現的戶籍謄本為什麼被撕破了？」

理沙子點了菸，吐著煙，搖了搖頭。她似乎不知道原因。

「我之前一直以為是戶倉撕破的，所以一直猜不透戶倉為什麼會有這些戶籍謄本，但是，我忘了一件重要的事，我忘了戶倉是跟蹤狂這一點。」

那又怎麼樣？理沙子偏著頭納悶。

「跟蹤狂會翻別人的垃圾袋。」

理沙子似乎無法馬上瞭解哲朗這句話的意思，但是，在停頓片刻後，她的指尖夾著菸，張大了嘴巴，煙從她的嘴巴裡飄了出來。

「原來是香里有戶籍謄本。」

「他的本名叫立石卓，是他撕了戶籍謄本。他撕掉之後丟進了垃圾袋，結果被戶倉帶回了自己家裡，我猜想他還撿了很多其他的東西回家。」

「但香里為什麼會有美月的戶籍謄本……」

「理沙子，你應該也可以猜到其中的原因。」哲朗喝了一口啤酒。

「你是說，美月也打算和別人交換名字嗎？」

「也許正在做相關的準備工作，結果就發生了這起事件，警察盯上了香里，所以香里就暫時銷聲匿跡了。」

「所以美月消失也是……」

「應該是聽說警方發現了她的戶籍謄本，而且還有另一個原因，」哲朗豎起了食指，「她認為繼續留在這裡，會給我們帶來麻煩。」

「所以美月可能和香里在一起。」

「我猜想他們應該在一起，問題在於他們在哪裡。」

哲朗回想起和野末真希子之間的對話，她也不知道香里和美月的下落，香里說，日後會主動和她聯絡，她相信了香里的話。

哲朗還在意另一件事。野末真希子透露，香里曾經明確告訴她，美月並不是兇手。雖然不能完全相信，但哲朗總覺得香里特地如此斷言，一定有某種意義。

難道不是美月殺了戶倉嗎？

這個疑問一直在腦海中打轉，揮之不去。她不是兇手這件事令人高興，哲朗也發自內心希望如此。既然這樣，她為什麼告訴大家，自己殺了戶倉？她甚至打算去自首。

「美月不知道想和誰交換名字。」理沙子拿著啤酒嘀咕著。

哲朗回到工作室，打算處理未完成的工作。這一陣子花了很多時間調查這起事件，沒有認真寫稿。雖然都不是特別重要的工作，但都不能敷衍了事。他努力不去思考事件，默默打著電腦，但因為無法專心，無法像平時那樣得心應手。

上次在大阪舉行的半程馬拉松相關報導也必須完成。他寫了題目，然後思考要怎麼寫內文。他把照片和筆記攤在桌上，卻遲遲無法整理出頭緒。那天令他印象最深刻的，就是末永睦美對他說的話。

雖然香里其實是男人這件事讓哲朗很震驚，但還有另一件事讓哲朗無法不在意——那就是香里對睦美說的話。

「他問我會不會有戶籍方面的煩惱。他說只要看戶籍，就可以知道性別，而且辦理各種正式手續時，就必須用戶籍上的名字，問我有沒有這方面的困擾。」

哲朗很在意香里只針對戶籍問題，問睦美是否有這方面的煩惱這件事。也許香里正在找和自己一樣，想要交換戶籍和名字的人。討論有關性別意識煩惱的聚會，當然成為募集這種對象的絕佳場所。

但是，果真如此的話，就代表除了佐伯香里和立石卓以外，還有其他人交換了名字，美月也想加入其中——

哲朗突然覺得，也許自己想要揭露的事，比想像中的規模更大。

工作告一段落後，哲朗走去廚房，在杯子裡加了冰塊，倒了波本威士忌，打算喝純酒。他打開電視，坐在沙發上小口喝了起來。電視上一個不認識的諧星男扮女裝，正在逗觀眾發笑。他在衣服下塞了東西，讓胸部看起來異常豐滿。假睫毛又濃又長，嘴唇抹得鮮紅。說起來，就是用滑稽好笑的方式，扭曲地呈現男人喜歡的女人形象。哲朗認為這種裝扮建立在覺得女人就是這樣的刻板印象基礎上。他想起現在有許多女人都努力想讓自己的胸部看起來更豐滿，市面上也有相關的內衣和輔助用品。雖然目前是多元化的時代，但或許在某些部分產生了奇妙的偏差。哲朗想起了之前「ＢＬＯＯ」的相川對他說的話。相川說，男人和女人都在莫比烏斯帶上，兩者之間並沒有界線。哲朗認為這句話也許是真理，但是，無論男人還是女人，都受到了一股肉眼不可見的力量影響，不允許任何人站在模糊的地帶。

哲朗喝完第一杯，正打算再倒第二杯時，門打開了，理沙子一臉悶悶不樂的表情走了進來。

「明天的事……」不知道為什麼，理沙子避開了哲朗的視線，「我還是不去了。」

「不去了？你是說去嵯峨那裡嗎？」

「嗯。」她回答說。

「好，那當然沒問題。你怎麼了？臨時有工作嗎？」

「不，不是工作，」她用左手按著自己的右肩，抬眼看著哲朗，「我只是在想，這麼做真的好嗎？」

「這麼做？什麼意思？」

「就是說，我說不清楚，他們不是很努力地想解決問題嗎？無論佐伯香里還是立石卓，都因為自己的性別意識和身體之間的落差深受折磨，最後找到了可以交換名字的方法。」

「應該是這樣吧？」

「我仔細思考之後，覺得並不是一件容易的事，因為這必須拋棄自己原來的一切，無論學歷和經歷都全都變成一張白紙。不光是這樣，也會失去過去的熟人、朋友、家人和親戚，失去所有的一切。」

「這代表他們為了得到某些東西，願意付出這麼大的代價。」

「所以啊，」理沙子用力放下雙手，「如果因為我們的關係，導致他們失去付了這麼大的代價才得到的東西，你不覺得很過分嗎？」

「我並不是要讓他們失去這一切，只是想找到日浦而已。」

「我認為最後會造成他們的不幸，事實上，在尋找美月的過程中，不是已經發現了很多事嗎？」

「我不會把這些事告訴警方。」

「希望事情可以像你想的這麼簡單……美月的事也一樣，你去找她，真的對她有幫助嗎？也許她想要成為另一個人，展開新的人生。」

「也許是這樣，但我不想就這樣放棄。」

「你只是因為好奇心不想放棄。」

「我並不這麼認為。」

「反正我不去了，我不再參與這件事。」她的視線看著斜下方。

「你說你不再參與，是完全不再參與嗎？」

「完全不參與，我決定相信美月的運氣，已經沒有我們可以幫上忙的地方了。」

「是嗎？那也沒辦法了。」哲朗打開冰箱，在杯子裡加了三塊冰塊。

「我認為你也最好趕快收手。」

「我會堅持到自己滿意為止。」他把波本酒倒在冰塊上。

「你應該記得早田說的話吧，我們可能已經身處險境。」

「不必理會他說的話。」

「我沒辦法，因為他在這方面很專業。」

「也許是這樣，但我比他更瞭解狀況。」

「他走的是和你完全不同的途徑，搞不好會在意想不到的地方和你發生正面衝突。」

「總之，」哲朗把杯子伸到理沙子眼前，「我不會放棄，是我掉了球，所以我一定要把球拿回來。」

理沙子瞪了他一眼，露出有點困惑的表情。然後又瞪了他一眼，轉身走出客廳。哲朗回到沙發上繼續喝著波本威士忌，電視上已經換成了其他節目。

哲朗也很在意早田說的話，但並不能因為他說了那句話就放棄。正因為自己認為美月是朋友，所以想要幫助陷入苦惱的她。

只不過哲朗搞不懂理沙子為什麼突然改變。她原本主動提出明天要一起去找嵯峨，剛才的主張的確很有說服力，但真的只是基於這樣的原因嗎？如果純粹只是改變主意，到底是什麼原因讓她改變了主意？

他喝完了第二杯酒，仍然沒有答案。

2

隔天忙著開會和採訪，整個下午都在東京奔波，好不容易有空時，天色已經黑了，但哲朗還是去了赤堤。嵯峨正道的公寓就在赤堤。

出門時，理沙子沒有對哲朗說任何話。她可能知道無法阻止哲朗，哲朗也無意改變主意。

只不過出門時，他發現了一件有點奇怪的事。他找遍家裡，都看不到金童劇團的小冊子，即使問了理沙子，她也只是冷冷地回答「我不知道」。哲朗記得昨天晚上明明放在茶几上，所以感到很奇怪。

他沿著和上次造訪時相同的路徑走向嵯峨所住的公寓，但在看到那個像洞窟般昏暗的入口時，他猛然躲到路旁的車子後方。因為他看到了熟面孔。

他看到兩個男人走進公寓，其中一個人就是之前在「貓眼」見過的刑警望月。

他為什麼來這裡——？

哲朗不認為這是巧合，他們八成也是來找嵯峨，但他們怎麼會查到金童劇團？不知道望月會問嵯峨什麼問題？不知道嵯峨會如何回答？哲朗思考著這些問題，內心七上八下，他忍不住站在原地跺著腳，當然不光是因為寒冷的關係。

十幾分鐘後，望月和另一名刑警離開了公寓。因為光線很暗，無法看到他們的表情，但根據哲朗遠距離的觀察，認為他們並沒有發現任何重要線索，似乎只是上門查訪。不過哲朗也知道，這只是自己樂觀的猜測。

確認望月和另一名刑警遠離後，哲朗走向公寓。這時，他的腦海中已經建立了戰術。

他沿著老舊的樓梯來到三樓，按了三〇五室的門鈴。室內立刻傳來了動靜，有人粗暴地打開了門。

「怎麼又是你？」嵯峨毫不掩飾內心的不耐煩，撇著嘴角。她在運動衣外穿了一件毛線開襟衫。

「不好意思，我想和你稍微聊一下。」

「我和你沒什麼好聊的。」

嵯峨想要關上門，哲朗用左手按住了門。
「你的手指會夾到喔。」
「剛才是不是有刑警上門？」
嵯峨聽了這句話，似乎感到很意外，但隨即露出了不愉快的表情。
「既然你知道這件事，就應該想到不速之客接連上門，我會很不爽。」
「我很清楚，但我認為聽一下我說的話比較好，而且和剛才的刑警也有關係。」
嵯峨露出了懷疑和困惑的眼神注視著哲朗，但用厚實的手掌摸了摸皺著眉頭的臉，咂了一下嘴，鬆開了門把。哲朗擔心她很快就會改變主意，於是推門進了屋。
室內的情況和上次來的時候沒什麼兩樣，會議桌上仍然堆放著檔案和資料。
「不好意思，沒有茶，也沒有咖啡可以請你。」嵯峨抱著雙臂，在自己的椅子上坐了下來，「到底有什麼事？」
「基本上和上次一樣，我希望你告訴我當時是誰提供那棵銀色聖誕樹，以及那個人的電話。」
「你這個人還真是糾纏不清，我已經說了，我不知道這種事，而且即使知道，也不可能告訴你。」
「那好吧，」哲朗停頓了一下後繼續說了下去，「那可以請你告訴我有關立石卓的事嗎？」
嵯峨立刻露出了嚴肅的表情，她原本伸著兩條腿癱坐在椅子上，聽到這句話，立刻坐直了身體。

「立石？這個人是誰？」

「請你不要明知故問，是不是立石提供了這棵聖誕樹？」

嵯峨用力抓著理著平頭的腦袋，然後瞪著哲朗說：

「我果然不該讓你進來，你走吧。」

「在你告訴我立石的聯絡方式之前，我不會離開。」

「我不是說了嗎？我沒有他的聯絡方式。」嵯峨站了起來。

如果比力氣，哲朗有自信不會輸給嵯峨，因為之前曾經和比嵯峨壯一倍的截鋒較量過，只不過嵯峨在生理上是女人，所以反而比較不好對付。

「我認識剛才的刑警，」哲朗說，「那個刑警來這裡幹嘛？問了你什麼問題？」

「有必要向你報告嗎？」

「那你聽聽我的推理，他們應該在找名叫佐伯香里的人，是不是也問了你，是否知道佐伯香里在哪裡？」

「不知道。」嵯峨搖了搖頭，「總之，請你走吧。」

「我可以去告訴那個刑警，」哲朗用大拇指指向後方，「他們在找的佐伯香里其實名叫立石卓，戶籍上是個男人。」

嵯峨垂著嘴唇，可以從她的下巴察覺她咬緊了牙關。

哲朗下了很大的賭注。如果嵯峨說「悉聽尊便」，他就束手無策了。

「好吧，我不希望刑警來我家裡亂翻，到時候我恐怕要花三個月的時間整理。」

「你願意告訴我嗎？」

「我不可能告訴你，因為我最重要的工作，就是保護工作人員的隱私。」

「但是……」

「雖然我無法告訴你，但如果不小心被你看到了，那也無可奈何，只能怪我太不小心了。」嵯峨瞥了一眼時鐘，走向玄關，「我去買菸，差不多十五分鐘……二十分鐘左右就回來。」

「請等一下，你把聯絡方式寫在哪裡？」

嵯峨聽了哲朗的問題，皺起眉頭，似乎覺得他太不機靈了。

「你覺得現在還有人會把電話寫在所謂通訊錄的本子上嗎？動一下腦筋，好嗎？」

「啊！」

「那我去買菸了。」嵯峨舉起一隻手，走出家門。

哲朗轉過身，小心翼翼地走向筆電，以免踩到地上堆放的東西。他打開筆電的開關，坐在椅子上。

當電腦螢幕上出現畫面後，他操作著滑鼠，尋找有關劇團的檔案。他很快就找到了，還看到寫了「工作人員」的檔案。

檔案中有將近三十個人的姓名、地址和電話號碼，嵯峨的資料寫在最上面，立石卓的名字出現在第十六行。他住在西新宿八丁目的長澤公寓。

哲朗拿出採訪用的筆記本，把立石卓的聯絡方式記了下來。他又重新看了名單，並沒有看到佐伯香里或是神崎光流的名字，當然也沒有美月的名字。

哲朗關掉那個檔案後，又看到另一個檔案。檔案名是「文稿」，他打開檔案，看到了以下的文字。

「很多人相信根據血型判斷性格，那些人認為，人類可以分成A、B、O、AB這四種類型，但這些人不會在日常生活中根據血型去歧視他人。」

那就是「金童日月」的小冊子上寫的內容，題目是「我們該背什麼顏色的書包？」。哲朗不經意地繼續看著檔案，也看到了《聖誕阿姨》的故事梗概。

當初可能是把這個檔案交給印刷廠，印了那本小冊子——

哲朗這麼想著，操作滑鼠的手指突然停了下來，因為他在螢幕上顯示的文章中，看到了「左眼看不見」這幾個字。他從頭開始閱讀那篇文章，發現和《聖誕阿姨》一樣，是金童劇團公演的劇目之一。劇名是《男人的世界》。

故事的主角是大學棒球隊的外野手，打擊精準和運用投球實力回傳到位是他的強項，但他在某場比賽中犯了重大的疏失。在一人出局，一壘和三壘都有跑者的緊要關頭，對方打者打了一個直線安打，主角飛撲接到了球。到此為止的表現很不錯，但之後的表現令人大失所望。他為了避免三壘跑者盜壘，把球傳回了本壘。但當時一壘跑者已經盜壘，只要把球傳回一壘，就可以成功雙殺，結束比賽。結果因為他的疏失而輸了那場比賽，導致球隊無法進入總決賽。之後，這場比賽的疏失也成為大家討論的話題。

大家都認為主角會成為職業選手，但他沒有進入職業球隊，而是進了一家公司上班，同時也遠離了棒球的世界。他也是在那個時候和從大學時代開始交往的女友結了婚。

但是，隨著時間的流逝，他覺得妻子越來越疏遠，不再像以前那樣對他敞開心房。他感到很不自然，但還是繼續過日子。

三十年後，他臥病在床，他的太太陪伴在他身邊。他知道自己得了不治之症，握著太太的手向她道謝，沒想到他太太說了意外的話。

「比起道謝，你不是應該有其他話要對我說嗎？還是你直到死，都不讓我進入那個世界？」

他問太太，是什麼世界？他太太回答說：「就是你所說的男人的世界。」

他回答說，不知道她在說什麼。結果他太太忍無可忍地大叫著說，你為什麼不告訴我，你的左眼看不到？所以你才無法看到一壘跑者，所以你才放棄了自己的夢想——

哲朗看到這裡，猛然站了起來。他打開了櫃子上的紙箱，裡面裝了「金童日月」的小冊子。他拿出一本小冊子翻了起來，裡面的確有這齣名為《男人的世界》的作品，他之前甚至沒有想過要看這篇內容。

門打開了，嵯峨回來了。

「結束了嗎？」

「嵯峨團長，這……這部作品，」他指著翻開的小冊子那一頁問：「這是誰寫的？」

嵯峨搶過小冊子，瞥了一眼哲朗指著的地方，然後丟在會議桌上說：「我寫的。」

「你說謊。」

「我為什麼要說謊？」

「即使是你寫的，基本的故事架構並不是你想出來的，是誰提出這個故事的原案？」

「你這個人還真是糾纏不清，我說是我自己就是我自己，還是說，不可以是我寫的嗎？」

絕對不是你。哲朗瞪著對方。

「即使你露出這種眼神，我也無法透露更多的事。如果你沒有其他事，就趕快走吧。」嵯峨好像趕蒼蠅一樣揮著手。

「嵯峨團長，你……」

「不可以再多問了，不要再問了，我不會再回答任何問題。」

哲朗被趕到玄關，他準備開門時，嵯峨在他身後說：

「你不要再來我家，也不准你再來了。」

哲朗轉過頭，嵯峨默默點了一次頭。哲朗也向她點頭，關上了門。

哲朗的腦袋一片混亂。雖然好不容易拿到了立石卓的聯絡方式，現在也完全無法思考這件事，滿腦子只想著《男人的世界》這齣舞台劇。

哲朗失魂落魄地回到家裡，完全不知道自己是怎麼回來的。他打開門，看到理沙子的鞋子放在門口。

她坐在客廳的沙發上，邊吃三明治，邊聽日本歌手的R&B，茶几上放了兩罐啤酒。

「你回來了。」理沙子用沒有起伏的聲音向他打招呼。

哲朗脫下大衣，在另一張沙發上坐了下來，伸手去拿她的菸。

「你要抽嗎？太難得了。」

哲朗沒有回答，叼著菸，點了火。用力吸了一口，感覺整個肺都變熱了。

「你把那個拿出來。」

「哪個？」

「就是那個，我記得叫『金童日月』，就是金童劇團的小冊子。」

「我不是說了，我不知道嗎？」理沙子拿起錄影機的遙控器，打開了錄影機，電視和錄影機的擴音器發出了不同的聲音。

哲朗操作了兩個遙控器，把電視和錄影機都關掉了。

「你不用掩飾，我已經知道了。」

「知道什麼？」

「《男人的世界》……的事。」

哲朗發現理沙子屏住了呼吸。她注視著自己的臉，嘆了一口氣，然後緩緩眨著眼睛。

「是喔。」

「你是因為看了那篇故事之後，決定不和我一起去找嵯峨嗎？」

「是啊，應該算是這樣。」

「為什麼？」

「因為，」她垂下眼睛，「因為我害怕進一步靠近真相。」

「是嗎？」哲朗也移開了注視她的視線。

理沙子起身走出客廳。她似乎去了臥室。當她走回來時，手上拿著那本小冊子。她把小冊子放在哲朗面前。

他拿起小冊子，翻開《男人的世界》那一頁，又看了一次。

「你很驚訝嗎？」理沙子問。

「是啊，你看了這篇之後，馬上就知道了嗎？」

「當然啊，因為寫的就是我的事。」

哲朗抬起頭，和理沙子四目交接。她修長的手指指著小冊子。

「我就是故事中無法進入男人世界的可憐女人。」她又接著說，「那個傲慢的前棒球選手就是你。」

理沙子的聲音中有某些讓哲朗感到震驚，但同時也透露出她內心的煩躁和悲傷。

「你知道這件事嗎？」他問。

「很久之前就知道了，我一直在等你告訴我，因為我決定在你告訴我之前，我都當作不知道。」

「原來是這樣。」

哲朗用雙手撥起頭髮，輕輕按住右眼。眼前的世界立刻變得朦朧，所有的輪廓都模糊起來，相互交錯，混在一起，就連身旁的妻子的臉也變得模糊不清，連眼睛和鼻子在哪裡都不知道。

「你的……視力有多少？」理沙子問，「不到〇．一吧？」

「搞不好連〇．〇一也沒有。」

「這麼差……」

哲朗放下了遮住右眼的手，清晰的世界再度回到眼前。

「幸好右眼的視力仍然維持一・二，所以不至於對日常生活造成任何影響。」

「這樣看起來會不會很費力？」

「起初的確很費力，但很快就習慣了。」

理沙子搖了搖頭問：「從什麼時候開始？」

「你不知道嗎？」

「我不知道正確的時間，但可以猜到大致的時間。你在三年級時傳球都很正常。」

理沙子不愧是球隊的經理，觀察入微。哲朗不由得感到佩服。

「升上四年級後不久，因為一點意外，導致左眼視力從一・五降到〇・一，之後視力也持續下降。」

「什麼意外？」

理沙子問，但哲朗沒有回答。他抽著已經變短的菸，把煙吐了出來，然後在菸灰缸中把菸捻熄了。

「果然是因為那一次意外嗎？」

「你不要說出來。」哲朗搖了搖頭，「我不想提這件事。」

理沙子重重地吐了一口氣問：「是因為友情嗎？」

「不是，因為我不想恨別人。」

「你只是想藉由不恨別人，得到自我滿足和優越感。」

「你說話還真難聽啊。」

「我認為你應該說出來。」

「我可不這麼認為。」哲朗抽了第二支菸。

雨天的體育館——

為什麼那天會玩那種小孩子的遊戲？早知道就該乖乖做重訓，但哲朗和其他人一起玩了遊戲。如果當時戴上頭盔，就可以防止意外發生，只不過後悔已經來不及了。

「你在醫院清醒過來之前，我真的嚇死了。」

哲朗聽她這麼說，想起了美月說的話。理沙子在醫院的候診室哭了，那一次是我最後一次看到她的眼淚——

「聽到你終於醒過來時，我發自內心鬆了一口氣。」理沙子注視著哲朗說，「但即使你醒了過來，也已經失去了重要的東西。」

「我起初認為問題不大，很快就會恢復原狀，所以沒有說出來。」

醫生對他說，如果有異狀，就要馬上回醫院檢查，哲朗當時已經察覺自己的左眼出了問題，卻說不出口。一方面是不希望隊友擔心，但他更害怕失去王牌四分衛的地位，他希望在最後的聯賽中，用自己的右臂展現實力。

「在總決賽之前，你的表現並沒有失常，只是覺得你在場上的表現和以前不太一樣了。」

「傳球變少了。」

「對，」理沙子點了點頭，「一方面也是因為中尾的狀況很好，但你和前一個球季相比，傳球的次數少了很多，尤其幾乎不再長傳，虧你擁有整個聯盟內數一數二的臂力。」

「在和教練討論之後，決定了要以充分發揮中尾腿力的攻擊模式為主，如果我的左眼沒有出問題，我應該會提出其他方針。」

「當初採用了這個模式屢戰屢勝，真的可說是歪打正著，但總決賽時，這種方針就行不通了。」

「因為對方的防守陣容很強大，當總教練決定要以傳球進攻為中心時，我眼前一片漆黑。」

「但是，你在那場比賽中傳了好幾次球，還曾經有起死回生的長傳。」

「畢竟有多年的經驗，只要是能夠進入右側視野的目標，大致上都沒問題，但距離感還是有點問題，所以也有不少失誤，都靠松崎和其他接球員挽救我的疏失。」

「那場比賽的最後……」理沙子蹺著二郎腿，看向斜上方，「你沒有看到早田嗎？」

「我知道他跑去左側，當時曾經想到，他可能沒有遭到盯防，如果丟給他，或許就可以搞定了。」

「但你最後還是沒有把球丟給他。」

「因為左側的視野很模糊，我無法掌握早田的正確位置，所以猶豫了一下，不知道到底要亂丟，還是丟給眼睛可以看到的目標，但最後還是丟給了松崎。理由只有一個，因為我練習這麼多年，不是為了亂丟，丟球的時候要有明確的意志——這也是教練告訴我們的話，我不可能丟給看不到的對象。」

即使真的贏了，也不是自己的實力，只是運氣而已。哲朗這麼告訴自己，也一直這麼安慰自己。

「大家都以為你在大學畢業後，也會繼續打美式足球，我也這麼以為，但你再也沒有回美式足球的世界，都是因為左眼的關係嗎？」

「因為無法看到左側角落的目標，就無法當四分衛。」

放在菸灰缸裡的香菸冒著煙，哲朗注視著那支菸，想起自己在畢業後曾經去了好幾家醫院，但最終仍然查不出視力衰退的原因。當他說明那次意外後，有幾名醫生說，也許是這個原因，但也只是這樣推測而已，這些醫生也沒有治療方法。

理沙子摸著自己的額頭說：

「我曾經問過你好幾次，為什麼放棄美式足球，但你自始至終都沒有告訴我真正的理由，只說什麼已經厭倦了，或是沒有熱情了這種讓人無法接受的理由。當我一再追問時，你到最後都會說，這是男人世界的事，叫我不要過問，你還記得嗎？」

「……我記得。」

「現在回想起來，當時就不應該和你結婚。你甚至不願坦承自己放棄夢想的理由，真不知道自己當時為什麼會覺得可以和這樣的對象過一輩子。」

「我只是不希望你為我擔心。」

理沙子閉上眼睛，緩緩搖著頭。

「如果你可以把一切都告訴我，我不知道會有多安心。因為你連最重要的事也沒有告訴我，所以我和你的生活充滿了不安。到頭來，我在你眼中並不是可以相互信任的對象，也不是理想的伴侶，只是你內心對妻子、母親有自己的定義，然後試圖把我套在你的定義中，為了達到這個目的，不惜扯我的後腿。」

「扯後腿？」

「孩子的事。」

放在菸灰缸裡的菸掉了下去，哲朗撿了起來，捻熄了菸。

理沙子提這件事，他無法強烈反駁。因為他的確試圖用懷孕把她綁在家裡。

「對不起，」理沙子的聲音變得低沉，「我原本並不想說這麼過分的話。」

「不，你並不過分。」

「這齣舞台劇中棒球選手太太的心情，完全就是我內心的寫照。我很想問你，你到死都不讓我走進你的世界嗎？不讓我走進這個所謂男人的世界嗎？那是這麼了不起的地方嗎？是神聖的領域嗎？對男人來說，讓女人進入那裡是那麼嚴重的事嗎？」

哲朗抱著雙臂，目不轉睛地看著牆壁。剛搬來這裡時，還是雪白的牆壁，如今已經變黃了。應該是被香菸熏黃的。哲朗想到理沙子結婚之後，菸越抽越多。想必她一直坐在這裡抽菸，藉此克制內心各種想法，她的內心也和牆壁一樣泛黃了。哲朗覺得這一切都是自己造成的。

「既然你知道我眼睛的事，應該更早告訴我。」

「那樣就失去意義了啊，我相信你能夠瞭解吧。我希望你主動告訴我，就和這齣舞台劇中的太太一樣，我一直在等待，但劇中的太太看著老公快死了，只好自己問他。」理沙子說到這裡，似乎淡淡地笑了笑。哲朗轉頭看她，發現她的嘴唇的確露出了笑容。「如果我們今晚沒有這樣聊天，我可能也會像那個太太一樣，在你臨死之前問你。只不過我有可能比你早死。」

哲朗從來沒有看過理沙子露出這麼寂寞的笑，他的內心隱隱作痛，好像有一根細針在刺。

「對不起。」

「不用了，我並不是想要聽你道歉，而且已經過去了。」

她應該希望能用更好的方式解決，今晚這種解決方式和她理想中的方式相差太遠，但哲朗覺得如果不是今晚聊到這件事，自己可能會像那個棒球選手一樣，在臨死之前面對她的質問。

「你應該有問題想要問我吧？」理沙子低著頭問。

「什麼問題？」

「我為什麼會知道你眼睛的事，為什麼知道你因為這個原因放棄了美式足球。」

「喔，」哲朗點了點頭，「的確該問你這個問題，雖然我已經猜到了。」

「你應該只告訴他一個人吧？」

「對，我只告訴他。」

「所以就是這樣了。」

「是他告訴你的嗎？」

「嗯。」

「什麼時候？」

「很久之前。好像是……我們剛結婚不久。你出門工作了，他來家裡送賀禮，就是那時候告訴我的。」

「那麼早嗎？」

哲朗再次體會到，女人的謊言可以維持很久。不，對她來說，幾年的時間應該並不算長，因為她原本打算在老公死之前，自己都不會主動說這件事。

「你為什麼告訴他？」

「並不是我主動告訴他，而是他在最後那場比賽之前來問我，眼睛是不是出了問題。我一開始否認，但他不相信，想要我去做視力檢查，所以我只能向他坦承。」

「他怎麼會知道？」

「眼神接觸。選手和選手之間用眼神打暗號，我和他之間的距離最近，所以會用眼神討論，他似乎發現我的眼睛不對勁。」

「因為你們是四分衛和跑衛……」

「沒錯。」

哲朗想起了滿是灰塵的社團活動室，中尾功輔說，應該把眼睛的狀況告訴大家，但哲朗堅持絕對不能這麼做。因為一旦這麼做，當初造成意外的隊友一定會內疚。在重要的比賽之前，絕對要避免這種情況發生。

「但至少要告訴教練和總教練，你沒辦法只用一隻眼睛打傳球戰術，必須重新研擬戰術。」

「事到如今，已經來不及了，而且，要打贏明天的球隊，只能靠傳球戰術。他們的防守陣營已經嚴陣以待，要對你發動集中攻擊。別擔心，我明天會傳球，我練了這麼多年，即使左眼的視力受損，我也可以照樣傳球。」

中尾可能發現哲朗已經下定了決心，所以沒有多說什麼，只是小聲嘀咕，叫哲朗不要逞強。

在總決賽結束之後，中尾也沒有把哲朗的事告訴其他人。最好的證明，就是以前那些隊友至今仍然嘲笑哲朗，說那場比賽打得太爛了。

「中尾為什麼會告訴你這件事？」

「因為我向他抱怨，說你沒有告訴我放棄美式足球的理由，然後還在他面前生氣地說，男人的世界有這麼重要嗎？雖然我是半開玩笑，但他似乎很認真。現在回想起來，他可能因此得到了寫這齣舞台劇的靈感。」理沙子拿著「金童日月」的小冊子。

「你也覺得是中尾寫的嗎？」

「你認為是他寫的，所以才臉色大變地跑回來，不是嗎？」

「是啊……」

如果中尾沒有失蹤，哲朗可能不會這麼想，但他的失蹤不可能和這一連串的事沒有關係。理沙子也在看了《男人的世界》的故事內容後，知道中尾和這起事件有關，所以不想繼續追查真相。

「會不會只是巧合？」哲朗問。

「很可惜，這種可能性並不存在。」理沙子斷言道，「我剛才不是也說了嗎？這齣舞台劇中，那個太太說的話就是我說的，那是我對中尾說的話。我告訴他，只要哲朗不告訴我這件事，我絕對不會問他左眼的事，如果要問，也是在他臨終前，在他的枕邊質問他。」

3

隔天，哲朗找出了學生時代的通訊錄，打電話去了中尾的老家。中尾的母親接了電話。哲朗沒有去過中尾的老家，所以這是他第一次和中尾的家人說話。

哲朗恭敬地報上了自己的名字，對方立刻想起了他。哲朗得知中尾在學生時代，經常在家裡聊美式足球隊的同學，內心有點高興。

哲朗對中尾的母親說，最近聯絡不到中尾，所以正在傷腦筋。

「啊，他果然……沒有告訴朋友嗎？」

「他怎麼了？」

「呃，說起來很丟臉，他不久之前離婚了。」

「我知道這件事，但之後就聯絡不到他了。」

「我們最近也聯絡不到他。他在離婚之後，曾經打了一通電話回家，說要暫時出門旅行一陣子，叫我們不必擔心。」

「旅行？你們不知道他去哪裡旅行嗎？」

「他沒有告訴我們。他已經成年了，即使我們問東問西，他也只會覺得我們太囉嗦，所以就沒有多問。」

「這樣啊。」

哲朗早就預料到了，中尾果然也沒有和老家聯絡，但既然對家裡人說要去旅行，代表他還打算回來嗎？

「不好意思，這個問題可能涉及隱私，」哲朗明知道這麼問很失禮，但還是忍不住問，「請問他離婚的原因是什麼？」

哲朗作好了會挨罵的準備，但中尾的母親並沒有感到不悅，沉思了一下說：

「這件事啊……其實他也沒有告訴我們明確的理由，但家家有本難唸的經。」

哲朗並不覺得她在裝糊塗，但繼續追問太不識相了，而且也沒有意義。哲朗找機會結束了談話，掛上了電話。

「你竟然問別人離婚的原因這種問題。」理沙子似乎聽到他剛才通話的內容，在身後說道。

「目前是緊急狀況，不需要在意面子問題。」

「我認為中尾不會把詳情告訴家裡人。」

「是啊，畢竟是三十多歲的大男人了。」

「不是這個原因，而是他似乎和父母保持了一定的距離。」

「是嗎？我沒聽說過這件事。」

「他的媽媽不是他的親生媽媽，他的親生媽媽在他讀小學時和他爸爸離婚，然後就離開了。中尾雖然不討厭新的媽媽，但無法發自內心向她撒嬌或是依賴她。」

「你聽誰說的？他從來沒有對我們說過這種事。」

「是美月告訴我的。」

「啊，那我能夠理解……」

中尾這個人忠厚老實，心胸開闊，即使別人犯了錯，他也從來不會出言不遜。哲朗之前一直以為他是在充滿愛的家庭中長大，但沒想到完全相反。也許是因為他年幼就和親生母親分離，而且必須很快適應新媽媽，對他的人格形成產生了影響。

畢業十多年後，才知道中尾的境遇，那自己和中尾到底算不算朋友？

時鐘指向下午一點，他拿起掛在椅背上的大衣。

「你要去哪裡？工作嗎？」

「我想再去中尾家一趟。不，現在已經不是中尾家了，而是高城家。」

「我不認為他太太會對你說什麼。」

「反正只能死馬當活馬醫了。」

哲朗離開客廳，走向玄關。理沙子追了上來。

「要不要放棄？」

「放棄什麼？」哲朗穿上了鞋子。

「放棄找中尾，我想他一定有自己的想法，才會這麼做。我們這樣插手是不是不太好？」

「即使真的像你說的那樣，在聽他親口告訴我之前，我都無法接受。」

理沙子似乎還想說什麼，但哲朗不等她開口就走了出去。

數十分鐘後，他站在那棟白色的房子前。他按了門鈴，但沒有人回應。高城律子目前應該住在娘家，她們母女三人住在這棟房子太大了，而且也必須在意左鄰右舍的眼光。更何況如果住在這裡，很難消除孩子腦海中和父親一起在這裡生活的記憶。

哲朗想起了高城律子當時拘謹的表情，和放在飛雅特後車座那個美式足球形狀的抱枕。她一定知道什麼情況。不，她一定知道所有的情況，知道丈夫在做什麼，今後有什麼打算。她一定不想離婚，但除此以外，沒有其他的解決方法，在不得已之下，只能決定離婚。哲朗猜想是中尾向她提出離婚的要求。

哲朗離開了那棟房子，走向車站。

他也曾經想過是否要去拜訪高城律子，但不認為她會告訴自己真相。如果是可以輕易告訴別人的秘密，他們不可能為了守住這個秘密而離婚。

一輛計程車經過，剛好是空車，哲朗不假思索地舉起了手。不安和焦急在他的內心翻騰，一坐上計程車，他立刻對司機說：「去新宿。」

他在丸之內線的西新宿車站前下了計程車，比對著記事本上寫的立石卓的地址，和電線杆上的地址，不一會兒，就來到一棟三層樓的舊公寓前。那裡就是長澤公寓。

他走上樓梯前，看了樓下的信箱，發現了寫著「立石」的信箱。他向信箱內張望了一下，並沒有看到裡面塞滿郵件。

他來到二樓，走到走廊盡頭。雖然他擔心立石卓，也就是佐伯香里本尊也去避風頭了，但看信箱的狀況，應該沒有發生這種狀況。

哲朗按了門鈴，門內傳來了動靜。隨即聽到打開門鎖、開門的聲音，但掛著門鏈。一個看起來二十歲左右的女人探出頭。一頭齊肩的頭髮染成金色。五官並不起眼，她並不是佐伯香里。

「有什麼事嗎？」她露出狐疑的眼神問。

「請問這裡是立石卓的家嗎？」

「是啊。」

「他在家嗎？」

「現在正在上班……請問你是哪一位？」女人仍然露出懷疑的表情。

「我叫西脅，有事想要請教他，可以請你告訴我他工作的地方嗎？」

女人沒有回答，抬眼看著他，似乎在思考該不該相信他。

「你和卓是什麼關係？他叫我不要隨便告訴別人，他在哪裡上班。」

「我和他沒有任何關係，我只是想請教其他人的事。我絕對不會給他添麻煩，可以請你告訴我他在哪裡上班嗎？」

她想了一下後問：「你有可以證明身分的東西嗎？」

「啊？」

「證明身分的東西，因為我不知道你是誰。」

「駕照可以嗎？」

她搖了搖頭說：「除了駕照以外，可以瞭解你在哪裡上班的東西，名片也可以。」

哲朗從皮夾裡拿出駕照和名片，出示在她面前，但她並不滿意。

「你的名片上只有姓名而已……」

「因為我不是上班族，我是自由業，做運動相關的工作。」

「那找卓有什麼事？」

「這和你們沒有關係，我只是在找人。」

她盯著哲朗看了一會兒說：「還是不行。」說完，準備關門，哲朗立刻把鞋子塞進門縫。

「你幹嘛？我要報警囉！」她瞪著哲朗說。

「如果你把事情鬧大，你們會比較傷腦筋，卓的本名會曝光。」

她大吃一驚，露出了害怕的表情。

「我無意破壞你們的生活，也不想強人所難，所以才拜託你。」

她露出猶豫的表情後嘆了一口氣，放開了想要關門的手。

「請你等一下。」她說完之後，走回了房間。

哲朗仍然把鞋子擠在門縫中，等了一會兒，她走了回來。

「這裡就是他上班的地方。」她遞上一張名片。上面是立石卓的名字。上面寫著『曲線有限公司』的名字，公司位在中野區的野方，立石的職稱是設計師。

「你真的不會找卓的麻煩嗎？」

「我向你保證，我的朋友和他的處境相同。」

她似乎理解了哲朗的意思，默默點了點頭。

「你是卓的……」哲朗思考了一下措辭後問：「太太嗎？」

「我們住在一起。」她回答，似乎代表他們並沒有登記結婚。立石卓的戶籍有什麼變化可能會帶來危險。

「祝你們幸福。」哲朗說完，把鞋子從門縫中抽了出來，她的嘴角露出了淡淡的笑容。

曲線有限公司位在和環七大道平行的路上，離西武新宿線野方車站走路只有幾分鐘的距離。立石卓的職稱是設計師，所以哲朗原本以為那裡是設計事務所，但那棟建築物看起來像汽車修理工廠，而且也有好幾個身穿白色連身工作服的男人圍著一輛車子作業。

一個三十歲左右的男人把設計圖攤在桌子上，正在思考什麼。哲朗走向他，對方似乎察覺有人靠近，抬起了頭。

「不好意思，請問立石先生在嗎？」

「立石應該在辦公室。」

「喔，請問辦公室在哪裡？」

「那裡。」

男人指向工廠的角落，那裡用隔板隔出了一間小房間。哲朗道謝後走了過去。辦公室內有三個男人，哲朗走進去時，三個男人同時轉頭看著他。

「請問立石先生在嗎？」

哲朗在問話時，和一個年輕人四目相對。他猜想對方就是立石卓。因為那個人的臉上有站在聖誕樹旁的佐伯香里的影子。「ＢＬＯＯ」的相川說的沒錯，的確和藝人堂本剛有一點神似。

那個年輕人走了過來，哲朗還沒有開口，對方就對他說：「去外面談。」

走出辦公室後，立石卓對哲朗說：「我老婆剛才打電話給我。」應該就是剛才那個金髮的女人，她似乎通知了立石卓，可能有一個姓西脅的可疑男人會去找他。

「因為我有很多事想請教你。」

「我知道，但這裡不方便談。」

立石卓的反應讓哲朗感到困惑，簡直就像是知道哲朗這個人。

「你沿著前面這條路一直走，會看到一家名叫『樹葉』的咖啡店，請你去那裡等我。」立石卓說話時完全是男人的聲音，無論外表和舉手投足，應該沒有人會看出眼前這個男人其實是女人。

「是『樹葉』嗎？好。」

走出工廠時，他再度看向工人圍著的那輛車，立刻發現那輛車的外形很像英國豪華跑車奧斯頓．馬丁，但當然不是奧斯頓．馬丁，大小也不同，而是整體感覺很巧妙地加以模仿的仿冒車。工廠門口放著簡介，哲朗伸手拿了一份。

在立石卓指定的咖啡店等待時，哲朗翻開了簡介，得知曲線有限公司是一家專為汽車改裝，打造出獨一無二車身的公司。可以根據客戶的要求，為國產車裝上各種不同的車身，這種擁有全世界獨一無二車子的優越感令車迷著迷，預約已經排到很久之後。

哲朗想起了從佐伯香里的母親口中聽到的話，香里的夢想就是從事汽車設計的工作，所以她的夢想成真了。

佐伯香里變成立石卓後，也許得到了幸福。她如願從事了自己理想中的工作，也有一個可愛的太太。她，不，應該是他，眼前最擔心的，應該就是放棄立石卓這個名字。

哲朗喝完咖啡後看著手錶。他已經等了將近三十分鐘，立石卓還沒有現身。雖然覺得立石卓應該不會放自己鴿子，但還是感到坐立難安。

就在這時，放在胸前口袋裡的手機響了。應該不是立石打來的，因為他並不知道哲朗的手機號碼。

「喂？」

「喂？QB，你聽起來似乎很不錯。」電話中傳來熟悉的聲音。

「日浦！」哲朗忍不住大叫了一聲，「你現在人在哪裡？」

「這件事等一下再說，現在先按照我的指示去做。」

「你的指示……」

「首先，我要告訴你一件事，立石卓不會去你那裡，佐伯香里當然也不會去。」

「啊？這……」哲朗把電話放在耳邊東張西望起來，他覺得美月在哪裡看著自己。

「立石卓以男人的身分生活，公司沒有人知道他的真實身分。雖然日後會遇到很多困難，但我相信他一定能夠順利克服難關，希望你不要妨礙他。」

「不，我並不是想要妨礙他。」

「我知道，但這個世界上經常有一些基於善意的行為，結果造成了他人的不幸，我相信你應該可以瞭解。」

「也許是這樣沒錯。」

「QB，我也能夠理解你的心情，所以我們必須談一談。你等一下有空嗎？不會占用你太多時間。」

「我有空，我會想辦法。」

「那你可以來我指定的地方嗎？」

「可以見到你嗎？」

「嗯，可以見到我。你來台場，」美月說，「我們在那裡談。」

「你現在人在台場嗎？」哲朗問。

「我無法回答這個問題，但我們現在也會去那裡。」

「我們？除了你以外還有誰？」

「你很快就知道了，那就一會兒見。」

「等一下，我要去台場哪裡？」

「對喔，說到台場，最有名的就是摩天輪。你在那附近等我，我會打電話給你。那就一會兒見。」

「你的電話──」哲朗說話時，電話已經掛斷了。

他嘆了一口氣，把手機放進口袋裡站了起來。

應該是立石卓聯絡了美月，說有一個姓西脅的人去找他，他很傷腦筋，不知道該怎麼辦。他們果然隨時相互聯絡。

雖然哲朗也可以回到曲線有線公司去問立石卓，但他並沒有去那裡。他能夠理解美月說的話，而且也並不想破壞努力生存的人的生活，只是想找到美月和中尾，瞭解真相而已。如果真的可以見到美月，就不需要去找立石卓。

從野方前往台場的交通不太方便，必須換好幾班車，還必須搭速度很慢的百合鷗線。雖然美月並沒有指定時間，但哲朗想趕快前往。他來到環七大道，再度攔了計程車，搭上車之後，用手機打電話取消了今天晚上的工作。

摩天輪位在台場的調色盤城內。雖然是非假日，但來往的人潮並不少，而且大部分都是年輕情侶。

哲朗在傍晚五點多抵達了摩天輪前。天色已經暗了下來，摩天輪前也開始大排長龍。大家都是搭摩天輪看夜景。

十分鐘後，手機又響了。

「你到摩天輪了嗎？」美月劈頭問道。

「我就在摩天輪前，你在哪裡？」

「QB，你不要著急，你先去摩天輪前排隊。」

「你們要來這裡嗎？」

「目前是這麼打算，因為在車廂內不怕別人聽到我們的談話。」

「好。」

哲朗掛上電話後，站在隊伍的最後方。前面的年輕情侶牽著手，開心地聊著天。哲朗看了一下，發現自己是隊伍中年紀最大的遊客，而且也沒有一個男人單獨排隊。

隊伍彎彎曲曲，哲朗跟著前面的客人不停地往前走，持續觀察周圍。他以為美月會從哪裡走出來，但遲遲不見她的身影。

不一會兒，他來到自動售票機前，在工作人員的催促下，他買了一張票。一張九百圓。只要走上階梯。摩天輪的車廂就在眼前。他著急起來，因為獨自坐摩天輪也沒有意義。

這時，手機又響了。

「喂？是我。」

「嗨，我猜想你快搭上摩天輪了。」美月說。

「馬上就輪到我了，你在哪裡？趕快過來啊。」

「別擔心，你別在意我。輪到你的時候，你就去搭。雖然一個人搭摩天輪有點寂寞，但稍微忍耐一下就好。那我先掛電話了。」

「喂！等一下。」

但是，美月沒有聽哲朗說話，就掛上了電話。

她到底想幹嘛——？

哲朗站在原地，後面有人輕輕推了他一下。一個年輕男人一臉驚訝地看著他，哲朗只好繼續向前走。

收門票的工作人員好奇地問他：「一個人嗎？」

「嗯。」哲朗點了點頭，他也知道自己看起來很不高興。

車廂內可以坐六個人，座位排成ㄇ字形。哲朗坐在和出入口相反位置的座位上，蹺起了腿。前方可以看到東京灣，他轉頭看向後方，看到了知名電視台的大樓。

手機響了。他立刻按下了通話鍵。

「你似乎搭上摩天輪了。」

「喂！這是怎麼回事？你不是說我會見到你嗎？」

「我並沒有說謊。」

「但我現在已經坐進摩天輪了，你到底想幹什麼？」

「ＱＢ，不好意思，我們沒有時間說廢話，我們不是有更重要的事情要談嗎？」

「正因為這樣，所以希望可以當面談，而不是透過電話。」

「ＱＢ，你不要強人所難，你聽我說，我打電話給你，只有一個原因，就是希望你趕快從這起事件抽身，不要再插手這件事。」

「你這才是強人所難，我已經蹚了渾水，現在完全沒有搞清楚狀況，就要我放棄嗎？」

「對不起，我不該把你捲入這件事，我對這件事後悔不已，也很想向理沙子道歉。」

「你不必向我們道歉，只要你把真相告訴我就好，這起事件的背後到底有什麼隱情？」

隔著電話，也可以感受到美月嘆著氣。

「ＱＢ，我相信你也已經隱約察覺到事件背後有什麼隱情了，這件事關係到為性別問題煩惱的人的一輩子。」

「你是指交換戶籍的事嗎？」

哲朗問，她又停頓了一下說：

「老實說，我沒想到你已經知道那麼多了。當我得知你去找金童劇團的嵯峨時，我全身起了雞皮疙瘩，而且你還知道香里和立石交換了身分。我覺得你太厲害了，不愧是王牌四分衛。」

「他們和你是什麼關係？」

「你不是也已經知道這個問題的答案了嗎？」

「我想聽你親口告訴我。」

車廂已經過了中間點。哲朗轉過頭，東京的夜景盡收眼底。坐在前面車廂內的情侶相互依偎著坐在一起。男生抱著女生的肩膀。

「簡單地說，我們是戰友。」美月說，「在當今的社會中難以生存的人想要發動一場革命，是一場寧靜的革命，別人不會發現，只有我們自己知道的革命。」

「你也打算和別人交換戶籍，對不對？在戶倉家裡找到的戶籍謄本，就是為了這個目的所準備的吧？」

「是啊，的確是這樣。」

「從今往後，你打算冒用別人的名字活下去嗎？」

「目前還沒有決定。因為交換戶籍必須滿足好幾個條件。年紀越近越好，經歷也最好差不多，還有方言、興趣和愛好也最好有共同點。最重要的是，因為完全變成另一個人，所以必須斷絕以前所有的人際關係。即使這樣，仍然還有其他必須解決的問題，交換身分的時間點必須一致。實際執行起來比說的困難多了。」

「所以說，盡可能要多募集一些希望交換戶籍的人嗎？」

「的確是這樣，目前登記名單上最多只有二、三十人，但至今為止，包括香里和立石在內，已經有五組男女成功交換了身分。一切才剛開始而已，革命才剛開始，所以現在絕對不能失敗。」

「雖然你說只有二、三十個人，但要募集到這麼多人也很辛苦吧？你們是不是只能靠口耳相傳？」

「口耳相傳太危險了，因為我們不希望風聲傳入當局的耳中，讓當局知道有人在做這種事。我們的活動很低調，卻很踏實，一旦發現適合的人物，經過充分調查後才和對方接觸。」

「但你們怎麼發現這些人？大家不是都隱瞞自己的真實身分嗎？」

「所以要提供容易讓這種人聚集的場所。」

「場所？」哲朗問出口之後恍然大悟，「你是說金童劇團的舞台劇嗎？」

「除此以外，還有其他務實的活動。總之，這個秘密絕對不能讓外人知道，所以也無法告訴你，雖然受了你們很多照顧，覺得很對不起你們，但我只能不告而別。」

「但還是被我查出來了。」

「所以現在請你來這裡，想要拜託你。」

「要我絕對不要把查到的事告訴別人嗎？」

「這也是為你好，你和這種事扯上關係，不會有任何好處。」

「我不會把這件事告訴別人，我只是想瞭解真相。」

「既然這樣，就到此為止吧。這就是真相，你全都知道了。」

「怎麼可能？還有戶倉命案的事。」

「他只是跟蹤狂，從他有我的戶籍謄本這件事就可以知道，那個卑鄙小人會去翻香里的垃圾袋，所以我去消滅了他，就這麼簡單。」

「但『貓眼』的媽媽桑說，香里告訴媽媽桑，你們都不是兇手。」

美月嘆了一口氣說：

「這是因為不可能說實話啊。」

「你殺了戶倉嗎？」

「對啊，我不是說了好幾次嗎？這起事件很單純，我只是擔心以前的老朋友會遭到池魚之殃。」

哲朗陷入了沉默。他不認為美月說的話百分之百都是真相，但自己手上也沒有任何可以質問她的證據。

「我想問你一件事，」他說，「就是中尾，他和整件事有什麼關係？」

美月沒有立刻回答，也許聽到中尾的名字有點不知所措。車廂已經經過了頂點，可以看到在燈光在高速公路上飛馳而過。

「功輔的事就交給我們來處理。」

「交給你們處理？什麼意思？」

「就是不會造成他的不幸。對不起，我現在只能透露這些。」

「他在哪裡？和你們在一起嗎？」

「……在一起啊。」

「讓我和他見面，如果不行的話，至少告訴我他的電話。」

哲朗懇求道，但他也同時感受到無法打動美月的空虛。不，美月應該被打動了，只是她不可能答應。

「你看了金童劇團舞台劇的故事梗概，知道功輔和這件事有關嗎？」美月問。

「對。」

「果然是這樣。我之前就說，如果被你看到，事情絕對瞞不住了，因為你一定會發現。」

「那是中尾寫的嗎？」

「劇本是嵯峨團長寫的，但是功輔提供的故事。他們是老朋友，功輔也協助了劇團的成立。」

「所以他也和交換戶籍這件事有關嗎？」

「是啊。」

「之前在我家的時候，功輔一副好像和你久別重逢的樣子，但其實你們更早之前就已經見了面。」

「沒錯，雖然並不想騙你，但那時候只能這麼做。」

那天晚上的事並不是舊情人久別重逢這麼單純的事，他們一定討論了要如何糊弄濫好人西脅哲朗。

「但我還是搞不懂，為什麼中尾也要躲起來，他並沒有性別認同障礙的問題，而且他也不需要和別人交換戶籍。」

「功輔是普通的男人，但即使這樣，有時候仍然不得不暫時銷聲匿跡。不，應該說，正因為這樣，他才必須消失。因為結婚之後，成為別人的丈夫，成為孩子的父親後，就必須背負某些東西。」

「這是什麼意思？」

「對不起，到此為止，我只有一句話要說，你不要再和這件事有任何牽扯，希望你忘了所有的事。」

摩天輪的車廂繼續下降。美月似乎也察覺到沒有時間了。

「等一下，你現在人在哪裡？我們至少見一面。」

「我也很想和你見面，想親眼看一看你，但還是不要見面比較好。雖然很寂寞，但我們就此道別吧。」

「美月！」哲朗叫了一聲。

短暫的沉默後，她輕輕笑了起來。

「你叫了我的名字。如果我沒有記錯，這是你第二次叫我的名字。」

「你就這樣永遠從所有人面前消失嗎？你打算一輩子都不和家人、朋友和親戚見面嗎？」

「每個人都有不同的生活方式，希望你可以諒解。」

哲朗察覺到美月想要掛電話，他慌了神，在狹小的車廂內站了起來。

就在這時，他看到有兩個人影站在西側的停車場中央。燈光照亮了那兩個人的身影。其中一個穿著黑色皮夾克，另一個是穿著長大衣的長髮女人。穿皮夾克的人絕對就是美月，拿著像是手機的東西放在耳邊。那個女人應該是香里。

兩個人面對哲朗的方向站在那裡，好像可以看到哲朗。

「日浦，你在那裡不要走，我馬上就去找你。」

「你似乎看到了我們，所以最後還是見到了。」

車廂即將抵達地面，但美月他們的身影漸漸遠離。

「你不要走。」

「ＱＢ，多保重，再見，理沙子就拜託你了，她是個出色的女人。」

「日浦，等一下。」

但是電話掛斷了，兩個人的身影被建築物擋住，從哲朗的視野中消失了。

哲朗頓時覺得摩天輪轉得太慢了，他站在門口旁，忍不住跺著腳。車廂終於抵達地面，工作人員一打開門，他立刻衝了出去。

他在談笑風生的人群中鑽來鑽去，搭上了電梯，再次感覺到心急如焚。

電梯終於來到停車場所在的那個樓層。哲朗超越了走在前面的情侶，來到停車場。

美月和香里已經離去，他站在兩個人剛才所站的位置，抬頭看著摩天輪，發現無法看到車廂內遊客的臉。

雖然我看到了你，但你沒有看到我，這樣也可以嗎？

哲朗在內心小聲問道。

第八章

1

兩輛大貨車連續駛了進來。哲朗等在貨運公司辦公室外，向前走了一、兩步。兩輛大貨車整齊地停在一起。

兩輛貨車的司機分別下了車，事務員跑了過去，相互交換了單子。哲朗遠遠地看著這一切。

事務員和嵯峨交接結束後，指著哲朗的方向，可能正在告訴嵯峨，有人找你，從剛才就一直等在那裡。嵯峨發現了哲朗，露出了困惑的表情。

嵯峨似乎無意走過來，哲朗走了過去。嵯峨不願正視他，默默地走向辦公室的方向。

「不好意思，在你這麼疲累時打擾。」

「如果你真的這麼想，就趕快走人。」

「我想和你聊幾句，不會占用你太多時間。」

「請你饒了我吧。」嵯峨無意停下腳步。

「我想知道關於中尾的事，我不會問劇團的事，因為日浦已經告訴我大致的情況了。」

嵯峨聽到哲朗這句話，才終於停下腳步，環顧周圍後，注視著哲朗。

「大致的什麼情況？」

「就是關於劇團存在的理由，也許該說是劇團活動的理由。」

「是什麼？」

「就是……」哲朗也瞥了周圍一眼，降低音量說：「就是交換戶籍的事。」

嵯峨閉上了眼睛，嘆了一口氣，然後再度睜開了眼睛。

「你和美月見面了嗎？」

「她打電話給我，也不算是見面……我只是看到了她的身影，但我們是透過電話談話。」

嵯峨輕輕點了點頭，又嘆了一口氣問：「美月還好嗎？」

嵯峨似乎並不知道美月目前的狀況。

「應該算是差強人意。」

「那真是太好了。既然她已經告訴你了，你就沒必要再找我了。」

嵯峨準備再度邁開步伐，哲朗握住她的右手臂，不讓她離開。嵯峨的手臂肌肉結實，完全不像是女人的手臂。

「我希望你告訴我中尾的事。聽日浦說，他和你是老朋友。」

嵯峨鬆開了哲朗的手，把臉湊到他面前說：

「我上次已經說了，不會再回答你任何問題，你也不要再探頭探腦了，我也忍耐了很多事。」

「忍耐？什麼意思？」

「我的意思是，我也有很多不瞭解的事。我不知道中尾目前在哪裡，接下來打算做什麼，也不清楚他之前做的所有事。但我覺得現在只能等待，因為我相信他，只能相信他的判斷。」

「你們共同打造，結果卻變成了這樣。」

「和你沒有關係，那是我和中尾共同打造的。」

「既然這樣，至少請你把你知道的事告訴我。」

「你說什麼？」

「他只能偷偷逃走，四處躲藏，當年王牌跑衛的樣子完全不見了。」

哲朗的話還沒有說完，嵯峨的手就伸了過來，抓住了他的衣領。

「不要說他的壞話，否則別怪我不客氣！」

雖然嵯峨力氣很大，但終究不如線衛的臂力。哲朗抓住她的手腕，輕而易舉地讓她鬆了手。哲朗至今仍然對自己的握力很有自信，嵯峨露出了有點受傷的表情。

「我和他的交情比你更久。」哲朗說完，瞪了嵯峨一眼。

嵯峨摸著剛才被哲朗抓住的手腕，似乎想要說什麼，但隨即轉身邁開步伐。

「嵯峨，即使我說了這麼多——」

嵯峨停下腳步，轉過頭說：

「前明星球員不要這麼沉不住氣，我只是去向辦公室的人打聲招呼，說要休息一下。」說完，她露齒一笑。

他們一起走進離貨運公司幾分鐘路程的一家咖啡店。這家咖啡店也供應定食，桌椅都很老舊，他們面對面坐在最後方的桌子旁。

「我和中尾是在高爾夫的練習場認識的，」嵯峨說完，露出了靦腆的笑容，「你是不是覺得很奇怪？我怎麼看都不像是打高爾夫球的料，但那個時代，只要手上稍微有點小錢的人都在打高爾夫，我們這些司機也開始打高爾夫。」

「你應該可以打得很遠。」哲朗看著她的手臂說。雖然是冬天，嵯峨把袖子挽了起來。

「的確打得很遠，但始終沒有進步，虧我還經常去練習場練球。」嵯峨把咖啡杯拉到自己面前，加了兩匙砂糖。

嵯峨說，她當時每個星期去練習場練兩次球，通常都在上午比較沒有人的時候去。她練習的位置幾乎都固定不變，就是從右側數過來第二個位置。站在角落的位置時，只要球稍微偏一點，就會打到網子，所以大部分人都不喜歡，但嵯峨很喜歡那個位置。因為右側的牆上裝了鏡子，可以看到自己打球時的姿勢。

但是，從某一個時期開始，有一個客人會出現在嵯峨和鏡子之間，也就是站在最右端的位置練球。因為都是同一個人，所以嵯峨記住了他的長相。那個年輕人看起來二十五、六歲，雖然他們沒有說過話，但對方應該也很在意嵯峨，嵯峨在默默練球時，可以感受到他的視線。

有一次練習場的男廁所故障，成為他們聊天的契機。嵯峨正準備走進廁所，那個年輕人從裡面走了出來。嵯峨並不打算和他說話，但對方開了口。

「啊，這裡應該不行。」

嵯峨不知道他在說什麼，所以看著他的臉。

「上大號的地方……小隔間好像故障了。」年輕人語帶遲疑地說。

嵯峨大吃一驚。為什麼這個男人知道自己即使走進男廁所也無法使用小便斗，而是必須去小隔間上廁所？

年輕人指著樓上說：「二樓有男女都可以用的廁所，那裡應該沒問題。」

「喔。」嵯峨愣愣地回答後走向樓梯，但年輕人說的話一直浮現在腦海。

回到練球的位置，發現那個年輕人正在練習發球。他似乎發現嵯峨回來了，轉頭問她：「沒問題嗎？」嵯峨向他道了謝：「嗯，謝謝。」

因為這個契機，他們相互自我介紹。年輕人說，他叫中尾功輔。

「當時我很驚訝。」嵯峨拿著咖啡杯，身體微微向後仰，「因為我覺得不可能有人知道我的秘密，我想到了各種可能性，最後覺得應該是我的臉看起來很像要大便。」雖然嵯峨笑著說，但當時應該並不是開玩笑。

「因為沒有人會覺得你不是男人。」

「我也這麼覺得，事實上幾十年來，都從來沒有人懷疑過，就連現在公司的人也幾乎都不知道。只有老闆和我的直屬上司知道，在我自己告訴他們之前，不，即使在我告訴他們之後，他們仍然覺得我不可能是女人。」

「中尾為什麼能夠看出來？」

「我也感到很納悶，所以就不經意地問了他，他的回答讓我大吃一驚。因為他一副理所當然的表情說，因為我沒辦法使用男用的小便斗。」

「所以他知道你是女人？」

「我們之前從來沒有說過話，他竟然發現了。因為我太驚訝了，所以忘了掩飾，直接問他為什麼看得出來。他說，他也不知道為什麼看得出來，而是憑直覺。」

「直覺……」

「和他成為朋友之後，我才慢慢發現，中尾的確有這種能力，可以一眼就看出女扮男裝、男扮女裝，內心是男人的女人，和內心是女人的男人。雖然有些聲稱人妖絕對瞞不過自己的眼睛，但其實並不是這麼一回事，他們只是沒有見識過狠角色而已，這個世界上有些人完美地變了性，就像我一樣。你是不是也沒想到『貓眼』的香里是男人吧？」

嵯峨說對了，哲朗只能點頭。

「因為變性得很完美，所以沒有人發現，因為沒有人發現，所以就以為不存在。但是中尾發現有這種人存在，而且也具備了識別這種人的能力。聽說他從很早之前就有了這種能力。」

「很早之前，你是說從大學的時候嗎？」

嵯峨搖了搖頭說：

「中尾說，在更早之前，是讀初中時，搞不好小學生的時候就有了這種能力。」

哲朗認為不可能。如果中尾那時候就有這種能力，應該會發現美月的內心是男人。難道這種特殊能力在美月面前失效了？還是他明知道美月內心是男人，仍然和她交往。

「我難以相信。」哲朗忍不住嘀咕。

「我一開始也不相信，但相處久了之後，才知道他並沒有說謊，也沒有誇大其詞。因為他看到在六本木酒店上班的香里，一眼就發現他是男人。」

「他為什麼有這種能力？是因為他的直覺很敏銳嗎？」

哲朗自言自語地問，嵯峨注視著他的眼睛說：

「這件事，我從來沒有告訴過任何人，但既然已經對你說了這麼多話，即使我告訴你，中尾應該也不會生氣。他的這種能力有一個秘密。」

「秘密？」

嵯峨把手肘放在桌子上，稍微探出身體。

「他的媽媽是男人。」

「啊……」

嵯峨說的話太出人意料，哲朗以為自己聽錯了。嵯峨點了點頭，露出了淡淡的微笑，但她的眼神很嚴肅。

「你不是調查了很多關於我們的事嗎？我這麼一說，你應該就瞭解是什麼意思了。」

「你的意思是……雖然肉體是女人，但精神上是男人嗎？」

「對，就是這麼一回事。用流行的話來說，就是性別認同障礙。」

「我完全不知道。」

哲朗想起了理沙子之前說的話，中尾的親生母親離家出走了，現在的母親是他父親的再婚對象。有性別認同障礙的應該是離家出走的那個母親。

「中尾怎麼知道自己的母親是這樣的人？也是憑直覺嗎？」

「我沒有問他這方面的詳細情況，他也不太願意說，但是我認為他的這種直覺和他有這樣的母親不無關係。」

哲朗第一次聽說這些事。大學時代，自己和中尾整天都在一起，自己對好朋友到底瞭解多少？四分衛和跑衛之間曾經交換過無數次眼神，自己竟然無法接收到他傳遞的重要訊息，哲朗對自己的這種大意感到生氣。

「我相信中尾因為有這樣的身世，所以對男女的性別意識產生了興趣，然後也和我一拍即合。那時候，我正打算創立劇團，當時還沒有想到要利用劇團交換戶籍，只是想要向有同樣煩惱的人傳遞某些訊息。中尾也很認同我的這種想法，然後就決定一起創立劇團。」

他們的相遇促成了『金童劇團』的成立。

「交換戶籍這件事順利嗎？」

嵯峨聽了哲朗的話，搖了搖頭說：

「我們陷入了苦戰。也許你已經聽說了，必須符合嚴格的條件，才能夠成功交換戶籍，事後的追蹤也很重要，光靠個人，會衍生很多難以解決的問題，所以必須建立一個系統，中尾想要建立這樣的系統。」

「但現在中尾消失了……」

「老實說，我很傷腦筋，但也不能一直依靠他，只能由我繼續執行下去。」

「你無法聯絡到中尾嗎？」

「我沒辦法聯絡他，但他有時候會打電話給我。即使我問他一些事，他也始終說，叫我不要擔心。」

哲朗聽了之後，暫時感到鬆了一口氣。雖然目前並不知道中尾在哪裡，也不知道他在做什麼，但至少還活著。

「你曾經和日浦美月見過面嗎？」

「見過幾次，都是中尾帶她來看舞台劇的公演。」

「聽說她也打算和別人交換戶籍。」

「她得知有這種方法之後產生了興趣，我也開始尋找適合她的對象，結果找到了一個條件完全符合的男人，但在通知美月之前，中尾突然說喊停了。」

「為什麼？」

「我也不知道，中尾說，最好再觀察一陣子，其他的並沒有多說，但他對美月交換戶籍這件事很消極。」

哲朗抱著雙臂，輕聲嘆著氣。中尾為什麼對美月交換戶籍這件事這麼消極？難道是排斥前女友像男人一樣生活嗎？但中尾這麼認真投入性別的問題，會因為個人的理由改變想法嗎？

「這是什麼時候的事？」

「我記得是去年九月的時候。」

那是戶倉命案發生的兩個月前，所以並不是那起事件導致他想法改變。

「對了，他在那一陣子經常說，也許我們在做的事並不正確，但並不是指違法的意思，而是說我們所做的事只是讓事物在鏡子中呈現相反的樣子，根本沒有改善內容——差不多就是這個意思。」

「在鏡子中呈現……」

哲朗突然想起中尾落寞的表情。

還有一件事必須向嵯峨確認。

「警方掌握了多少線索？」

「你是指哪一件事？是交換戶籍的事？還是板橋那個男人被殺的事？」

「兩者皆是。」

「交換戶籍的事，警方應該並不瞭解重要的內容，他們只查到『貓眼』的香里並不是佐伯香里本尊，可能也不知道本尊是內心是男人的女人。他們應該調查了我們劇團，可能推理出冒牌香里和本尊是透過舞台劇認識的，但應該就只知道這些而已，他們應該作夢都沒有想到，冒牌香里其實是男人，也不知道交換戶籍是組織性的行動，而且還有一個系統。」

望月曾經在『貓眼』看過香里很多次，哲朗也確信，望月並沒有看出香里是男人。

「警方怎麼會找到和金童劇團之間的關係？」

「很簡單，因為在香里家裡發現了舞台劇的票根。香里雖然覺得已經銷毀了所有可能會成為線索的東西，但百密難免有一疏。」

「只是因為發現票根……」

嵯峨聽到哲朗這麼說，皺起眉頭，搖了一下頭。

「不幸的是同時發現了兩張相同的票根，也就是說，香里是和別人一起去看舞台劇，而且票根上留下了指紋，其中一個當然是香里的指紋，但另一個人的指紋在香里家裡也留下了不少痕跡。於是警方就推理出一個結果，不，其實也稱不上是推理。」

「香里有男朋友嗎？」

「沒錯。」嵯峨點了點頭，喝著杯子裡的水，「那個姓望月的刑警出示了香里的照片，問我有沒有見過這個女人，應該曾經來看過我們的舞台劇，而且和男人一起……他的言下之意，就是像你們這種三流劇團的舞台劇不會有什麼觀眾，所以應該記得觀眾的臉。雖然其實他說對了。」

「你當時怎麼回答？」

「我回答說好像看過，但沒什麼把握，我不知道那個刑警是否相信。」

「刑警看起來知道香里的男朋友叫什麼名字嗎？」

「這我就不清楚了，只是他們並沒有特別提到，但並不代表他們對那個男人不感興趣。」

望月一定認為是那個男人殺害了戶倉明雄。

「和香里一起去看舞台劇的男人……是中尾吧？」

嵯峨微微聳了聳肩說：

「如果你認為香里是中尾的情婦，那就想錯了，他們之間並不是這種關係。中尾很愛他太太和女兒，但的確是中尾和香里一起來看舞台劇，應該說，是中尾帶香里來看戲。」

「你知道中尾離婚的原因嗎？」

「我完全沒有聽說，他只告訴我說，他離婚了。我想他以後可能會告訴我，所以也沒有主動過問。」

哲朗想起了中尾的太太高城律子凝重的表情。嵯峨說，中尾深愛著她，既然這樣，他們為什麼要離婚？從律子的態度來看，似乎也隱瞞了什麼一言難盡的狀況。

「刑警望月只問了你這些事嗎？」

「不，」嵯峨抓了抓下巴，她的下巴上有淡淡的鬍子，應該是注射荷爾蒙的關係，「他們要我出示劇團工作人員的名單，以及戲友俱樂部之類的名冊。」

「你給他們看了嗎？」

「我怎麼可能給他們看？」嵯峨的身體向後仰，「一旦他們看了，就會發現立石的名字，警方絕對會逐一清查每個人，遲早會發現戶籍交換的系統。」

「望月竟然就這樣放過了你。」

「我和之前對你說的一樣，也告訴他，我有義務要保護那些人的隱私。他們也沒有掌握任何證明劇團和這起命案有關的證據，當然沒辦法硬起來。」

「捏造證據還不簡單嗎？搞不好會帶著搜索令上門。」

「我想也是，所以我把所有劇團相關的資料都刪掉了。」

「刪掉了？筆電內的資料全都刪掉了嗎？」

「對啊，因為考慮到可能會發生這種狀況，所以沒有留下任何文件資料，只要點兩次，證據就完全消失了。之前不是經常看到東京地檢從嫌犯的家裡或是辦公室搬出好幾十個紙箱的相關資料嗎？我猜想以後很難再看到這種畫面了。」

嵯峨只有在說這些話時看起來很開心。

「但是沒有那些資料，你不是會很傷腦筋嗎？」

「你不需要擔心，我已經轉移到其他地方了。網路太方便了，而且以目前的情況來看，劇團也必須暫時停止活動，交換戶籍也要暫時停擺。」嵯峨說著，注視著哲朗的臉說：「你是第一個，也是最後一個看到那份極機密資料的人。」

「我提出這樣無理要求，真的很抱歉。」哲朗向她鞠躬道歉。

「你去找過立石了嗎？」

「我去過了，也去了公司。」

「是嗎？立石還好嗎？」

「似乎很融入職場環境。」

「那就太好了，在他周圍，沒有可以讓他敞開心房的人，隨時都必須提心吊膽，所以很辛苦。我剛才也說了，有一部分上司瞭解我的狀況，但立石周圍沒有這種人，那家公司的老闆以為立石是男人，所以才僱用他。」

「應該吧。」

「所以他為了隱瞞真實身分，整天都要繃緊神經。因為不能和其他人一起泡澡，公司的員工旅行去溫泉時，他只能謊稱自己感冒了。雖然他有雞雞，但並不是絕對不會被人發現。」

哲朗在聽嵯峨說話時忍不住想，不知道她有沒有看過。

「原來即使有了男人的戶籍，仍然必須提心吊膽過日子。」

「搞不好心理上的負擔更大，所以我剛才也告訴你了，這一陣子常常在想中尾說的那句話，也許真的只是讓事物在鏡子中呈現相反的樣子，絲毫沒有改善內容。」

嵯峨深深嘆了一口氣，凝望著遠方小聲地說：「真的很希望大家都可以幸福。」

哲朗看著她的雙眼，想到了母親的眼神，但他當然不可能把這種感想告訴嵯峨。

2

回到家時，發現門沒有鎖，但屋內沒有任何動靜。他走去客廳，發現理沙子裝工作器材的大包包放在牆邊。

哲朗打開臥室的門，發現理沙子蹲在地上，臉埋在床上。

「你怎麼了？」他問。

理沙子緩緩抬頭看著他。

「啊，對不起，你回來了。」

「我剛到家，你睡著了嗎？」

「嗯，好像是。」她撥起了頭髮。

哲朗點了點頭，關上了門，然後走進了工作室。

他打開電腦，正在看電子郵件，聽到了敲門聲。他很意外地看著門，理沙子並沒有接受這間儲藏室變成哲朗專用的工作室，所以之前走進來時，從來沒有敲過門。

「請進。」哲朗說。

門打開了，理沙子探頭進來。

「可以打擾一下嗎？」

「好啊，怎麼了？」

「有一件事要告訴你。」理沙子走進工作室，反手關了門，打量著室內，「這裡好小，你竟然可以在這裡工作。」

「我知足了，你有什麼事要告訴我？」

「嗯，」理沙子垂下眼睛，然後又抬起頭說：「我打算明天去找房屋仲介，我想找房子。」

「找房子？喔……」哲朗理解了理沙子說這個房間很小的理由，「你要找工作室嗎？」

「嗯，既是工作室……也是住的地方。」

哲朗轉動椅子，面對著她的方向。

「什麼意思？」

「你不要胡思亂想，我並不是馬上要分手的意思，只是覺得我們這樣下去不行，所以我先搬出去，只是這樣而已。」

「只是這樣而已……？」

「我在反省自己對結婚這件事的想法不正確，原本以為只要相互喜歡，在一起很開心就夠了，但結婚並不是這麼簡單的事，還要有更大的決心，需要豁出性命的決心。」

「你為什麼突然說這些？」哲朗擠出笑容，「發生什麼事了？」

「不，沒事，」她搖了搖頭，「我想了很多，最後得出了這樣的結論。你有什麼反對意見嗎？」

「反對意見嗎？」哲朗思考著這種場合該說什麼，但想不到適當的話，只能無奈地搖了搖頭，「不，沒有，既然你這麼想。就按照你的想法去做。」

她重重地吐了一口氣，可以感覺到她放鬆了肩膀。

「你這麼說，讓我鬆了一口氣。因為你很善良，所以我原本以為你會假意挽留我，如果你這麼做，我會感到很悲哀。」

哲朗苦笑著，摸著脖頸。從某種意義上來說，理沙子猜對了。他剛才的確曾經想到，是不是該勸她再慎重考慮，但這並不是他的真心話。說句心裡話，他無法否認，自己也對兩個人生活在一個屋簷下感到窒息，所以很贊成她的提議。

「中尾的事，有沒有查到什麼？」她改變了話題。

「嗯，知道了不少事。」哲朗猶豫著該不該把詳情告訴她。

「我要訂正之前說的話。」

「訂正？你指哪一件事？」

「我之前不是叫你不要去管中尾的事嗎？但我錯了，中尾是你的好朋友，你不可能袖手旁觀。對不起。」

「不，你沒必要道歉，」哲朗抬頭看著妻子的臉，「你今天到底怎麼了？有點不太對勁啊。」
「我不是說了嗎？我一個人想了很多。你有辦法找到中尾嗎？」
「不知道，我想盡力而為，其實今天……」
哲朗說到這裡，理沙子伸出右手說：「不要說了，你不必向我報告你調查的情況，反正我無法幫上忙，但你要加油，我支持你。」
哲朗點了點頭，覺得這不像是她平時會說的話。
「我一定會找到他。」
「我明天會帶必要的物品離開，在找到房子之前，會先住在朋友家裡，其他東西會找時間回來拿。」
「怎麼說走就走？」
「一旦決定，就要馬上行動，你應該很瞭解我的性格。」
「是啊。」
哲朗想起她之前打算和一位好朋友一起去國外採訪時的事，那件事打亂了一切。
「那就這樣。」理沙子說完，走出了工作室。哲朗看著關上的門，終於瞭解她剛才為什麼會敲門。
隔天早晨，他聽到動靜後醒來。他走下床，看到理沙子在客廳整理行李。
「啊，對不起，把你吵醒了嗎？」
「要這麼早出門嗎？」
「嗯，因為今天有一個工作，結束之後，我先去朋友家放行李，然後去找房子。」

「你還真忙啊，要不要我幫忙？」哲朗站了起來。

「不用了，已經都整理好了。」理沙子俐落地拉起了皮包的拉鍊，也站了起來，把皮包背在背上。「等我找到房子會通知你。」

「嗯。」哲朗點了點頭，理沙子打開門，他不假思索地邁步想要送她，但被她制止了。

「又不是永別，你不用送了，多保重。」

「你也多保重。」

「謝謝。」理沙子說完這句話，走出客廳。接著聽到走廊上傳來腳步聲，然後是穿鞋子、打開玄關的門、關門的聲音。

哲朗坐在沙發上發呆，他對理沙子搬出去這件事沒有真實感，但她說的那句「又不是永別」，讓他感到很空虛。

理沙子的菸放在茶几上，他伸手摸了一下，裡面還剩一支菸。他叼在嘴上，用拋棄式打火機點了火，用力吸了一口，肺部感到隱隱作痛，被煙嗆到了。他慌忙在菸灰缸裡捻熄了菸。

走去廚房，用杯子喝了水，這時發現洗好的餐具中有兩個茶杯，還有兩個相同花紋的杯碟。這組皇家哥本哈根的茶杯是早田送的結婚賀禮，理沙子很珍惜，只有貴客上門時才會使用。

哲朗思考著理沙子突然搬出去的原因，是不是發生了什麼事？是否和訪客有什麼關係？哲朗為昨晚沒有發現茶杯的事感到懊惱。

到底誰來過家裡——？

他打量周圍，試圖尋找線索時，發現了有一張便條紙用磁鐵貼在冰箱上。

理沙子在便條紙上寫著『一定要找到中尾，不要輸給早田』。

3

雖然原本下午有採訪工作，但哲朗突然決定要做一件事，所以臨時取消了工作。

他去了百貨公司的食品賣場，買了送禮用的仙貝和饅頭，請店員包裝得很漂亮。

他決定把仙貝送給戶倉泰子，把饅頭送給戶倉佳枝。仙貝太硬，如果送給年邁的佳枝就未免太不貼心了。

戶倉明雄的家和上次來的時候一樣，靜靜地佇立在狹小的住宅區內。屋內完全沒有動靜，玻璃窗戶內也很昏暗，不像有人住在裡面。

但哲朗按了門鈴，不一會兒，門就打開了，戶倉佳枝那張滿是皺紋的臉探了出來。

她驚訝地張了張嘴，看起來似乎還記得哲朗。哲朗向她鞠了一躬，說想再次向她請教有關事件的事。

「我已經沒什麼好說的了。」

她想要關門，哲朗用手按住了門。

「因為我手上有一些需要確認的事，所以想請教你一下。」

戶倉佳枝露出了猶豫的表情，雙眼注視著哲朗。

幾秒鐘後，她輕輕點了點頭。

和上次與早田一起來時一樣，佳枝帶他來到兩坪多大的和室。就是有佛壇的那個房間。和上次一樣，佛壇上放著戶倉明雄的照片。哲朗打量了一下，發現室內似乎比上次整理得乾淨了些。

哲朗把饅頭的禮盒遞給了佳枝，佳枝客氣地收下了。

理沙子留下的紙條是哲朗再次上門的原因。不要輸給早田——這句話讓哲朗耿耿於懷。他想起早田似乎掌握了什麼線索，而且還說自己掌握了破案的關鍵，如果少了他手上的關鍵線索，警方無法查出真相。

哲朗也不知道早田掌握了什麼線索，於是他開始思考，早田到底是在哪裡、透過什麼方式掌握了這個關鍵線索。他是報社記者，當然有各種管道和人脈，但如果是透過這種方式得到的線索，警方應該也會掌握。

早田向哲朗斷言，自己會透過其他途徑追查這起案子。他察覺到哲朗以某種方式和這起事件有關，所以才這麼說。早田的確沒有在哲朗周圍調查，除此以外，還有什麼途徑可以調查這起事件？

哲朗思考到這裡，想起了戶倉家。在那個時間點，早田只能重新調查戶倉明雄周遭的情況。他一定再次和戶倉佳枝、戶倉泰子見了面，結果發現了極其重大的線索。

「你還記得上次和我一起來這裡的報社記者早田嗎？」哲朗問佳枝，佳枝跪坐在榻榻米上，似乎無意為哲朗倒茶。

「是，我記得。」

「我想他之後應該也多次上門。」

「呃，沒有，那次之後，他沒有來過。」老婦搖著頭說。

「沒有來過嗎？」

「對。」

哲朗認為不可能，但佳枝困惑的表情不像是裝出來的。只不過她臉上滿是皺紋，很難看清楚她真正的表情。

「電話呢？早田有沒有打電話來這裡？」

「應該沒有打電話來，那個記者怎麼了？」

「不，沒事。」

難道自己猜錯了嗎？哲朗差一點露出失望的表情。這時，佳枝說：

「你剛才說有什麼需要確認的事……」

「啊，對，有幾件事。」哲朗重新坐好。

為了避免佳枝懷疑，必須向她提供某種程度的消息，但不能透露太多。要說什麼、隱瞞什麼的分寸很不好掌握。

「警方似乎鎖定了一個在『貓眼』的酒店上班的坐檯小姐，那個小姐名叫香里。」

「坐檯小姐……是女人殺了明雄嗎？」

「不，警方好像在懷疑是坐檯小姐的男朋友殺的，好像有一個同居男友。」哲朗想了一下後補充說：「在那家名叫『貓眼』的酒店工作的酒保，在明雄先生遭到殺害後離職了，所以警方可能也在找那個男人。警方似乎認為那個酒保是香里的男朋友。」

哲朗刻意連續強調了「男朋友」、「男人」，絕對不能讓任何人察覺到有日浦美月這個「女人」的存在。

「那個酒保是兇手嗎？」

「現在還無法確定。」

「那個人叫什麼名字？」

「我記得……」哲朗判斷告訴她這件事也沒有問題，「叫神崎光流。」

「神崎……」老婦的表情有了些微的變化，滿是皺紋的眼瞼抽搐了一下。

「你認識這個人嗎？」

「不，完全不認識。」佳枝搖著手，「這個人還沒有找到嗎？」

「好像是這樣。」

她聽了哲朗的回答後，又露出了沉思的表情。

總之，既然早田沒有來過，繼續留在這裡也沒有意義。哲朗聊了一些那起事件中無關緊要的事後站了起來。

「戶倉先生的太太就住在這附近嗎？」

「也不算附近……離這裡兩站的距離。」

「如果方便的話，可不可以把她家的地址和電話號碼告訴我？」

佳枝想了一下後說「請等一下」，然後打開了旁邊櫃子的抽屜。

「你和戶倉太太之間的關係怎麼樣？有時候會聊天嗎？」

「完全沒有聊天，新年過後，一次也沒見過。反正我這裡也沒什麼事，所以也沒關係。呃，電話號碼……因為我從來不打電話，寫了電話號碼的紙也不知道放在哪裡。」她嘴上這麼說著，遞給哲朗一張便條紙，上面寫了戶倉泰子的地址。哲朗收了起來。

哲朗在佳枝告訴他的車站下了車，走向便條紙上寫的地址。既然早田沒有去找佳枝，很可能也沒有去找泰子。想到可能會白跑一趟，心情就很沉重。

戶倉泰子和獨生子住在老舊兩層樓公寓的一樓，哲朗想起今年六歲的那個兒子名叫將太。

按了門鈴後，立刻聽到了回應，門打開了。泰子看到哲朗，緩緩地鞠了一躬。她似乎也記得哲朗。

「不好意思，突然上門打擾，你們最近還好嗎？」

「也沒有好不好……」泰子低下頭。

「請問可以稍微占用你一點時間嗎？去附近喝杯咖啡。」

「喔，但我不太想出去。」她打開了門說，「請進來吧。」

「打擾了。」哲朗打了招呼後，走進了房間。

一走進去，就是飯廳兼廚房，後方有一個房間。雖說是飯廳兼廚房，但放了一張小桌子，就占滿了整個空間。這樣的空間對普通的家庭來說實在太狹小了。

哲朗和泰子面對面坐在那張小桌子前，將太坐在地上，正在打電動，和他上次玩的遊戲機不一樣。哲朗有點意外，因為他以為戶倉泰子在經濟上並不寬裕。

「你做什麼工作？」

哲朗問，泰子無力地搖了搖頭。

「我原本在居酒屋打工，但被辭退了。因為經濟不景氣，店裡都沒有生意，老闆說人手太多了，所以我目前正在找工作。」

「那還真辛苦啊。」

「是啊，但是為了孩子，我必須努力工作。」泰子看著將太。

哲朗就像剛才問佳枝時一樣，也問了泰子，早田有沒有來過這裡，但泰子的回答也無法滿足他的期待。她回答說，自從上次之後，就沒有見過早田。

哲朗又接著問她，警方有沒有向她透露命案偵辦的情況，她陷入了沉思後說：

「我也很在意這件事，但警方完全沒有和我聯絡，根本不知道目前的狀況，我們是被害人家屬，警方卻完全不向我們透露任何情況。」

這是殺人命案的被害人家屬經常說的話。雖然相關單位呼籲保護被害人的權利已經多年，但現實生活中並沒有解決任何問題。

將太可能打電動膩了，開始玩電話。他隨便亂按了按鍵，然後拿起了話筒，過了一會兒又掛斷了。他玩了一次又一次，電話機很新，號碼會顯示在螢幕上。將太可能按到了重撥鍵，只要按一個按鍵，螢幕上就會出現一排數字，所以他可能覺得很好玩。

「將太，不可以！之前不是就告訴你，不要玩電話嗎？」

聽到母親的斥責，將太離開了電話。

之後，哲朗和泰子都在閒聊。哲朗主要關心她今後有什麼打算，但她並沒有明確的回答。

「我沒有存款，所以得趕快想辦法賺錢。」

「你和你婆婆已經沒有往來了嗎？」

「是啊，對我來說，她已經是外人了。」她說完這句話，忍不住看向電話的方向，但將太已經又坐回遊戲機前了。

哲朗準備離開時，才想到自己帶了伴手禮。他穿好鞋子後，把紙袋遞給泰子。

「你不必這麼客氣。」

「一點小意思，請你收下。」

「是嗎？不好意思。將太喜歡吃甜食，所以他一定很高興。」

「啊，這是仙貝，不好意思。」

「啊，是這樣啊。不好意思，他也很喜歡仙貝。」泰子露出了尷尬的笑容，接過了紙袋。

哲朗走向車站時，內心湧起了徒勞的感覺。他對早田竟然沒有來找她們婆媳感到意外，既然這樣，早田又是如何發現獨家線索？

唯一的可能——

戶倉明雄以前任職的門松鐵工廠。哲朗以前曾經查過那家工廠的地址，聽早田說，戶倉的親戚開了那家鐵工廠。哲朗看著手錶，時間還早，工廠應該還有人，他打算去鐵工廠打聽。既然已經來到這裡，即使白跑一趟，也不會感到後悔。

他看到車站前有一家糕餅店，裡面都賣西式糕點。鐵工廠的員工大部分都是男人，但總比空著雙手好多了。

他在店門口停下了腳步。因為突然想到了泰子說的話。

「將太喜歡吃甜食，所以他一定很高興。」

沒錯，她的確這麼說，但她為什麼會以為盒子裡是「甜食」呢？包裝紙上只印了那家店的店名而已。

哲朗又想到其他奇怪的地方。泰子看到哲朗時，並沒有感到驚訝，而且也沒有對哲朗知道她家的地址感到納悶。你怎麼會知道我家的地址？——照理說，泰子應該會問這個問題。

難道是戶倉佳枝打電話通知泰子嗎？

這是唯一的可能。佳枝是不是打電話告訴泰子，等一下有一個姓西脅的可疑男人會去你家。然後可能還補充說，他帶了饅頭的伴手禮，剛才從我這裡離開。

果真如此的話，就必須重新認識佳枝和泰子之間的關係。雖然她們都說彼此完全沒有來往，但事實顯然並非如此。

哲朗想起早田曾經說，那個老太婆很狡猾。

她們婆媳之間的關係並沒有像她們自己說得那麼差，但為什麼要假裝婆媳不和？哲朗絞盡腦汁，思考著是否有方法可以確認她們兩個人是否有聯絡。

他突然想到一個好主意，於是轉身走了回去。

他來到泰子住的公寓前按了門鈴，泰子探頭出來時，臉上的表情比剛才略微緊張了些。「還有什麼事嗎？」

「還有兩、三個問題想請教你。」哲朗不由分說地走進門內，「請問你知道你先生經常去一家名叫『貓眼』的酒店嗎？」

「貓眼……嗎？我不知道……但是聽刑警說，他經常去銀座的酒店。」

「你有沒有聽過佐伯香里這個名字？」

「佐伯嗎？」她偏著頭。

「那神崎光流呢？」哲朗注視著她的表情問。

泰子搖了搖頭，回答說：「我不知道。」哲朗覺得她一度瞪大了眼睛，但也可能是自己的心理作用。

「這樣啊。」

「這兩個人怎麼了嗎？」

「不，目前還不清楚。不好意思，」哲朗假裝看著手錶，「電話可以借我一下嗎？我今天忘了帶手機。」

「好，沒問題。」

「不好意思。」哲朗打了一聲招呼後走進屋內。點心的包裝已經打開了，將太正在吃仙貝。

哲朗站在電話前，擋住了泰子的視線。他迅速看了操作面板，假裝按下數字鍵，但按了重撥鍵。螢幕上顯示的號碼並不是來這裡之前臨時記下來的戶倉佳枝住家的電話。

他打算再按撥號紀錄的按鍵。最近的電話可以記錄多個撥打的電話號碼。如果泰子和佳枝頻繁聯絡，電話機紀錄的電話中一定會有佳枝住家的電話。

但是，他的手指在按撥號紀錄的按鍵前停了下來。因為他發現自己知道顯示在螢幕上的號碼。那不是佳枝的電話，而是一個令人意外的人。

4

手錶顯示目前的時間是晚上十一點多，哲朗又點了一杯黑啤酒。整家店內只有他一個人獨占了一張圓桌，其他四張桌子旁都坐了兩、三個男男女女，看起來都是上班族。這家店的女酒保調酒手勢很精采，遠近馳名，即使不是週末，生意也很好。

哲朗喝著送上來的第二杯黑啤酒時，對開的門打開了，早田走了進來。他穿著黑色皮夾克，戴了一條灰色的圍巾。

服務生走過來為早田點酒，早田拿下圍巾的同時點了一杯粉紅琴酒。

「這是理沙子愛喝的酒。」哲朗故意這麼說。

「所以我才點啊。」早田露齒而笑，把皮夾克掛在吧檯椅的椅背上，「天氣越來越冷了，你不去北方嗎？」

「北方？」

「去採訪單板或是雙板滑雪啊，不是有很多比賽嗎？」

「喔……但那不是我擅長的領域。」

「整天挑挑揀揀，小心會被淘汰。」早田拿出了菸盒，用Zippo打火機點了火。

哲朗想起以前曾經流行帶Zippo打火機去滑雪，只不過那時候哲朗並不抽菸，連早田也不抽菸。

「來這裡的路上，我想像了各種可能性，」早田噴雲吐霧地說，「你找我到底有什麼事？你應該不可能找我討論同學會的事，所以應該還是關於那起事件。但是，我想不透你約我出來的理由。我上次也說了，我並不打算協助你，甚至希望你抽身。你不可能不知道我的態度。」

哲朗沉默不語。他不知道要怎麼向這個強敵開口。

粉紅琴酒送了上來，早田端起杯子，哲朗也拿起了黑啤酒的杯子。

「高倉還好嗎？還是整天忙得不可開交嗎？」

「是啊，」哲朗點了點頭，「不瞞你說，我們目前分居了。」

早田夾著菸的手指停在半空。

「我可以請教原因嗎？」

「並沒有明確的理由，其實我也不太清楚是什麼理由。理沙子提出要分居，我也同意了，就只是這樣。」

「她這麼提議應該有理由吧，而且你同意也要有理由。」

「我的意思是一言難盡，發生了很多事。」哲朗一口氣喝了半杯黑啤酒，「也許該把那件事告訴你，就是總決賽的事。」

「就是遭到截球的那件事嗎？」

哲朗點了點頭。

「那個時候，我為什麼沒有傳球給你的原因。」

「因為你看不到吧，」早田很乾脆地回答，「我猜你看不到左側的視野。」

哲朗驚訝地看著老同學的臉，但是，多年前的出色邊鋒一臉若無其事地喝著粉紅琴酒。

「你早就知道了？」

「我猜到了，松崎搞不好也察覺到了，但應該只有中尾確實知道。看了你們的合作，我猜想左側應該是你的死角。你的眼睛受傷了嗎？」

「左眼有問題，目前也幾乎沒有視力。」

「這樣啊。」早田點了點頭。

哲朗無意告訴早田自己眼睛受傷的原因，他並不是想吐苦水。

「你從來沒有問過我這件事。」哲朗說。

「問了又怎麼樣？既然你想要隱瞞，我相信你有自己的理由。」

「是啊。」

「我在練習時就已經察覺了，但是在比賽時確信了這件事，但當時也不可能質問你。」

「你明知道我看不到左側的視野，最後仍然跑去那個位置嗎？」

「是啊，因為我想賭一下。」

「賭一下？」

早田喝完了粉紅琴酒，在桌子上方探出身體。

「雖然沒有提過這件事，但你覺得為什麼我在那個位置完全沒有遭到盯防？那支以堅強防守出名的球隊，竟然完全沒有人防守左側角落的位置，你不覺得奇怪嗎？」

哲朗倒吸了一口氣，「該不會……？」

「沒錯。」早田露齒一笑，點了點頭，「敵隊的防守陣營發現了帝都大的四分衛不會把球投到左側角落。雖然不知道原因，但知道他不會投去那個位置。我相信他們並不是一開始就發現，但最後那一球時絕對看出來了。」

「所以左側角落完全沒有人……」

「沒錯，所以我決定將計就計，跑到左側角落，就看你能不能發現，然後把球投給我。我說的賭一下就是這個意思，同時也是測試我自己的運氣。」

「運氣？」

「你應該察覺到我喜歡高倉吧？」

「……嗯。」

「我一直在猶豫該不該向她告白，我知道高倉和你的關係，也就是所謂要在愛情和友情之間作選擇，最後無法得出結論，就迎接了總決賽。於是我決定，如果可以在比賽中達陣，我就向她告白；如果不行，就認為我們有緣無分，放棄這段感情。」

「結果……你並沒有達陣。」

哲朗第一次知道，對早田來說，那是雙重的失望。

「有那麼一下子，我很懷疑你知道我的決心，故意不傳球給我。雖然我知道不可能。」

「即使我知道了你的決心，如果我可以看到，絕對會把球傳給你。」

「我想也是。」早田點了點頭。

哲朗用拳頭輕輕捶著桌子。

「我還以為沒有人知道我眼睛的事……」

「美式足球沒這麼好混，單槍匹馬根本無法做任何事，必須相互合作，才能有個人的表現。」

「是啊。」哲朗點了點頭，嘆了一口氣。

哲朗覺得自己這麼多年來，一直都錯了。他一直認為自己是悲劇選手，為了避免傷害隊友，隱瞞了那次的意外，即使因此輸了比賽，也絕對不找藉口——他對這樣的自己感到陶醉，但這只是在縱容自己，許多隊友都在默默守護陷入自我陶醉的自己。

哲朗現在充分瞭解理沙子為什麼那麼討厭『男人的世界』這幾個字，因為那只是自戀。

「所以我自以為是英雄。」

「你不必這麼沮喪，這就是人類的脆弱，也是優點。」

「理沙子似乎無法原諒這種脆弱，不，她認為既然是夫妻，就必須共同承擔。聽她這麼說了之後，我認為的確有道理。」

「高倉對你左眼的事……」

「她知道，但她一直沒有告訴我，似乎在等我告訴她，但我始終沒有提這件事。」

「她可能會無法原諒。」早田撣掉了變短的香菸菸灰，看他的眼神，似乎想起了理沙子。

「在她離開之後，我看到她留下的字條，上面寫了一句話，叫我不要輸給你。」

「我嗎？」早田用大拇指指向自己，「什麼意思？」

哲朗環顧周圍後，壓低了聲音。

「上次你對我們說，破案的關鍵掌握在你的手上，如果沒有這個關鍵線索，警方也無法查明真相。你的這種自信至今仍然沒有改變嗎？」

早田苦笑著，在臉前搖了搖手。

「如果你要我告訴你板橋那起事件，那我馬上就走人。」

「等一下，你先聽我說。」

哲朗舉起手，叫來了服務生，又點了一杯粉紅琴酒。

「你想幹嘛？」早田問。

「如果你不想回答，可以保持沉默。你先聽我說，然後再決定要不要回答。」

早田目不轉睛地看著哲朗的眼睛，似乎想要看透他的內心。不知道他看到了什麼，他點了點頭說：「那就先聽聽看。」

哲朗喝了一口黑啤酒潤了潤喉，用力吸了一口氣。

「以下是我的推理。板橋的事件按照目前的情況無法偵破，因為缺少重要的環節，所以無法查到兇手。這個環節目前就掌握在你的手中。為什麼會缺少這個環節？因為有人刻意隱瞞。通常即使有這號人物，警察也遲早會查到，但這些人是例外，完全是警方的盲點。」

早田原本想要點菸的手停在半空，Zippo 打火機的蓋子仍然開著。

「這兩個盲點的人物就是遭到殺害的戶倉明雄的家屬，說得更清楚一點，就是戶倉佳枝和戶倉泰子，尤其是他的母親，警方根本沒有把她列入懷疑的對象。」

早田關起了打火機的蓋子，把原本叼在嘴上的菸放回桌子上。第二杯粉紅琴酒剛好送上來，他也沒有伸手拿杯子。

「真是大膽的推理，這意味著被害人的家屬隱瞞了兇手。」

「你之前就已經察覺到這件事，我說錯了嗎？你掌握的事件關鍵，就是這件事吧？」

「聽起來不像是你酒醉後的胡言亂語。」早田把粉紅琴酒的杯子移到一旁說：「我們換一個地方聊。」

早田帶哲朗來到一家位在地下室的咖啡店。店內光線昏暗，桌子排放的位置很巧妙，可以確保客人的隱私，也許這裡很適合不希望彼此關係曝光的男女幽會。

「我很想知道你有什麼根據得出了這樣的結論？」早田沒有喝送上來的咖啡，直接問哲朗。

「你可不可以先回答我的問題？你是不是也掌握了相同的事？」

「我要聽你說完之後再回答。」早田揚起了嘴角。

哲朗喝了一口杯子裡的水。他原本就不認為早田會馬上肯定自己的推理。

「我掌握了證據，發現那個老太婆和老婆知道誰是兇手。」

「什麼證據？」早田抿著嘴唇。

「電話號碼。雖然說來話長，但我有機會碰了戶倉泰子家的電話，按了重撥鍵之後，顯示了一個重要人物的電話號碼。我說的重要，是指和事件有密切關係。」

「等一下，所以你認識那個重要人物，也知道那個人的電話。」

「當然。」

「你說那個人和事件有密切關係，我可以理解為是躲在事件幕後的意思嗎？」

「沒錯，因為戶倉泰子絕對沒有理由打電話給那個人，因為他們在表面上完全沒有任何關係。我再補充一點，戶倉泰子和佳枝假裝婆媳關係不好，但事實並非如此，她們平時密切聯絡。」

「這個重要人物叫什麼名字？」

「你隻字不願透露，難道你認為我會回答嗎？」哲朗把牛奶加進黑色的咖啡。

早田雙手抱在腦後，向後仰著身體。他看著天花板，陷入了沉思。他的腦袋裡應該出現了各種算計，但其中應該不包含哲朗曾經是戰友這件事。

和早田玩這種心機很危險，但哲朗別無選擇。既然在戶倉泰子家看到了那個電話號碼，就必須作好失敗的心理準備。

「那個老太婆——」早田開了口，「我第一次看到她，就覺得她很可疑，似乎隱瞞了什麼事，所以我就決定再去找她。」

「但那個老太婆說，之後並沒有見過你。」

「對，最後沒有見面。因為我想去找她時，剛好看到其他人走進她家裡。」早田放下了手，看著哲朗說：「就是戶倉泰子。我以為她們又要吵架，但我想錯了。泰子在她家裡停留了將近兩個小時都沒有離開，我事先已經確認那個老太婆在家，這兩個水火不容的婆媳竟然相處了將近兩個小時，難道你不認為很不自然嗎？然後我想起來了，老太婆家裡的電視不是連著遊戲機嗎？這就代表泰子經常帶著兒子去那裡，她們婆媳關係不好這件事根本是說謊。」
「然後呢？」
「我立刻跟蹤了泰子。因為泰子並沒有帶兒子出門，我猜想她應該會去其他地方。我的直覺猜中了，她去了銀行。」
「銀行？」
「但並不是去銀行窗口，而是去ATM。我為了避免被她發現，站在遠處觀察，發現她在補登存摺，但並沒有匯錢或是領錢，只是補登存摺而已。」
「是不是要確認別人的匯款或是提領紀錄？」
「我猜想應該是，於是我就自己出錢僱用了工讀生監視泰子，結果發現她三不五時去銀行，而且每次都是補登存摺。」
「太奇怪了。」
「至於那個老太婆，我每次有空就去監視她。我想確認誰去找她，但幾乎沒有人去她家，每天傍晚，她就出門去買菜，除此以外，幾乎沒有和任何人見面。沒想到我認為她沒搞頭，正準備放棄監視時，老太婆採取了行動。她那天穿上和平時不一樣的漂亮衣服走出家門。」
「她去哪裡？」
「意想不到的地方。江東區的週租公寓。」
「週租公寓？」哲朗忍不住驚叫起來，「她去那裡幹什麼？」
「我也不知道，目前仍然不瞭解詳細的情況。那個老太婆似乎去那裡找人，然後走進了公寓。我也悄悄跟在後面，老太婆敲了一道門，但沒有人出來應門。」

「是誰住在哪裡？」

哲朗偏著頭納悶。既然租用週租公寓，就代表那個人並不打算長住。事件的關係人中有這樣的人嗎？

「老太婆離開後，我調查了租用那個房間的人。雖然我猜想那個人不會用真名，但還是想要查一下。那種地方的郵件不會直接送去房間，而是先送去管理員室，然後由管理員送去給住戶。所以只要問管理員，就可以知道住戶的名字。那個老太婆去敲門的那個房間的住戶名叫神崎光流。」早田說完，用手指著哲朗問：「你是不是知道這個名字？」

「就是『貓眼』的酒保……」

「沒錯。」早田緩緩點了點頭，「警方也在追那個酒保，因為他在案發之後就辭職了。望月為了查明他的下落監視『貓眼』，但『貓眼』的媽媽桑說，當初是坐檯小姐香里把神崎介紹到店裡工作。香里也仍然下落不明，警方認為神崎是她的男朋友。神崎留給店裡的地址和經歷都是假的，媽媽桑也不知道神崎的下落，但奇怪的是，被害人的家屬竟然知道。你怎麼看這件事？」

「神崎殺了戶倉，戶倉佳枝和泰子知道這件事。她們明明知道，卻沒有告訴警察。」

「這樣的推論很合理，佳枝她們為什麼這麼做？」

「她們在包庇神崎光流嗎……？」

「怎麼可能？」早田立刻搖了搖頭，「姑且不論泰子，對佳枝來說，戶倉是她的親生兒子，怎麼可能包庇兇手？但是，在憎恨一個人時，並不一定希望兇手遭到逮捕，如果只有自己知道誰是兇手，也可能採取其他行動。」

「你是說復仇嗎？」

「這也有可能，但對家屬來說，並不是只要殺了兇手，就可以一解心頭之恨，而且泰子原本就想和戶倉明雄離婚，我猜想她未必那麼痛恨兇手。」

「如果不是復仇……」

「就是恐嚇。」早田伸出食指，「事實上，佳枝和泰子生活都很拮据，雖然不知道是誰先提出來，但我認為她們恐嚇兇手，向兇手勒索金錢，所以泰子經常去補登存摺，確認錢有沒有匯進來。」

「家屬勒索兇手……」

「如果這是事實，是不是很令人驚愕？」早田點了菸，肩膀起伏著，吐了一口煙，「同時也是天大的獨家，簡直前所未聞。」

哲朗想起 去戶倉泰子家裡時的情況，她的兒子將太玩的遊戲機不便宜，在經濟狀況不佳的情況下，不可能買那種遊戲機。如果和兇手做交易，拿到了一筆錢，就不難理解了。

「所以，你也改變了對這起事件的態度。」哲朗問。

「因為這是我的工作，但我還是很講義氣，所以向你提出了警告，叫你不要和這起案子有任何牽扯，否則會對你的將來也有影響。」

雖然早田說話很冷淡，但這番話發自肺腑，只不過哲朗無法接受他的好意。

「除了你以外，還有誰知道這件事？」哲朗問。

「目前只有我知道，我還沒有向上面報告，因為很可能會被別人搶走功勞。而且我也不知道你和這起事件到底有什麼關係，只不過凡事都有限度，我也差不多該行動了。戶倉佳枝和泰子這一陣子也都沒有什麼特別的行動。」

「你打算告訴警察嗎？」

早田聽了哲朗的話，張大嘴巴笑了起來。

「我怎麼可能做這種蠢事？搶在警察之前才是大獨家啊。」

「你也去找佳枝她們嗎？」

「我拍下了那個老太婆去週租公寓時的照片，那對婆媳看到照片，不知道會露出怎樣的表情，真是太期待了。」

「但你並沒有證據說她們勒索。」

「證據可以等警察之後去查，我們的工作，就是從完全不同的角度看事件，但是……」

他把還很長的菸捻熄後，從桌子上探出身體說：

「目前的情況發生了些許的變化，我有機會查到神崎光流的真實身分。好了，現在輪到你說了。你在戶倉泰子家看到的電話號碼到底是誰的？」

早田的嘴角露出笑容，但眼神很銳利，好像在威嚇哲朗，事到如今，你非說不可。

哲朗把冷掉的咖啡端到嘴邊。咖啡只剩下苦味，也可能是此刻的心情讓味覺失常了。

「今天約你出來是有原因的。」

「是交換消息嗎？所以我才和你交易啊。」

「不光是這樣，不，其實這件事根本不重要。我有事想要拜託你，雖然你可能會拒絕我。」

「什麼事？不要故弄玄虛。」

「早田，拜託你。」哲朗雙手放在桌上，低頭拜託道。

「怎麼了？你想幹嘛？」早田的聲音中帶著困惑。

「請你不要再繼續調查這起事件。拜託你……就到此為止，希望你忘了這起事件。」

早田不發一語。哲朗低著頭，所以看不到他的表情，但可以想像他一定露出了驚訝、無奈和困惑的表情。

「西脅，你……」早田說，「你看不起我嗎？」

「不是，不是這樣。」哲朗抬起了頭。

早田怒目相向，臉頰也繃緊。他忍著內心的憤怒。

「不是什麼？是我先叫你別再插手這件事。」

「我之後也不會再插手這件事。我知道我這麼拜託你很一廂情願，但這是有原因的。」

早田瞪著哲朗，伸手拿起菸盒，但他沒有拿香菸，而是把菸盒丟到桌上。

「那我就來聽聽是什麼原因，但並不是我聽了，就代表我答應了。」

哲朗嘆了一口氣。他完全沒有自信，不知道這樣做對不對，但他想不到其他的方法。

「那我就告訴你，你一定會很驚訝。你我都認識的人涉及了這起事件。」

「我知道，是不是日浦？」

「你知道她和這起事件有什麼關係嗎？」

「聽你的口氣，所以你知道？」

哲朗用力深呼吸。他內心還在猶豫，但他舔了舔嘴唇。

「那個叫神崎光流的酒保就是日浦，就是日浦美月。」

5

早田皺起眉頭，張大了嘴。他應該聽不懂哲朗這句話的意思。這也難怪。

「就是日浦，」哲朗故意放慢了速度，「日浦就是神崎光流。」

「你在說什麼啊，神崎是男人。」

「沒錯，所以日浦也是男人。」

早田仍然搞不清楚狀況，哲朗把至今為止發生的一切告訴了他。在同學會那天晚上和美月重逢、美月想去自首，被哲朗和理沙子阻止，但最後美月還是離開了哲朗他們的家。哲朗還告訴早田，事件背後隱藏了為性別問題煩惱的人進行的驚人計畫。

哲朗說完大致的情況後，觀察著早田的反應。早田輕輕咬著嘴唇，注視著半空中的一點。這是他以前在比賽時不時露出的表情。這位出色的邊鋒除了四分衛的指示以外，也在腦海中思考各種比賽策略。

早田拿起了剛才丟在桌上的香菸，拿出一支叼在嘴上點了火，對著注視的空間吐著煙。

「太驚訝了。」

「我知道。」

「這下子很多事都有了合理的解釋。戶倉家裡一定有很多顯示他是跟蹤狂的東西，戶倉佳枝看到那些東西後，猜想兇手一定是香里或是她的男朋友神崎，於是就去和神崎談交易。一方面是為了錢，但同時也可能想隱瞞戶倉的跟蹤狂行為。神崎住的週租公寓，應該是戶倉在生前查到的。」

「我也這麼認為。」

「但我作夢也沒有想到，事件的背後竟然有這樣的背景，但如果是這樣，真的可以解釋很多事。我認識的刑警說，『貓眼』的坐檯小姐香里其實是冒充一個叫佐伯香里的女人，佐伯香里本尊很可能有性別認同障礙，但他們認為這件事和戶倉命案沒有關係，我相信偵查小組也這麼認為。」

「比起誰是殺害戶倉的兇手，他們拚命想要掩飾交換戶籍的事。日浦想要去自首，應該也是希望以最單純的方式了結這起事件。」

「但中尾說服她改變主意嗎？」

「應該是這樣，只是我不知道中尾怎麼說服她。」

早田點了點頭，再次嘀咕說「太驚訝了」，然後看著哲朗說：

「你認為我聽了你說的這些情況，會保持沉默嗎？不會寫成報導嗎？」

「不知道，但我只能告訴你。」

「你不該告訴我，我之前也說過了，我在當記者時，為自己立了一條規矩，那就是為了追求真相，即使失去某些東西也不後悔。」

如果害怕被截球，就無法傳球——哲朗記得早田還曾經這麼說。

「我之所以告訴你，是抱著一絲希望。」哲朗說。

「一絲希望？」

「一旦你揭發戶倉佳枝她們婆媳，警方就會從她們口中得知誰是兇手。她們並不知道兇手的本名，但知道電話，警方可以從電話號碼輕易查到兇手。」

戶倉泰子的電話上留下的是一個手機號碼，哲朗知道號碼的主人並不是透過非法的手段申請到那個號碼。

「那個號碼的主人是真兇嗎？你和那個人很熟，我也很熟，對不對？」

哲朗聽了早田的話，無奈地點了點頭。

「一旦警方出動，那傢伙就無處可逃了，早晚會遭到逮捕，到時候，所有的真相都會一個接著一個攤在陽光下。」

「你是不是覺得既然早晚會曝光，不如在此之前向我坦承一切，然後勸我不再插手這起事件。原來如此，的確是一絲希望，但是，」早田繼續說道，「可惜這一絲希望也破滅了。你們應該很痛苦，也會憎恨我，但我還是會做自己該做的事，否則就失去了活在這個社會上的意義。」
哲朗吞下了嘴裡的口水，他完全瞭解早田不是會輕易改變想法的人。
「在你作出結論之前，要不要先瞭解那個人是誰，就是我在戶倉泰子的電話上看到的號碼的主人。」
「我的確很想確認一下，雖然我大致猜到了。」早田看著哲朗的眼睛問：「是不是中尾功輔的電話號碼？」
「你怎麼會……？」
「只要冷靜聽你說明的情況，就可以得出這個解答。日浦以神崎光流的身分生活，但應該是中尾幫她租了房子。也就是說，神崎光流既是日浦，也是中尾，戶倉佳枝和神崎光流做交易時，可能是日浦或是中尾其中一個人出面。」
哲朗垂下了頭。他再度後悔和眼前這個男人站在對立面。
「即使是好朋友，你也不會手下留情嗎？」
「請說我是不輕易妥協，目前坐在你面前的並不是早田幸弘這個人，而是只要看到獵物就會撲上去的鬣狗。」早田不悅地說，他把自己說成是鬣狗，或許反映了他內心的苦惱。
「中尾可能打算自首。」哲朗說，「他應該打算在自首之前，銷毀所有交換戶籍系統的所有證據。現在之所以沒有露臉，應該正在忙著處理這些事。」
「我也有同感。」
「如果你無論如何都要告發戶倉佳枝和泰子，我也無可奈何，但可不可以等到中尾自首之後？」

「我無法做到。這句話等於在對看到了獵物的鬣狗說，雖然你可以吃，但要等到肉發臭之後再吃。而且我認為，即使中尾有這樣的打算，也未必能夠如願。如果戶倉佳枝她們知道交換戶籍的事，不就沒戲唱了。」

「但是如果沒有證據的話——」

哲朗的話還沒有說完，早田就用力搖著頭。

「證據可能會在意想不到的地方出現，無論中尾再怎麼掩飾都無濟於事，不要小看警察的能力和戰術。」

哲朗並沒有小看警方，只是希望拖延整起事件落幕的時間，讓倒數計時晚一點開始。他知道這種努力只是徒勞，但即使知道，這也是自己目前唯一有能力做的事。

「你打算什麼時候揭發？」

「有幾件事還需要確認，同時也要避免引起警方和中尾他們的注意，所以可能會耗一點時間，但我想盡快處理這件事。」

「這樣啊。」

哲朗猜想早田不可能單槍匹馬去查證這些事，他今天可能就會去向主管報告這件事，到時候，秘密就不再是秘密。

「但是，我之前也說過，我做事力求公平。我不會根據今天從你口中得知的線索去採訪，我會按照自己原本的計畫，繼續追查戶倉佳枝和泰子這條線，從那條線調查交換戶籍這件事，如果有辦法證實，就會寫入報導，所以我不會把你告訴我的事向上面報告。雖然我無法滿足你的希望，但這是我的一點心意。」早田站了起來，「還有其他事嗎？」

「沒有。」哲朗搖了搖頭，打算伸手拿桌上的帳單，但早田搶先拿了起來。

「這杯咖啡我請客。因為我有收穫，你完全沒有收穫。」早田說完，準備走向門口，但中途停了下來，轉頭問哲朗：「下一次的幹事是須貝吧？」

「幹事？」

「就是十一月的聚會，我記得今年由須貝擔任幹事。」

「喔……」哲朗點了點頭，納悶早田為什麼現在提這件事。

「你記得告訴他，不必寄通知給我，不光是今年，以後也一直都不要再寄給我。」

「早田……」

「早就超時了，總決賽結束至今已經多少年了？」早田說完，大步走了出去。

6

哲朗抬頭看著三層樓的公寓，忍不住嘆著氣。他很不想來這裡，而且之前也已經答應了美月，但除以此外，他沒有其他方法，也不能袖手旁觀。雖然會遭人怨恨，但自己也無可奈何。

他深呼吸後走上樓梯。他要去二樓最後一個房間。他在房間門口調整呼吸後按了門鈴。現在是晚上七點多，他確認立石卓已經回家了。立石卓——本名叫佐伯香里。

哲朗察覺到有人站在門內，似乎正透過門上的貓眼看著自己，但不知道是那個金髮的年輕女友，還是立石卓本人。

對方沒有吭氣，一動也不動，似乎假裝不在家。哲朗又按了一次門鈴，對方仍然沒有動靜。哲朗想像門內的人捂住了耳朵。

他蹲了下來，用手指推開了信箱口，把嘴巴湊了上去。

「可不可以請你開門？」他說，「我知道你就在門內，我和你們一樣，並不想把事情鬧大。」

對方仍然沉默不語，想必陷入了猶豫。可能打算打電話給美月。無論如何，都必須阻止他們這麼做。

「我無意影響你們的生活，所以才會來這裡，你們面臨了危機，如果不及時挽救，中尾就會遭到逮捕。」

這一次，哲朗清楚感受到門內的動靜。對方似乎聽到中尾的名字慌了手腳。

「請你開門。」哲朗再次說道，「快來不及了，沒時間在這裡磨蹭。」

又是一陣沉默。哲朗帶著祈禱的心情等待著，不一會兒，聽到了門鎖打開的聲音，門緩緩打開了。

立石卓穿著運動褲和毛衣站在那裡。

「我有事要和你談一談。」哲朗說，「而且很緊急。」

「你不要再和我們有任何牽扯……」

「美月這麼說過，對不對？還是佐伯香里說的？我也不想來打擾你們，但狀況發生了變化，這件事也和你們有關係。總之，先讓我進去。如果我在這裡大聲說話，你也會覺得很困擾吧？」

立石卓猶豫了一下，最後點了點頭。

他們住的房間是一房一廳，一進門是廚房，飯廳內沒有放餐桌，但有一張暖爐桌，金髮的女生就在暖爐桌旁，握著電話的子機，瞪著哲朗。

「可以叫你太太嗎？你先把電話放下，我想你應該打算打電話給美月或是香里，但請你稍微等一下。」

哲朗說完，她看著丈夫，似乎在徵求丈夫的意見。立石卓默默點了一下頭，她放下了電話。

「請問有什麼事？」立石卓問。雖然他刻意發出低沉的聲音，但瞭解他真實身分的人，還是可以聽出是女人的聲音。

「我希望你告訴我中尾在哪裡，我只有這一個要求。」

立石搖了搖頭說：「我們也不知道。」

「怎麼可能？你們怎麼可能不知道？拜託你告訴我，我有事必須告訴他。」

「是什麼事？」

「我剛才也說了，照目前的情況，他會遭到逮捕，到時候也會危及你們。」

「聽說中尾先生的問題可以順利解決。」

哲朗搖了搖頭問：

「你聽誰說的？佐伯香里嗎？還是日浦美月？或是中尾本人？無論是誰告訴你，那個人都不瞭解狀況。無論如何，讓我和中尾見面。」

立石卓露出困惑的表情看著金髮的妻子，但她只是不安地抬頭看著丈夫。

立石卓嘆了一口氣說：

「我們真的不知道，我們沒辦法直接和中尾先生聯絡。」

「那你們知道誰的聯絡方式？」

「只知道香里的電話。」立石卓說了自己的本名。

「立石卓本尊的電話嗎？」

「對。」她低頭回答。

「好，那就打電話給他，但不是你打。」哲朗看著金髮女人說，「由你打電話，然後按照我的指示去做。佐伯香里接起電話，你就說你老公得了盲腸炎，馬上需要健保卡，然後和他約在某個地方拿健保卡。」

立石卓的神色緊張起來。

哲朗確信自己猜的沒錯。他手上拿的是立石卓的健保卡，如果只是小毛小病或是感冒，即使用立石卓的健保卡也沒有問題，但如果罹患內臟方面的疾病，就無法使用，必須拿回自己的健保卡使用。只要向醫生說明自己接受了變性手術，醫生不會起疑心。只不過這種時候，必須去以前從來沒有去過的醫院。

金髮女人準備撥電話時，立石卓制止了她：「不要打，沒必要按照他說的去做。」

「這也是為你們好。」

「但我們不能背叛朋友。」

「現在沒時間說這些了。」哲朗再次看著金髮女人說：「趕快打電話。」

但是，她沒有動靜，似乎決定交由丈夫判斷。

「你不必打電話。」

「如果不按照我說的去做，我馬上去向你的公司告密。」哲朗說，「到時候你就無論如何必須打電話給佐伯香里了。」

立石卓皺起眉頭，瞪著哲朗。

「你打算叫香里帶健保卡出來，然後當場逮人嗎？」

「我也不想這麼做，但目前是非常狀況。」

「沒錯。」

「既然這樣，那我叫她打電話，你直接和香里談，說服香里和你見面就好。」

「正因為我認為香里不可能和我談，所以才會採取這種手段。不，香里非但不會和我談，一聽到我的聲音，就會把電話掛斷。」

立石卓垂下嘴角，知道哲朗並沒有說錯。

「趕快打電話。」哲朗對金髮女人說。

她向丈夫求救，立石卓垂下了眼睛。

「你們平時拿健保卡時都約在哪裡見面？」哲朗問立石卓。

「新宿車站的驗票口，東口的……」

「那這次也約在那裡見面，」哲朗對金髮女人說：「趕快打電話。」

她拿著子機，開始按電話號碼。果然是打對方的手機。

片刻後，她吸了一口氣。

「喂？呃，是我，澪美……對，呃，他好像得了盲腸炎……不，還沒有去醫院，打算等一下帶他去……對，沒錯，因為我想沒有健保卡可能不太方便……對，嗯……是。那就在老地方……好，三十分鐘後。」

名叫澪美的她掛上電話後，重重地吐了一口氣。

「八點約在驗票口見面。」

「太好了。」

「用這種方法太卑鄙了。」立石卓小聲嘀咕。

「如果有時間用其他方法，我早就這麼做了，但我希望你可以瞭解，我說了好幾次，這也是在幫助你們。」

立石卓煩躁地抓著頭，當場盤腿坐了下來。

「我一輩子都要這樣嗎？原本以為這次終於可以成為一個真正的男人，到底什麼時候才能安心過日子。」

「這不是你選擇的路嗎？」

立石卓聽了哲朗的話，好像被戳到痛處似地說不出話，然後用力拍著自己的大腿說：

「性別根本不重要啊，我說自己是男人，這樣不就好了嗎？為什麼還要寫在證件上？難道寫在證件上的內容永遠都正確嗎？沒這回事吧？」

哲朗看到立石卓的肩膀微微顫抖，想起了之前去靜岡時的事。他的母親拜託了哲朗一件事。

「你的母親希望我告訴她，你過得好不好，目前在做什麼。我可以告訴她嗎？」
他低頭思考片刻後抬起了頭說：
「請你不要告訴她立石卓這個名字，以及我住在哪裡，因為這樣會造成別人的困擾。」
「好，那我就不告訴她，但我可以告訴她，你很好嗎？」
他再度沉默片刻，撥了撥劉海，緩緩搖著頭說：
「請你告訴她——我很努力過日子。」
「我瞭解了，你有沒有打算回家？」
立石卓看向澪美，她也很擔心地看著他。
「我是立石卓，」他繼續說了下去，「不可能回去佐伯香里的家。」

第九章

1

已經過了晚上八點十分，佐伯香里仍然沒有出現。哲朗站在可以看到驗票口的柱子後方，右腳忍不住微微抖了起來。也許佐伯香里察覺到澪美在打電話時很不自然，或是哲朗離開之後，立石卓又打電話給佐伯香里。無論如何，如果香里沒有出現，他就必須再去威脅立石卓。一想到這件事，他的心情就格外沉重。

他看了手錶，發現已經八點十三分了。

哲朗無論如何都必須和中尾見面。既然無法得到早田的協助，警方遲早會開始追捕中尾，但中尾還不知道這件事，哲朗必須和他見面，告訴他這件事，同時也要向他瞭解，他接下來有什麼打算。

不斷有人走進驗票口，哲朗思考著他們平時約在這裡見面的意義。既然佐伯香里能夠在三十分鐘內到這裡，就代表她住在離這裡不遠的地方。美月和她在一起嗎？中尾呢？

佐伯香里仍然沒有出現，哲朗打算再次看手錶。這時，他察覺到背後有人。回頭一看，一個把帽子壓得很低的女人站在那裡。她穿著長褲和一件很寬的大衣。

女人拿起帽子。哲朗看到帽子下的臉，忍不住目瞪口呆。

「QB，不需要這麼驚訝。」

「日浦，你怎麼……？」

「需要說明嗎？不是你約的嗎？我原本打算在摩天輪那一次是我們最後一次談話。」

「為什麼是你來這裡？香里呢？」哲朗環顧周圍。

「她不會來這裡，還是說，我不應該來這裡？」

「不，沒這回事。」

「走吧，站在這裡說話太引人注目。」美月邁開了步伐，哲朗慌忙跟了上去。

「立石卓之後又打了電話嗎？」哲朗邊走邊問。

「沒有，但我接到香里的電話後，認為立石卓得盲腸炎這件事絕對有問題，而且聽說澪美的態度也有點奇怪，我馬上就想到，這是你的戰術。」

「所以你就來這裡了嗎？」

「嗯，因為即使香里來這裡，你也打算叫她帶你去找我吧？既然這樣，我來不是比較省事嗎？」

走到馬路上後，美月舉手攔了計程車。上車之後，對司機說：「去池袋。」

「你在池袋嗎？」

「是啊。」美月重新把帽子壓低。可能怕被司機看到。

哲朗有很多問題想問美月，但他認為此時不宜。因為美月的沙啞聲音很容易引起別人注意。

來到池袋附近後，她不時向司機發出指示。最後，計程車停在許多小房子密集的地區。

美月走向一棟棕色的建築物，一樓掛著中餐廳的招牌，但似乎已經歇業了。美月從旁邊的樓梯走上樓，哲朗也跟在她的身後上了樓。

美月在二樓的門前停下腳步，拿出了鑰匙。門上寫著金融機構的名字，但和樓下的中餐廳一樣，已經歇業很久了。

「請進。」美月打開門後說。

室內幾乎沒有什麼東西，只有兩張積了灰塵的辦公桌，和一張壞掉的椅子，還有破掉的皮沙發，以及一個置物櫃。

「之前都輾轉住在多家商務旅館，但功輔說情勢越來越危險，所以就搬來這裡。因為聽說警察拿著香里的照片找遍東京都的每一家飯店。」

哲朗認為很有可能。

「這裡是什麼地方？」

「以前是地下錢莊的辦公室。」

「這我知道，我是問你怎麼會有這裡的鑰匙。」

「功輔借給我的，他的爸爸是這棟大樓的房東，目前交給他管理，但現在沒有任何用途，沒想到意外發揮了作用。」

「中尾的嗎？」

哲朗再度打量室內。他對中尾的父親一無所知，只知道中尾的父親之前娶了一個內心是男人的女人。

「如果是這樣，你一直留在這裡很危險，警方早晚會盯上中尾，警察也會來這裡。」

「警方知道功輔的事了嗎？」

「不，現在還沒有，但我告訴了早田。」

美月露出意外的表情，哲朗把和早田的談話告訴了她。

「原來是這樣，他發現了戶倉婆媳的企圖嗎？不愧是早田。」

「他的推理正確嗎？」

「嗯，大致都正確。」

「總之，你趕快聯絡中尾，說我要馬上和他見面。」

但是，美月搖了搖頭說：

「如果有辦法，我早就這麼做了，功輔不在這裡，我現在也不知道他在哪裡。」

她拿下帽子，抬頭看著哲朗繼續說道，「ＱＢ，他想死。」

哲朗全身緊張起來。

「什麼意思？」

美月的手指伸進稍微變長的頭髮，用力抓了幾下。

「這不是比喻，也不是誇張。功輔是真的這麼打算，他想賠上自己的生命。」

「他為什麼要這麼做？」

「因為他認為這是最理想的方法，許多問題都可以藉此解決。」

「你這麼說，我無法理解，你仔細說清楚。」哲朗踢向旁邊的舊沙發。

美月咬著嘴唇，把手上的帽子丟到一旁，嘆了一口氣。

「都怪我不好，早知道那時候不去見你們就好了，這樣也不會把你捲進來。」

「現在說這些也無濟於事，你趕快告訴我，把所有的事都告訴我。」哲朗抓住美月的肩膀前後搖晃著。美月的臉也跟著搖晃起來，但他看到美月眼中的淚水，忍不住停下了手。「日浦……」

「QB，很痛欸……」

「啊，對不起。」哲朗鬆開了她的肩膀。

美月退後了兩、三步，摸著剛才被他抓住的地方。

「戶倉跟蹤香里這件事是事實，喔，我說的香里並不是本尊。」

「但並不是你殺了戶倉，對不對？」

哲朗問道，美月痛苦地皺起了眉頭。

「戶倉的跟蹤狂行為很徹底，逐一確認了香里所有的行動。你不是也看了那本筆記本嗎？無論香里去哪裡，他都會跟蹤，有時候甚至會調查和香里見面的對象，你知道這件事所代表的意義嗎？」

「戶倉也知道交換戶籍的事嗎？」

「我想他應該不知道具體按照怎樣的系統進行，但他已經查到在『貓眼』上班的酒保住在週租公寓內，而且真實身分是女人，還從香里的垃圾中找到了幾個有性別認同障礙的人的戶籍謄本，我猜想他應該也知道香里是男人這件事。」

「他用這些事向你們勒索嗎？」

哲朗問。美月輕輕閉上眼睛，搖了搖頭。

「這是正常人的行為，戶倉是變態，變態在得知別人天大的秘密時，也會採取常人難以理解的行動。」

「他做了什麼？」哲朗問。

美月坐在破沙發上，雙手抱住了頭。

「那天晚上，我送香里回家，之後在公寓外等功輔。因為我們約好要見面，但是，功輔還沒到的時候，一輛白色廂型車停在我旁邊。」

「是戶倉的車子嗎？」哲朗問。

「正確地說，是門松鐵工廠的車子。當我發現他就是跟蹤香里的那個變態時，已經晚了一步。他打開車門，把我拉上了車。他明明是中年大叔，但力氣很大。不，不是這樣，」她搖了搖頭，「是我自己的力氣太小了，女人的力氣終究有限。」

哲朗驚愕地問：

「戶倉對你……」

「是不是很可笑？真的笑死人了，」美月抬起頭，但她的臉上當然沒有笑容。「那時候的我，無論誰都不可能覺得我是女人，就連『貓眼』的客人也沒有發現，我向來自認為比男人更像男人，但是，對戶倉來說並非如此，看起來像男人的女人似乎成為刺激的對象。」

「這個變態是不是覺得只要是女人，任何人都沒關係嗎？」

「我認為不光是這樣，他一定因為香里的事對我懷恨在心，因為我一直很保護香里，戶倉視我為眼中釘，沒想到調查了這個眼中釘之後，發現竟然是女人。他試圖讓我承受最大的屈辱作為報復的手段，那就是把我當成女人，而且是用最下流的方法。」

美月說的應該是強暴。

「他想的沒錯，他達到了目的。當他差點脫下我的衣服時，當我感受到他的口臭時，我的自尊心被他踐踏得蕩然無存。即使我用盡全身的力氣也無法抵抗時，忍不住心灰意冷，卻無法忍受被他當成女人，被他視為性慾的對象。」

結果呢？——哲朗想要問，卻說不出口。

「但他最後沒有得逞。」美月回答了他的疑問，「我突然感受到一陣強烈的衝擊，整輛車子搖晃起來，戶倉也嚇了一跳，對我鬆了手。」

「那是……」

「是功輔。他看我沒有出現在約定的地方，就開著他的 Volvo 四處尋找，結果發現停在路旁的廂型車有問題，他把車子開過去之後，又倒車撞了過來。」

哲朗聽了之後恍然大悟。他想起中尾的車子上有撞擊的痕跡。

「功輔下了車走了過來，一打開廂型車的車子，就掐住了戶倉的脖子。他的臉、他的臉……」美月緩緩搖了搖頭，「他的臉就像鬼一樣扭曲著，我猜想他一定是太憤怒了。我第一次看到他露出那樣的表情，他為我感到憤怒。」

「然後就殺了戶倉嗎？」

美月用右拳捶著自己的大腿。

「這不是功輔的錯，如果那傢伙不做那種事，功輔也不會怒火攻心，功輔是為了保護我，在情急之下才這麼做。」

哲朗點了點頭。他自認很瞭解中尾，中尾一定是因為極度憤怒，才會衝動地採取行動，完全沒有考慮到後果。除了保護遭到強暴的女人以外，他更需要保護美月的自尊心。即使因為他的憤怒太強烈，沒有發現自己用力過度，也無法責怪他。

「既然這樣，立刻去報警不就解決了嗎？只要說明真相，就可以減輕中尾的罪責，雖然不知道能不能獲判無罪。」

美月輕輕笑了笑說：

「正因為無法說明真相，我們才會傷透腦筋啊。」

「……對喔。」

「但其實我一開始也對功輔說了相同的話，但他得知戶倉死了之後反而很冷靜。他最先讓我離開現場，他叫我開著他的 Volvo 回家，還把戶倉的駕照和記事本交給我，叫我去銷毀。」美月說到這裡，低下了頭，小聲繼續說了下去，「我很沒出息，就按照他的指示離開了，把功輔獨自留在現場。」

「所以是中尾處理那具屍體嗎？」

「我也是事後聽他說的，所以不太瞭解詳細的情況，他說他開著戶倉的廂型車，把屍體搬運到那家造紙工廠。因為把廂型車留在那裡太危險，所以他開去其他地方藏了起來。雖然你一直很擔心車子會被警方找到，但其實根本不必擔心車子會被人發現。」

「廂型車留在那裡太危險，是因為擔心車上留下指紋嗎？」

「這當然也是原因之一，但功輔最擔心的是廂型車上留下了碰撞的痕跡。他在救我之前，用自己的車子撞了過來，不是會在車身上留下痕跡嗎？」

哲朗發出了低吟。他之前曾經在書上看到，只要調查車子碰撞的痕跡，就可以從烤漆片上瞭解相撞車子的車種。

「雖然我不知道功輔有什麼打算，但我認為無法瞞過警方。只要警方去戶倉家調查，就會查到香里和我的情況，到時候就完蛋了，我認為只能去自首。因為我不能讓功輔去自首，所以我決定自己出面。」

「結果你就來看我們最後一眼。」

「我說了好幾次，我不該這麼做，沒想到我在關鍵時刻退縮了。」

美月從沙發上站了起來，走向房間深處。那裡有一個舊流理台，旁邊放了幾個簡單的餐具。她在電熱水瓶中裝了水。

「我來泡咖啡。這裡沒有冰箱，所以也沒辦法買啤酒冰起來。」

「是因為中尾對你說了什麼，才打消了你去自首的念頭嗎？」

「功輔在找我，他得知我在你家時很驚訝。這也很正常。功輔當時說，他想到了一個可以讓誰都不會遭到逮捕的妙計，所以我不必去自首。」

美月正在拿紙杯，她停頓了一下，然後又繼續把紙杯放在流理台上。

「誰都不會遭到逮捕？」

「雖然我問他，怎麼可能有這麼出色的方法，要他告訴我詳情，但他說現在還沒有到那個階段，不願意告訴我。於是我問他，只要警方調查戶倉周遭的情況，去搜索他家，不是就完蛋了嗎？功輔說，這個問題也可以解決，警方不會找到關鍵的線索，要我大可放心。」

「所以戶倉佳枝婆媳已經和他做了交易。」

「好像是週租公寓的答錄機有留言，說有事想要商量，希望可以和她聯絡。我很驚訝，戶倉竟然已經查到了週租公寓，功輔在無奈之下，打電話和對方聯絡了。」

「中尾答應和對方做交易。」

「他好像付了幾次錢，但我不認為這種危險的事可以一直持續下去。」

電熱水瓶裡的水燒開了，美月把即溶咖啡粉倒進紙杯，加了熱水。這裡似乎沒有砂糖和牛奶。

「佐伯香里不在這裡嗎？」

「她已經離開了，我不是在台場時和你通了電話嗎？之後她就立刻出發了。」

「出發去哪裡？」

「不知道。」美月把其中一個紙杯遞給哲朗，「她很堅強，無論發生任何事，她都會活下去，但可能一輩子都不會再用佐伯香里這個名字了。從這個角度來說，世界上已經不存在佐伯香里這個女人了。」

哲朗的腦海中想起了原本擁有這個名字的人——立石卓。

「你最後一次和中尾聯絡是什麼時候？」

「昨天，他打電話給我。」美月拿著紙杯，從口袋裡拿出手機。

「他說什麼？」

「他說一切很快就會結束，要我在結束之前不要輕舉妄動。」

「什麼意思？他想做什麼？」

美月看著手上的紙杯，但並沒有把紙杯舉到嘴邊，而是小聲嘀咕說：「我剛才不是已經說了……」

「你覺得他打算去死嗎？」

「嗯。」

「他為什麼要去送死？」

「功輔打算一個人扛下所有的罪。只要讓警方認為是他殺了戶倉然後自殺，就不會繼續追查下去了。」

「中尾這麼說嗎？」

「他並沒有親口這麼說，但是我知道，他打算帶著所有的秘密去死，避免連累像立石那樣交換戶籍後安靜過日子的人。」

哲朗輕輕嘆了一口氣，喝了紙杯中的咖啡。咖啡淡而無味，應該不光是因為咖啡太淡的關係。

「他根本不需要去死，只要自首就可以解決了。」

「如果自首，就不可能不說動機。警察不會這麼輕易放過他，只要他還活著，警察就可能知道交換戶籍的事——功輔應該是這麼認為。」

哲朗陷入了沉默。也許是這樣。中尾功輔很可能會得出這樣的結論。

哲朗想起一件事。中尾突然離了婚。他是不是擔心造成家人的困擾，所以在遭到逮捕之前，就和家人斷絕了關係。

哲朗從美月手上搶過手機，盯著手機看了片刻，然後再度遞到她面前說：「你打電話給他。」

「啊？」

「我叫你打電話給中尾。」

美月看了看手機，又看著哲朗的臉，難過地搖了搖頭。

「我剛才不是說了嗎？我現在無法聯絡到他，也不知道他在哪裡。」

「有沒有什麼線索？」哲朗問，但美月只是搖頭。哲朗咂著嘴，喝完了淡而無味的咖啡。

「QB，這雖然是我的想像，」美月靜靜地說：「我覺得功輔可能生了病，而且是很嚴重的病。」

哲朗正想把紙杯捏扁，聽到這句話，停下了手。

「是不是有什麼原因讓你這麼想？」

美月緩緩點了點頭。

「有啊，好幾件事，你應該也發現了。」

「我以為他只是最近身體不太好，因為他變得很瘦，我以為是因為他太辛苦的關係。」

「他的確很辛苦，但應該不只是這樣而已。我聽嵯峨說，功輔幾年前也曾經罹患重病住院，嵯峨說搞不好是癌症。」

哲朗感到胸口隱隱作痛。因為他想起了中尾的一些不自然的舉動。中尾也曾經在哲朗家的一樓痛得蹲了下來。

「他的癌症復發了嗎？」

「這我就不知道了。」美月拿著紙杯，低下了頭。她似乎無意喝咖啡。

如果中尾的癌症復發，他得知自己死期將近，在思考眼前的狀況時，很有可能會選擇自殺，但哲朗覺得即使這樣，也太荒唐了。沒有把真相告訴妻子和家人，為了保護那些為性別而苦惱的人的秘密而選擇自殺，未免太荒唐了。

不——哲朗抬起了頭。他真的沒有通知任何人嗎？

「日浦，你可不可以陪我一下？」哲朗說。

「陪你一下？」

「我希望你和我一起去一個地方，你最好也在場，那個人才會說實話。」

「那個人是誰？」

「是理沙子。」哲朗說完，捏扁了手上的紙杯。

2

模仿了紅磚的牆上貼了令人懷念的名畫海報。店內光線昏暗，桌子很小，很像是以前曾經風靡一時的咖啡店。這家咖啡店位在離下北澤車站走路五分鐘的地方，哲朗他們坐在最角落的桌子旁。

木門打開了，門上的鈴鐺叮噹叮噹響了起來。這也有一種懷舊的感覺。

離約定的時間已經過了五分鐘，穿著皮褲的理沙子大步走了過來，但她走到一半時停下了腳步，想必是發現了坐在哲朗身旁的人。美月今天並不是男人的打扮，雖然穿了一條牛仔褲，但上半身穿了一件女生的外套，聽說是佐伯香里送給她的。

「美月……」理沙子瞪大了眼睛，快步走了過來，「你之前去了哪裡？」

「對不起，讓你擔心了，不光讓你為我擔心，還給你添了麻煩。」

理沙子在對面的椅子上坐了下來。

「這是怎麼回事？」她質問哲朗。

「你先點飲料吧。」

服務生站在她旁邊。

在理沙子點的皇家奶茶送上來之前，哲朗向她說明了至今為止的情況。理沙子在聽他說話時皺起了眉頭，而且有兩次皺得更深了——一次是聽到早田不願意提供協助，另一次是得知戶倉企圖強暴美月。

「這樣啊……所以被害人的家屬勒索兇手，怎麼會有這種事？」

「警方的偵查也因此陷入了瓶頸，所以有利也有弊。」

「早田的話，」理沙子微微偏著頭，「應該不會願意協助我們。」

皇家奶茶送了上來，理沙子喝了一口後看著美月說：

「我之前就在猜想，你可能是受害人。雖然你說是因為香里的事和戶倉發生了爭執，在扭打時失手掐死了他，但我總覺得很不自然。即使你內心是男人，但你不是那種會主動去找人吵架的人。」她看著低頭不語的美月繼續說道，「如果你當時說，差一點遭到強暴，結果就失手殺了對方，我或許會相信。」

「因為日浦不想提這件事，不想提自己遭到攻擊，和成為變態產生性慾的對象。」

「我知道，所以我並不是說，美月不應該說謊。」理沙子用雙手捧著茶杯，坐直了身體，「所以找我來有什麼事？」

「我希望你告訴我一件事，應該說，是要向你確認一件事。」哲朗直視著理沙子的眼睛，「你搬離家裡的前一天，不是有客人來家裡嗎？你用皇家哥本哈根的茶杯招待客人。」

理沙子短暫屏住了呼吸，垂下雙眼後，重新抬眼迎接了哲朗的視線。

「怎麼了嗎？只是我朋友來家裡玩。」

「是什麼樣的朋友？你現在馬上打電話給對方，你應該有對方的手機號碼吧？」

理沙子面無表情，似乎在思考該怎麼回答，也在思考哲朗到底瞭解多少狀況。

「如果不是我朋友，你認為是誰？」

「如果我猜對了，你願意把一切都告訴我嗎？」

「我可以考慮。」

「你現在沒時間考慮了，難道要眼看著中尾去送死嗎？」

理沙子露出了好像有人突然在她眼前拍手的表情，眨了兩次眼睛。

哲朗緩緩呼吸後說：「那天的客人是不是高城律子？」

哲朗發現理沙子的緊張表情漸漸放鬆，對她來說，內心藏著秘密也是很大的壓力。

「之前收到皇家哥本哈根的杯子時，你曾經說，要有上流階級的客人時才能使用，除了高城律子以外，沒有人符合這個標準，同時，我也理解了你當時為什麼會說那些話。因為你從高城律子的口中，得知了她和中尾之間殘酷的約定。」

「什麼殘酷的約定？」美月問。

「雖然我大致猜到了，」哲朗說，「但我想聽理沙子說。」

理沙子拿起杯碟上的小茶匙，放進杯子，撈起了浮在皇家奶茶表面的薄膜。

「律子本來是來找你的，但你剛好出門了，所以她就告訴了我。」

「原來是這樣。」既然高城律子來家裡，應該並沒有打算避開哲朗，「既然是這樣，我也有權利瞭解她說了什麼。」

「是啊，但我考慮之後，決定不告訴你。因為即使告訴了你，她也無法如願。」

「她的願望是什麼？」

「她希望你不要再找中尾了。」

哲朗聽了之後，點了點頭。

「原來是這樣，她認為我瞭解所有的情況之後，就不會再插手這件事。」

「你會放棄嗎？」

「我也不知道，但如果實際情況如我想的那樣，我應該不會。」

理沙子露出了淡淡的笑容。她的笑容很落寞。

「中尾得了癌症，是胰臟癌，他自己也知道，應該說，他自己最清楚。」

哲朗和美月互看了一眼，美月只是難過地點了點頭。

「治不好了嗎？」

「好像是。」

「原來是這樣。」哲朗用力深呼吸，努力克制內心湧起的情感，「理沙子，你有帶菸嗎？」

理沙子默默打開皮包，把香菸和打火機放在桌子上。哲朗拿出一支菸放在嘴上，點火後用力吸了一口。他看著吐出的煙，回想起中尾的臉龐。中尾的臉很削瘦。

「律子已經作好了心理準備，願意陪中尾走完最後一段路，但現在無法如願了，因為中尾告訴了她一件天大的事。」

「中尾告訴她，他殺了人。」

理沙子點了點頭。

「她不知道交換戶籍和其他詳細的情況，中尾只告訴她，一個變態跟蹤他認識的酒店小姐，他殺了那個變態。」

「所以中尾就提出離婚，對不對？」

「對。中尾說，他早晚會遭到逮捕，所以希望在那之前和她離婚。律子起初拒絕，但最後被中尾說服了。」

「因為必須考慮到孩子。」

「他們夫妻兩人都不希望兩個孩子成為殺人兇手的孩子。」

「但是，」美月在一旁小聲嘀咕，「即使離了婚，血緣仍然無法改變，別人還是會覺得她們是殺人兇手的女兒，我認為功輔不可能沒想到這件事。」

「律子說，中尾告訴她，他會妥善處理好這個問題。」

「怎麼妥善處理？」

「中尾並沒有告訴她詳情。」

「中尾並不會讓中尾功輔死掉。」

理沙子和美月聽了哲朗這句話，都露出驚訝的表情。哲朗輪流看著她們後繼續說了下去。

「我猜想他應該會偽裝成殺害戶倉的那個人死了，警方無法查明他的身分。雖然那起事件就此劃上句點，但不會出現中尾功輔這個名字，同時，戶倉泰子和佳枝會認為神崎光流死了，也就不會再勒索了。」

「難道他打算變成身分不明的屍體嗎？」美月問。她的聲音在顫抖。

「應該是這樣。在發現無名屍時，警方會根據失蹤人口名單調查死者身分，但中尾的名字不會在這份名單上，因為並沒有人去報失蹤。」

「對喔，律子沒有理由去報失蹤人口。」理沙子點了點頭說。

「因為她不需要在意離婚的前夫去了哪裡。反過來說，如果沒有離婚，中尾失蹤了，卻沒有報警就很奇怪，而且也無法向兩個女兒解釋，為什麼爸爸不見了。」

「這才是他們離婚的真正目的。」美月說，「功輔應該會想到這些事……」

哲朗在菸灰缸裡捻熄了菸灰變長的香菸，理沙子拿起了菸盒。三個人各有所思。

理沙子開了口。

「這就是律子告訴我的事，她認為只要說出她所知道的，你就會放棄了。」

「但是，你並沒有告訴我，反而留了紙條給我，要我找到中尾。」

「因為我覺得太令人難過了。聽了律子說的內容，我也知道中尾打算犧牲自己，我相信律子也知道。明知道中尾要去送死，身為朋友，能夠袖手旁觀嗎？反正你不會放棄尋找他的下落，我也認為不應該放棄。既然這樣，我認為不說比較好。因為我不想把這麼難過的事告訴你。」

你就是因為這個原因離家出走嗎？哲朗很想這麼問，但還是忍住了。因為他猜想理沙子離家出走有很多原因。

「我們來找功輔。」美月喃喃地說，「理沙子說的沒錯，我們明知道他要去死，不能袖手旁觀，即使他並不希望我們找他也一樣。找到他之後，我們再來思考其他解決的方法。」

「我當然打算找他，而且必須告訴他，如果繼續這樣下去，事情無法按照他想像的方向發展。」

「什麼意思？」理沙子問。

「中尾認為自己即使死了，也無法查明他的身分，但事實並非如此。」

理沙子想了一下後說：「是因為早田的關係嗎？」

「早田一定馬上就知道，無名屍是中尾。雖然他不會直接把這件事告訴警察，因為一旦他這麼做，警方就會問他怎麼會知道。早田應該不想提起和我們之間的關係。但是，他知道戶倉佳枝婆媳的企圖，應該會把這件事告訴警察，而且在告訴警察之前，還會寫成報導。」

「到時候，警方就會調查戶倉佳枝婆媳，雖然她們不知道神崎光流的本名，但知道他的手機號碼。警方可以根據手機號碼查出屍體的身分……」

「沒想到邊鋒會和我們為敵。」美月說。

「不能責怪早田，他只是貫徹自己的生存方式。」

總決賽結束至今已經多少年了？——早田最後那句話在哲朗的耳邊迴響。

「我有一件事不瞭解。」理沙子說。

「什麼事？」

「我知道中尾打算讓自己變成無名屍，但要怎麼讓警察知道他就是殺害戶倉的兇手呢？」

「會不會打算留下遺書？」美月回答，「這種方法最簡單。」

「不，我想應該不會用遺書的方式，因為警方需要證據，需要像是只有兇手才會有的東西。」

「有這種東西嗎？」美月陷入了沉思。

「只有一樣，」哲朗說，「車子。」

「戶倉的廂型車嗎？」美月輕輕拍著桌子。

「警察也已經知道，門松鐵工廠的廂型車從戶倉遇害的那天晚上之後就不見了。如果中尾死在那輛車上，警方當然會認為和命案有關。」

「你這麼一說，我想起功輔曾經說，那輛車子是王牌，所以絕對不能被找到……」

「所以在案發之後，把廂型車藏在哪裡？」

「不知道。功輔只告訴我，藏在很安全的地方。」

「應該不會是收費停車場，如果長時間停在那裡，會引起懷疑。」

「也不可能停在路旁，因為不知道誰會去報警。如果輪流停去各個停車場，雖然在某種程度上比較安全。」哲朗說到這裡，想到了一個簡單的問題，「等一下，命案不是在深夜發生嗎？中尾必須趕快把車子藏起來，這麼晚的時間，能夠藏車子的地方有限。」

三個人都沉默不語，都陷入了思考。

「最安全的地方，」理沙子仍然一臉沉思的表情，「就是自己家裡的車庫。」

「這有可能。那天晚上，我把他的 Volvo 開走，然後停在週租公寓附近，所以他家的車庫是空的。」

「不，這不太可能。如果有陌生的廂型車停在車庫，附近的鄰居會覺得很可疑。如果車庫有鐵捲門，就另當別論了。等一下，鐵捲門……」哲朗的腦海中浮現一張照片，「也許……」

「什麼？」理沙子問。

「中尾有一個可以自由使用，而且有鐵捲門的車庫。」

「在哪裡？」

「高城家的別墅，他之前曾經給我看過照片，我記得他說在三浦海岸。」

「但是，中尾應該不會給高城家添麻煩，藏在那裡不是很危險嗎？」理沙子反駁道。

「他當然不會死在那裡，但在此之前，可能打算躲在那裡。」哲朗看著手錶。

3

因為快深夜了，他們決定先回各自住處。哲朗回到自己的公寓，理沙子去她的朋友家。

問題是美月要去哪裡？哲朗不希望她回去池袋的那棟大樓。

「你和我一起去朋友家。」理沙子似乎也有相同的想法，她對美月說，「我朋友今晚要工作，所以不會回家。」

「但這不是會給你添麻煩嗎？」

「你一下子就跑不見了，才是給我添麻煩，而且我朋友說，可以當自己的家，所以你不必擔心。」

「那好吧。」美月輕輕點頭。

哲朗在咖啡店前和她們道別，獨自坐上計程車，在路上用手機打電話給須貝。須貝正在洗澡，所以等了一下。

「發生什麼事了嗎？」須貝壓低聲音問道，他應該也很關心命案的事，但當然不知道交換戶籍和中尾也涉案，哲朗也不打算現在告訴他。

「不好意思，這麼晚打電話給你。我有事想要問你，就是關於中尾的別墅。」

「中尾的別墅？」

「嗯，我之前租房子時，你不是幫我辦理了火災保險的手續嗎？我在想，你是不是也為中尾的別墅辦理了相同的保險？」

「中尾的別墅……」須貝似乎一時想不起來，過了一會兒，大聲叫了起來，「喔，你是說神奈川的別墅嗎？那不是中尾的，而是高城家的別墅。」

「就是那裡，是不是你為他辦了保險？」

「你真聰明，沒錯。我聽說他買了別墅，就馬上聯絡了他，結果就簽了一大筆保險。」

「你把地點告訴我。」哲朗不等須貝說完，就直接問道，「就是別墅的地址，最好還有電話號碼。」

「怎麼了？為什麼突然要這些？」

「以後再向你解釋，現在需要馬上知道別墅的地點。」

「但中尾已經離婚了，應該和那棟別墅沒有關係了。」

哲朗聽了須貝慢條斯理的語氣，忍不住感到著急，他在計程車上不停地跺著腳。

「我不是說了嗎？詳細情況以後再告訴你，不好意思，我現在沒時間，你把別墅的地址告訴我。」

「我現在也沒辦法告訴你啊，資料都在公司，要去公司才能查到。」

哲朗忍不住嘆氣。他當然無法叫須貝現在去公司。

「那明天一早就幫我查一下，查到之後就告訴我。」

「聽起來很急迫，到底發生了什麼事？可以告訴我大致的情況。」

「在電話中說不清楚，須貝，拜託你了，這是我一輩子的懇求。」

「西脅，你難得說這種話。」

須貝似乎在電話的另一端陷入了沉思。也許他擔心會惹禍上身。

「好吧，原本明天打算晚一點進公司，既然你這麼說，那也只能答應了。我查到之後會馬上聯絡你。」

「不好意思，感激不盡。」

哲朗察覺到須貝想問什麼，所以立刻掛上了電話。即使須貝查到了別墅的地址，哲朗也不打算把所有的情況都告訴他，但可能無法完全不說。哲朗稍微想了一下，要如何應付這個好脾氣的朋友。

回到家後，哲朗躺在床上，在腦海中整理目前的情況。他對在理沙子和美月面前說的推理很有自信，也就是說，他確信中尾打算自殺。

朋友想自殺，自己無法袖手旁觀。這種想法至今仍然沒有改變，但也不是完全沒有動搖。只是考慮到複雜的內情，似乎除此以外，並沒有解決的方法。

自己是不是不該插手？這個想法一直在哲朗的腦海中打轉。不，一開始就不該插手。如果一切都交給中尾和美月處理，也許一切都能夠圓滿解決，雖然可能終究無法避免失去中尾。

自責、猶豫和後悔折磨了哲朗一整晚。他鬱鬱寡歡，輾轉難眠。

但可能稍微睡著了一下，然後聽到遠處的電話鈴聲醒了過來。一看床頭的鬧鐘，發現還不到上午七點。

「是我，理沙子。」

「怎麼了？」哲朗在發問的同時，內心感到不安。因為她的聲音中有一種不尋常的緊迫感。

「對不起，她逃走了。」

「逃走了？」哲朗在問「誰？」之前，就已經瞭解了狀況，「日浦不見了嗎？」

「對，因為睡不著，所以我們一直聊天，她好像趁我稍微打瞌睡時離開了。」

「這樣啊……」

哲朗覺得不能責怪理沙子，看美月昨晚的樣子，完全不像會逃走。

「她回去池袋的大樓了嗎？」理沙子不安地問。

「不，應該不可能，這樣做沒有意義。」

「如果不是回去那裡，那是去哪裡……？」

哲朗思考著，回想起昨晚的談話內容。

「可能是三浦海岸。」

「三浦海岸？你是說，美月去了中尾的別墅？但她昨晚似乎並不太清楚別墅的情況。」

「她知道。她雖然知道，但在我們面前假裝不知道，然後打算一個人去找中尾。」

「怎麼會這樣……她一個人去找中尾幹什麼？」

哲朗無法回答理沙子的問題，但並不是因為不知道。哲朗雖然猜到了，只是不想說出口。理沙子似乎從他的態度中察覺到了什麼。

「她該不會打算和中尾一起去死？」理沙子的聲音沙啞。

「理沙子，你馬上準備出門，我們也要去三浦海岸，要去追日浦。」

「好啊，你知道在哪裡嗎？」

「我已經在想辦法了，雖然現在還早，但沒有時間磨蹭了。」

「好，那我馬上去你那裡。」

「不，你來這裡太浪費時間了，你去新宿，我要去須貝的公司。」

「須貝的公司？怎麼回事？」

「晚一點再向你解釋，我晚點再告訴你見面的地點，你先準備一下。」

「好。」理沙子話音未落，哲朗就掛上了電話，然後直接打電話給須貝。昨天深夜和今天大清早就打電話去他家，須貝的太太一定會皺眉頭。

八點四十分來到新宿，斜前方就是東京都廳。哲朗把車子停在高樓之間的馬路旁，敲打著方向盤。他覺得儀表板上的數位時鐘走得特別慢。

「美月和中尾一起死，也解決不了任何問題。」坐在副駕駛座上的理沙子嘀咕道。她說話時嘆著氣。

「她應該不想讓中尾一個人去死。」

美月應該並不打算阻止中尾自殺，否則不可能沒有告訴理沙子就獨自離開。

「但是，如果美月和中尾一起死了，不是會打亂中尾的計畫嗎？」

「她可能沒想那麼多，而且中尾的計畫現在已經被打亂了。」

哲朗看到須貝從旁邊的大樓門口走了出來。在寒冷的天空下，他只穿了西裝而已。雖然哲朗沒有告訴他詳情，但他似乎也知道發生了緊急狀況，寒風吹起了他的西裝下襬。

哲朗走下車。須貝跑過來，把一張便條紙遞給他。

「總算查到了，但不知道別墅的電話，當時只留了他家裡的電話。」

「只要有地址就可以了，不好意思，還特地麻煩你。」

「西脅，中尾到底出了什麼事？」

「對不起，改天再一五一十告訴你。」

哲朗不敢看須貝的眼睛，因為他知道不可能把實情都告訴這個朋友，最後只能欺騙。罪惡感讓他內心隱隱作痛。

「我們在趕時間，先走了。」哲朗打開了車門。

「西脅，」須貝把手放在車門上，「你見到中尾，就說我說希望改天和他一起去吃串炸、喝酒。」

哲朗抬頭看著須貝，須貝露出從來不曾見過的真摯眼神。雖然他不瞭解狀況，但似乎已經察覺了某些事。

哲朗輕輕點頭，關上了車門。車子開出去後，從後視鏡看著須貝目送他們的身影。坐在副駕駛座上的理沙子輕輕吸了吸鼻子。

車子上了首都高速公路，前往橫須賀。兩個人在車上幾乎沒有說話。哲朗回想起這兩個月期間發生的事，忍不住捫心自問，自己所做的一切到底有沒有意義，但他找不到答案。

車子來到橫濱的橫須賀道路的終點後，就是一條通往海邊的路。大卡車來來往往，感覺像是一條產業道路。當大海出現在前方後，不時可以在道路旁看到賣衝浪板和潛水用品的店。

「我昨天和美月聊天時，」理沙子終於開了口，「覺得也許錯了。」

「錯了？誰錯了？」

「我們。你和我，還有美月。」

「什麼意思？」哲朗瞥了妻子一眼。

「美月告訴我很多關於她和中尾的事，不光是這一年的事，還有以前他們談戀愛時的事。」

「所以呢？」

哲朗催促著，她沉默片刻後，用力吐了一口氣。

「雖然這只是我的印象，但我覺得她果然是女人，她在談論中尾時，根本不是男人的表情。」

哲朗無言以對，很想說「事到如今，幹嘛還說這些？」，如果美月的內心不是男人，而是女人，就會徹底推翻所有的前提，自己所做的一切都變得沒有意義。然而，哲朗內心也有某個部分同意理沙子的意見，之前也隱約感受到這一點。

「果真如此的話，就代表日浦在說謊。她為什麼要這麼做？而且甚至還注射了荷爾蒙，弄傷了自己的聲帶……」他搖了搖頭，覺得難以想像。

「我也覺得自己說的話不合邏輯，但是，觀察美月的行動後，就會發現更加不合邏輯。如果美月完全是男人，會想要和中尾一起去死嗎？」

哲朗陷入了沉默，理沙子的疑問很精準。

左側是一片大海，車子沿著海邊行駛。大海一片灰色，天空的顏色也很陰沉。路上仍然不時有大卡車經過，揚起的塵土落在哲朗的車子上。

理沙子比對著須貝寫的地址和地圖，叫哲朗停車。他把車子停在路旁，理沙子下了車。右側有一家小型釣具店，她似乎打算去那裡問路。

幾分鐘後，理沙子走了回來。

「我知道了，再經過兩個號誌燈，往右轉就到了。」

「知道了。」哲朗放下手煞車，感覺到自己心跳加速。

他按照理沙子的指示，沿著小路往上走。小路的兩旁種了樹，來到小路盡頭，左側出現了一條小巷，小巷深處有一棟房子。小巷的路口豎了一小塊牌子，上面刻著高城的羅馬拼音「TAKASHIRO」。哲朗轉動方向盤開了進去。

高城家的別墅是一棟貼了磁磚的長方形建築物，和世田谷的家很像。哲朗想像高城家的人即使在不同的地方，也不想改變自己的生活方式。

理沙子按了玄關的門鈴，但沒有人應答。

「好像沒有人。」

「是啊。」哲朗抬頭看向二樓，窗戶拉起了窗簾，而且完全沒有動靜。

不知道是否來晚了一步。這個念頭閃過腦海，但哲朗立刻擺脫了這種想法。中尾不可能死在這棟別墅。

玄關旁有一個附有鐵捲門的車庫，車庫內可以停兩輛車子。哲朗試圖把鐵捲門往上推，可惜門鎖住了，無法打開，但只要把鐵捲門往上抬，離地面有數公分的空隙。哲朗趴在地上，從空隙向內張望。

「怎麼樣？」理沙子問。

「看不清楚，但沒看到車子。」他站了起來，拍了拍身上的灰塵。

「你是說，已經開去其他地方了嗎？」

「也許吧。」

另一種不安襲上哲朗的心頭。難道認為中尾躲在這棟別墅的推理本身就錯了嗎？他感到束手無策，愣在原地時，他的手機響了。

一定是美月。他立刻這麼想道。

「喂？」

「西脅嗎？是我，早田。」

4

哲朗沒有想到早田會打電話給自己。

「有什麼事？」

「雖然我們在戶倉命案這件事上發生了摩擦，但我還是很講義氣，所以要向你提供消息。」

「發生什麼事了？」哲朗忍不住握緊電話。

「等一下會在某個地方逮捕兇手。」

「你說什麼？」

「命案發生後，戶倉以前任職的門松鐵工廠有一輛廂型車不見了，但是剛才接到消息，終於發現了那輛車子。」

哲朗的心臟用力跳動，「是在哪裡發現的？」

「這就不能透露了，因為我們也有義務要保守秘密。」

「早田，」哲朗停頓了一下後說：「請你告訴我，地點在哪裡？我之前也曾經告訴你，中尾在車上，他會遭到逮捕。」

「我努力不去想這件事，因為我原本並不知道這件事。」

「我之所以會告訴你，是因為我認為你是我的朋友，報社記者早田不知道，但如果是中尾的朋友，我不允許你說不知道。」

「我上次就說了，比賽已經結束了。」

「所以朋友關係也結束了嗎？怎麼能夠這樣輕易結束？朋友之間不是憑自己的心情，可以說分就分，說和好就和好的關係。不能因為維持朋友關係很辛苦，就讓你逃避，而是要你負起身為朋友的責任。」

早田陷入了沉默。之前曾經多次和他討論過相同的問題，但這是他第一次產生猶豫。

「是不是在神奈川縣？」哲朗說，「而且在三浦半島吧？」

「……你為什麼這麼認為？」

「看來我猜中了。在三浦半島的哪裡？我目前正在三浦海岸，在中尾的別墅，但不知道接下來該怎麼辦。」

「你見到中尾後有什麼打算？」

「目前還不知道，我只知道要阻止他自殺。」

「他怎麼會自殺……？」

「他就是想要自殺。」哲朗慢慢說道，「他得了胰臟癌，知道自己活不久了。為了守住朋友的秘密，他認為這是最好的方法，但我不會讓他這麼做，你應該也一樣吧，還是為了工作，能夠冷血地假裝不知道嗎？」

早田再度陷入了沉默。哲朗很著急，如果早田此刻就在眼前，即使動手，也要讓他說實話。

「我不知道現在還來不來得及，」早田終於開了口，「警視廳的人已經趕過去了，因為不想被搶走功勞，所以不會讓神奈川縣警動手，但應該會指示他們監視。」

「既然這樣，我們就沒有時間說廢話了，趕快告訴我。」

電話中傳來奇妙的低沉聲音，那是同時帶著呻吟和嘆息的聲音。

「你去找一家名叫三海屋的餐廳。」

「山海屋？」

「數字的三，大海的海，然後是房屋的屋。聽說是一家日本料理的餐廳，廂型車就停在那家餐廳旁邊。」

「三海屋嗎？謝謝啦。」

「西脅，」早田叫著他的名字，「我會繼續採訪，不會對犯罪行為視而不見。」

「我知道，你可以恢復記者的身分了。」哲朗說完，掛上了電話。

他向理沙子說明了電話內容，然後坐上車子。在發動引擎之前，拿出了地圖。

「他聽到中尾想要自殺也嚇到了。」哲朗說。

「早田應該也一直陷入了天人交戰，他通知我發現了廂型車，就代表他內心在動搖。」

「也許是這樣。」哲朗表示同意。

在地圖上找不到三海屋的位置，哲朗把車子開了出去。先回到海邊的道路，然後問當地人比較快。

「美月和中尾在一起嗎？」

「應該吧。」

「但是她怎麼知道中尾在哪裡？還是說，美月來這裡時，中尾還在別墅，然後兩個人一起離開了嗎？」

「不知道，但我總覺得應該不是這樣。」

「為什麼？」

「如果美月在一起，中尾應該不會離開別墅。不，應該是無法離開別墅。因為中尾離開別墅，就是打算去自殺，美月不可能答應。有美月在旁邊，中尾應該也無法採取下一步行動。」

「所以你覺得美月原本就知道那裡嗎？」

「是啊，可能聽到三浦海岸，想到了什麼。」

路旁有一家米店，哲朗在米店前停下車。因為米店經常送貨，應該很瞭解附近這一帶的店家。理沙子很快下了車。

哲朗輕輕敲著方向盤，在車上等待時，思考著中尾目前的心境。如果美月和他在一起，他一定很焦急。因為既無法自殺，也無法被警方逮捕。

理沙子小跑著回到車上。

「過了前面那個很大的路口，左側有一排椰子樹，右側就可以看到三海屋的招牌。」

「好，那我們過去。」

哲朗等理沙子關上門後，踩下了油門。

「你覺得中尾會在那家餐廳嗎？」

「應該不會吧，否則不是會被別人看到嗎？」

「所以他在廂型車內？」

「不知道。如果他在廂型車內，神奈川縣警現在應該在盤問他。」哲朗在說話的同時，認為中尾應該不會做這種蠢事。

經過那個路口後，看到了一排椰子樹，後方是海水浴場的沙灘。哲朗放慢了車速。

「看到了，就在那裡。」理沙子叫了起來。

右側是一棟很有日本傳統特色的房子，掛著三海屋的招牌。

哲朗駛過餐廳後踩了煞車，將方向盤轉向左側，把車子停在椰子樹之間的空地上。

海水浴的季節，這裡應該會當作停車場使用。雖然還有其他車子停在那裡，但並沒有看到車主，也沒有看到那輛廂型車。

眼前是一片沙灘，油漆剝落的船隻船底朝天放在那裡。海面很平靜，聽不到海浪的聲音。如果天氣再好一點，情侶在開車兜風時，或許會停在這裡看風景。

哲朗下了車。海上吹來的風很冷，他的身體忍不住縮成一團。

「你看那裡……」理沙子用下巴指向對面的馬路。

那裡似乎是三海屋的停車場，貼著禁止非餐廳客人停車的紙。可能在海水浴的季節，來海邊玩的客人找不到停車位，就隨便停在那裡。

最多可以停十輛車的停車場內，如今只停了一輛車。哲朗發現那輛車正是白色廂型車，忍不住全身緊張了起來。

哲朗假裝開車累了，停下來休息一下，慢慢走向馬路。警察可能躲在哪裡監視，他只能不經意地觀察那輛廂型車。

廂型車的車身側面印了門松鐵工廠幾個字，還有電話號碼。車上看起來沒有人。

哲朗回到自己的車子旁，假裝眺望大海。理沙子也站在他旁邊。

「現在該怎麼辦？」理沙子小聲問他。

「我們必須找到中尾。」

「我也知道啊，問題是要怎麼找到他？」

如果知道的話，就不需要這麼辛苦了。哲朗很想這麼說，但最後忍住了，陷入了沉思。周圍除了店家以外，還有不少民宅，中尾會在其中的某個地方嗎？即使他在這裡，要怎麼找到他呢？

就在這時，哲朗的手機又響了。他和理沙子互看了一眼之後，接起了電話。

「喂？」

「你們在那裡很危險。」對方在電話中說。哲朗聽到他的聲音，渾身起了雞皮疙瘩。

「中尾，你在哪裡？」

一旁的理沙子聽了哲朗的回答，也露出緊張的表情。

「你最好別在那裡東張西望，有警察在監視，你邊走邊講電話，如果可以不時露出笑容就更理想了。」

「你告訴我在哪裡，日浦也和你在一起嗎？」

「你不要急，我馬上就告訴你。美月就在我旁邊，你不必擔心。你沿著道路往前走，是和三海屋相反的方向。對，這樣就對了。」

哲朗單手拿著手機，向周圍張望。聽中尾的語氣，他應該就在這附近看著哲朗和理沙子。

「過馬路之後，看到第一條小路就轉進來，就會看到名叫海濱俱樂部的住宿設施。」

哲朗按照他的指示轉進小路，前方有一棟白色的房子，完全沒有任何裝飾，看起來不像住宿的地方，更像是研究所。正面玄關的玻璃門上有「海濱俱樂部」的標誌。

「我看到海濱俱樂部了，你在那裡面嗎？」

「很可惜，那裡是會員制。你再繼續往前走。」

哲朗按照中尾的指示來到一塊空地，前方是懸崖，沒有路了。

「走到底了。」

「我知道，你看向左側，那裡有石階，但被樹遮住了。」

仔細一看，那裡的確有寬度只有五、六十公尺的石階，而且石階很窄，坡度很陡。

「沿著石階往上走就行了嗎？」

「對，但你缺乏鍛鍊的身體走起來可能有點累。」即使是這種時候，中尾的語氣也沒有絲毫的緊張。

哲朗沒有掛上電話，就對理沙子說：「你可以去車上等嗎？」

「我不去比較好嗎？」

「我更想瞭解周圍的情況，如果我們兩個人都去找中尾，行動可能不太方便。」

理沙子雖然露出難以接受的表情，但稍微想了一下之後，說了聲「好吧」，然後就轉身離開了。哲朗原本想對她說，小心不要被警察盯上，但最後沒有說出口。因為理沙子很聰明，不需要提醒她這種事。

哲朗沿著石階往上走，中途轉了一個彎，然後石階繼續向上延伸。

「還要走多久？」哲朗問。

「走到底為止，你運動不足的身體是不是覺得累了？」

「有點。」

終點終於出現在前方，當只剩下兩、三級石階時，前方傳來了聲音。

「是不是該對你說歡迎？」

老同學懷念的臉龐出現在眼前。

5

中尾穿著大衣，戴著圍巾站在那裡。他看起來比最後一次見面時更瘦了，臉頰凹了下去，下巴就像三角尺一樣尖。中尾憔悴的臉上露出了笑容。

他的身後有一個小祠堂，美月睡在睡袋中，閉著眼睛，靠在祠堂躺在那裡。

「日浦她……」

「別擔心，她只是睡著了。沒想到你竟然可以找到這裡。」

「早田告訴我的。」哲朗把早田打電話來的事告訴了中尾。

中尾嘆了一口氣。

「早田嗎？聽美月說，他不願意提供協助。」

「他也不想看著你去送死。」哲朗說著，看著老同學的臉問：「你是不是打算去送死？」

中尾抓了抓頭，露出淡淡的苦笑。

「美月把你的推理告訴我，太了不起了，你能查到交換戶籍的事也很厲害。」

「我很希望自己的推理錯了。」

「不，」中尾靠在旁邊的櫟樹上，「幾乎都對了，沒有任何需要更正的地方。」

哲朗內心感到沮喪。他很希望中尾能夠更正自己。

「中尾，你要不要自首？」哲朗問，「日浦告訴了我詳細的情況，你殺了戶倉並不是你的錯，完全有可以酌情量刑的餘地。至於交換戶籍的事，你不說就沒問題了。」

但是，中尾的嘴唇仍然露出了微妙的笑容，然後帶著這個表情看著美月。

「西脅，你看她睡覺的樣子是不是很可愛？完全不像是三十多歲的人，你不覺得這張臉無論怎麼看，都是女人嗎？」

「你想說什麼？」

哲朗問，中尾用力深呼吸後，又搖了兩、三次頭。

「你可能已經聽說了，我媽是男人，雖然外表是女人，但內心完全是男人。」

「我聽嵯峨說了。」

中尾聽了哲朗的回答，點了點頭。

「小時候，我媽告訴我這件事，我無法相信，起初以為她在和我開玩笑。」

「很正常啊。」哲朗表示同意。

「但是看到我媽流著淚對我說話，我就知道不是開玩笑。我當時很震驚，但更震驚的是原來我爸知道這件事。」

「你爸爸知道你媽媽是這種情況，仍然和她結婚嗎？」

「聽我媽說，她是在生下我之後告訴我爸，但她認為我爸早就發現了。當她向我爸坦承時，我爸也沒有太意外。」

「你爸爸真是見過大世面的人。」

「這倒未必，」中尾微微偏著頭，「有時候我覺得他只是漠不關心。先不管我爸，自從我媽告訴我之後，我對男人和女人的認識就發生了很大的改變。你也會覺得這是理所當然吧？因為我得知在這個世界上和我最親近的女人，內心竟然是男人。」

「嵯峨說，你具有識別性別的能力。」

「沒那麼厲害啦，只是我的確和普通人不一樣，會從外表和內在未必一致的角度去看別人。久而久之，就漸漸能夠看到很多本質的問題。」

「那你對日浦有什麼看法？你沒有發現她的內心是男人嗎？」

中尾聽了哲朗的問題，露出了難以回答的複雜表情。既像是無奈，又像是害羞，也有點像在苦惱。

「我知道美月不是普通的女人，所以才會愛上她。」

「所以才會愛上她？」

「對。」中尾點了點頭，「說得粗俗一點，也許我在她身上尋找我媽的影子，因為她身上有相同的感覺。」

「你知道她內心是男人，所以和她交往嗎？」

「不是，」中尾搖了搖頭，「我之前不是也說過嗎？美月在我眼中是個女人，無論那時候還是現在都一樣。」

哲朗不太瞭解中尾想要表達的意思，所以沒有附和，只是看著他的臉。

「你是不是覺得很奇怪？我明明感覺到她和我媽有同樣的感覺，為什麼無法看出來，但那正是她最大的魅力，我應該被她的這種魅力吸引。同時，她的這種特異性也是在性別上的最大問題。既可以說是矛盾，也可以說是不解之謎。」

「矛盾？不解之謎？」

中尾皺著眉頭，摸著脖頸後方。他似乎在苦惱如何才能正確表達自己的想法。然後，他輕輕吐了一口氣，看著哲朗，似乎得出了結論。

「美月既是男人，又同時是女人。」

「這我知道。」

中尾聽了哲朗的回答，搖了搖頭說：

「並不是身體是女人，內心是男人這麼簡單，她的內心既是男人，也同時是女人，也可以反過來說，她的內心既不是男人，也不是女人。」

「你是說，具有兩面性嗎？」

中尾稍微想了一下哲朗的問題，最後表達了否定的意思。

「這種表達方式無法形容她內心的複雜，簡單地說，假設男人是黑色的石頭，女人是白色的石頭，美月就是灰色的石頭。她同時具備了黑石和白石的要素，而且各占了百分之五十，但無法屬於任何一方。其實所有的人都不是完全的黑，或是完全的白，都位在從黑色到白色的漸層中的某個位置，而她剛好在正中間的位置。」

「漸層……嗎？」

哲朗以前也聽過類似的說法，他想起是「ＢＬＯＯ」的老闆相川說的。她用了莫比烏斯帶來比喻，認為所有的男人和女人都在莫比烏斯帶上。

「我認為人類的大腦應該不太安定，」中尾說，「會隨著當天的身體狀況、周圍的環境，導致在漸層上的位置浮動。你和我可能在有些時候會偏向女人的那一方，但百分之九十五的黑變成百分之九十的黑，也不會有太大的影響，但百分之五十的黑變成百分之四十時，結果就會很不一樣，因為白色的部分多了百分之十。」

「你是說，日浦的內心在這個微妙的位置浮動嗎？」

「就是這個意思。」中尾用力點了點頭，「雖然不知道是因為什麼因素造成浮動，我認為應該和生理期也有關係，所以我無法看透她的本質。」

「日浦和你在一起的時候，」哲朗低頭看著熟睡的美月，「也許女人的心占了上風，所以你認為她是女人。」

「也許是這樣。」中尾說。

和我在一起的時候，美月的心也倒向了女人那一側。哲朗在內心嘀咕。但和理沙子在一起時，應該偏向了男人那一側。

哲朗想起在美月的老家看到她參加成人式時的照片，也許她很有女人味的笑容並不只是演技而已。

「美月可能也沒有察覺自己的本性，」中尾繼續說道，「她沒有察覺，所以為此苦惱，不知道自己到底是男人還是女人。她對自己身為女人感到不對勁，於是得出了自己是男人的結論，但以男人的身分生活後，發現問題還是沒有解決。雖然她並沒有說出口，但她對成為男人感到猶豫不決。」

「但她在我們面前斷言說，自己是男人。」

「她只是想這麼認為，這是她欺騙自己的結果。」

哲朗點了點頭，他能夠理解中尾說的話。

「嵯峨說，日浦原本要和別人交換戶籍，但你臨時喊卡了，那是因為你發現了這件事嗎？」

「因為在目前的狀況下，即使給了她男人的戶籍，也無法解決她的問題，她在身為女人時感受到的不對勁感覺，會從相反的方向繼續折磨她。」

「相反的方向……」

哲朗想起了嵯峨說的「只是讓事物在鏡子中呈現相反的樣子」，原來是這個意思。

「有時候我會想，我們這些年做的事到底是怎麼回事。不光是對美月而已，為立石卓和佐伯香里所做的事，到底正不正確。我覺得並沒有從本質上加以解決，甚至覺得自己做了沒有意義的事。」

「你該不會說要為這件事負責？」

「我根本沒辦法負什麼責，」中尾無力地笑了起來，「我現在能做的，就是為他們保守秘密，即使付出生命的代價，也要保守秘密。」

「你不要說什麼因為這樣，所以要去死。」哲朗向中尾走了一步，「我特地趕來這裡，就是希望你打消這個念頭。」

中尾低著頭，然後再度看著美月。

「美月一來到這裡就對我說，她不會讓我一個人去死。」

「她說要和你一起去死嗎？」

「是啊，但是我不能讓她這麼做。只不過即使我叫她離開，她也不可能乖乖離開，於是我就去下面買了罐裝咖啡，摻了安眠藥給她喝了下去，她才終於安靜下來。睡袋是我從別墅拿來的。」

所以美月現在睡著了。

「你平時在服用安眠藥嗎？」

「嗯，最近沒有安眠藥就無法入睡，但最後一顆已經給美月吃掉了。」

「是因為疼痛難以入睡嗎？」

哲朗問，但中尾沒有回答。他雙手插在大衣口袋裡，只是吐了一口氣。

「日浦怎麼會知道這裡？」哲朗換了一個問題。

「在你推理出廂型車可能藏在高城的別墅時，她想起了這裡。」中尾走向哲朗剛才走上來的石階，看向海邊的城市。「這裡是我和美月以前約會的地方，我們兩個人一起走上石階，我摟著她的肩膀看夜景。那時候，她也是女人。」

原來這是他們充滿回憶的地方。美月應該確信，中尾想要自殺時，一定會選擇這裡。

「老實說，我真的大吃一驚。我昨天晚上之前都在別墅，今天早上來這裡，看到了美月，我還以為自己在作夢。」

「你讓日浦睡著，打算一個人去死嗎？」

「雖然我很想，但因為無法這麼做，正在傷腦筋呢。因為如果把美月留在這裡，很可能被晚一步趕到這裡的警察發現。」

哲朗聽了中尾的話，終於恍然大悟。

「所以是你自己報警說發現了廂型車嗎？」

「我沒有報警，而是打電話給門松鐵工廠。因為即使向神奈川縣警報案，也不知道這個消息什麼時候會傳到警視廳的搜查總部，但我沒有想到打電話之後，就見到了美月。雖然成功地讓她睡著了，卻不知道接下來該怎麼辦，結果就在這裡看到了高倉和你。」

哲朗站在中尾身旁，順著他的視線看過去。民宅和食堂的屋頂像樓梯般排列，哲朗停的車子出現在那些房子的後方。理沙子似乎坐在車上，那輛白色廂型車也在前面。

「所以你把我找來這裡，你該不會叫我把日浦帶走吧？」

「不行嗎？」

「不是不行，但有一個條件，那就是你必須一起走。」

中尾聳了聳肩，嘴角露出了笑容。

「美月說了，QB 現在還是指揮官。」

「她說錯了，應該是我自以為是指揮官。」

中尾搖了搖頭。

「西脅，那時候真的很開心。人為什麼會改變呢？而且是向不好的方向改變。一旦成功，就會變得驕傲；一旦失敗，就會變得自卑。我以前並不想成為這樣的大人，並不想和有錢人家的女兒結婚，汲汲營營，過著避免讓家族蒙羞的人生。但在現實生活中，我選擇了這條路。我陷入了自我厭惡，所以才和嵯峨他們一起積極挑戰性別的問題。但這也許只是自我滿足和逃避現實，真懷念以前那種只要專心打倒眼前敵人的時代。」

「聽你這麼說，我也有同感。」

「是嗎？」中尾看著哲朗後點了點頭，「也許吧。」

哲朗突然想到了早田，也許只有他初衷未改，他至今仍然專心打倒眼前的敵人，即使那是以前的好朋友──

「中尾，我勸你去自首，」哲朗說，「只要警方知道是你通知門松鐵工廠發現了廂型車，就可以認定你是自首。」

中尾瞪大了眼睛，但又立刻恢復了平靜的表情。

「目前的局面，也只能這麼做了，除非你願意默默帶美月離開。」

「我不會讓你去送死，不光是不讓你在這裡送死，也不會讓你死在醫院。你在自首之後，要先好好去檢查，警方應該也會同意。」

中尾移開了視線，好像怕冷似地拉起了大衣的衣襟。

「我會去自首，但不希望把美月捲入，至少不能連累她。」

「那該怎麼做？」

「我等一下去廂型車那裡，躲在那裡的警察應該會叫住我，我會當場承認自己就是殺害戶倉的兇手。」

「然後呢？」

「警察的注意力在我身上時，你帶著美月離開這裡，這不是我們引以為傲的戰術嗎？」

「聲東擊西嗎？」

「就是這麼一回事。」

比賽時，哲朗假裝要把球傳給跑衛中尾，趁對方的防守陣營鎖定中尾時，哲朗趁機長傳。他們在比賽中，曾經多次靠這個戰術得分。

「但日浦一時半刻還不會醒，如果我背著她走在路上，也未免太引人注意了。」

「我們兩個人一起把她抬到石階下方，你可以先和高倉聯絡嗎？叫她把車子開到下面。」

「有路可以通到這下面嗎？」

「別擔心，有本地人才知道的小路。」

哲朗拿出手機打給理沙子，簡單說明了目前的狀況後，把手機交給了中尾。他詳細說明了路徑。

「好，我們現在把美月抬下去。」中尾把手機還給哲朗時說。

哲朗背著美月，中尾從後方扶著她，緩緩走下了石階。美月很輕，哲朗忍不住想，女人的身體果然和男人不一樣。

來到石階下方等了一會兒，理沙子就開著車子出現了。

「我看到有很多可疑的人，會不會是刑警？」理沙子問。

「應該是。」哲朗回答。

「但並沒有看到警車。」

「又不是電視上演的那種兩個小時推理劇，警察怎麼可能會做這種會引起兇手警戒的事。」

他們讓美月坐在後車座，美月好像快醒了，但又很快閉上了眼睛。

「美月就拜託你了。」中尾說。

「放心交給我吧。」哲朗斷言道。

中尾點了點頭，看著理沙子。

「高倉，也給你添了麻煩，我並不想欺騙你，希望你不要介意。」

「你不必把這些事放在心上，你要趕快去看醫生。」

理沙子的聲音微微顫抖，說話時忍不住流下了淚水。

「西脅也對我說了同樣的話。雖然我不抱希望，但遭到逮捕後，我會向刑警提出要求，如果不希望兇手死掉，就趕快帶我去醫院。」

中尾想要開玩笑，但哲朗和理沙子都沒有笑。

「十分鐘後，你們再沿著來路回去，在此之前，絕對不能輕舉妄動。知道了嗎？」中尾豎起食指，一臉嚴肅地說。

哲朗默默點了點頭，中尾看到他點頭後，轉身邁開了步伐，但走了兩、三步之後，停下腳步，又走了回來。

「我很想留紀念品給美月，但我兩手空空，這件大衣給她，她穿得很少，擔心她會著涼。」說完，他脫下了身上的黑色大衣。

「中尾，你不覺得冷嗎？」

「我沒問題，因為很快就會被那些熱血警察包圍了，警車上應該有暖氣。」

哲朗還是笑不出來。

中尾打開車門，把自己的大衣蓋在熟睡的美月身上，然後一動也不動地注視著她的臉，把自己的臉湊了上去。

隔著車窗玻璃，可以看到他們的嘴唇碰觸在一起。

6

「等美月醒過來之後，請你向她說明情況。」中尾說。

「她一定會責怪我們為什麼不叫醒她，但這也無可奈何，我會盡力而為。」

「拜託了。」

中尾伸出右手，哲朗握住了他的手。中尾的手變得很骨感。以前，哲朗曾經無數次把球傳到他的手上，如今他把美月這顆球交到了自己手上。

「很高興見到你們，也謝謝你們來這裡。」

「以後我們也會去看你。」

中尾淡淡地笑了笑，輕輕點頭。

「自己小心。」

理沙子說，中尾輕輕舉起手，然後邁開了步伐。這次他沒有回頭，但哲朗和理沙子一直目送著他的身影消失在房子後方。

「他剛才說十分鐘吧？」哲朗坐進副駕駛座，看著手錶。理沙子握著方向盤。

「對，他說在此之前不要動。」

「真是拿他沒辦法。」哲朗嘆了一口氣。

其實，哲朗對中尾是不是真的會去自首很沒有把握，但他知道自己已經無能為力，他沒有理由不接受中尾的提議，此刻只能坐在這裡乾等。

這時，突然聽到了大叫聲。而且不止一個人的聲音，有好幾個人在大聲喊著什麼，同時還有汽車衝出去的聲音。哲朗和理沙子互看了一眼。

「理沙子，趕快把車子開出去。」

「但是，還沒有到十分鐘。」

「別管那麼多了，趕快把車子開出去。」

理沙子發動了引擎，打到倒車檔，快速倒車下坡的同時轉動方向盤，聽到輪胎摩擦地面聲的同時，車子順利掉了頭。她迅速換檔，想要把車子開出去。

這時，警車尖銳的警笛聲響起，聽起來是好幾輛警車。

「停車！理沙子，快停車！」

車子正準備駛出去，理沙子急忙踩了煞車，哲朗整個人向前衝。當他坐直身體後，打開車門下了車。

「你去哪裡？」

「你在這裡等我。」

哲朗沿著來路跑回去，跑到剛才的石階前，毫不猶豫地衝了上去。他上氣不接下氣，肺都痛了，但仍然咬著牙繼續奔跑。警笛的聲音越來越遠。

他跑到剛才那個祠堂前時，隱約聽到了好像轟鳴的聲音。他喘著氣，轉向海岸的方向。

海邊的道路向東西方向延伸，往西的路彎彎曲曲，通往前方的海岸。哲朗看到警車都聚集在海岬的位置。

海面反射著刺眼的光芒，哲朗用手遮在眼前上方，凝視著海岬周圍。

幾秒鐘後，他的視線移向海岬的下方。道路離海面大約有二十多公尺，白色的長方形東西倒在下方的岩石上，正冒著煙。警察從警車上走下來，都探頭看著下方。

哲朗當場癱坐在地上，雙手抱著頭，閉上了眼睛。

剛才在這裡和中尾的對話，就像錄影帶快轉一樣在腦海中一閃而過，哲朗也同時想起了他戴著面罩的臉。雖然知道現在不能留在這裡想這些事，但身體還是無法動彈，祈禱一切都是自己搞錯了。但是，完全沒有搞錯的可能性，中尾離開這裡時就心意已堅，自己還是無法改變他的決心。

他繼續坐在那裡，聽到有人走上石階的聲音。他猜想是理沙子，但無法抬起頭。

隨著腳步聲，一個人站在他面前。他睜開眼睛，發現竟然是美月。

「日浦，你醒了嗎……？」

「雖然我不太知道發生了什麼事，」她斷斷續續地說，「但他似乎達到了目的。」

哲朗搖著頭說：

「我無法阻止他。」

美月也垂下了頭說：「我……也是。」

一滴淚水從她的眼中流了下來，滴落在哲朗面前的地上。哲朗想起中尾剛才就站在這個位置。

這時，他感受到一股力量在催促他，於是立刻站了起來。

「日浦，我們走吧，要趕快離開這裡。」

「沒關係了，一切都無所謂了。」

哲朗聽到她這麼說，立刻甩了她一巴掌。她捂著臉，身體搖晃著。

「我和他約定，我會保護你。」

哲朗抓著她的手走下石階。

理沙子坐在車上，雙手放在方向盤上，把臉埋在手中。哲朗看她的樣子，猜想她已經知道發生了什麼事。

他打開了駕駛座旁的車門，理沙子驚訝地抬起頭。她的雙眼通紅。

「理沙子，我們要走了，我來開車。」

「但是中尾……」

「我知道，這件事晚一點再聊。」

「但是……」

「你坐去副駕駛座。」

理沙子下了車，走去副駕駛座。美月坐在後車座。她穿上中尾的大衣後，充滿憐惜地摸著袖子。

「接下來的十分鐘，請你們兩個人都忍住淚水。」哲朗說完，把車子開了出去。

車子從小路來到沿著海岸的道路時，往海岬的那一側嚴重塞車。可能是因為警方正在廂型車墜海的位置勘驗現場，哲朗把車子駛入相反方向的車道。他聽到理沙子吸鼻子的聲音。

即將經過三海屋前時，突然出現兩個男人，擋住了他們的去路。其中一人穿著大衣，另一個人是身穿制服的警察。哲朗只能踩了煞車。

看起來像刑警的男人輕輕敲了敲駕駛座旁的車窗，哲朗稍微打開了車窗。

「不好意思，有兩、三個問題想要請教一下。」

「什麼問題？」

「這輛車剛才還停在那裡的停車場吧？我記得當時是這位女士坐在駕駛座上。」刑警指著理沙子。

「有什麼問題嗎？」

哲朗握著方向盤的手滲著汗，他專心應付眼前的刑警，絕對不能讓刑警察覺自己在假裝平靜，同時也絕對不能露出馬腳。

「因為發生了刑案，我們正在調查。請問你們是來這裡旅行嗎？」

「嗯，是啊。」

「請問剛才為什麼把車子停在那裡？」

「只是休息一下。」

「只有這位女士坐在車上時，其他人在哪裡？」

「在哪裡？就在附近參觀一下……」

刑警露出了懷疑的眼神，他應該很久之前就注意到這輛車子，現在看到一度離開的車子再度出現，所以決定上前盤問。
「可以請教各位的身分嗎？」
「沒問題。」哲朗假裝找自己的駕照，內心焦急不已。要如何說明美月？當然不可能告訴警察她的真名。
「喔，你在幹嘛？」就在這時，聽到一個聲音。哲朗看向聲音傳來的方向，發現早田跑了過來。
「早田……」
「你在這裡幹嘛？」早田跑到車旁問。
刑警問他：「怎麼？原來你們認識？」
「對，他姓西脅，是自由撰稿人，這次請他協助我採訪這起案子——你趕快把名片拿出來。」
哲朗聽到早田這麼說，遞上了名片。刑警一臉狐疑地看了名片後，露出不滿的表情問早田：
「是你派他守在這裡嗎？」
「他應該沒有影響你們的偵查工作吧？」
「在現場晃來晃去，不是給我們添亂嗎？」
「如果造成了你們的混亂，我向你道歉。對不起。」早田坦誠地鞠躬道歉。
刑警咂了一下嘴之後，再度看向車內。
「其他兩個人呢？」

「這一位是攝影師，她叫高倉理沙子。」

理沙子剛好遞上名片，刑警把理沙子的名片和哲朗的放在一起，輕輕點頭後問：「後面的人呢？」

「他是，」早田停頓了一下，鎮定自若地說：「他是我的朋友，叫中尾功輔，因為他對這一帶很熟，所以就找他來幫忙。」

哲朗大吃一驚，但不能把驚訝寫在臉上。他瞥了早田一眼，早田只是眨了一下眼睛。

「中尾先生……是喔。」刑警露出了困惑的表情，似乎無法判斷美月的性別，「可以請你出示一下名片嗎？」

「他今天應該沒有帶名片在身上。」哲朗說。

刑警開始皺眉頭時，美月用比平時更粗的聲音說：「不，我有帶。」她從大衣口袋裡拿出皮夾。那是中尾的皮夾。她拿出名片後遞給了哲朗。

「名片上寫的是高城先生。」刑警看著名片說。

「他最近剛離婚，之前是入贅女婿。」哲朗說，「只要打電話確認一下就知道了。」

刑警把三張名片放進口袋後，抓了抓鼻翼，對早田說：

「以後不要擅自行動。」

「好，不好意思。」

刑警帶著另一名警察離開了，只剩下早田。

「早田……」

哲朗想起邊鋒除了接四分衛傳來的球以外，同時為了保護四分衛，也會衝撞敵人。

哲朗點了一下頭，把車子開了出去，從後視鏡中看到早田已經轉身離開了。

「快走吧。」早田沒有看哲朗。

7

警方最終無法查明開車衝下三浦海岸的男人身分。那個男人在自殺前，往自己頭上淋了煤油點了火，所以難以分辨他的長相。

警方只查到墜海的是門松鐵工廠的廂型車，也是在戶倉明雄在遭到殺害前從工廠開走的那輛車子。屍體手上的指紋沒有被燒掉，和佐伯香里公寓內的指紋一致，同時，手和手指的尺寸也和勒死戶倉明雄的痕跡一致。戶倉的家屬戶倉佳枝和泰子都斷言，完全不認識那個男人，只不過不知道她們是否仔細打量了屍體。

刑警也前往「貓眼」，卻缺乏決定性的證據證明死去的男人就是神崎光流，只有在以神崎光流的名義租用的週租公寓內，查到了幾枚和屍體一致的指紋。

佐伯香里仍然下落不明，警方雖然知道「貓眼」的香里並不是佐伯香里本人，但並不知道這個冒牌香里的真正名字。

搜查總部只能在無法完全查明真相的情況下解散，雖然有幾名刑警想要繼續追查屍體的身分，但不久之後，他們也忙於追查新的案子，而且世人也早就忘了那起事件。

又到了十一月。

乾杯之後，大塊頭安西立刻開始發牢騷。

「今年連早田也不來了嗎？參加的人數一年比一年少，真讓人難過。」

「有什麼關係嘛，大家都過得很好就足夠了。」松崎說。

「雖然是這樣沒錯，但每年至少想要確認一下彼此的感情還在嘛。」

「別說這種好像演歌歌詞的話，你這麼快就醉了嗎？」

大家調侃著安西，哲朗看著他們，為自己的杯子裡倒了啤酒。他覺得眼前這一幕和去年很像，但其實大不相同，只不過沒有其他人知道這件事。

「啊，對了，我今天帶了好東西給大家看。」安西把厚實的手伸進西裝內側的口袋，拿了什麼東西出來。

「是什麼？趕快給大家看看。」坐在他旁邊的松崎搶了過來，「是明信片嘛。誰寄給你的？喔，是他寄的嗎？」

「誰寄的？」哲朗問。

「中尾啦，喔，他正在環遊世界嗎？他還真會享受啊。」

「給我看一下。」哲朗伸出手。

明信片是從格陵蘭寄來的。你好，我們目前來到冰原的世界——這是明信片上的第一句話。

松崎說：「好不容易娶了一個有錢人家的女兒，正常人會離婚嗎？」

「你別這麼說嘛，上流社會有上流社會的苦衷，中尾應該討厭這種生活吧。」安西用杯子喝著日本酒。

「中尾那傢伙的字寫得比以前好看多了，以前的字就像鬼畫符，應該是在上流社會磨練出來的。」松崎看著桌上的明信片，深有感慨地說。
「你真是搞不清楚狀況，這是日浦寫的。」
松崎聽了安西的話，瞪大了眼睛。
「日浦？為什麼？」
「我在今年夏天也收到了明信片，中尾好像和日浦一起旅行，上面不是寫著嗎？我們一切都很好，感情也很好，這次的落款是中尾的名字，上次是日浦的名字。」
「喔，是這樣啊。對了，聽說日浦也離了婚。」
松崎看向哲朗，哲朗默默點了點頭。
「所以他們兩個人都離了婚，然後在一起嗎？不知道是誰向誰告白的。」
「無所謂啦。」安西拍著松崎的背，小心翼翼地放進口袋，「十多年的單戀終於開花結果，是一件幸福的事。他們現在應該是一條心，只要他們幸福，我們當年玩球也有了意義。」
哲朗沒有加入安西和松崎的談話。安西在無意識中道出了真相。十幾年的單戀，他說得太精準了。大部分的人都沒有察覺自己身處在莫比烏斯帶上，繼續單戀著。
剛才一直沉默不語的須貝轉頭看著哲朗問：
「對了，西脅，你不是也說帶了信來了嗎？」
所有人都看著他。
哲朗從口袋裡拿出了一封航空信。
「這也是從外國寄來的，來自非洲的熱帶草原，她的工作也很辛苦。」哲朗說著，把信交給了須貝。
「熱帶草原？是誰寫來的？」安西問。
「理沙子，不……是高倉。」
大家輪流傳閱著那封信，哲朗看著這一幕，回想起為她送行時的情景。
「我會達陣。」她在機場時說。
「加油囉。」
「嗯，我會加油，交給我吧，」然後，她又叫了一聲：「ＱＢ。」
交給我吧，ＱＢ——
哲朗一口氣喝完了啤酒，想像著她在草原上奔跑的身影。

完

★本書對於登場之多元性別人物所使用的第三人稱稱謂（「他／她」），皆比照原文用法。

國家圖書館出版品預行編目資料

單戀 / 東野圭吾著；王蘊潔譯. -- 初版. -- 臺北市：皇冠, 2023.02 面；公分. --（皇冠叢書；第 5070 種）(東野圭吾作品集 ;43)
譯自：片想い

ISBN 978-957-33-3978-6(平裝)

861.57　　111021896

皇冠叢書第 5070 種
東野圭吾作品集 43
單戀
片想い

作　　者—東野圭吾
譯　　者—王蘊潔
發 行 人—平雲
出版發行—皇冠文化出版有限公司
台北市敦化北路 120 巷 50 號
電話◎ 02-27168888
郵撥帳號◎ 15261516 號
皇冠出版社（香港）有限公司
香港銅鑼灣道 180 號百樂商業中心
19 字樓 1903 室
電話◎ 2529-1778 傳真◎ 2527-0904
總 編 輯—許婷婷
責任編輯—黃雅群
內頁設計—李偉涵
行銷企劃—蕭采芹
著作完成日期— 2001 年
初版一刷日期— 2023 年 2 月
初版二刷日期— 2023 年 4 月
法律顧問—王惠光律師

讀者服務傳真專線◎ 02-27150507
電腦編號◎ 527044
ISBN ◎ 978-957-33-3978-6
Printed in Taiwan
本書定價◎新台幣 520 元 / 港幣 173 元